LISA HALLIDAY ASYMMETRIE

Roman

Aus dem Englischen von Stefanie Jacobs

Carl Hanser Verlag

FÜR THEO

INHALT

I
Verrücktheit 9

II
Wahnsinn 147

III
Ezra Blazer bei *Desert Island Discs* 281

I VERRÜCKTHEIT

Wir alle leben ein Leben wie im Slapstick,
bedroht von der unerklärlichen Strafe des Todes ...
MARTIN GARDNER, »ALLES ÜBER ALICE«

Alice wurde es langsam leid, so allein herumzusitzen und nichts zu tun zu haben: Immer mal wieder warf sie einen Blick in das Buch auf ihrem Schoß, doch es waren fast nur lange Absätze und keinerlei Anführungszeichen darin, und was lässt sich schon mit einem Buch anfangen, dachte Alice, in dem es keine Anführungszeichen gibt?

Daher überlegte sie gerade (so gut es eben ging, denn es war nicht ihre Stärke, Dinge zu Ende zu bringen), ob sie wohl eines Tages selbst ein Buch schreiben sollte, als sich plötzlich ein Mann mit zinngrauen Locken und einem Eishörnchen von Mister Softee drüben an der Ecke neben sie setzte.

»Was lesen Sie da?«

Alice zeigte es ihm.

»Ist das das mit den Wassermelonen?«

Wassermelonen waren zwar noch nicht vorgekommen, aber Alice nickte trotzdem.

»Was lesen Sie sonst noch?«

»Ach, meist alte Sachen.«

Eine Weile saßen sie schweigend nebeneinander; der Mann aß sein Eis, und Alice tat, als wäre sie in ihr Buch vertieft. Eine Joggerin drehte sich im Vorbeilaufen nach ihnen um, dann noch eine. Alice wusste, wer er war – sie hatte es von dem Moment an gewusst, als er sich zu ihr gesetzt hatte und ihre Wangen wassermelonenrot geworden waren –, aber vor Erstaunen konnte sie nur wie ein fleißiger Gartenzwerg in das undurchdringliche Buch starren, das offen in ihrem Schoß lag. Es hätte genauso gut aus Beton sein können.

»Also gut«, sagte der Mann und stand auf. »Wie heißen Sie?«

»Alice.«

»Die gern alte Sachen liest. Bis bald mal.«

Am Sonntag darauf saß sie an derselben Stelle und versuchte, ein anderes Buch zu lesen, diesmal über einen zornigen Vulkan und einen von Blähungen geplagten König.

»Sie«, sagte er.

»Alice.«

»Alice. Wozu lesen Sie das? Ich dachte, Sie wollen Schriftstellerin werden?«

»Wer hat das gesagt?«

»Sie, oder etwa nicht?«

Mit leicht zitternder Hand brach er ein Stück von seiner Schokolade ab und gab es ihr.

»Danke«, sagte Alice.

»Vofür denn.«

Alice biss von der Schokolade ab und sah ihn fragend an.

»Kennen Sie nicht diesen Witz? Fliegt ein Mann nach Honolulu und fragt seinen Sitznachbarn: ›Verzeihung, wie spricht man das aus, Hawaii oder Havaii?‹ ›Havaii‹, sagt der andere. ›Danke‹, sagt der Mann. Darauf der andere, ›Vofür denn.‹«

Noch immer kauend, lachte Alice. »Ist das ein jüdischer Witz?«

Der Schriftsteller schlug die Beine übereinander und faltete die Hände im Schoß. »Was glauben Sie?«

Am dritten Sonntag kaufte er bei Mister Softee zwei Hörnchen und bot ihr eins davon an. Alice nahm es, genau wie zuvor die Schokolade, denn es begann schon zu tropfen, und mehrfache Pulitzer-Preisträger hatten ohnehin Besseres zu tun, als Leute zu vergiften.

Sie aßen ihr Eis und beobachteten zwei Tauben, die nach einem Strohhalm pickten. Alice, deren blaue Sandalen farblich genau zu dem Zickzackmuster auf ihrem Kleid passten, streckte träge einen Fuß in der Sonne aus.

»Also gut, Miss Alice. Sind Sie dabei?«

Sie sah ihn an.

Er sah sie an.

Alice lachte.

»Sind Sie dabei?«, fragte er noch einmal.

Wieder zu ihrem Hörnchen gewandt, sagte sie: »Na ja, was spricht schon dagegen?«

Der Schriftsteller stand auf, warf seine Serviette weg und kam wieder zu ihr. »Oh, eine Menge.«

Alice blinzelte zu ihm hinauf und lächelte.

»Wie alt sind Sie?«

»Fünfundzwanzig.«

»Freund?«

Sie schüttelte den Kopf.

»Job?«

»Ich bin Lektoratsassistentin. Bei Gryphon.«

Die Hände in den Taschen, hob er leicht das Kinn. Offenbar fand er, das passte.

»Gut. Sollen wir nächsten Samstag zusammen spazieren gehen?«

Alice nickte.

»Um vier Uhr hier?«

Sie nickte noch einmal.

»Am besten notiere ich mir Ihre Nummer. Falls irgendetwas dazwischenkommt.«

Während ein weiterer Jogger langsamer lief, um ihn anzusehen, schrieb Alice ihre Nummer auf das Lesezeichen, das dem Buch beigelegen hatte.

»Jetzt wissen Sie nicht mehr, an welcher Stelle Sie waren«, sagte der Schriftsteller.

»Ist schon in Ordnung«, sagte Alice.

Am Samstag regnete es. Alice saß gerade auf ihrem Schachbrett-Badezimmerboden und versuchte, den kaputten Toilettensitz wieder festzuschrauben, als ihr Handy klingelte: UNBEKANNTER TEILNEHMER.

»Hallo, Alice? Hier ist Mister Softee. Wo sind Sie?«

»Zu Hause.«

»Das heißt?«

»Fünfundachtzigste, Kreuzung Broadway.«

»Ah, direkt um die Ecke. Wir könnten uns ein Dosentelefon bauen.«

Alice stellte sich eine Schnur über der Amsterdam Avenue vor, die leicht durchhing wie ein Riesenspringseil und vibrierte, wenn sie miteinander sprachen.

»Gut, Miss Alice. Was sollen wir machen? Möchten Sie hierher kommen, und wir unterhalten uns ein wenig? Oder sollen wir ein andermal zusammen spazieren gehen?«

»Ich komme.«

»Sie kommen. Sehr gut. Halb fünf?«

Alice schrieb die Adresse auf einen Werbebrief. Dann legte sie sich die Hand über den Mund und wartete.

»Das heißt, lieber um fünf. Um fünf Uhr hier bei mir?«

Der Regen strömte über die Gehwege und durchnässte ihre Schuhe. Die Taxis auf der Amsterdam, von deren Reifen das Wasser hochspritzte, fuhren offenbar viel schneller als an trockenen Tagen. Der Türsteher verfiel in eine Art Kreuzigungshaltung, um sie durchzulassen, und Alice trat zielstrebig ein: mit langen Schritten, aus runden Wangen prustend und den Schirm ausschüttelnd. Der Aufzug war von oben bis unten mit poliertem Messing verkleidet. Entweder waren die Etagen sehr hoch oder der Aufzug sehr langsam, denn Alice hatte viel Zeit, ihren unendlich vielen Spiegelkabinettgesichtern stirnrunzelnd skeptische Blicke zuzuwerfen und sich mehr als nur ein wenig zu sorgen, was wohl als Nächstes passieren würde.

Die Aufzugtüren öffneten sich, und sie kam in einen Flur mit sechs weiteren grauen Türen. Sie wollte gerade an die erste anklopfen, als sich gegenüber dem Aufzug eine andere Tür einen Spalt breit öffnete und eine Hand herausgestreckt wurde, die ein Glas hielt.

Alice nahm es. Darin war Wasser.

Die Tür schloss sich wieder.

Alice trank einen Schluck.

Als die Tür sich das nächste Mal öffnete, flog sie weit auf, scheinbar ganz von allein. Alice zögerte, dann ging sie mit ihrem Wasser durch einen kurzen Flur in einen hellen weißen Raum, in dem unter anderem ein Zeichentisch und ein ungewöhnlich breites Bett standen.

»Zeigen Sie mir Ihre Handtasche«, hörte sie ihn hinter sich sagen.

Sie zeigte sie ihm.

»Und jetzt bitte öffnen. Aus Sicherheitsgründen.«

Alice stellte ihre Handtasche auf das Glastischchen zwischen ihnen und öffnete die Schnalle. Sie nahm ihr Portemonnaie heraus: ein abgewetztes Herrenmodell aus braunem Leder. Ein Rubbellos, das einen Dollar gekostet und genauso viel eingebracht hatte. Ein Lippenpflegestift. Ein Kamm. Ein Schlüsselbund. Eine Haarspange. Ein Druckblei-

15

stift. Etwas Kleingeld und schließlich drei Tampons, die wie Gewehrpatronen in ihrer Hand lagen. Fusseln. Sand.

»Kein Handy?«

»Das habe ich zu Hause gelassen.«

Er nahm das Portemonnaie und fuhr mit dem Finger über eine lose
Naht. »Das ist eine Schande, Alice.«

»Ich weiß.«

Er öffnete das Portemonnaie und nahm ihre Bankkarte, ihre Kreditkarte, ihren Führerschein, eine abgelaufene Dunkin'-Donuts-Geschenk-
karte, ihren Studentenausweis und dreiundzwanzig Dollar in Scheinen heraus. Dann hielt er eine der Karten hoch und sagte: »Mary-
Alice.« Alice zog die Nase kraus.

»Mary gefällt Ihnen nicht.«

»Ihnen?«

Einige Augenblicke sah er abwechselnd sie und die Karte an, als versuchte er sich zu entscheiden, welche Version ihm besser gefiel. Dann
nickte er, klopfte die Karten auf dem Tisch zu einem sauberen Stapel
zusammen, wickelte ein Gummiband aus seinem Schreibtisch darum
und ließ sie wieder in ihre Handtasche fallen. Das Portemonnaie warf
er in hohem Bogen in einen Drahtpapierkorb, den ein weißer Kegel
entsorgter Schreibmaschinenseiten kränzte. Der Anblick schien ihn
für einen Moment zu ärgern.

»Also, Mary-Alice ...« Er setzte sich und bedeutete ihr, dasselbe zu tun.
Sein Lesesessel war mit schwarzem Leder bezogen und lag tief wie ein
Porsche-Sitz. »Was kann ich sonst noch für Sie tun?«

Alice sah sich um. Auf dem Zeichentisch erwartete ein neues Manu-
skript seine Aufmerksamkeit. Dahinter führten zwei gläserne Schie-
betüren auf einen kleinen Balkon, der durch den darüber vor Regen
geschützt wurde. Das große Bett hinter ihr war so sorgfältig gemacht,
dass es abweisend wirkte.

»Möchten Sie nach draußen gehen?«

»Okay.«

»Keiner lässt den anderen fallen. Abgemacht?«

Alice, die immer noch anderthalb Meter von ihm entfernt saß, streckte lächelnd eine Hand aus. Der Schriftsteller sah sie an und senkte dann eine ganze Weile zweifelnd den Blick darauf, als stünde auf ihrer Handfläche das Für und Wider jedes einzelnen Mals, als er jemandem die Hand geschüttelt hatte.

»Ich habe es mir anders überlegt«, sagte er schließlich. »Komm her.«

Seine Haut war faltig und kühl.

Er hatte weiche Lippen – doch dahinter kamen seine Zähne.

Im Vorzimmer zu ihrem Büro im Verlag hingen nicht weniger als drei gerahmte National-Book-Award-Urkunden mit seinem Namen.

Beim zweiten Mal verstrichen auf ihr Klopfen hin mehrere Sekunden ohne Antwort.

»Ich bin's«, sagte Alice zur Tür.

Sie öffnete sich einen Spalt breit, und heraus kam eine Hand mit einer Schachtel.

Alice nahm sie.

Die Tür schloss sich wieder.

Lincoln Stationers stand in eleganter Goldprägung auf der Schachtel.

Darin lag unter einem einzelnen Blatt weißem Seidenpapier ein weinrotes Portemonnaie mit Münzfach und Schnappverschluss.

»Ach du meine Güte!«, sagte Alice. »Es ist wunderschön. Danke.«

»Vofür denn«, sagte die Tür.

Wieder bekam sie ein Glas Wasser.

Wieder taten sie, was sie taten, ohne dabei das Bett zu behelligen.

Über ihrem Pullover legte er Alice eine Hand auf jede Brust, als wollte er sie zum Schweigen bringen.

»Die hier ist größer.«

»Oh«, sagte Alice und blickte betrübt nach unten.

»Nein, nein, das ist kein Makel. Da gibt es kein vollkommen gleiches Paar.«

»Wie bei Schneeflocken?«, fragte Alice.

»Wie bei Schneeflocken«, stimmte er zu.

Von seinem Bauch bis hoch zum Brustbein verlief eine reißverschlussähnliche rosa Narbe. Eine weitere Narbe zerteilte sein Bein von der Leiste bis zum Knöchel. Zwei weitere bildeten einen blassen Zirkumflex-Akzent über seiner Hüfte. Und das war nur die Vorderseite.

»Wem hast du die zu verdanken?«

»Norman Mailer.«

Während sie ihre Strumpfhose hochzog, stand er auf, um das Spiel der Yankees einzuschalten. »Ooh, ich liebe Baseball«, sagte Alice.

»Tatsächlich? Welches Team?«

»Die Red Sox. Als ich klein war, ist meine Großmutter immer mit mir nach Fenway gefahren.«

»Lebt sie noch, deine Großmutter?«

»Jep. Willst du ihre Nummer? Sie dürfte in deinem Alter sein.«

»Für Spott ist es in unserer Beziehung noch ein wenig früh, Mary-Alice.«

»Ich weiß«, sagte Alice und lachte. »Tut mir leid.«

Sie sahen zu, wie Jason Giambi einen Three-Two-Pitch ins linke Centerfield hämmerte.

»Oh!«, sagte der Schriftsteller und stand auf. »Das hätte ich fast vergessen. Ich hab dir einen Cookie gekauft.«

Wenn sie einander gegenübersaßen, etwa beim Essen an seinem Glastisch oder sie auf dem Bett und er in seinem Sessel, fiel ihr auf, dass sein Kopf ganz leicht seitwärts pulsierte, scheinbar mit seinem Herzschlag.

Außerdem war er schon drei Mal an der Wirbelsäule operiert worden, was bedeutete, dass sie bestimmte Dinge tun und andere nicht tun konnten. Nicht tun sollten.

»Ich will nicht, dass du dich verletzt«, sagte Alice.

»Dafür ist es ein wenig spät.«

Sie benutzten jetzt das Bett. Seine Matratze bestand aus einem speziellen orthopädischen Material, auf dem sie sich vorkam, als würde sie in ein riesiges Stück Weichkaramell einsinken. Wenn sie den Kopf zur Seite drehte, sah sie durch seine hohen Fenster die Skyline von Midtown, deren Gebäude im Regen aneinandergeschmiegt und erhaben wirkten.

»O Gott. O mein Gott. O Gott, o Gott. Heiliger ... Was machst du da? Weißt du ... weißt du eigentlich, was du ... was du da *machst?*«

Danach, während sie einen weiteren Cookie aß:

»Mit wem warst du zusammen, Mary-Alice? Wer hat dir das beigebracht?«

»Niemand«, sagte sie, pickte einen Krümel aus ihrem Schoß und aß ihn. »Ich stelle mir nur vor, was sich gut anfühlen würde, und dann mache ich es.«

»Na, du hast eine Fantasie.«

Er nannte sie Meerjungfrau. Sie wusste nicht warum.

Neben seiner Tastatur stand ein weißes, wie ein Zelt gefaltetes Blatt Papier, auf das er mit Schreibmaschine geschrieben hatte:

Lange Zeit bist du ein leeres Gefäß, dann wächst etwas, das du nicht willst, kriecht etwas hinein, das dir eigentlich zu groß für dich erscheint. In uns wirkt der Gott des Wandels ... Künstlerisches Streben bedarf großer Geduld.

Und darunter:

*Ein Künstler, denke ich, ist doch nichts anderes als ein Erinnerungsver-
mögen, das sich beliebig zwischen gewissen Erfahrungen bewegen kann ...*

Als sie den Kühlschrank öffnete, schlug die goldene Medaille vom Weißen Haus, die er an den Griff gebunden hatte, laut klappernd gegen die
Tür. Alice ging wieder zum Bett.

»Liebling«, sagte er. »Ich kann kein Kondom tragen. Niemand kann
das.«

»Okay.«

»Was machen wir dann wegen Krankheiten?«

»Na ja, also ich vertraue dir, wenn du ...«

»Du solltest niemandem vertrauen. Was, wenn du schwanger wirst?«

»Mach dir deswegen keine Sorgen. Ich würde abtreiben.«

Als sie sich später im Bad wusch, reichte er ihr ein Glas Weißwein
durch die Tür.

Blackout Cookies hießen sie, und sie kamen aus der Columbus Bakery,
an der er bei seinem täglichen Spaziergang immer vorbeiging. Er selbst
versuchte, keine zu essen. Er trank auch nichts; Alkohol vertrug sich
nicht mit einem der Medikamente, die er einnahm. Aber für Alice
kaufte er Sancerre oder Pouilly-Fuissé, und nachdem er ihr einge-
schenkt hatte, was sie wollte, verkorkte er die Flasche und stellte sie
neben die Tür auf den Boden, damit sie sie mitnahm.

Nachdem Alice eines Abends ein paar Mal in ihren Cookie gebissen
hatte, trank sie einen Schluck und verzog geziert das Gesicht.

»Was ist?«

»Tut mir leid«, sagte sie. »Ich will nicht undankbar erscheinen. Aber,
na ja, das passt einfach nicht zusammen.«

Er überlegte kurz, dann stand er auf und holte aus der Küche ein Glas
und eine Flasche Knob Creek.

»Versuch's mal damit.«

Begierig sah er zu, wie sie noch einmal abbiss und dann einen Schluck
trank. Der Bourbon brannte wie Feuer.

Alice hustete. »Himmlisch«, sagte sie.

Andere Geschenke:

Eine äußerst praktische wasserdichte Armbanduhr mit Zeigern.

Eau de Parfum Allure von Chanel.

Ein Bogen Zweiunddreißig-Cent-Briefmarken der Serie Legends of
American Music, zum Gedenken an Harold Arlen, Johnny Mercer,
Dorothy Fields und Hoagy Carmichael.

Eine Titelseite der *New York Post* vom März 1992 mit der Schlagzeile
»Verrückter Liebesakt im Bullpen (Spätausgabe City).«

Beim achten Mal, als sie gerade etwas taten, was er eigentlich nicht
durfte, sagte er:

»Ich liebe dich. Ich liebe dich hierfür.«

Als sie danach am Tisch saß und ihren Cookie aß, beobachtete er sie
schweigend.

Am nächsten Morgen:

UNBEKANNTER TEILNEHMER.

»Ich wollte nur sagen, dass es seltsam gewesen sein muss, das von mir
zu hören; es hatte nichts mit Werben zu tun – und ich meine W-E-R-
B-E-N, nicht V-E-R-B-E-N, was aber auch kein schlechtes Wort ist. Was
ich sagen will: Es galt für den Moment, aber das heißt nicht, dass sich
zwischen uns irgendetwas ändern soll. Ich möchte nicht, dass sich etwas ändert. Du machst, was du willst, und ich mache, was ich will.«

»Natürlich.«

»Gutes Mädchen.«

Als Alice auflegte, lächelte sie.

Dann dachte sie eine Weile nach und runzelte die Stirn.

Sie las gerade die Gebrauchsanleitung ihrer neuen Uhr, als ihr Vater anrief, um ihr zum zweiten Mal in dieser Woche zu erzählen, dass an dem Tag, an dem die Türme einstürzten, kein einziger Jude bei der Arbeit erschienen war. Der Schriftsteller dagegen rief viele Tage lang nicht an. Alice schlief mit dem Telefon neben dem Kissen und nahm es, wenn sie nicht im Bett lag, überallhin mit – in die Küche, wenn sie sich etwas zu trinken holte, und ins Bad, wenn sie zur Toilette ging. Außerdem trieb sie ihr Toilettensitz in den Wahnsinn, weil er immer, wenn sie sich daraufsetzte, seitlich wegrutschte.

Sie spielte mit dem Gedanken, sich noch einmal auf ihre Parkbank zu setzen, entschloss sich dann aber zu einem Spaziergang. Es war Memorial Day, der Broadway war wegen eines Straßenfests abgesperrt. Schon um elf Uhr qualmte und brutzelte es im ganzen Viertel; Falafel, Fajitas, Fritten, Sloppy Joes, Maiskolben, Salsiccias, Funnel Cake und frisbeegroße Fladen aus Fettgebackenem. Eisgekühlte Limonade. Kostenlose Rücken-Checks. Ausstellung offizieller Dokumente durch »We the people« – Scheidung $ 399, Konkurs $ 199. An einem Stand mit No-name-Boho-Klamotten flatterte ein hübsches mohnrotes Kleid im Wind. Es kostete nur zehn Dollar. Nachdem der indische Standinhaber es heruntergeholt hatte, probierte Alice es hinten in seinem Lieferwagen an, unter den wachsamen, tränenden Augen eines Schäferhundes, der mit seiner Schnauze auf den Vorderpfoten lag.

An jenem Abend, sie war schon im Pyjama:

UNBEKANNTER TEILNEHMER.

»Hallo?«

»Hallo, Mary-Alice. Hast du das Spiel gesehen?«

»Welches Spiel?«

»Die Red Sox gegen die Yankees. Die Yankees haben vierzehn zu fünf gewonnen.«

»Ich habe keinen Fernseher. Wer hat gepitcht?«

»Wer hat gepitcht. Alle haben gepitcht. Sogar deine Großmutter musste ran. Was machst du?«

»Nichts.«

»Willst du vorbeikommen?«

Alice zog den Pyjama aus und das neue Kleid an. Schon jetzt musste sie einen losen Faden abbeißen.

Als sie in seine Wohnung kam, brannte nur die Nachttischlampe, und er saß mit einem Buch und einem Glas Soja-Schokomilch im Bett.

»Es ist Frühling!«, rief Alice und zog sich das Kleid über den Kopf.

»Es ist Frühling«, sagte er und seufzte erschöpft.

Wie ein Luchs kroch Alice über das schneeweiße Federbett zu ihm.

»Mary-Alice, manchmal siehst du wirklich aus wie sechzehn.«

»Kinderschänder.«

»Grabschänderin. Vorsicht mit meinem Rücken.«

Manchmal fühlte es sich an wie »Dr. Bibber« spielen – als würde seine Nase blinken und der Schaltkreis brummen, wenn sie seinen Musikantenknochen nicht vorsichtig genug herausoperierte.

»Ach, Mary-Alice. Du bist verrückt, weißt du das? Du bist verrückt, und du weißt es, und ich liebe dich dafür.«

Alice lächelte.

Als sie nach Hause kam, waren seit seinem Anruf genau eine Stunde und vierzig Minuten vergangen und alles war genauso, wie sie es verlassen hatte, nur dass ihr Zimmer zu hell und irgendwie fremd wirkte, als gehörte es jemand anderem.

UNBEKANNTER TEILNEHMER.

UNBEKANNTER TEILNEHMER.

UNBEKANNTER TEILNEHMER.

Er hinterließ eine Nachricht.

»Wer hat das größte Vergnügen daran, den anderen irrezuleiten?«

Eine weitere Nachricht:

»Hier riecht's nach Meerjungfrau, findet ihr nicht auch?«

UNBEKANNTER TEILNEHMER.

»Mary-Alice?«

»Ja?«

»Bist du's?«

»Ja.«

»Wie geht's dir?«

»Gut.

»Was machst du gerade?«

»Ich lese.«

»Was denn?«

»Ach, nichts Interessantes.«

»Hast du eine Klimaanlage?«

»Nein.«

»Du schwitzt doch bestimmt.«

»Ja.«

»Am Wochenende soll es sogar noch wärmer werden.«

»Ich weiß.«

»Und was machst du dann?«

»Keine Ahnung. Zerfließen.«

»Ab Samstag bin ich wieder in der Stadt. Hast du Lust, dann zu mir zu kommen?«

»Ja.«

»Um sechs?«

»Jep.«

»Tut mir leid. Halb sieben?«

»Okay.«

»Vielleicht habe ich dann sogar was für dich zum Abendessen da.«

»Das wäre schön.«

Das Abendessen vergaß er, oder er entschied sich dagegen. Als sie ankam, bat er sie stattdessen, sich auf die Bettkante zu setzen, und überreichte ihr zwei große, bis obenhin mit Büchern gefüllte Barnes &

Noble-Taschen. *Huckleberry Finn. Zärtlich ist die Nacht. Tagebuch eines Diebes. July's Leute. Wendekreis des Krebses. Axels Schloss. Der Garten Eden. Der Scherz. Der Liebhaber. Der Tod in Venedig und andere Erzählungen. Erste Liebe und andere Erzählungen. Feinde, die Geschichte einer Liebe* ...
Alice nahm das Buch eines Schriftstellers, dessen Namen sie zwar schon gelesen, aber noch nie gehört hatte. »Ooh, Camus!«, sagte sie, aber so, dass es sich auf »Seamus« reimte. Es folgten einige Augenblicke, in denen der Schriftsteller schwieg und Alice den Klappentext von *Der erste Mensch* las. Als sie aufsah, machte er noch immer ein milde bestürztes Gesicht.
»Es heißt Ca-MUU, Liebling. Er ist Franzose. Ca-MUU.«

Ihre eigene Wohnung lag im Dachgeschoss eines alten Brownstone-Hauses, wo sie die Sonne einfing und die Wärme regelrecht speicherte. Auf ihrer Etage wohnte außer ihr nur eine alte Dame namens Anna, die die vier steilen Treppen nur in zwanzigminütiger Schwerstarbeit bewältigen konnte. Stufe, Pause. Stufe, Pause. Einmal begegnete ihr Alice auf dem Weg nach unten zu H & H Bagels, und als sie zurückkam, war die Ärmste immer noch nicht oben. Den Einkaufstüten nach zu urteilen, hätte man meinen können, ihr Lieblingsfrühstück wären Bowlingkugeln.
»Anna, darf ich Ihnen helfen?«
»Nein nein, Liebes. Ich mach das seit fünfzig Jahren. Hält mich jung.«
Stufe, Pause.
»Sind Sie sicher?«
»O ja. So ein hübsches Mädchen. Sagen Sie, haben Sie einen Freund?«
»Im Moment nicht.«
»Dann nicht zu lange warten, Schätzchen.«
»Keine Sorge«, sagte Alice, lachte und rannte die Treppe hinauf.

»Capitana!«

Sein Portier begrüßte sie inzwischen wie eine alte Freundin. Er rief den Schriftsteller nach unten und verabschiedete die beiden mit einem militärischen Gruß, wenn sie zum Spaziergang aufbrachen. Am Handgelenk einen pendelnden Beutel Pflaumen von Zingone Brothers, fragte der Schriftsteller Alice, ob sie schon von den Plänen der Stadt gehört habe, einige ihrer Luxusresidenzen nach Major-League-Baseballern zu benennen: das Posada, das Rivera, das Soriano. »Das Garciaparra«, sagte Alice. »Nein, nein«, unterbrach er sie wichtig. »Nur Yankees.« Sie gingen in den kleinen Park hinter dem Natural History Museum, wo Alice in eine seiner Pflaumen biss und so tat, als würde sie seinen Namen in die Gedenktafel mit den amerikanischen Nobelpreisträgern einmeißeln, direkt unter den von Josef Stieglitz. Aber die meiste Zeit blieben sie in der Wohnung. Er las ihr vor, was er geschrieben hatte. Sie stellte die Schreibweise von »Podex« infrage. Sie sahen sich Baseball an, und am Wochenende hörten sie zu, wie der Radiomoderator Jonathan Schwartz von Thierry Sutton und Nancy LaMott schwärmte. »Come Rain or Come Shine«. »Just You, Just Me«. Doris Day, die wehmütig »The Party's Over« trällerte. Eines Nachmittags musste Alice laut loslachen. »Der Typ ist so eine Schmalzlocke.«

»Schmalzlocke«, wiederholte der Schriftsteller und biss in eine Nektarine. »Das ist ein gutes, altmodisches Wort.«

»Wenn man so will«, sagte Alice und suchte auf dem Boden nach ihrer Unterhose, »bin ich wohl ein gutes, altmodisches Mädchen.«

»*The party's over ...*«, sang er immer, wenn sie gehen sollte. »*It's time to call it a d-a-a-a-a-y ...*«

Dann wanderte er fröhlich durchs Zimmer, schaltete das Telefon, das Faxgerät und die Lampen aus, goss sich ein Glas Soja-Schokomilch ein und zählte ein Häufchen Pillen ab. »Je älter du wirst«, erklärte er ihr, »desto mehr hast du zu erledigen, bevor du ins Bett gehen kannst. Bei mir sind es an die hundert Sachen.«

Die Party ist zu Ende. Die Zeit in klimatisierten Räumen ist zu Ende. Den Bauch voll Bourbon und Schokolade und die Unterwäsche in der Hosentasche, ging Alice dann leicht schwankend durch die Hitze nach Hause. Nachdem sie die vier zunehmend schwülen Stockwerke zu ihrer Wohnung hinaufgestiegen war, erledigte sie genau eine Sache, nämlich ihre Kissen durch den Flur in das vordere Zimmer zu tragen, wo es auf dem Boden neben der Feuertreppe zumindest die Chance auf ein Lüftchen gab.

»Hör zu, Liebling. Ich gehe für eine Weile weg.«

Alice legte ihren Cookie ab und wischte sich über den Mund.

»Ich ziehe mich für ein paar Wochen aufs Land zurück. Ich muss diesen Entwurf fertig bekommen.«

»Okay.«

»Aber wir können ja trotzdem telefonieren. Wir sprechen uns regelmäßig, und wenn ich fertig bin, treffen wir uns wieder. Wenn du das möchtest. In Ordnung?«

Alice nickte. »In Ordnung.«

»Und in der Zwischenzeit …« Er schob ihr einen Umschlag über den Tisch. »Das ist für dich.«

Alice nahm den Umschlag – Bridgehampton National Bank stand neben einem Logo aus drei stilisierten Regatta-Segelbooten – und zog sechs Hunderter heraus.

»Für eine Klimaanlage.«

Alice schüttelte den Kopf. »Das kann ich nicht –«

»Doch, kannst du. Es würde mir Freude bereiten.«

Als sie nach Hause kam, war es draußen noch hell. Der Himmel wirkte, als wäre er ins Stocken geraten – als wäre ein Gewitter im Anzug gewesen und irgendwo unterwegs abhandengekommen. Für die jungen Leute, die in den Straßencafés etwas tranken, fing der Abend gerade erst an. Langsam und zögerlich, eine Hand auf der Tasche mit dem Umschlag darin, näherte sich Alice der Treppe vor ihrem Haus und überlegte, was sie tun sollte. Ihr Magen fühlte sich an, als stünde sie noch immer bei ihm im Aufzug und jemand hätte das Drahtseil durchtrennt.

Einen Block weiter im Norden gab es ein Restaurant mit einem langen Holztresen und alles in allem kultiviert wirkender Klientel. Alice entschied sich für einen freien Hocker ganz hinten neben dem Serviettenspender und setzte sich so, als wäre sie in erster Linie wegen des Fernsehers da, der oben in einer Ecke hing. In der zweiten Hälfte des dritten Innings lag New York mit vier Runs gegen Kansas City in Führung.

Kommt schon, Royals, dachte sie.

Der Barkeeper warf eine Serviette vor sie auf den Tresen und fragte, was sie trinken wolle. Alice sah auf die Weintafel an der Wand.

»Ich nehme ein Glas ...«

»Milch ...?«

»Sagen Sie, haben Sie Knob Creek?«

Am Ende belief sich die Rechnung auf vierundzwanzig Dollar. Alice legte ihre Kreditkarte auf den Tresen, dann nahm sie sie wieder weg und zog stattdessen einen der Hunderter heraus, die ihr der Schriftsteller gegeben hatte. Der Barkeeper gab ihr drei Zwanziger, einen Zehner und sechs Einer zurück.

»Die sind für Sie«, sagte Alice und schob ihm die Ein-Dollar-Scheine wieder zu.

Die Yankees gewannen.

m trägen, muffigen Luftstrom eines gebrauchten Frigidaire:

Ich glaubte nicht, dass wir eine solche Menge von Spaniern und Arabern vermöbeln konnten, aber mich interessierten die Kamele und Elefanten, so war ich am nächsten Tag, dem Samstag, beim Hinterhalt dabei. Und als wir das Signal bekamen, stürmten wir aus dem Wald und den Hügel runter. Aber da waren weder Spanier noch Araber, und Kamele und Elefanten gab es auch nicht. Es war bloß ein Picknick der Sonntagsschule, und dann auch noch die Erstklässler. Wir fielen über die Kinder her und scheuchten sie das Tal entlang. Aber wir erbeuteten nur ein paar Schmalzkringel und Marmelade, auch wenn Ben Rogers eine Lumpenpuppe und Jo Harper ein Gesangbuch und ein Traktätchen ergatterte. Dann schritt die Lehrerin ein, wir ließen alles fallen und machten, dass wir wegkamen ...

In der Nacht regnete es, und auf den Teil ihrer Klimaanlage, der in den Luftschacht ragte, prasselte es so laut, als würden stählerne Pfeilspitzen gen Boden geschossen. Gewitter kamen und gingen, und ihr Brummeln schwoll zu krachenden Donnerschlägen und Blitzen an, die selbst geschlossene Lider durchdrangen. Wasser sprudelte aus den Gullydeckeln wie Quellwasser aus Felsen. Als die Gewitter abzogen, zählten ihre Reste in langsamen, stetigen Tropfen die letzten Minuten des frühen Morgens aus ...

Ich hatte eigentlich die Mittelwache, aber da war ich schon hundemüde, und Jim bot an, die erste Hälfte für mich zu übernehmen. Er war immer irrsinnig nett zu mir, das war Jim. Ich kroch ins Wigwam, aber der König und der Herzog hatten ihre Beine überall so rumliegen, dass ich keinen Platz fand. Da legte ich mich draußen hin. Der Regen machte mir nichts, denn er war warm, und die Wellen gingen jetzt nicht mehr so hoch. Doch gegen zwei legten sie noch mal zu, und Jim wollte mich schon warnen, aber dann überlegte er sich's anders, denn er dachte, sie wären noch nicht hoch genug, um Schaden anzurichten. Aber da hatte er sich geirrt, denn bald kam urplötzlich eine Mordswelle und spülte mich von Deck. Jim lachte sich fast tot. Er war sowieso der lächerigste Nigger, den die Welt je gesehen hat ...

Von dem restlichen Geld kaufte sie einen neuen Toilettensitz, einen Teekessel, einen Schraubendreher und eine kleine Frisierkommode vom Wochenendtrödelmarkt an der Columbus Avenue. Der Teekessel bestand ganz aus matt glänzendem Metall, skandinavisches Design. Den Toilettensitz schraubte sie mit ungeheurer Befriedigung an, während im Radio Jonathan Schwartz lief.

Ihre Arbeit erschien ihr öder und belangloser denn je. Fax dieses, archivier das, kopier jenes. Als eines Abends schon alle gegangen waren und sie auf die Nummer des Schriftstellers im Rolodex ihres Chefs starrte, steckte eine ihrer Kolleginnen den Kopf zur Tür herein: »Hey Alice, à demain.«

»Bitte?«

»À demain.«

Alice schüttelte den Kopf.

»Bis morgen?«

»Ach so, ja.«

Bevor es abkühlte, wurde es noch wärmer. Drei Wochenenden nacheinander verbrachte sie auf ihrem Bett, die Schlafzimmertür geschlossen, während der Frigidaire auf höchster Stufe surrte und rasselte. Sie stellte sich den Schriftsteller draußen auf seiner Insel vor, wie er sich in seinem Farmhaus aus dem neunzehnten Jahrhundert mit unverbautem Hafenblick zwischen Pool und Arbeitszimmer hin- und herbewegte.

Wenn es sein musste, konnte sie sehr lange warten.

In diesem Tagebuch will ich die anderen Gründe, die mich zum Dieb machten, nicht verschweigen, der alltäglichste war die Notwendigkeit zu essen, doch Aufbegehren, Bitterkeit, Wut oder ähnliche Gründe spielten bei meiner Entscheidung keine Rolle. Mit manischer Gewissenhaftigkeit, eifersüchtig wachsam, bereitete ich mein Abenteuer vor, wie man ein Lager, ein Zimmer für die Liebe richtet: ich erigierte für das Verbrechen.

Mit seinem Mondgesicht, seiner etwas platten Nase, den fehlenden oder fast fehlenden Augenbrauen, der kappenartigen Frisur und einem dichten Schnurrbart, der den vollen, sinnlichen Mund nicht bedecken konnte, sah Malan aus wie ein Chinese. Selbst der Körper, mollig und rund, die fetten Hände mit den etwas wurstartigen Fingern erinnerten an einen Mandarin, der das Zufußgehen verabscheute. Wenn er mit halbgeschlossenen Augen voller Appetit aß, stellte man ihn sich unweigerlich mit Stäbchen in der Hand vor. Doch der Blick änderte alles. Die dunkelbraunen Augen, fiebrig, unruhig oder plötzlich starr, als bearbeite die Intelligenz lebhaft einen bestimmten Punkt, waren die eines hochsensiblen und hochgebildeten Okzidentalen.

Der Geruch schmorender, ranziger Butter ist nicht übermäßig appetitanregend, besonders nicht, wenn das Kochen in einem Raum vor sich geht, der überhaupt nie gelüftet wird. Sobald ich die Tür öffne, wird mir schlecht. Aber sobald er mich kommen hört, öffnet Eugène die Fensterläden und zieht das Bettlaken zurück, das wie ein Fischnetz aufgehängt ist, um die Sonne abzuhalten. Armer Eugène! Er blickt sich im Zimmer um, sieht die paar Möbelstücke, die schmutzigen Bettlaken und die Waschschüssel, in der noch das schmutzige Wasser steht, und sagt: »Ich bin ein Sklave!«

Alice nahm ihr Handy.
NOKIA, stand da nur.

Aber was den Geruch nach ranziger Butter betrifft ...

An einem Abend fand eine Party statt – einer der Lektoren wurde in den Ruhestand verabschiedet –, und danach schlief sie mit dem Assistenten aus der Nebenrechteabteilung. Sie benutzten zwar ein Kondom, aber es blieb in Alice stecken.

»Mist«, sagte der Junge.

»Wo ist es?«, fragte Alice und spähte in die dunkle Schlucht zwischen ihnen. Ihre Stimme klang mädchenhaft und einfältig, als wäre das ein Zaubertrick und als würde er jeden Moment ein frisches Kondom aus ihrem Ohr ziehen.

Stattdessen war sie es, die den Trick zu Ende brachte – allein im Badezimmer, einen Fuß auf dem neuen Toilettensitz, den Atem angehalten. Mit gekrümmtem Finger tastete sie in den tiefen, glitschigen Wölbungen; es war nicht einfach. Danach stieg sie in die Wanne und spülte sich mit dem heißesten Wasser aus, das sie ertragen konnte, auch wenn sie wusste, dass sich dadurch nicht jede gefürchtete Folge verhindern ließ.

»Und, hast du irgendwas vor?«, fragte sie den Jungen am Morgen, während er den Gürtel seiner Cordhose schloss.

»Keine Ahnung. Ich geh vielleicht ein paar Stunden ins Büro. Und du?«

»Die Red Sox spielen heute Nachmittag gegen die Blue Jays.«

»Ich hasse Baseball«, sagte der Junge.

Wir freuen uns auf Ihren bevorstehenden Besuch bei RiverMed. Im Folgenden erhalten Sie einige Vorabinformationen. Sollten Fragen unbeantwortet bleiben, stellen Sie sie bitte während Ihrer persönlichen Beratung.
Der Eingriff dauert insgesamt etwa fünf bis zehn Minuten. Im Untersuchungsraum erwartet Sie Ihr(e) persönliche(r) PflegerIn, Ihr Arzt / Ihre Ärztin und ein(e) AnästhesiologIn oder AnästhesiepflegerIn, der/die Ihnen über einen intravenösen Zugang in einer Hand- oder Armvene ein allge-

meines Narkosemittel verabreicht. Sie setzen sich auf den Untersuchungstisch, lehnen sich zurück und platzieren die Beine in den Halterungen. Ihr Arzt / Ihre Ärztin wird jetzt eine bimanuelle Untersuchung durchführen (d. h. zwei Finger in Ihre Vagina einführen und Ihre Gebärmutter abtasten). Dann wird die Vagina mit einem Instrument (Spekulum) aufgespreizt, damit Ihr Arzt / Ihre Ärztin die Zervix (Muttermund) sehen kann. Um die Schwangerschaft zu beenden, muss der Arzt / die Ärztin den Muttermund öffnen.

Sobald die Öffnung mithilfe von stab- oder röhrenförmigen Instrumenten (Dilatoren) weit genug aufgedehnt wurde, führt der Arzt / die Ärztin einen Schlauch in Ihre Gebärmutter ein, die sog. Vacurette. Diese ist mit einer Absaugvorrichtung verbunden. Wird sie eingeschaltet, kann der Inhalt Ihrer Gebärmutter durch den Schlauch abgesaugt und in einer Flasche aufgefangen werden. Nach Herausziehen des Schlauchs wird ein langes, schmales, löffelähnliches Instrument eingeführt, mit dem die innere Gebärmutterwand abgeschabt wird, um sicherzugehen, dass keine Reste zurückbleiben.

Sobald der Arzt / die Ärztin fertig ist, wird das Spekulum entfernt, und Ihre Beine werden aus den Halterungen genommen. Sie bleiben in Rückenlage und werden in den Aufwachraum geschoben, wo wir Ihren Zustand überwachen. Nach einer ausreichenden Erholungszeit von zwanzig Minuten bis zu einer Stunde verlegen wir Sie in einen Raum, in dem Sie sich ausruhen und anziehen können. Ein(e) PflegerIn wird Sie individuell beraten und Ihnen abschließende Informationen mit auf den Weg geben, bevor Sie gehen dürfen.

Bis zu drei Wochen lang kann es immer wieder zu Blutungen kommen. Falls wir irgendetwas tun können, damit Sie sich wohler fühlen, lassen Sie es uns bitte wissen. Wir hoffen, dass Sie den Besuch bei uns in positiver Erinnerung behalten.

Am zweiten Donnerstag im Oktober, als sie gerade eine Bürste durch ihr feuchtes, zerzaustes Haar zog, hörte sie im Radio, Imre Kertész habe den Nobelpreis bekommen, »für ein schriftstellerisches Werk, das die zerbrechliche Erfahrung des Einzelnen gegenüber der barbarischen Willkür der Geschichte behauptet«.

UNBEKANNTER TEILNEHMER.

Atemlos, als wollte sie, die es eigentlich besser wusste, sich selbst zuvorkommen, erzählte Alice ihm von all den Dingen, die sie gekauft hatte, einschließlich des Toilettensitzes, des Teekessels und der Frisierkommode, die der Antiquitätenhändler als »Vintage-Stück aus den Dreißigern« beschrieben hatte.

»Wie ich«, sagte er.

»Ich habe gerade meine Periode«, sagte Alice entschuldigend.

Als sie drei Tage später bei ihm lag, den BH an den Hüften und die Arme um seinen Kopf geschlungen, staunte sie darüber, dass sein Gehirn *genau hier* war, unter ihrem Kinn, dass es so einfach in den engen Raum zwischen ihren Ellbogen passte. Es begann als spielerischer Gedanke, doch auf einmal war sie sich nicht mehr sicher, ob sie widerstehen konnte, diesen Kopf zu zerquetschen, dieses Gehirn auszuschalten.

Bis zu einem gewissen Grad beruhte dieses Gefühl offenbar auf Gegenseitigkeit, denn kurz darauf biss er sie plötzlich mitten in einem Kuss.

Sie trafen sich jetzt seltener. Er wirkte ihr gegenüber argwöhnischer. Außerdem bereitete ihm sein Rücken Probleme.

»Haben wir irgendwas Falsches gemacht?«

»Nein, Süße. Du hast nichts gemacht.«

»Möchtest du ...?«

»Heute Abend nicht, Liebling. Heute Abend nur *tendresse*.«

Wenn sie einander gegenüberlagen oder er an seinem kleinen Esstisch vor ihr saß und sein Kopf zur Seite wippte, sprach aus seiner Miene eine Art traurige Verwirrung, so als würde ihm gerade klar, dass sie die größte Freude war, die das Leben gerade zu bieten hatte; und war das nicht ein armseliger Zustand?

»Du bist die Beste, weißt du das?«

Alice hielt die Luft an.

Seufzend: »Die Beste.«

»Ezra«, sagte sie und hielt sich den Bauch. »Es tut mir unheimlich leid, aber mir geht's auf einmal nicht so gut.«

»Was hast du?«

»Vielleicht war der Cookie nicht in Ordnung.«

»Musst du dich übergeben?«

Alice drehte sich auf den Bauch, stemmte sich in den Vierfüßlerstand und ließ das Gesicht in sein kühles, weißes Federbett sinken. Sie holte tief Luft. »Ich weiß nicht.«

»Komm, wir gehen ins Bad.«

»Okay.« Aber sie rührte sich nicht.

»Komm, Liebling.«

Von einem Moment auf den anderen nahm Alice die Hand vor den Mund und rannte los. Ezra stand wortlos auf, folgte ihr ruhig und schloss mit einem sachten, würdevollen ›Klack‹ hinter ihr die Badezimmertür. Als sie fertig war, spülte sie, wusch sich das Gesicht und den Mund und lehnte sich zitternd an den Toilettentisch. Durch die Tür hörte sie, wie er respektvoll mit seinem Abend fortfuhr – den Kühlschrank öffnete, Teller in die Spüle stellte und auf das Pedal trat, das den Mülleimerdeckel öffnete. Sie spülte noch einmal. Dann wickelte sie etwas Toilettenpapier ab und wischte damit über die Schüssel, den Sitz, den Deckel, den Badewannenrand, den Toilettenpapierhalter und den Boden. Alles war voll Blackout Cookie. Alice schloss den Toilettendeckel und setzte sich. Im Papierkorb lag der Fahnenabzug des Romans eines Jungen, mit dem sie zusammen aufs College gegangen war. Der Brief seines Agenten, in dem er um einen Blurb bat, war noch mit einer Büroklammer an die Titelseite geheftet.

Als sie wieder hereinkam, saß Ezra mit übereinandergeschlagenen Beinen in seinem Sessel, in der Hand ein Buch über den New Deal. Stirnrunzelnd sah er zu, wie Alice auf Zehenspitzen nackt durchs Zimmer ging und sich zwischen Schrank und Bett langsam auf dem Boden niederließ.

»Was machst du, Liebling?«

»Tut mir leid, ich muss mich hinlegen, aber ich will dir nicht die Bettdecke versauen.«

»Mary-Alice, leg dich ins Bett.«

Er setzte sich neben sie und strich ihr minutenlang mit der Hand über den Rücken, immer auf und ab, genau wie früher ihre Mutter. Dann zog er ihr die Bettdecke bis zu den Schultern hoch, stand leise auf und begann mit seinen hundert Sachen: Telefone auf stumm schalten, Lichter löschen, Tabletten stellen. Im Badezimmer schaltete er leise das Radio ein.

Als er herauskam, trug er ein hellblaues Calvin-Klein-T-Shirt und Shorts. Er stellte ein Glas Wasser auf seinen Nachttisch. Er holte sein Buch. Er schüttelte die Kissen auf.

»Siebenundneunzig, achtundneunzig, neunundneunzig ...«

Theatralisch seufzend stieg er ins Bett.

»Hundert!«

Alice blieb still und reglos liegen. Er schlug sein Buch auf.

»Liebling«, sagte er schließlich. Mutig, fröhlich. »Warum bleibst du nicht hier? Nur dieses eine Mal? Du kannst so nicht nach Hause gehen. In Ordnung?«

»In Ordnung«, murmelte Alice. »Danke.«

»Vofür denn«, sagte er.

In der Nacht wachte sie dreimal auf. Beim ersten Mal lag er auf dem Rücken, während die Skyline hinter ihm noch immer glitzerte und die Spitze des Empire State Buildings rot und goldgelb angestrahlt wurde. Beim zweiten Mal lag er auf der Seite, das Gesicht von ihr abgewandt.

Alice hatte Kopfschmerzen; sie stand auf und suchte im Bad nach Aspirin. Das Empire State Building hatte jemand abgeschaltet. Als sie das dritte Mal aufwachte, lag er hinter ihr und hielt sie eng umschlungen.

Beim vierten Mal war es Morgen. Sie lagen mit den Gesichtern dicht beieinander, berührten sich fast, und er hatte die Augen schon geöffnet und blickte in ihre.

»Das«, sagte er finster, »war eine ganz schlechte Idee.«

Am nächsten Morgen fuhr er wieder auf seine Insel. Als er anrief, um es ihr zu sagen, legte Alice auf, schleuderte das Handy in den Wäschekorb und stöhnte. Am selben Tag rief ihr Vater an, um ihr zu erklären, dass fluoriertes Leitungswasser ein von der Neuen Weltordnung über die Menschheit gebrachtes Übel sei; eine Stunde später rief er noch einmal an, um zu verkünden, dass der Mensch nie den Mond betreten hatte. Alice konterte solche Blitznachrichten auf dieselbe Art wie in den letzten acht Jahren ein- bis zweimal wöchentlich: mit beschwingtem Schweigen, das ihre Einwände auf den Tag verschob, an dem ihr endlich eingefallen war, wie sie sie äußern konnte, ohne irgendjemanden zu kränken. Zwischenzeitlich entdeckte sie an ihrem wunderschönen neuen Teekessel einen empörenden Makel: Der angeschweißte Metallgriff wurde nach dreißig Sekunden auf der Herdflamme zu heiß zum Anfassen. Was ist das für ein Griff, dachte Alice, den man nicht greifen kann? Während sie ihre verbrannte Hand unter den Wasserhahn hielt, gab sie auch hierfür dem Schriftsteller die Schuld. Doch diesmal rief er nach nur drei Tagen an. Er saß gerade unter seinem Pavillon und beschrieb ihr das Herbstlaub, wie die Truthühner durch seine Einfahrt staksten und wie die Sonne orangerot glühend hinter seinen zweieinhalb Hektar Wald unterging. Dann rief er wieder an, nur *zwei* Tage später, und hielt das Telefon so, dass sie den Raben krächzen, das Laub im Wind rascheln und dann – nichts hörte. »Ich höre nichts«, sagte Alice und lachte.»Genau«, antwortete er.»Es ist *still. Wunder*bar still.« Aber es sei jetzt zu kalt, um in den Pool zu gehen, außerdem stünden störende Klempnerarbeiten bevor, deshalb wolle er nur noch etwa eine Woche bleiben und dann endgültig zurück in die Stadt kommen.

Er brachte eine alte Polaroid SX-70 mit.

»Mal sehen«, sagte er und drehte sie hin und her,»ob ich noch weiß, wie man dieses Ding bedient.«

Sie machten zehn Fotos, unter anderem eins, auf dem Ezra, nur mit einem Calvin-Klein-T-Shirt und seiner eigenen sehr praktischen Armbanduhr bekleidet, auf der Seite lag. Es war das einzige von ihm. Auf dem Bett lagen neun bereits aufgenommene Fotos, in zwei konzentrischen Bögen vor ihm aufgefächert: mit dem Hauch eines opalartigen Schillerns wurden vage, braune Formen sichtbar, als würden sie aus einem sonnenbeschienenen Fluss auftauchen. Je deutlicher die Fotos wurden, desto mehr verblasste die Freude daran, sie zu machen, und als Alice aufstand und ins Badezimmer ging, steckte Ezra alle zehn in ein Seitenfach ihrer Handtasche. Dann sahen sie sich *Ich tanz' mich in dein Herz hinein* mit Ginger Rogers und Fred Astaire an, und beim Zähneputzen summte Ezra »Cheek to Cheek«. Erst als sie am nächsten Morgen wieder im Aufzug stand und ihre Schlüssel suchte, fand sie ihn dort: einen fein säuberlichen, rechteckigen Stapel ihrer selbst, mit einem ihrer Haarbänder fest zusammengebunden.

Zu Hause legte sie die Polaroids einander überlappend in mehreren Reihen vor sich hin, fast wie für eine Partie Solitaire. Auf manchen sah ihre Haut aus wie verwässerte Milch, zu dünn, um die Adern zu verdecken, die durch ihre Arme und ihre Brust liefen. Auf einem anderen waren ihre Wangen bis zu den Ohren puterrot angelaufen, während das Chrysler Building über dem porzellanweißen Schwung ihrer Schulter wie eine winzige, weißgoldene Flamme aussah. Auf einem anderen lehnte ihr Kopf an seinem Schenkel, das sichtbare Auge war geschlossen, und Ezra hielt mit den Fingern ihr Haar beiseite. Auf einem anderen drückte sie mit den Händen ihre Brüste hoch, die weich und rund wirkten. Dieses hatte er von unten aufgenommen, so dass sie über ihren Nasenrücken herunter in die Kamera sah. Ihr hinter die Ohren gestrichenes Haar hing als schwerer blonder Vorhang links und rechts des Kiefers herab. Ihr Pony, dick und zu lang, teilte sich knapp linkerseits der Mitte und fiel ihr in die Wimpern. Es war ein beinahe schönes Foto. Auf jeden Fall jenes, das am schwersten zu zerschneiden war. Das Problem, dachte Alice, war seine *Alice*haftigkeit: so etwas hartnäckig Kindliches, das sie jedes Mal wieder überraschte und ärgerte.

Winzig, wie zwei rote Ampeln in der Ferne, leuchteten ihre Pupillen.

UNBEKANNTER TEILNEHMER.

»Oh, tut mir leid, Liebling, ich wollte dich gar nicht anrufen.«

UNBEKANNTER TEILNEHMER.

UNBEKANNTER TEILNEHMER.

UNBEKANNTER TEILNEHMER.

»Mary-Alice, ich freue mich immer noch darauf, dich heute Abend zu sehen, aber würde es dir etwas ausmachen, vorher bei Zabar's vorbeizugehen und mir ein Glas Tiptree mitzubringen? Also, Tiptree, T-I-P-T-R-E-E, genauer gesagt Marmelade – und nicht irgendeine Sorte, sondern Little Scarlett, die teuerste, die es gibt. Kostet ein Vermögen pro Glas, weil sie nämlich aus kleinen Mädchen wie dir gemacht wird. Also, ein Glas Tiptree Little Scarlett, ein Glas der besten Erdnussbutter, die du finden kannst, und einen Laib russischen Pumpernickel, nicht geschnitten. Und damit kommst du *hierher*!«

»Capitana!«

Weitere Geschenke:

Ein Bogen mit siebenunddreißig Ein-Cent-Briefmarken, eine für jeden amerikanischen Bundesstaat, im Stil alter »Greetings-from«-Postkarten.

Eine CD von Elgars Cello-Concerto, gespielt von Yo-Yo Ma und dem London Symphony Orchestra.

Ein Beutel Honeycrisp-Äpfel. (»Du wirst ein Lätzchen brauchen.«)

Er brauchte einen Stent. Ein winziges Röhrchen aus Drahtgeflecht, das man in eine sich verengende Koronararterie einsetzte, um sie aufzudehnen und den vollen Blutfluss zu gewährleisten. Ein simpler Eingriff. Er hatte schon sieben Stück davon. Keine Vollnarkose, man wird nur sediert und bekommt eine örtliche Betäubung an der Einstichstelle, dann wird der Stent mit einem Katheter hochgeschoben, und zack, ist er drin. Dann wird ein kleiner Ballon aufgeblasen, damit er sich ausdehnt wie ein Badminton-Ball, und ... voilà. Dauert circa eine Stunde. Ein Freund würde ihn ins Krankenhaus begleiten. Wenn sie wollte, könne er diesen Freund bitten, sie anzurufen, wenn er alles gut überstanden hatte.

»Ja, bitte.«

Trotz all seiner Zusicherungen verdüsterte sich seine Stimmung. Nicht ohne Vergnügen fühlte Alice sich von solch dramatischen Umständen auf die Probe gestellt.

»Natürlich müssen wir uns alle Sorgen machen«, sagte sie. »*Ich* könnte Krebs bekommen. Oder du könntest morgen auf der Straße –«

Er schloss die Augen und hob die Hand. »Von dem Bus weiß ich schon.«

Als sie am Tag des Eingriffs von der Arbeit nach Hause kam, legte sie die Elgar-CD ein. Die Musik war schrecklich schön, wehmütig und drängend, und sie passte, zumindest am Anfang, perfekt zu ihrer Stimmung. Zwanzig Minuten später jedoch säbelte das Cello noch immer erhaben vor sich hin; offenbar hatte es sich ohne sie weiterbewegt und scherte sich nicht um ihre Ungewissheit. Zwanzig vor zehn klingelte schließlich ihr Handy, und das Display zeigte eine fremde Nummer. In nüchternem Ton versicherte ihr ein Mann mit schwer zu verortendem, irgendwie schleppendem Akzent, dass der Eingriff zwar zuerst verschoben worden, dann aber gut verlaufen sei; Ezra bleibe noch über Nacht im Krankenhaus, damit einige Werte überwacht werden könnten, ansonsten sei alles gut, bestens.

»Vielen Dank«, sagte Alice.

»Vofür denn«, erwiderte der Freund.

»The Kid« hatte er sie genannt: »Ich habe The Kid angerufen.« Ezra fand das ziemlich witzig. Alice schüttelte den Kopf.

Für eine Weile war er guter Dinge. Der Stent erfüllte seine Aufgabe. Paramount wollte eins seiner Bücher verfilmen. Die Hauptrolle sollte eine preisgekrönte Schauspielerin spielen, ihn engagierte man als Onset-Berater. Eines Morgens meldete er sich etwas später als gewöhnlich – Alice hatte schon geduscht und zog sich für die Arbeit an – und fragte: »Rate mal, wer heute bei mir übernachtet hat?«

Alice riet.

»Woher weißt du das?«

»Wer hätte es denn sonst sein sollen?«

»Na jedenfalls, gevögelt hab ich sie nicht.«

»Danke.«

»Ich glaube, sie war nicht sehr beeindruckt von meinem Kleingeldteller.«

»Oder deinem Luftbefeuchter.«

Sie machten weitere Fotos.

»Auf dem hier«, sagte Alice, »sehe ich aus wie mein Vater.« Sie lachte.

»Fehlt nur noch ein Colt 45.«

»Dein Vater hat eine Waffe?«

»Viele sogar.«

»Wozu?«

41

»Falls eine Revolution kommt.«

Ezra runzelte die Stirn.

»Liebling«, sagte er später, während sie eine Scheibe Brot großzügig mit Little Scarlett bestrich. »Wenn du deinen Vater besuchst ... liegen diese Waffen dann einfach so herum?«

Alice leckte sich Marmelade vom Daumen. »Nein«, sagte sie. »Er bewahrt sie im Safe auf, aber ab und zu holen wir eine raus und schießen im Garten auf einen Kürbis, den wir an einen alten Geschirrspüler lehnen.«

Sie las gerade Fanpost, die ihm sein Agent weitergeleitet hatte, als er irgendetwas Unverständliches in den Wandschrank murmelte.

»Was?«

Er drehte sich um. »Ich sagte, hast du keinen wärmeren Mantel als den hier? Du kannst nicht den ganzen Winter in dem Ding herumlaufen. Du brauchst was Gefüttertes, mit Gänsedaunen. Und Kapuze.«

Ein paar Abende später schob er ihr einen weiteren Umschlag über den Tisch. »Searle«, sagte er. »S-E-A-R-L-E. Neunundsiebzigste, Madison Avenue. Sie haben nur einen einzigen.«

Das Nylon raschelte luxuriös, und die Kapuze umrahmte ihr Gesicht mit einem Heiligenschein aus schwarzem Pelz. Es fühlte sich an, als würde sie in einem nerzverbrämten Schlafsack herumlaufen. Beim Warten auf den Crosstown-Bus fühlte sich Alice verwöhnt und unbesiegbar – und auch trunken von dieser Stadt, die täglich aufs Neue wie ein wachsender Jackpot wirkte, der nur darauf wartete, dass man ihn knackte. Als sie später die Vortreppe ihres Hauses hocheilte, rutschte sie aus, suchte mit den Armen rudernd das Gleichgewicht und schlug mit dem Handrücken gegen das Eisengeländer. Ein heftiger Schmerz durchzuckte sie. Sie ging trotzdem zu ihm, versteckte ihre pochende Pfote für die Dauer des Abends in ihrem Schoß oder streckte sie später, als sie im Bett lagen, seitlich hinaus, als hätte sie gerade die Fingernägel frisch lackiert.

Am Morgen war ihre Handinnenfläche blau.

Zu Hause hoffte sie den ganzen Tag, die Schwellung würde zurückgehen, dann gab sie es auf, ging hinunter und fuhr mit dem Taxi in die nächste Notaufnahme. Der Fahrer brachte sie nach Hell's Kitchen, wo sie zwei Stunden lang in einem proppenvollen Wartezimmer voller Komatrinker und Obdachloser saß, die eine Psychose vortäuschten, um drinnen im Warmen bleiben zu können. Gegen zehn wurde Alice aufgerufen, und ein Assistenzarzt führte sie zu einer Krankenliege, wo er den Ring ihrer Urgroßmutter von ihrem geschwollenen Mittelfinger knipste und einzeln auf jeden Fingerknöchel klopfte, um festzustellen, wo genau es wehtat. »Da«, zischte Alice. »*Da!*«

Als das Röntgenbild kam, hielt der Assistenzarzt es hoch, zeigte darauf und sagte: »Gebrochen. Ihr dritter Mittelhand-«

Alice nickte; ihre Pupillen rollten zurück, sie schwankte einen Augenblick und sank dann langsam leicht seitlich nach vorn, wie eine abgelegte Marionette. Von hier aus reiste sie meilenweit, in ferne Länder mit barbarischen Sitten und zum Wahnsinn treibender Logik, sie fand Freunde und verlor sie wieder, sprach Sprachen, die sie zuvor nicht gekannt hatte, lernte komplizierte Wahrheiten und vergaß sie wieder.

Als sie einige Minuten darauf wieder zu sich kam und gegen einen widerlichen Sog ankämpfte, der sie hinunter zum Erdmittelpunkt ziehen wollte, wurde sie sich vage bewusst, dass sie von piepsenden Apparaten umgeben war, in ihren Nasenlöchern Schläuche kratzten und dass zwischen den Fragen, die man ihr stellte, und ihrer Antwort darauf zu viele Sekunden vergingen.

»Haben Sie sich den Kopf gestoßen?«

»Haben Sie sich auf die Zunge gebissen?«

»Haben Sie eingenässt?«

Ihre Jogginghose hatte einen nassen Fleck von dem Wasser aus einem kleinen Pappbecher, den ihr irgendjemand gegeben hatte.

»Sie müssen sich gleich am Montagmorgen mit einem Chirurgen in

Verbindung setzen«, sagte der Assistenzarzt, der sehr beschäftigt wirkte. »Können Sie irgendjemanden anrufen, der Sie abholt?«

»Ja«, flüsterte Alice.

Kurz vor Mitternacht trat sie in einen weiteren Schneeschauer hinaus; dicke Flocken segelten eilig schräg zu Boden. Alice ging zur Ecke, sah nach links und nach rechts und wieder nach links nach einem Taxi und hielt dabei ihre Hand, als bestünde sie aus Eierschalen.

UNBEKANNTER TEILNEHMER.

»Hallo?!«

»Ich wollte dir nur kurz erzählen, was mein Luftbefeuchter macht ...«

»Ezra, nein, ich hab mir die Hand gebrochen!«

»O mein Gott. Wie denn das? Hast du Schmerzen?«

»Ja!«

»Wo bist du?«

»Neunundfünfzigste, Ecke Columbus.«

»Kannst du ein Taxi nehmen?«

»Versuche ich ja gerade!«

Als sie zu ihm kam, trug er lange schwarze Seidenunterwäsche und hatte ein Pflaster am Kopf. »Was ist passiert?«

»Ich habe mir ein Muttermal entfernen lassen. Aber was ist mit dir passiert?«

»Ich bin bei mir auf der Vortreppe ausgerutscht.«

»Wann denn?«

»Heute Morgen«, log sie.

»War sie vereist?«

»Ja.«

»Dann könntest du klagen.«

Alice schüttelte traurig den Kopf. »Ich will niemanden verklagen.«

»Liebling, der beste Handchirurg in New York ist Ira Obstbaum. O-B-S-T-B-A-U-M. Er arbeitet am Mount Sinai, und wenn du willst, rufe ich ihn morgen an und bitte ihn um einen Termin für dich. Okay?«

»Okay.«

»Und gegen die Schmerzen nimmst du so lange das hier. Meinst du, du kannst schlafen?«

»Ich glaube schon.«

»Tapferes Mädchen. Du stehst noch unter Schock. Sag dir einfach: *Ich liege hier in meinem warmen, gemütlichen Bett, und alles ist in Ordnung.*«

Alice begann zu weinen.

»Du brauchst doch nicht zu weinen, Liebling.«

»Ich weiß.«

»Warum weinst du?«

»Tut mir leid. Du bist so nett zu mir.«

»Dasselbe würdest du doch auch für mich tun.«

Alice nickte. »Ich weiß. Tut mir leid.«

»Liebling, sag nicht andauernd ›Tut mir leid.‹ Beim nächsten Mal, wenn dir danach ist, sagst du stattdessen ›Fick dich.‹ Okay?«

»Okay.«

»Verstanden?«

»M-hm.«

»Also?«

Alice schniefte. »Fick dich«, sagte sie zaghaft.

»Braves Mädchen.«

Nachdem Alice die Tabletten genommen hatte, setzte sie sich auf seine Bettkante, noch immer im Mantel. Ezra, der mit übereinandergeschlagenen Beinen und seitlich pulsierendem Kopf in seinem Lesesessel saß, betrachtete sie finster. »Sie wirken nach etwa fünfundvierzig Minuten«, sagte er mit einem Blick auf die Uhr.

»Soll ich bleiben?«

»Klar kannst du bleiben. Willst du was essen? Wir haben Apfelmus, Bagels, Tofu-Schalotten-Frischkäse und Tropicana mit viel Fruchtfleisch.«

Er stand auf, toastete ihr einen Bagel und sah zu, wie sie ihn einhändig aß. Danach legte sich Alice hin und betrachtete die Schneeflocken, die vor seinem Balkon jetzt ruhiger fielen, verstohlener und gleichmäßiger, wie eine Gruppe Fallschirmjäger. Ezra setzte sich wieder in seinen Sessel und nahm ein Buch. Dreimal durchbrach er die Stille durch Umblättern, dann wurde Alice von einer Art sanftem Schäumen durchflutet, und ihre Haut fühlte sich an, als würde sie vibrieren.

»Whoa.«

Ezra sah auf die Uhr. »Wirkt es?«

»Mm*hmmmmmm* ...«

Er rief Obstbaum an. Er brachte sie mit dem Taxi zum Mount Sinai Hospital. Er bestellte bei Zingone's, dass sie sechs Wochen lang zwei Mal wöchentlich Lebensmittel nach Hause geliefert bekam.

Er fotografierte sie mit ihrem Gipsverband.

»Ich liebe dich«, schnurrte Alice.

»Nein, du liebst das Vicodin. Wir haben keine Filme mehr.« Er ging zum Wandschrank.

»Was hast du da sonst noch alles drin?«

»Willst du gar nicht wissen.«

»Doch.«

»Noch mehr Mädchen. Gefesselt.«

»Wie viele?«

»Drei.«

»Wie heißen sie?«

»Katie ...«

»Nein«, sagte Alice. »Lass mich raten. Katie und ... Emily? Ist Emily da drin?«

»Jep.«

»Und Miranda?«

»Ganz genau.«

»Die Mädels sind unverbesserlich.«

»Unverbesserlich«, wiederholte er, als hätte sie sich das Wort gerade ausgedacht.

Ihr Gips war schwer. Und irgendwie noch schwerer, wenn sie sonst nichts weiter anhatte. Alice drehte sich auf den Bauch und streckte sich wie eine dreibeinige Katze. Dann drückte sie sich hoch, machte einen Katzenbuckel, ließ den Kopf kreisen und grinste verrucht.

»Was ist?«

Auf Knien auf ihn zu kriechend: »Komm, wir machen was richtig Fieses.«

Er zuckte ein wenig zusammen. »Mary-Alice, das ist das Klügste, was du je gesagt hast.«

Sie saßen in der letzten Reihe, weil es am unauffälligsten war, aber auch, damit er, falls nötig, aufstehen und den Rücken durchstrecken konnte, aber das musste er nicht. Es war eine Samstagnachmittags-vorstellung und das Kino voll kleiner Kinder, und als ein besonders aufgeregtes ihm Popcorn über den Ärmel schüttete, war Alice in Sorge, er könnte es bereuen. Aber dann zündete Harpo seine Zigarre mit dem Gasbrenner an, und Groucho reichte seinem »Spiegelbild« den Hut, und Ezra legte den Kopf in den Nacken und lachte aus voller Kehle, lauter als alle anderen. Als Freedonia Sylvania am Ende den Krieg er-klärte und die Marx Brothers mit dem Po wackelnd »All God's chillun' got guns« sangen, zog Ezra eine Wasserpistole aus der Tasche und spritzte Alice damit heimlich in die Rippen.

»Wir ziehen in den Krieg!«, sangen die beiden, als sie über den Broad-way zurückschlenderten, vorbei an bunten Lichtern, gemalten Schnee-wehen und Weihnachtsbäumen, die so fest zusammengebunden waren, dass sie aussahen wie Zypressen. »Hidey hidey hidey hidey hidey hidey hidey HO!« In Murrays Sturgeon Shop drängten sie sich mit anderen vor dem Hustenschutz und sahen geräucherten Fisch, eingelegte Zunge und Tarama an wie Säuglinge auf einer Gebur-tenstation. Alice zeigte auf einen Käse mit der Aufschrift »FESTE SCHMIERE« und pfiff affektiert. Als Ezra an der Reihe war, hob er einen Finger und bestellte: »Zwei Portionen Gefilten Fisch, etwas Meerrettich, ein halbes Pfund kippered geräucherten Lachs und – ach, was soll's. Fünfzig Gramm vom feinsten Löffelstör-Kaviar für meine liebe Miss Eileen.«

»Ups«, sagte Alice.

Ruhig drehte sich Ezra zu ihr um. Er schnalzte mit der Zunge und schüttelte den Kopf: »Tut mir leid, Liebling. Du bist nicht Eileen.«

UNBEKANNTER TEILNEHMER.

»Hallo?«

»Guten Abend. Könnte ich bitte mit Miranda sprechen?«

»Miranda ist nicht da.«

»Wo ist sie?«

»Im Gefängnis.«

»Ist Emily da?«

»Emily ist auch im Gefängnis.«

»Weshalb?«

»Das wollen Sie nicht wissen.«

»Was ist mit ...«

»Katie?«

»Genau. Katie. Katharine.«

»Sie ist da. Möchten Sie sie sprechen?«

»Ja, bitte.«

... »Hallo?«

»Hi, Katie? Hier ist Mr Zipperstein, aus der Schule.«

»Oh, Tagchen, Mr Zipperstein.«

»Hallo. Wie geht's dir?«

»Gut.«

»Schön. Hör zu. Ich rufe an, weil ich dich fragen wollte, ob du abends mal zum Lernen zu mir nach Hause kommen möchtest.«

»Ja, gut.«

»Du hättest Lust?«

»Klar.«

»Morgen?«

»Mist. Ich kann morgen nicht. Da habe ich Klavierunterricht.«

»Donnerstag?«

»Kunst-AG.«

»Wie wäre es danach? Nach der Kunst-AG?«

»Donnerstagabends bin ich mit Tischdecken dran.«

»Darüber habe ich schon mit deiner Mom gesprochen. Sie meinte, du kannst am Freitag stattdessen zweimal decken.«

»Okay.«

»Dann also Donnerstag um halb sieben?«

»Geht klar.«

»Welche bist du noch mal?«

»Katie.«

»Immer schön sauber bleiben, Katie.«

»Nein, nein, Mr Zipperstein.«

»Zipper*stein*.«

»Zipper*stein*.«

»Braves Mädchen.«

Liebste Nora, meine süße kleine Hure, ich habe getan, was du mir befohlen hast, du schmutziges Mädchen, und mir beim Lesen deines Briefs zweimal einen abgezogen. Ich nehme mit Freude zur Kenntnis, dass du es tatsächlich sehr magst, wenn man dich von hinten aufzäumt. O ja, jetzt erinnere ich mich an diese eine Nacht, in der ich dich so lange von hinten genagelt habe. So schmutzig wie da habe ich es dir noch nie besorgt, Liebling. Mein Riemen steckte stundenlang in dir, ging unter deinem himmelwärts gereckten Arsch rein und raus, rein und raus. Ich spürte deine dicken, verschwitzten Backen unter meinem Bauch, sah dein rotes Gesicht und deinen irren Blick. Bei jedem Stoß brach deine schamlose Zunge durch deine

Lippen hervor, und wenn ich härter und fester gestoßen habe als sonst, quallerten dicke Fürze aus deinem Arsch. Du hattest einen Arsch voll Fürze in dieser Nacht, Liebste, und ich habe sie alle aus dir rausgefickt – dicke fette Brummer, langgezogene Blähfürze, fröhliche kleine Knaller und jede Menge frecher Püpschen, gefolgt von einem letzten langen Schwall aus deiner Spalte. Es ist herrlich, eine furzende Frau zu vögeln, wenn jeder Stoß den nächsten Wind aus ihr heraustreibt, noch einen und noch einen. Ich glaube, ich würde Noras Furzen unter Tausenden wiedererkennen. In einem Zimmer voll furzender Frauen könnte ich genau ihres heraushören. Es klingt ziemlich mädchenhaft, nicht wie die feuchten Blähfürze, die ich mir bei fetten Eheweibern vorstelle. Es ist unvermittelt, trocken und schmutzig, ungefähr das, was eine ungezogene Göre nachts zum Spaß im Internatsschlafsaal loslassen würde. Ich hoffe, Nora furzt mir bald pausenlos ins Gesicht, damit ich auch ihren Ruch kennenlernen kann.

»Das ist ja ekelhaft«, sagte Alice.

Er ließ das Buch sinken und bedachte sie mit einem stumpfen, gekränkten Blick. Alice kroch flink unter die Bettdecke und machte sich dort zu schaffen, bis er kam wie ein kraftloser Trinkbrunnen.

Sie dämmerten ein.

Als um acht seine Armbanduhr piepste, stöhnte Alice und flüsterte: »Ich muss los.« Ezra nickte warm und zärtlich, ohne die Augen zu öffnen.

Während sie am Tisch saß und die Schnallen ihrer Schuhe schloss:

»Kennst du diesen Obdachlosen? Der immer vor Zabar's steht und hundert Mäntel anhat, sogar im Sommer?«

»Mm-hmm.«

»Hast *du* ihm die ganzen Mäntel gekauft?«

»Jep.«

»Meinst du, er war schon verrückt, bevor er obdachlos wurde, oder er ist es danach erst geworden?«

Ezra dachte darüber nach. »Betrachte ihn nicht zu sentimental.«

»Was meinst du?«

»Bemitleide ihn nicht. Versetz dich nicht zu sehr in ihn hinein. Es geht ihm gut.«

Im Bad spülte sie sich den Mund aus, bürstete ihr Haar und band dem Dildo, der auf dem Toilettentisch stand, eine Zahnseidenfliege; dann ging sie.

Bei ihr im Haus auf der Treppe:

»Guten Morgen, Liebes! Hübsch sehen Sie heute wieder aus. Sagen Sie: Haben Sie schon einen Freund?«

»Noch nicht, Anna! Noch nicht.«

Über die Feiertage fuhr er auf seine Insel. Alice nahm den Zug zu ihrer Mutter, die sie unmöglich nicht sentimental betrachten konnte, wie sich zeigen sollte, und kam an Silvester zurück, um die Dinnerparty eines Kollegen zu besuchen. Die Auberginen waren zäh, das Risotto versalzen, und danach betranken sich alle mit billigem Sekt und schrieben dummes Zeug auf Alice' Gips. »Irgendwelche Vorsätze?«, fragte sie den Jungen, der in schlechter Haltung neben ihr saß; irgendwer hatte ihr erzählt, im Frühjahr erscheine ein Gedichtband von ihm. »Klar«, antwortete er, streckte ein Bein aus und fuhr mit der Hand durch seine langen Korkenzieherlocken. »Qualität *und* Quantität.« Am Union Square kotzte ein Mädchen in Goldpailletten auf die Subway-Gleise, und ihre Freunde lachten und fotografierten.

Als Ezra zurückkam, öffneten sie eine Flasche Champagner, echten Champagner, und aßen bulgarischen Kaviar von Murray's. Außerdem schenkte er ihr eine Schachtel marmeladengefüllte Doughnuts aus dem Shelter Island Bake Shop und ein 8-CD-Box-Set der Großen Romantik-Klassiker mit dem Titel *They're Playing Our Song.*

»Irgendeins, das du nicht kennst?«

»›My Heart Stood Still‹?«

Ezra nickte, lehnte sich in seinem Sessel zurück und holte tief Luft. »›I *took one look at you, that's all I meant to do / And then my heart stood still* ...«

»›September Song‹?«

Wieder ein tiefes Luftholen. »*For it's a long, long while from May to December / But the days grow short when you reach September* ...‹«

Obwohl er eine gute Stimme hatte, verstellte er sie, um den Ernst rauszunehmen. Alice lächelte schüchtern und sah auf ihren Doughnut hinunter. Ezra kicherte leise und rieb sich den Kiefer.

»Du hast da Marmelade«, sagte er.

»Ezra«, sagte sie einen Augenblick später, als sie ihm in der Küche ihre beiden Teller gab. »Ich glaube, ich kann heute Abend nicht.«

»Ich auch nicht, Schatz. Ich möchte einfach nur bei dir liegen.«

Auf dem Bett wusste sie nicht recht, wohin mit ihrem Gips.

»Wann wird der abgenommen?«

»Mittwochmorgen.«

»Komm doch danach zu mir, dann besorge ich uns was zum Mittagessen, in Ordnung?«

»In Ordnung. Danke.«

»Wie läuft's bei der Arbeit?«

»Was?«

»Wie es bei der Arbeit läuft, hab ich gefragt, Liebling.«

»Ach, na ja. Ich will das zwar nicht mein ganzes Leben lang machen, aber es ist okay.«

»Was willst du denn dein ganzes Leben lang machen?«

»Keine Ahnung.« Sie lachte leise. »In Europa leben.«

»Wirst du gut bezahlt?«

»Für mein Alter schon.«

»Hast du viel Verantwortung?«

»Ja, schon. Und meine direkte Vorgesetzte geht nächsten Monat in Mutterschaftsurlaub, deshalb übernehme ich bald einen Teil ihrer Arbeit.«

»Wie alt ist sie?«

»Mitte dreißig, schätze ich.«

»Wünschst *du* dir Kinder?«

»Ach, ich weiß nicht. Ich weiß nicht. Im Moment nicht.«

Ezra nickte. »Mein Schatz Eileen stand kurz vor dem Vierzigsten und wünschte sich ein Baby, von mir. Ich wollte sie nicht verlieren und habe sehr ernsthaft darüber nachgedacht. Und ich war kurz davor, ja zu sagen. Ich bin heilfroh, dass ich es nicht gemacht habe.«

»Was ist passiert?«

»Wir haben uns getrennt, das war hart, aber nach einer Weile hat sie jemand Neuen gefunden, Edwin Wu. Und jetzt haben sie den kleinen

Kyle und Olivia Wu, vier und sechs Jahre alt und einfach nur entzückend.«

Sie begannen einzudämmern, obwohl er seine hundert Aufgaben noch nicht erledigt hatte. Alice schniefte.

»Was ist?«

»Meine Großmutter – die, die Baseball mag – heißt Elaine, und als mein Großvater – er war Alkoholiker – ihr den Antrag machte, war er so betrunken, dass er fragte: ›Eileen, willst du meine Frau werden?‹«

Alice lachte.

Ezras Arm um ihre Schulter wurde steif. »O Mary-Alice. Süße Mary-Alice. Ich will, dass du im Leben gewinnst. Weißt du das?«

Alice hob den Kopf und sah ihn an. »Warum sollte ich nicht?«

Er fuhr sich mit der Hand über die Augen; seine Finger zitterten. »Ich habe Angst, dass irgendein Kerl daherkommt und dir alles versaut.«

Am Abend vor seinem Geburtstag aßen sie zusammen eine Praliné-Tarte und sahen zu, wie der Präsident den Einmarsch ankündigte.

In diesem Konflikt sieht sich Amerika einem Feind gegenüber, der keinen Sinn für Konventionen des Krieges oder Regeln der Moral hat ... Wir kommen nach Irak mit Respekt für seine Bürger, für seine große Zivilisation und für die Glaubensbekenntnisse, die sie praktizieren. Wir haben kein Ziel in Irak, außer eine Bedrohung zu beseitigen und die Kontrolle dieses Landes durch sein eigenes Volk wiederherzustellen.

»Dieser Mann ist so dumm«, sagte Alice kopfschüttelnd.

»Das Zeug wird mich umbringen«, sagte Ezra und stach mit der Gabel in die Tarte.

Sie schenkte ihm ein Band für seine Lesebrille. Er schenkte ihr weitere tausend Dollar, die sie bei Searle ausgeben sollte. Am darauffolgenden Abend schmiss ein Freund für ihn eine Party, zu der Alice nicht eingeladen war.

»Ist das derselbe Freund, der mich The Kid genannt hat?«

Ezra versuchte, nicht zu lächeln.

»Hat er noch nie was von einem Kindertisch gehört?«

»Da willst du gar nicht dabei sein, Liebling. *Ich* übrigens auch nicht. Außerdem bist du doch diejenige, die nicht will, dass jemand von uns erfährt. Du bist diejenige, die nicht in der Page Six auftauchen will.« Seinem Rücken ging es besser. Mit dem neuen Buch kam er gut voran. Er wollte chinesisch essen.

»Einmal Shrimps mit Hummersauce, einmal Brokkoli mit Cashews, einmal Hühnerfleisch und – Mary-Alice, willst du ein Bier? – zwei Flaschen Tsingtao ... Ja. Äh, nein, ich glaube, es war einmal Shrimps, einmal Brokkoli, einmal Hühnerfleisch und ... ja, richtig. Zwei Sing-sao. Sing-tao. Ja. Genau. Tsching-*dao*.« Hilflos schlug er eine Hand auf die Stirn und lachte. Die Stimme am anderen Ende der Leitung wurde ungehalten. »Nein!«, sagte er. »Ich lache nicht über Sie, ich lache über *mich*!«

Er legte auf. »Vierzig Minuten. Was machen wir so lange?«

»Eine Vicodin nehmen?«

»Haben wir doch schon.«

Alice seufzte und ließ sich rückwärts aufs Bett fallen. »Ach, wenn doch nur irgendwo Baseball laufen würde!«

»Na warte, du kleines Miststück, das wirst du mir büßen ...«

Er erzählte ihr von einer hübschen palästinensischen Journalistin, die auf der Party gewesen war und ihn interviewen wollte, als Alice plötzlich die Stirn runzelte und den Kopf von seiner Brust nahm.

»U-oh.«

»Was ist?«

»Dein Herz macht irgendwas Komisches.«

»Was heißt komisch?«

»Pssst.«

Mit hochgezogenen Augenbrauen sah er sie an und wartete. Alice hob noch einmal den Kopf. »Es macht drei Schläge, dann Pause, vier Schläge, Pause, drei Schläge, Pause.«

»Bist du sicher?«

»Ich glaube schon.«

»Hmm. Vielleicht sollte ich Pransky anrufen.«

»Wer ist Pransky? Der beste Herzspezialist in New York?«

»Fräulein Neunmalklug, würden Sie mir bitte das Telefon und mein kleines schwarzes Notizbuch da drüben reichen?«

Pransky gab ihm direkt für den nächsten Vormittag einen Termin und konnte nichts feststellen, riet ihm aber trotzdem, sich einen Mini-Defibrillator implantieren zu lassen. Während Alice diesmal auf Nachricht wartete, war sie gerade auf der Arbeit und führte mit der Babysitterin der Tochter ihres Chefs ein Vorstellungsgespräch wegen eines Praktikums.

»Also, woher kennen Sie Roger?«

»Er ist der Nachbar meines Onkels in Easthampton.«

»Und was macht Ihr Onkel?«

»Irgendwas mit Wertpapieren.«

»Aber Sie möchten lieber im Verlagswesen arbeiten.«

Das Mädchen zuckte mit den Schultern. »Na ja, ich lese gern.«

»Was lesen Sie denn gern?«

UNBEKANNTER TEILNEHMER.

»... Soll ich rausgehen?«

»Nein, nein, schon in Ordnung.«

»Okay. Äh. Ann Beattie und ...« UNBEKANNTER TEILNEHMER. »Soll ich wirklich nicht rausgehen?«

»Nein, nein. Ann Beattie und?«

»Julia Glass. Ich habe gerade *Three Junes* durch, das war unglaublich gut.«

»Mmhmm. Wen sonst noch?«

Das Mädchen drehte sich um und beobachtete einen Fensterputzer, der sich am Gebäude gegenüber abseilte. Mehrere Sekunden verstrichen, dann schniefte sie und hob einen Arm voll klingelnder Reifen, um sich die Nase zu kratzen.

Piep.

»Ach ja!«, sagte das Mädchen und drehte sich wieder zu Alice. »Und ich *liebe* Ezra Blazer.«

»Wie fühlt es sich an?«
»Als hätte ich einen Zigarettenanzünder in der Brust.«
»Genauso sieht es auch aus.«

Er saß auf der Toilette und sah aufmerksam zu, wie sie einen Waschlappen auswrang und damit die OP-Naht abtupfte, die nur anderthalb Zentimeter neben der Narbe von seinem fünffachen Bypass endete. Der starre schwarze Faden zog sich wie Stacheldraht durch seine Haut.

»Meinst du wirklich, dass das gut ist?«, fragte Alice. »Es nass zu machen, so dass –«

»BZZZZZZZZZZT!«, machte er, und sie zuckte zusammen.

Am Abend vor dem ersten Spiel der Yankees gegen Boston gingen sie in ein Restaurant namens Il Bacio, das Ezra immer The Meatball nannte. »Das Essen hier ist zwar scheiße«, sagte er fröhlich und schlug die Speisekarte auf. »Aber wir können ja nicht die ganze Zeit in diesem kleinen Zimmer verbringen, nicht wahr?« Unter dem Tisch reichte er ihr eine Flasche Händedesinfektionsmittel.

»Ich nehme den Lachs«, sagte Alice, noch immer handereibend, als der Kellner kam.

»Und ich die Spaghetti Vongole, aber ohne Vongole. Und eine Cola Light. Und – Mary-Alice, möchtest du ein Glas Wein? Für die Dame bitte ein Glas Weißwein.«

Eine Frau in einem fuchsiafarbenen Hosenanzug näherte sich ihrem Tisch. Sie rang verzückt die Hände.

»Es tut mir wahnsinnig leid, und meinem Mann ist es auch total peinlich, aber ich muss ihnen einfach sagen, wie viel uns Ihre Bücher bedeutet haben.«

»Danke.«

»Im Moment liegen gleich *zwei* auf meinem Nachttisch.«

»Gut.«

»Und Sie«, sagte die Frau und sah Alice an, »sind sehr hübsch.«

»Danke«, sagte Alice.

Als sie gegangen war, sahen sie einander schüchtern an. Ezra stützte die Ellbogen auf den Tisch. Er knetete sich die Hände.

»Ich habe nachgedacht, Mary-Alice ...« Der Kellner brachte ihre Getränke. »Und ich habe mir überlegt, vielleicht möchtest du mich diesen Sommer draußen auf dem Land besuchen.«

»Wirklich?«

»Wenn du möchtest.«

»Ja, natürlich.«

Er nickte. »Du könntest an einem Freitag nach der Arbeit mit dem Zug nach Greenport rausfahren und die Fähre nehmen. Clete oder ich würden dich dann abholen.«

»Oh, das wäre toll. Danke.«

»Oder du nimmst dir einen Freitag frei.«

»Das klingt hervorragend. Mache ich.«

Er nickte noch einmal, schien der Idee aber schon wieder müde zu sein. »Aber pass auf, Liebling. Die meiste Zeit sind wir da draußen zwar allein, aber Clete ist auf jeden Fall da, und ab und zu kommt noch dieser oder jener, um den Rasen zu mähen und so weiter, deshalb schlage ich vor, wir geben dir sicherheitshalber einen Decknamen.«

»Was?«

»Einen anderen Namen.«

»Ich weiß, was ein Deckname ist. Aber warum denn?«

»Weil die Leute eben gern tratschen. Deshalb nennen wir dich anders, solange du da bist, und wenn jemand fragt, sagen wir, du hilfst mir bei einer Recherche. Falls es Gerede gibt, und es wird welches geben, brauchst du dir keine Sorgen zu machen, dass es bis zu deinen Kollegen durchdringt.«

»Meinst du das ernst?«

»Todernst.«

»Hm, okay. An was für einen Namen hattest du gedacht?«

Er lehnte sich zurück und faltete die Hände auf dem Tisch. »Samantha Kahnführer.«

Alice musste so unvermittelt auflachen, dass sie ihren Wein abstellte.

»Wie kommst du denn auf *den* Namen?«

»Den hab ich erfunden.« Er wischte sich die Hände an seiner Serviette ab und zog eine Visitenkarte aus der Hemdtasche.

SAMANTHA KAHNFÜHRER

Lektorats- und Rechercheassistentin

von Ezra Blazer

»Aber da steht ja gar keine Nummer drauf. Wer hat denn eine Visitenkarte ohne Nummer?«

»Dich soll ja auch niemand wirklich anrufen, Liebling.«

»Das ist mir schon klar, aber ... damit es glaubwürdiger wirkt. Wer nimmt mir denn so ab, dass das wirklich meine Karte ist?«

Unbeeindruckt lehnte er sich zurück, um Platz für die Spaghetti zu machen. Er nahm seine Gabel.

»Gut«, lachte Alice. »Hast du ...? Wann wolltest du ...?«

»Vielleicht im Juli. Vielleicht an dem Wochenende vom Unabhängigkeitstag. Warten wir mal ab.«

Neben den restlichen Karten – zweihundert Stück aus buttergelbem Tonpapier, eng in eine graumelierte Schachtel gepackt – schenkte er ihr am selben Abend:

Sechs grüne Pfirsiche.

Einen Katalog vom Vermont Country Store, aus dem sie sich Walnuss-Karamell bestellen sollte und was ihr Herz sonst noch begehrte, auf seine Rechnung. Fünfzehn Hundert-Dollar-Scheine, eingewickelt in liniertes Notizpapier, auf das er mit rotem Filzstift geschrieben hatte: DU WEISST SCHON, WO DU DAMIT HINGEHEN MUSST.

»Der Kongress der Vereinigten Staaten hat in dieser Woche ein wegweisendes Gesetz zur Stärkung und Modernisierung von Medicare verabschiedet. Der Gesetzentwurf von Repräsentantenhaus und Senat sieht vor, dass amerikanische Senioren zum ersten Mal in der achtunddreißigjährigen Geschichte von Medicare in den Genuss einer Kostenübernahme für verschreibungspflichtige Medikamente kommen. Wir sind aktiv geworden, weil Medicare nicht mehr mit der Entwicklung der modernen Medizin Schritt halten konnte. Das Versicherungssystem stammt aus den Sechzigern, als Krankenhausaufenthalte üblich waren und nur selten medikamentös behandelt wurde. Heute machen Medikamente und andere Behandlungsmethoden einen Aufenthalt im Krankenhaus oft unnötig, während sich die Behandlungsqualität signifikant verbessert hat. Weil Medicare die Kosten für Medikamente bisher nicht übernimmt, müssen viele Senioren die verschriebenen Präparate aus eigener Tasche zahlen und stehen oft vor der schwierigen Entscheidung, entweder Medikamente zu kaufen oder andere Ausgaben zu bestreiten. Im Januar habe ich dem Kongress das Grundgerüst für eine Medicare-Reform vorgelegt, deren Schwerpunkt auf der Kostenübernahme verschreibungspflichtiger Medikamente liegt und die im Rahmen von Medicare mehrere Wahlmöglichkeiten bietet. Genau das steht im Zentrum dieses Entwurfs: die Wahlfreiheit. Senioren sollen genau die Gesundheitsvorsorge auswählen dürfen, die zu ihren Bedürfnissen passt. Durch mehr Wettbewerb im Gesundheitswesen bekommen ältere Menschen bessere und kostengünstigere Möglichkeiten der Krankenversicherung. Kongressabgeordnete und andere Angestellte im öffentlichen Dienst können schon jetzt zwischen verschiedenen Versicherungsoptionen wählen. Was für die Gesetzesmacher gut ist, kann auch für amerikanische Senioren nicht –«

»Halt die Klappe«, murmelte Alice und stand auf, um einen anderen Sender einzustellen, dann schnitt sie weiter die Preisschilder ihrer neuen Sachen von Searle ab.

An ihrer Tür ein typisches rhythmisches Klopfen:

Bam badda daaa dam – bam bam.

Es war Anna, die in einem schief zugeknöpften Hauskleid vor ihr stand und ihr zitternd ein Glas Sauerkraut hinhielt. »Können Sie das aufmachen, Liebes?«

»... Bitte schön.«

»Danke. Wie heißen Sie?«

»Alice.«

»Das ist ein schöner Name. Sind Sie verheiratet?«

»Nein.«

»Ich dachte, ich hätte mal jemanden gehört. Haben Sie einen Freund?«

»Nein, leider nicht ...«

Neben dem Walnuss-Karamell kreuzte Alice noch Kokos-Wassermelonen-Schnitze, Mary Janes, Türkische Toffees und Weingummi-Soldaten (»A Salute to Your Sweet Tooth«) an. Dann ging sie ins Bett, und während das Radio lief, Camus auf ihren Knien zunehmend Schlagseite bekam und der Füller, mit dem sie bestimmte Passagen unterstrichen hatte, einen Tintenfleck auf ihrem Pyjamaärmel hinterließ, schlief sie ein.

»... ich Sie liebe«, sagte Cormery ruhig.

Malan zog die Schüssel mit Obstsalat zu sich heran und erwiderte nichts.

»Weil Sie sich«, fuhr Cormery fort, »als ich sehr jung, sehr dumm und sehr

allein war … mir zugewandt haben und mir unmerklich die Türen zu allem, was ich auf dieser Welt liebe, geöffnet haben.«

Sie hatte Rückenschmerzen. Ihre Brüste waren geschwollen. Bei der Arbeit fuhr sie die neue Praktikantin an, weil sie den Geschirrspüler in der Kaffeeküche zu langsam ausräumte.

Im Badezimmer unter dem Waschbecken holte sie eine rosa Plastikmuschel hervor, die vor Staub schon grau war. DIE stand auf der letzten leeren Blase des Pillenstreifens. Weiß suggeriert deinem Körper: Du bist schwanger, Blau sagt: War nur Spaß. Sechs Wochen Pille hatten sie drei Jahre zuvor so weinerlich und reizbar gemacht, dass sie fast wahnsinnig geworden wäre und sie wieder abgesetzt hatte. Aber jetzt war sie älter, älter und wachsamer für einen hormonellen Angriff aus dem Hinterhalt; diesmal wäre sie auf hysterische Gedanken vorbereitet und könnte sie sich wieder ausreden.

Also: Heute Abend eine weiße Pille, morgen eine, am Freitag eine und am Samstag nach dem Mittagessen eine vierte. Damit, so rechnete sie, sollte sie, ohne zu bluten, übers Wochenende kommen …

UNBEKANNTER TEILNEHMER.

»Hallo?«

»Alles gepackt?«

»So gut wie.«

»Wann geht dein Zug?«

»Neun Uhr zwölf.«

»Du wirst es nicht glauben, aber ich lese gerade noch einmal *David Copperfield*, für mein Buch, und in der vierten Zeile von Seite einhundertzwölf bin ich gerade auf das Wort ›Kahnführer‹ gestoßen.«

»Nein.«

»Doch! Hör dir das an: ›Sein Vater war, wie er mir sagte, Kahnführer und ging mit schwarzem Samtbarett im jährlichen Festzuge des Lord-Mayor. Unser Vorarbeiter, ebenfalls ein Knabe, wurde mir unter dem sonderbaren Namen Mehlkartoffel vorgestellt.‹ So werde ich dich ab jetzt nennen, Mary-Alice. Mehlkartoffel.«

»Gut.«

»Kannst du dir das vorstellen? Dass ich ausgerechnet an dem Abend, bevor du kommst, das Wort *Kahnführer* lese? Wie oft begegnet einem dieses Wort?«

»Fast nie.«

»Ganz genau. Fast nie.«

Alice trank einen Schluck Luxardo.

»Fickie fick?«

»Wenn du willst.«

»Nein, vielleicht besser nicht. Es ist schon spät.«

Sie wartete.

»Liebling.«

»Was.«

»Ich muss dich was fragen.«

»Kommt dir manchmal der Gedanke, dass das hier nicht gut für dich ist?«

»Im Gegenteil«, sagte Alice etwas zu laut. »Ich finde, es ist sogar *sehr* gut für mich.«

Ezra lachte leise. »Du bist ein lustiges Mädchen, Mary-Alice.«

»Es gibt bestimmt lustigere.«

»Da hast du wahrscheinlich recht.«

»Egal«, sagte sie. »Du machst mich glücklich.«

»O Liebling. Du mich auch.«

Licht schimmerte in den Bäumen, deren Laub, wenn der Wind hindurchstrich, seufzte wie die Götter nach einem langen, weinseligen Mittagessen. In der milden, brackigen Luft wehte hier und da ein Hauch sonnenwarmer Kiefernharzblasen. Alice sprang kopfüber in das Wasser, das er immer annähernd auf Bluttemperatur hielt, schoss als Unterwassertorpedo auf halber Länge an die Oberfläche und schwamm dann dreißig Bahnen ruhig im Bruststil: die Beine wie ein Frosch, die Hände jedes Mal kurz vor dem Berühren voreinander fliehend, die Rechte am Ende einer Bahn ausgestreckt, so dass sie inmitten der Insekten aufkam, die über die Randplatten krabbelten, und die Linke immer angewinkelt, um sich vor der nächsten Bahn einmal über die Nase zu wischen. An manchen Tagen erschien es ihr, als käme sie mit diesem immer gleichen Ablauf tatsächlich irgendwie voran – so als schwämme sie nicht immer ein und dieselbe Strecke, sondern als wären ihre Bahnen miteinander verbundene Abschnitte, die sie eines Tages an ein Ziel in der Entfernung ihrer addierten Länge bringen würden. Wenn ihre Hände sich beinahe berührten und dann wieder auseinandergingen, sahen sie aus wie die Hände von jemandem, der früher einmal gebetet hat, jetzt aber andere Arten der Selbstberuhigung vorzieht: jemand Erfahrenes, Liberales, Belesenes. Jemand *Aufgeklärtes*. Das Pumpenhaus brummte.

An den Abenden hörten sie *Music for a Weekend to Remember*, das war wie Jonathan im Radio, nur schmalziger, und nahmen ihre Teller mit hinaus unter den Pavillon oder, wenn ein Spiel lief, in die rosa leuchtende Höhle. Auf dem Kaminsims neben einer Glaspyramide, die zitternde Regenbögen an die Wand warf, stand ein alter Holzkalender mit drei Fenstern und Holzstiften, mit denen man die Leinenrollen dahinter auf den korrekten Wochentag und das korrekte Datum drehte:

SAMSTAG

2. AUGUST

Wenn Alice vorbeiging, konnte sie es sich nie verkneifen, einen dieser blassen, glatten Stifte ein klein wenig weiterzudrehen … auch wenn sie es nie wagte, den SAMSTAG bis zum SONNTAG weiterzudrehen, die 2 bis zur 3 oder AUGUST bis SEPTEMBER, weil sie fürchtete, sie nicht wieder zurück zu bekommen.

Auf einer schmalen Marmorkonsole hinter dem Sofa waren ellbogenhoch Bücher gestapelt, viele von bekannten Schriftstellern, andere von Namen, die sie als Freunde erkannte. Der zum Beispiel, der sie The Kid nannte, hatte ein Buch über Auschwitz geschrieben, für das Ezra einen zurückhaltend lobenden Blurb beigesteuert hatte. Auch mehrere Leseexemplare waren dabei, unter anderem eine Biographie von Arthur Miller und ein Roman, der im Herbst bei Alice' Arbeitgeber erscheinen sollte. Zwischen den Seiten steckte noch der scharf gefaltete Brief ihres Chefs:

Lieber Mr. Blazer,
wie Sie in meiner Einführung sehen werden, ist Allatoona! *ein ganz besonderer Roman, ganz zu schweigen davon, dass es eine subtile und ebenso respekt- wie glanzvolle Verneigung vor Ihrem Einfluss ist. Ich schreibe Ihnen nicht mit der Bitte um ein Testimonial, nur in der Hoffnung, dass Sie ebenso viel Freude an dem Buch haben wie wir alle hier bei Gryphon und sich von seinem selbstbewussten, fein ausgewogenen, scharfsinnigen –«*

Alice schlug den Roman zu und ging mit dem Auschwitz-Buch hinaus auf die Veranda.

Manchmal kam ein älterer Nachbar zum Abendessen vorbei, brachte Eier von seinem Hühnerhof und den neuesten Tratsch aus der Nachbarschaft mit. An anderen Abenden spielten Ezra und sie Karten, lasen oder gingen mit der Taschenlampe hinunter zu seinem Steg, um den Sternenhimmel zu betrachten. An einem Samstag spazierten sie bis nach Ram's Head, wo eine Hochzeitsfeier noch in vollem Gange war:

Männer schwangen Krockethämmer und scheuchten barfüßige Braut-jungfern über den Rasen, während ein Jazz-Quintett in der Bar Big-Band-Standards auswalzte. »Nein«, sagte Ezra bestimmt, als Alice ihn neckisch an den Armen zog. Doch dann setzte das treibende *Rat-a-rat* von »Sing Sing Sing« ein, und kurz darauf trommelte er wie von Lionel Hampton besessen in der Luft. Ein wenig Fingerschnipsen hier, ein paar Fersenschwünge da, und einmal ging er sogar auf die Zehenspit-zen und wagte einen kurzen Akkordeonknicks. Er hatte Alice bei der Hand genommen und wirbelte sie in Spirographenbögen herum, die mit jeder Drehung länger und lockerer wurden, als eine Frau mit ei-nem umgedrehten Anstecksträußchen zu ihnen herübertanzte und rief: »Wissen Sie was? Alle sagen, Sie sehen *haar*genau aus wie mein Mann.« »Ich *bin* Ihr Mann«, erwiderte Ezra, dann lehnte er Alice fast in die Horizontale und tanzte mit ihr so bis zur Band.

Sein Schlafzimmer lag in der oberen Etage, wo die Bodendielen ge-mächlich knarrten und das wogende Grün einer knubbeligen alten Eiche die Fenster ausfüllte. Wenn sie ihm morgens gegenüberlag, in seine strahlend braunen Iris sah und staunte, wie unverbraucht sie selbst nach so vielen Geburtstagen, Kriegen, Hochzeiten, Präsidenten, Attentaten, Operationen, Preisen und Büchern aussahen, wie klar und lebhaft, seufzte Alice. Zusammen hatten Ezra und sie siebenundneun-zig Jahre gelebt, und je länger sie ein Paar waren, desto mehr verwech-selte sie seine Jahre mit ihren eigenen. Draußen plauderten munter die Vögel. Als die Sonne Alice' Gesicht erreichte, setzte sie sich auf und strich sich eine Haarsträhne hinters Ohr. Auf ihrer Wange zeichneten sich noch die Kissenfalten ab. Feierlich berührte sie wie ein Baseball-Coach mit dem Finger ihre Nasenspitze, dann das Kinn, den Ellbogen und noch einmal die Nasenspitze, zuletzt zupfte sie sich am Ohr. »*Bunt*«, sagte Ezra mit rauer Stimme. Ja! Nase, Kinn, Ellbogen, Schen-kel, Ohrläppchen, Ohrläppchen, noch einmal Nasenspitze, dann drei-mal schnell in die Hände geklatscht. »*Steal*.« Gut! Kinn, Oberschenkel,

Ohrläppchen, Ellbogen, Griff an den imaginären Mützenschild. »Hit and run.« Als Ezra an der Reihe war, tat er genau, was sie getan hatte, aber doppelt so schnell und mit ausdrucksloser Miene, und jede Sequenz endete damit, dass er auf ihren Bauchnabel zeigte. Lachend ließ sich Alice rücklings in die Kissen fallen. Ezra zog sie heraus und küsste ihr Haar. »Süßes Mädchen. Süßestes von allen.« Die Worte streichelten ihr Ohr wie eine warme Feder. In ihrem anderen Ohr, mit einem Ton, der fast kleinlaut klang, weil er sie daran erinnern musste, piepste seine Armbanduhr: zwölf Uhr mittags.

»Ich gehe mit traumwandlerischer Sicherheit den Weg, den mich die Vorsehung gehen heißt.« Dabei ist der Weg eines Traumwandlers alles andere als präzise und sicher. Gerade der unsichere Anführer ist bestrebt, seinen Untertanen und vielleicht vor allem sich selbst zu beteuern, dass seine Ziele vernünftig, rein und gut sind. Sicher ist er sich nur einer Sache: dass er führen will. Er wünscht sich Macht, er möchte verehrt werden, er will, dass man ihm gehorcht. In gewissem Maße haben alle Politiker diese Wünsche, sonst hätten sie einen anderen, weniger autoritären Beruf gewählt. Doch in manchen Fällen sind diese Wünsche extrem stark und entspringen dem Zwang, vergangene Demütigungen zu kompensieren – einen unehelichen Vater vielleicht, oder die Ablehnung durch eine akademische Einrichtung, die man gern besucht hätte. Es ist das nagende Gefühl, dass die Welt ihn nicht versteht, ihn nicht schätzt und er sie daher in eine Welt verwandeln muss, die das tut. Herrschaft ist nicht bloß eine Fantasie, sondern auch eine Art Rache für seinen sozialen Stand eines Gescheiterten, eines Untergebenen, »eines Ausgestoßenen unter Ausgestoßenen« – wie die New York Times es in einem nicht weniger als dreizehntausend Wörter langen Nachruf an den Führer formulierte.

In der Küche standen drei kleine Flaschen Pinot Noir, ein Krug Stolichnaya und eine ungeöffnete Flasche Knob Creek. Alice sah hinaus auf den Pool, wo Clete mit einem langen Kescher die Wasseroberfläche säuberte, öffnete die Wodkaflasche, setzte sie an und trank einen Schluck, bevor sie wieder hinaus auf die Veranda ging.

Doch Megalomanie ist nicht das richtige Wort. Sowohl Suffix als auch Präfix implizieren ein Übermaß, ein übersteigertes Empfinden des eigenen Einflusses, Täuschung. Doch Hitler war nicht verblendet im Hinblick auf das Ausmaß seiner Macht. Was den Wert seiner Ziele anging, so war er verblendet, ja, aber es scheint unmöglich, dass er seinen Einfluss auf die Menschheitsgeschichte überschätzt haben könnte. Wann also wird die Verblendung eines Einzelnen zur Weltrealität? Ist es das Schicksal jeder Generation, mit den Launen eines Diktators zu kämpfen? »*Dass durch kluge und dauernde Anwendung von Propaganda einem Volke selbst der Himmel als Hölle vorgemacht werden kann und umgekehrt das elendeste Leben als Paradies*«, *ist in* Mein Kampf *zu lesen. Aber nur, wenn dieses Volk seiner Verpflichtung zur Wachsamkeit nicht nachkommt. Nur wenn wir uns durch Untätigkeit mitschuldig machen. Nur wenn wir selbst Schlafwandler werden.*

Noch ein Schluck.

»Schatz? Schatz, wo bist du?«

Ein Radio wurde eingeschaltet. Die Toilettenspülung rauschte. Füße überquerten die alten Bodendielen und sprangen jungenhaft die Treppe hinunter. Durch das Verandafenster sah Alice, wie er zu einer Holzkiste ging, offenbar eine alte Munitionskiste, aus den Platten darin eine auswählte und sie feierlich aus der Hülle gleiten ließ. Kurz darauf ein unvermittelter, pelzig unscharfer Ton, gefolgt von tropisch angehauchten Klängen, die an ein hawaiianisches Lu'au erinnerten.

Beyond the blue horizon
Waits a beautiful day
Goodbye to things that bore me
Joy is waiting for me!

Zwischen den Strophen rief er durchs Fenster: »Willst du was trinken?«

Sie saßen unter dem Pavillon, leckten sich Barbecue-Sauce von den Fingern und sahen zu, wie ein Kanu durch den spiegelglatten Hafen glitt, als plötzlich eine Gestalt auf dem Rasen auftauchte und im Halbdunkel wackelig näher kam. »Virgil!«, rief Ezra. »Was macht die Kunst?«

»Heut Morgen war ein Maulwurf bei mir unterm Schuppen, aber den hab ich verarztet.«

»Den hast du verarztet?«

»Den hab ich verarztet, ja.« Der Alte hustete, hob das Insektennetz des Pavillons und trat vorsichtig gebückt ein.

»Sag mal, Vigil, kannst du mir einen Gefallen tun? Kennst du dieses freie Grundstück da an der Straße? An der, die nach North Cartwright runtergeht?«

»Yap.«

»Weißt du, wem das gehört?«

»Das hat jahrelang einer Lady aus Cape Coral gehört.«

»Was für eine Lady?«

»So in meinem Alter. Eine gewisse Stokes. Ein Onkel hat in diesem kleinen grauen Schindelhaus drüben auf der Williette gewohnt. Als er gestorben ist, haben es seine Kinder an diese Musikleute verkauft.«

»Wenn möglich würde ich mich gern mit Miss Stokes in Verbindung setzen, ich hab mir überlegt, dass ich das Grundstück gern kaufen würde, bevor irgendjemand anders dort eine Waschanlage hinstellt.«

Virgil nickte und hustete wieder; seine Schultern zogen sich krampfartig zusammen, und die Haut um seine Leberflecken herum nahm ein tiefes Pflaumenblau an. »Liebling«, sagte Ezra leise. Alice nickte und ging ins Haus, und als sie zurückkam und Virgil ein Glas Wasser reichte, sagte er: »Danke, Samantha.«

Als Ezra und sie später in der Küche saßen und Gin Rummy spielten, fragte Alice beiläufig, was man »hier draußen eigentlich macht, falls irgendwas passiert«.

Ezra sortierte in aller Ruhe sein Blatt und antwortete: »Du meinst, was wir machen, wenn wir gerade dabei sind und mein Zigarettenanzünder losgeht?«

»Ja, zum Beispiel.«

»Virgil anrufen.«

»Ha.«

»Das ist mein Ernst. Virgil ist der offizielle Rettungssanitäter hier auf der Insel.«

»Ein hundertjähriger Rettungssanitäter?«

»Er ist neunundsiebzig, und er war Sanitäter im Zweiten Weltkrieg. Er war mit dabei, als Patton gesagt hat: ›Euch Bastarden bringen wir bei, wie man die Japsen so richtig in den Arsch tritt.‹ Nicht dass *du* wissen müsstest, wer Patton war. Gin.«

Er stand auf und ging zur Toilette. Als er zurückkam, wirkte er beeindruckt. »Ich hatte schon fast vergessen, dass wir Spargel gegessen haben.«

»Das heißt ... es gibt kein Krankenhaus hier auf der Insel?«

»In Greenport gibt es eins. Und in Southampton. Aber keine Sorge. Virgil weiß schon, was er tut. Und außerdem –« Er warf eine Hand in die Höhe. »Sieh mich doch an. Mir geht's blendend.« Nachdem er sie einen Moment nachdenklich angeblinzelt hatte, zog er die Hand wieder zurück, um auf die Uhr zu sehen.

»Hast du das gelesen?« Sie hielt das Auschwitz-Buch hoch.

Ezra schüttelte den Kopf. »Ist nicht gut.«

»Warum?«

»Zu viel Windellogik.«

»Bitte?«

»Hitler musste zu früh trocken werden, Mussolini ließ man zu lange auf dem Töpfchen sitzen. Alles Freud'sche Spekulation ohne jede Aussagekraft. Wenn du wirklich etwas über den Holocaust erfahren willst, zeige ich dir, was du lesen musst.«

Wie immer an den Sonntagen wurde sie schwermütig. Wie langweilig es in der Stadt wieder werden würde – fünf weitere Tage Anrufe entgegennehmen, um Blurbs betteln und klemmende Tacker reparieren. Als Ezra zum Pool ging, um Wassergymnastik zu machen, stellte Alice sich ans Fenster und sah zu, wie er hineinstieg, am sonnengefleckten flachen Ende hin und her watete und den Widerstand genoss. Dann frischte der Wind auf, und Ezra war nicht mehr zu sehen, und den Rest des Vormittags ließ sie sich von Zimmer zu Zimmer treiben, nahm Bücher in die Hand und legte sie wieder weg, füllte Gläser mit Limonade, setzte sich zum Trinken an den Küchentisch und lauschte den Bienen. Die Uhr über dem Spülbecken tickte laut.

Als er kurz nach zwei hereinkam, lag sie auf dem Sofa, einen Unterarm über den Augen.

»Ist irgendwas, Liebling?«

»Nein, nein. Ich denk bloß nach.«

»Willst du nicht auch mal in den Pool?«

»Ja, gleich.«

»Wann geht dein Zug?«

»Achtzehn Uhr elf.«

»Und wann bist du dann in der Stadt?«

»Gegen halb zehn sollte ich zu Hause sein.«

»Clete bringt dich dann zur Fähre. Aber ich ...« – er sah sich um, als wäre das Zimmer ein heilloses Chaos und er ratlos, wo er anfangen sollte. »Ich werde eine Weile hier draußen bleiben. Mindestens bis Ende September. Ich muss diese Rohfassung zu Ende schreiben.«

»Okay.«

»Ist ein hartes Stück Arbeit.«

»Mmhmm.«

»Ich hab was für dich.« Er zog ein Blatt Papier mit drei Ringbuchlöchern aus der Brusttasche, fein säuberlich zweimal gefaltet:

GITTA SERENY, AM ABGRUND

PRIMO LEVI, IST DAS EIN MENSCH?

HANNAH ARENDT, EICHMANN IN JERUSALEM

»Danke«, sagte Alice.

»Vofür denn«, sagte er.

Er kam am 26. März 1908 in Altmünster, einer kleinen Stadt in Österreich, zur Welt. Seine einzige Schwester war damals bereits zehn Jahre alt, seine Mutter immer noch jung und hübsch, der Vater aber schon ein älterer Mann.

»Zur Zeit meiner Geburt war er Nachtwächter. Aber alles, woran er denken und worüber er reden konnte, war seine Zeit bei den Dragonern. Seine Uniform, immer sorgfältig gebürstet und gebügelt, hing im Schrank. Mir war so schlecht davon, ich begann ganz früh Uniformen zu hassen. Ich wußte, seitdem ich ganz klein war, ich erinnere mich nicht genau wann, daß mein Vater mich nicht wirklich gewollt hatte. Ich hörte sie darüber reden. Er glaubte, ich sei nicht von ihm. Er dachte, meine Mutter ... verstehen Sie ...?«

»Aber er war trotzdem gut zu Ihnen?«

Er lachte ohne Heiterkeit. »Er war ein Dragoner. Unser Leben spielte sich nach Regimentsgrundsätzen ab. Ich hatte eine Todesangst vor ihm. Ich erinnere mich an einen Tag – ich war damals vielleicht vier oder fünf Jahre alt und hatte gerade neue Patschen bekommen. Es war ein kalter Wintermorgen. Unsere Nachbarn waren beim Übersiedeln. Der Möbelwagen war schon da – natürlich damals von Pferden gezogen. Der Kutscher war ins Haus gegangen, um beim Heraustragen der Sachen zu helfen. Da stand also diese wunderbare Kutsche, und niemand war da. Ich rannte hinaus durch den Schnee, kein Gedanke natürlich an die neuen Hausschuh, durch den tiefen Schnee … ich sank hinein bis zu den Knien, aber das war mir ganz egal. Ich kletterte hinauf auf den Bock und saß da oben, hoch über dem Boden. So weit ich sehen konnte, war alles ganz ruhig, weiß und still. Nur ganz weit weg schien sich ein winziger schwarzer Fleck in dem weißen Neuschnee zu bewegen. Ich schaute, aber konnte nicht erkennen, was es war, bis ich plötzlich sah, daß es mein Vater war, auf dem Weg nach Haus. Ich sprang herunter, so schnell ich nur konnte, raste durch den tiefen Schnee hinein in die Küche und versteckte mich hinter meiner Mutter. Aber er kam fast ebenso schnell wie ich. ›Wo ist der Bua‹, fragte er, und ich mußte hervorkommen. Er legte mich übers Knie und versohlte mich. Ein paar Tage vorher hatte er sich in den Finger geschnitten und trug einen Verband. Aber er haute mich so irrsinnig, daß seine Wunde zu bluten begann. Ich hörte meine Mutter schreien: ›Hör auf! Du bespritzt ja die ganzen sauberen Wände mit Blut!‹«

Ihr Chef telefonierte, die Füße auf dem Tisch und zwischen den Fingern ein Stück Klebeband, das er hin- und herrollte.

»Was ist mit Ezra Blazer? Warum verlegen wir Ezra Blazer nicht mehr? Hilly erkennt Literatur ja nicht mal, wenn sie vor ihm steht.«

Alice warf ein Schriftstück in den Ablagekorb vor seiner Tur und kniete sich hin, um am Riemchen ihres Schuhs herumzufummeln.

»Nein. Nein! Das habe ich nie gesagt. Hilly erzählt viel, wenn der Tag lang ist. Eine Million für das neue Buch *plus* zweihundertfünfzig für die Backlist, hab ich gesagt, auch wenn das unverdient ist, da kriegt er mehr geschenkt, als deine Hütte in Montauk wert ist. Und, klingt das jetzt für dich ›vernünftig‹?«

Noch heute ist in Deutschland die Vorstellung von den »prominenten« Juden nicht verschwunden. Während die Kriegsteilnehmer und andere privilegierte Gruppen nicht mehr erwähnt werden, beklagt man das Schicksal »prominenter« oder »berühmter« Juden immer noch auf Kosten aller anderen. Es gibt nicht wenige, besonders unter den Gebildeten, die heute noch öffentlich die Tatsache beklagen, daß Deutschland Einstein aus dem Lande gejagt hat – ohne zu begreifen, ein wie viel größeres Verbrechen es war, Hänschen Cohn von nebenan zu töten, auch wenn er kein Genie war.

UNBEKANNTER TEILNEHMER.

»Hallo.«

»Wie geht's dir, Mary-Alice?«

»Gut. Und dir?«

»Mir auch. Ich wollte nur mal hören, ob alles okay ist.«

»Mmhmm.«

»Ist sicher alles in Ordnung? Du klingst ein bisschen traurig.«

»Bin ich auch. Aber es ist eigentlich nichts. Mach dir keine Sorgen. Wie läuft's mit deinem Buch?«

»Ach, ich weiß nicht. Keine Ahnung, ob es etwas taugt. Irgendwie ein zweifelhaftes Geschäft, das alles. Sich irgendwas ausdenken. Irgendwas beschreiben. Die Tür beschreiben, durch die jemand gerade gegangen ist. Sie ist braun, quietscht in den Angeln ... Wen juckt das? Es ist eine Tür.«

»›Künstlerisches Streben bedarf großer Geduld.‹«, sagte Alice schließlich.

Sie konnte die Frösche quaken hören.

»Ein Gedächtnis wie ein Tellereisen, Mehlkartoffel.«

Das Lager hatte eine Größe von zweihundertvierzigtausend Quadratmetern – 250 Hektar. Dieses Areal war in zwei Haupt- und vier Unterabteilungen gegliedert. Im »oberen Lager« – oder Lager II – waren die Gaskammern, die Einrichtungen zur Beseitigung der Leichen (erst Kalkgruben, dann riesige Eisengerüste zum Verbrennen der Leichen, »Roste« genannt) und die Baracken für die »Totenjuden«, jüdische Arbeitergruppen, die für die Beseitigung der Leichen abgestellt worden waren. In einer Baracke wohnten die Männer und in einer anderen – später – auch Mädchen. Die Männer räumten die Leichen weg und verbrannten sie, die Mädchen – es waren insgesamt zwölf – kochten und wuschen.

Das »untere Lager« oder Lager I hatte drei Abteilungen, die streng voneinander durch Stacheldrahtzäune abgeschirmt waren, die, genau wie die Außenzäune, zur Tarnung mit Kiefernzweigen durchflochten waren. Im ersten Teil lag die Ausladerampe und der Platz – Sortierungsplatz, wo die ersten Selektionen stattfanden. Hier war auch das Lazarett – ein vorgetäuschtes Krankenrevier –, wo die Alten und Kranken erschossen statt vergast wurden. Im ersten Teil des Lagers I befanden sich auch die »Ausziehbaracken« (wie Stangl sie nannte), wo die Opfer sich auszogen, ihre Kleider liegen ließen, den Frauen die Haare abgeschnitten wurden, und wo sie im Genital- und Afterbereich auch »innerlich« nach versteckten Wertsachen – wie zum Beispiel Edelsteine – durchsucht wurden. Und schließlich gab es in diesem Lagerbereich noch die »Himmelfahrtsstraße«. Das war ein knapp drei Meter breiter Pfad, der bei den Frauen- und Kinderauskleidebaracken begann. Rechts und links wurde er durch einen drei Meter hohen Stacheldrahtzaun eingegrenzt (auch dieser wurde ständig mit dicken frischen Zweigen getarnt, durch die man weder hinein- noch hinaussehen konnte). Auf diesem stacheldrahteingezäunten Weg mußten die nackten Gefangenen in Fünferreihen die hundert Meter hügelauf zu den »Bädern« – Gaskammern – rennen. Brach der Vergasungsmechanismus zusammen, wie dies häufig geschah, mußten sie manchmal stundenlang warten, bis sie an die Reihe kamen.

Sie wollte gerade den soundsovielten in der zweiten Person Singular geschriebenen Roman ablehnen und die entsprechende E-Mail abschicken, als ihr Bildschirm schwarz wurde und die Klimaanlage stotternd zum Stillstand kam. Es folgte eine düstere Urstille.

»Scheiße«, sagte ihr Chef am Ende des Flurs.

Als sie und ihre Kollegen sich eine Stunde später in der zunehmend schwülen Luft noch immer über Kisten voll unerledigtem Papierkram beugten, kam er mit finsterem Gesicht zu ihnen und sagte, sie könnten alle nach Hause gehen, wenn sie denn nach Hause kämen.

Einundzwanzig Treppen weiter unten im Foyer wuselten Feuerwehrleute vor den abgesperrten Aufzügen herum, den Blick zu den stehengebliebenen Anzeigen gerichtet. Auf der Siebenundfünfzigsten Straße schlängelten sich die Autos über die ampellosen Kreuzungen, während sich die Zahl der Fußgänger seit dem Morgen vervierfacht zu haben schien. Nördlich des Columbus Circle, wo ein selbsternannter Verkehrspolizist mit verspiegelter Sonnenbrille und bis zum Bizeps hochgekrempelten Ärmeln seinen Dienst versah, standen die Leute bis zum Ende des Blocks bei Mister Softee an. Noch länger waren die Schlangen vor den altmodischen Telefonzellen, die sich einen weiteren Hinrichtungsaufschub verdienten: Vorsichtig, ja geradezu ängstlich näherten sich ihnen die Menschen, als würden sie von der Straße direkt in einen Beichtstuhl gehen. An der Achtundsechzigsten und Zweiundsiebzigsten schoben sich träge Menschenmengen in Busse, die unter der Last bereits durchhingen. Auf der Achtundsiebzigsten gab es bei World of Nuts and Ice Creams die Hörnchen gratis. Die Neon-Harfe vor dem Dublin House einen Block weiter oben hatte ihre Farben verloren, und die eigentlich nur durchschnittliche Temperatur fühlte sich unter diesen mysteriösen Umständen zunehmend außergewöhnlich an: sickernd, unheilvoll und unentrinnbar, wie Gas, das in eine Zelle kriecht. Vor Filene's Basement feilschten zwei Frauen mit vier Einkaufstüten und fünf Kindern mit dem Fahrer einer Limousine, die in

Richtung Uptown stand. Der Obdachlose an der Ecke gegenüber, die Ellbogen auf einen Zeitungsautomaten gestützt, wirkte unter seinen hundert Mänteln noch gebückter als sonst und sah sich all das gähnend an.

An Annas Tür öffnete niemand. In ihrer eigenen Wohnung streifte Alice ihre Schuhe, die Bluse und ihren Dreihundert-Dollar-Rock ab, goss sich ein Glas Luxardo ein und schlief. Als sie aufwachte, war es um sie herum unergründlich schwarz, und ihr Handy piepste klagend. Direkt vor ihrer Wohnungstür führte ein fünfter Treppenabsatz hinauf aufs Dach oder vielmehr zu einer Tür, an der vor einem Alarm gewarnt wurde, den sie in zwei Jahren noch nie gehört hatte; jetzt ignorierte sie die Warnung, stieg hinauf in den violetten Himmelsrhombus und spazierte in einer wohltuenden Brise über die Decke ihrer Wohnung, um sich an den Kiel des Hauses zu stellen und hinunter auf die Straße zu sehen. Ein Wagen bog von der Amsterdam nach Westen ab und beschleunigte, und seine Scheinwerfer durchstießen mit neuer, kostbarer Intensität das Dunkel. Zwei Markisen weiter flackerte auf einer Feuertreppe Kerzenlicht. Rechts, jenseits des tuscheschwarzen Bands, das der Fluss war, lag die Küste von New Jersey so spärlich beleuchtet da, als würden dort in der Wildnis ein paar Lagerfeuer brennen. »Hier kühles Bier.« Vom Broadway wurde eine Männerstimme hochgetragen. »Hier immer noch kühles Bier. Drei Dollar.«

Ein weiteres unheilvolles Piepsen ihres Handys. Ohne das Rumpeln der Subway, ohne die Züge, die den Hudson entlangratterten, und ohne das Surren von Klimaanlagen, Kühlschränken und drei Waschsalons in einem Block fühlte es sich an, als wäre ein Mammutherzschlag verstummt. Alice setzte sich und sah kurz darauf hoch, um sich den Sternen zu stellen. Ohne die übliche Konkurrenz von unten wirkten sie plötzlich viel heller – heller und triumphaler, jetzt wo ihre Überlegenheit im Kosmos wieder einmal bestätigt wurde. Aus der Richtung der flackernden Feuertreppe wehten ein paar nichtssagende Gitarrenakkorde herüber. Der Bierverkäufer gab auf oder hatte nichts mehr. Auch der Mond sah schärfer und leuchtender aus als gewöhnlich, so dass er auf einmal nicht mehr Célines Mond war und auch nicht Hemingways oder Genets Mond, sondern Alice' Mond, den sie, das gelobte sie, eines Tages als das beschreiben würde, was er letztlich war: das von der Sonne empfangene Licht. Ein Feuerwehrauto dopplerte gen Norden. Ein Hubschrauber änderte die Richtung wie eine Heuschrecke, verscheucht von den Himmel durchschneidenden Riesenfingern. Das Handy in Alice' Hand piepste dreimal verzweifelt und verabschiedete sich.

... Es erweist sich, daß es zwei ganz besonders klar voneinander geschiedene Kategorien von Menschen gibt, Gerettete und Untergegangene. Andere gegensätzliche Arten (Gute und Böse, Weise und Törichte, Feige und Tapfere, Pechvögel und Glückspilze) sind bei weitem nicht so klar voneinander geschieden, scheinen weniger angeboren zu sein, und lassen vor allen Dingen zahlreiche und komplexere Abstufungen zu.

Diese Unterscheidung ist im normalen Leben längst nicht so augenfällig; hier kommt es nicht oft vor, daß ein Mensch sich verliert, denn für gewöhnlich ist er nicht allein, und sein Aufstieg wie sein Abstieg ist mit dem Schicksal seiner Mitmenschen verknüpft. So stellt es eine Ausnahme dar, wenn jemand grenzenlos an Macht zunimmt oder in einem fort von Niederlage zu Niederlage bis zum Ruin hinabsinkt. Auch verfügt jeder für gewöhnlich über so viel geistige, körperliche und auch finanzielle Reserven, daß ein Schiffbruch, ein Versagen vor dem Leben noch weniger wahrscheinlich ist. Dazu kommt noch, daß durch Gesetz und moralisches Bewußtsein, durch das innere Gesetz also, ein merklicher Ausgleich geschaffen wird; in der Tat gilt ein Land für um so zivilisierter, je umsichtiger und wirksamer seine Gesetze sind, die den Elenden daran hindern, allzu elend zu sein, und den Mächtigen, allzu mächtig.

»Der Nobelpreis für Literatur des Jahres 2003 wurde an den südafrikanischen Schriftsteller John Maxwell Coetzee vergeben, der, in den Worten der Jury, ›in zahlreichen Verkleidungen die überrumpelnde Teilhabe des Außenseitertums darstellt‹.«

Alice schaltete das Radio aus und ging wieder ins Bett.

UNBEKANNTER TEILNEHMER.
UNBEKANNTER TEILNEHMER.
UNBEKANNTER TEILNEHMER.
Piep.
Er legte auf.

Wieder einmal an ihrer Tür:
Bam badda daaa dam – bam bam.
Seufzend nahm Alice Schlüssel und Handy und folgte der alten Dame, die zielstrebig durch den Flur schlurfte. In einem großen Esszimmer mit deckenhohen Vitrinen und einem Kamin, dessen feines Relief noch nicht vom unbedachten Pinsel ihres Vermieters übertüncht worden war, stand mit offenem Maul der Staubsauger. Hinter ihnen lag ein schummriges Labyrinth aus weiteren Zimmern, eins hinter dem anderen bis hinüber zur Straße, und in der Luft hing schaler Essensgeruch – Latkes und Sauerkraut eines halben Jahrhunderts, nahm Alice an. Auf dem Kaminsims fletschte ein Mietscheck über $ 728,69 die Zähne.

»Haben Sie die Uhren schon umgestellt, Anna?«

»Was?«

»Haben Sie Ihre –«

UNBEKANNTER TEILNEHMER.

Die Worte blinkten in ihrer Hand auf wie die Herzstromkurve eines Wiederbelebten. »Ich bin gleich wieder da, Anna, okay?«

Er klang benebelt, als wäre er gerade aus einem langen Mittagsschlaf erwacht, und im Hintergrund hörte sie das Diminuendo einer Arie.

»Was machst du, Mary-Alice?«

»Ich helfe gerade der alten Dame von nebenan, den Staubsaugerbeutel zu wechseln.«

»Wie alt?«

»Alt. Älter als du. Und ihre Wohnung ist größer als deine und meine zusammen.«

»Vielleicht gehst du besser mit *ihr* ins Bett.«

»Tu ich vielleicht schon.«

Am anderen Ende des Flurs hatte Anna unterdessen versucht, den Staubsaugerbeutel mit Hilfe einer Bratengabel aus dem Gehäuse zu befreien. »Lassen Sie, ich mach das schon«, bot Alice an.

»Was?«

»Ich sagte, ich mach das für Sie.«

»Oh, vielen Dank, Liebes. Die hat mir meine Enkelin geschenkt. Ich hab keine Ahnung, wozu.«

»Haben Sie Ihre Uhren schon umgestellt?«, fragte Alice und stand auf.

»Was?«

»Ich habe gefragt, ob Sie heute Morgen daran gedacht haben, Ihre Uhren umzustellen?«

Annas Augen wurden wässrig. »Meine Uhren?«

»Es ist Sommerzeit«, sagte Alice laut.

Aus der Post gefischt:

Ein Flyer vom Kulturzentrum Symphony Space, auf dem er die Kurosawa-Filme eingekringelt hatte, die sie sich seiner Meinung nach ansehen sollte, besonders *Rashomon – Das Lustwäldchen* und, falls sie zur Doppelvorstellung bleiben könne, *Sanjuro*.

Eine Film-Forum-Postkarte, auf der er die Charlie-Chaplin-Filme eingekringelt hatte, die ihr seiner Meinung nach gefallen könnten: *Der große Diktator*, *Lichter der Großstadt* und *Moderne Zeiten*.

Eine MoMA-Filmbroschüre mit dem Foto einer Schauspielerin, die in *Rosenstraße* aus einer Champagnerschale trinkt und deren Frisur sie ja mal ausprobieren könne, falls sie sich je die Haare abschneiden lassen wolle.

Weil ihn sein Rücken wieder plagte, ging sie allein ins Film Forum.

»Als er den Schraubenschlüssel an die Brustwarzen der Dame ansetzt!« – sie rannte durchs Zimmer und zog mit unsichtbaren Schraubenschlüsseln die Luft fest. »Und als er sein Knastessen mit Koks salzt!« – sie ließ die Augen hervortreten und hob die Fäuste. »Und als er mit Rollschuhen durch das Kaufhaus fährt! ... Und als er die hochfahrende Rolltreppe runterrennt! ... Und als er sich an dem aufgeschossenen Rumfass betrinkt!« Alice warf die Arme zur Seite, so dass zwei imaginäre Manschetten wegflogen, umkreiste ihn in einer Art Zeitlupen-Moonwalk in seinem Lesesessel und sang:

Se bella giu satore
Je notre so cafore
Je notre si cavore
E la tu la ti la twaaaaah!

»*Señora?*«
»*Pilasina!*«
»*Voulez-vous?*«
»*Le taximeter!*«
»Eat your tart.«
»*Tu la tu la tu la waaaaaaaah!*«
»O Mary-Alice«, sagte er lachend, wischte sich über ein Auge und zog sie zu sich heran, um ihre Finger zu küssen. »Meine liebste, lustige, versponnene Mary-Alice! Ich fürchte, du wirst im Leben sehr einsam sein.«

Jetzt wo sein Buch fertig war, konnte er einige aufgeschobene Arzt-besuche angehen, unter anderem eine Darmspiegelung, ein Prostata-Screening und einige Untersuchungen, die sein Pulmonologe empfoh-len hatte, um der Kurzatmigkeit auf den Grund zu gehen, die ihn in letzter Zeit plagte. Krebs hatte er nicht, und das Keuchen ließ sich binnen eines Nachmittags durch ein Steroid-Spray aus der Welt schaf-fen, aber auf das Drängen eines neuen orthopädischen Chirurgen hin wurde entschieden, dass er sich wegen seiner Wirbelkanalstenose einer Laminektomie unterziehen musste. Der OP-Termin war Ende März, und für die darauffolgenden zwei Wochen, aus denen letztend-lich drei wurden, arrangierten sie ein Schichtsystem, so dass rund um die Uhr eine Privatpflegerin zur Verfügung stand. An einem Samstag – er war seit Kurzem wieder auf den Beinen und hatte gerade mit einem neuen Roman begonnen – ging er mit Alice und Gabriela, der Tages-schwester, spazieren.

»Vier Seiten«, verkündete er.

»Schon?«, fragte Alice. »Wow.«

Ezra zuckte die Schultern. »Ich weiß nicht, ob es etwas taugt.«

Sie setzten sich zum Ausruhen auf die Vortreppe eines Hauses auf der vierundachtzigsten Straße und beobachteten, wie ein Mann mit einem am Handgelenk angeleinten Kleinkind stirnrunzelnd auf sein Mobiltelefon sah.

»Sie möchten Kinder, Samantha?«, fragte Gabriela, die aus Rumänien kam.

»Ich weiß nicht. Irgendwann vielleicht. Jetzt nicht.«

»Das ist in Ordnung. Sie haben Zeit.«

Alice nickte.

»Wie alt sind Sie?«

»Siebenundzwanzig.«

»Oh, das wusste ich nicht. Sie sehen wie siebzehn.«

»Das bekommt sie oft zu hören«, sagte Ezra.

»Egal, jedenfalls Sie haben noch Zeit.«

»Danke.«

»... Erst mit fünfunddreißig, sechsunddreißig müssen Sie Sorgen machen.«

»Mmhmm.«

»Wann wollen Sie also Kinder?«

»Na ja, wie gesagt, Gabriela, ich weiß gar nicht genau, ob ich welche möchte, aber wenn es allein nach mir ginge, würde ich so lange warten wie nur möglich. Vielleicht so bis ich vierzig bin.«

Gabriela zog die Stirn in Falten. »Vierzig ist zu alt. Mit vierzig funktioniert nicht mehr gut. Vierzig Sie sind zu müde.«

»Wann sollte ich es denn Ihrer Meinung nach angehen?«

»Dreißig.«

»Ausgeschlossen.«

»Zweiunddreißig?«

Alice schüttelte den Kopf.

»Siebenunddreißig. Länger als siebenunddreißig Sie können nicht warten.«

»Ich überleg's mir.«

Eine langbeinige Rothaarige in Spandex joggte vorbei. Ezra sah ihr bis zur Straßenecke nach.

»Ich weiß«, sagte Gabriela. »Am besten fragen wir Francine.«

»Wer ist Francine?«

»Die Nachtschwester«, sagte Ezra. »Sie hat keine Kinder.«

Auf der Columbus Avenue blieben sie noch einmal stehen, und Ezra hielt ein Schwätzchen mit dem Hot-Dog-Verkäufer. »Wie laufen die Geschäfte, mein Freund?« Der Verkäufer deutete mit einer weitschweifenden Handbewegung auf den Block, als wäre sein Wagen in einer Geisterstadt geparkt. »Miserabel. Keiner will Hot Dog. Alle wollen Smoothie.«

»Wirklich?«

Ein niedergeschlagenes Nicken.

Ezra sah Alice an. »Willst du einen Hot Dog?«

»Okay.«

»Gabriela?«

»Ich mag Hot Dogs.«

»Zwei Hot Dogs, Sir.«

»Was bedeutet ›halal‹?«, fragte Gabriela.

»Gut für Muslime!«, rief der Verkäufer stolz herunter.

Gabrielas Handy klingelte, und während sie telefonierte, setzten sich Alice und Ezra auf die Bank, auf der sie sich kennengelernt hatten. Sie blieben einen Moment schweigend sitzen, bis Ezra irgendeine Bemerkung über die Platanen machte, die Alice nicht hörte, weil sie so tief in Gedanken war – darüber, wo sie im Leben gestanden hatte, wohin sie ging und wie sie von hier aus ohne allzu große Schwierigkeiten dorthin gelangen könnte. Die Überlegungen verkomplizierten sich durch ihre ärgerliche Angewohnheit, alles nur so lange zu wollen, bis sie es hatte; von da an wollte sie etwas anderes. Dann stürzte sich eine Taube herab, und Ezra verscheuchte sie mit seinem Stock, und der lässig-elegante kleine Hieb erinnerte Alice an Fred Astaire.

»Liebling«, sagte er, als er ihr beim Essen zusah. »Warum nimmst du dir diesen Sommer nicht zwei Wochen frei und kommst raus zu mir auf die Insel? Oder wäre dir das zu langweilig?«

»Nein, überhaupt nicht. Das fänd' ich toll.«

Er nickte. Alice leckte sich Senf vom Finger. »Was hat Adam zu deinem Buch gesagt?«, fragte sie.

»›Ezra, ich – ich weiß nicht, was ich sagen soll. Es ist genial. Ein Meisterwerk. Ich meine, verdammt Mann, ist das gut! Jedes *Wort* … Jedes *einzelne verdammte Wort* …‹«

»Ist korrekt buchstabiert.«

Ezra putzte sich die Nase. »Ist korrekt buchstabiert.«

»Wann bietet er es den Verlagen an?«

»Er will bis zum Herbst warten. Hast du es schon durch?«

»Ich bin auf Seite hundertdreiundsechzig.«

»Und?«

»Ich finde es gut.«

»Was.«

»Was?«

»Was ist das für ein Unterton?«

»Na ja ... wer spricht eigentlich? Wer erzählt die Geschichte?«

»Was meinst du? Der Erzähler erzählt die Geschichte.«

»Ich weiß, aber ...«

»Lies doch erst mal zu Ende. Dann können wir uns über die Erzählperspektive unterhalten. Sonst noch irgendwas?«

»Das Mädchen im Bagelladen. Wer redet denn heutzutage so? So gewählt? So förmlich?«

»Du.«

»Ich weiß, aber ich bin ja auch –«

»Was? Speziell?«

Alice sah ihn mit hochgezogenen Augenbrauen an, aß aber weiter.

»Mary-Alice«, sagte er kurz darauf sanft. »Ich weiß, was du im Schilde führst.«

»Was?«

»Ich weiß, was du machst, wenn du allein bist.«

»Was denn?«

»Schreiben. Oder etwa nicht?«

Alice zuckte die Achseln. »Ein bisschen.«

»Schreibst du hierüber? Über uns?«

»Nein.«

»Wirklich nicht?«

Alice schüttelte hoffnungslos den Kopf. »Das ist unmöglich.«

Er nickte. »Worüber schreibst du dann?«

»Über andere Menschen. Menschen, die interessanter sind als ich.«

Sie lachte leise und deutete mit dem Kinn Richtung Straße. »Muslimische Hot-Dog-Verkäufer.«

»Schreibst du über deinen Vater?«

»Nein.«

»Solltest du aber. Das ist ein Geschenk.«

»Ich weiß. Aber es kommt mir zu uninteressant vor, über mich selbst zu schreiben.«

»Statt worüber?«

»Krieg. Diktaturen. Weltangelegenheiten.«

»Vergiss die Weltangelegenheiten. Die können sich um sich selbst kümmern.«

»So richtig gut machen sie das aber bisher nicht.«

Eine Frau aus Ezras Haus kam vorbei; sie trug eine hinfällige Al-Gore-2000-Kappe und machte mit einem Shih Tzu an der Leine Power Walking. »Hallo«, sagte Ezra, und zu dem Hund: »Hallo Chaucer«. Alice für ihren Teil begann ziemlich ernsthaft darüber nachzudenken, ob ein ehemaliges Chormädchen aus Massachusetts wohl in der Lage wäre, sich in die Gedankenwelt eines männlichen Muslims hineinzuversetzen, als sich Ezra wieder an sie wandte und sagte: »Mach dir um wichtig oder unwichtig keine Gedanken. Wenn etwas gut gemacht ist, gewinnt es ganz von allein Bedeutung. Denk immer daran, was Tschechow gesagt hat: ›Wenn im ersten Akt ein Gewehr an der Wand hängt, wird es im letzten Akt abgefeuert.‹«

Alice wischte sich die Hände ab und warf ihre Serviette weg. »Wenn also im ersten Kapitel ein Defibrillator an der Wand hängt, muss der in einem späteren Kapitel losgehen?«

Als sie zurückkam, war Gabriela wieder da, hielt seinen Schal und half ihm beim Aufstehen; die Sonne war hinter den Hochhäusern der Columbus Avenue verschwunden, und die Menschen um sie herum, plötzlich im Schatten, gingen schneller. Den Rücken zum Wind, klemmte Ezra den Stock zwischen die Cordhosenbeine und mühte sich mit dem Reißverschluss seiner Jacke. »Nein, nein«, sagte er leise, als Gabriela ihm helfen wollte. »Das geht schon.« Neben den riesigen Platanen wirkte er kleiner und zerbrechlicher als drinnen im Schutz seiner Wohnung, und für einen kurzen Moment sah Alice, was andere Menschen vermutlich sahen: Eine gesunde junge Frau, die ihre Zeit auf einen hinfälligen Greis verschwendete. Oder waren andere womöglich fantasievoller oder mitfühlender, als sie glaubte? Nahmen sie vielleicht an, dass mit ihm trotzdem alles interessanter war als ohne ihn, oder fanden sie vielleicht sogar, dass ihr Mut und ihre Hingabe Eigenschaften waren, von denen die Welt mehr brauchte statt weniger? Hinter ihnen begann das Planetarium violett zu leuchten. Der Hot-Dog-halal-Verkäufer verrammelte seinen Wagen. Während Ezra seine Handschuhe zurechtzupfte, zwinkerte Gabriela Alice schwesterlich zu, kam neben sie und hüpfte in der Kälte auf der Stelle. »Samantha!«, flüsterte sie laut. »Francine sagt, lass dir eine Eizelle einfrieren.«

Die Zugfahrt dauerte knapp drei Stunden; in Ronkonkoma musste sie einmal umsteigen. Während der Fahrt trank Alice eine Flasche Hard Lemonade und sah zu, wie die rostigen Maschendrahtzäune und psychedelischen Graffiti in Queens allmählich von Hundehütten, Hornsträuchern und Gestrüpp abgelöst wurden. In Yaphank blühten hier und da entlang der Gleise Wegwarten, aufgeregt bebend wie winzige Gratulanten. Am anderen Ende ihres Waggons saß eine alte Frau, die Hände auf der Handtasche und die Handtasche auf dem Schoß, und blickte starr auf die vorüberziehende Landschaft, während um sie herum eine Gruppe von Teenagern lachte und grölte. Von Zeit zu Zeit schwappte ihr Gealber bis in den Gang; manchmal rempelten sie ihren Sitz an, und einmal flog eine Baseballkappe gegen den Ärmel ihres lavendelblauen Blazers. Selbst als der Schaffner auf die Jugendlichen zuging, hörten sie nicht auf – warfen mit Bananen, nahmen einander das Handy weg –, bis er direkt vor ihnen stehen blieb, sich räusperte und fragte:

»Entschuldigung. Hat Ihnen diese Dame etwas getan?«

Wie Erdhörnchen in ihre Höhlen ließen sich die Teenager in ihre Sitze fallen und kommunizierten den Rest der Fahrt mönchisch flüsternd.

»Hi Samantha.«

»Hi Clete. Wie geht's?«

»Ganz gut. Schönes Wetter für einen Besuch auf dem Land.«

»Auf jeden Fall.«

Als sie in die Einfahrt bogen, kam Ezra gerade aus seinem Arbeitszimmer. »Tut mir leid, Miss!«, rief er über den Rasen. »Ihre Reservierung gilt erst ab morgen.« Er kam näher. »Wie geht's dir, Mary-Alice?«

Alice riss die Augen auf.

»Ich meine, Samantha-Mary. Samantha Mary-Alice. Mary-Alice ist doch dein Zweitname, richtig? Aber du willst lieber Samantha genannt werden, hab ich recht, Samantha-Mary-Alice?«

»Ganz genau«, sagte Alice.

»Wie auch immer.« Clete grinste. »Bis Sonntag, Chef.«

Auf dem Weg zum Haus legte Ezra ihr einen Arm um die Schulter.

»Dreiundneunzig Seiten.«

»Hervorragend.«

»Ich weiß nicht, ob es etwas taugt.«

Während sie mittagaßen, arbeitete um sie herum die Reinigungskraft. Alice begann, ihm von der alten Frau im Zug zu erzählen, doch kaum dass sie »lavendelblau« gesagt hatte, stellte Ezra sein Ginger Ale ab und schüttelte den Kopf.

»Betrachte sie nicht zu sentimental.«

»Das sagst du immer. Betrachte diesen nicht zu sentimental, betrachte jenen nicht zu sentimental. Als ob ich mir das aussuchen könnte.«

»Gefühle sind in Ordnung. Gefühligkeit nicht.«

Die Putzfrau blinzelte. »Er ist so witzig.«

»Wer?«

»Na *Sie*, Mister Blazer.«

»Da hat sie recht«, sagte Alice und stand auf. »Hey, die Yankees spielen heute Abend gegen die Red Sox.«

»Ich leg mich kurz hin. Und dann bin ich im Studio. Ich muss ein paar Kisten durchgehen.«

»Was denn für Kisten?«

»Für meinen Biographen.«

»Was für ein Biograph?«

»Der, der es mal wird.«

»Ich geh eine Runde schwimmen«, sagte Alice.

»Warte kurz, Liebling. Wann fährt dein Zug?«

Alice sah ihn an.

»Ich meine«, sagte er kopfschüttelnd, »wann fängt Baseball an?«

Für Juni war es recht kühl; von der Wasseroberfläche stieg Dampf auf, als würde kaum zwei Meter tiefer ein Magmafluss fließen. Raschelnde Bäume warfen zitternde Schatten auf das Becken, dessen Schichten im Laufe der Jahre abgeblättert waren und Wellenstrukturen aus altem Grau, Grün und Aquamarin hinterlassen hatten, die an historische Seekarten erinnerten. Alice' Hände, die sich unter der Oberfläche noch immer zueinander und voneinander wegbewegten, sahen jetzt weniger aus wie Antriebsinstrumente, sondern eher wie verwirrte Magneten oder wie Hände, die sich tastend den Weg aus einem dunklen Zimmer suchten. Aber sie schwamm. Sie schwamm, bis der Wind pfiff und die Sonne rosarot hinter den Judasbäumen versank. Sie schwamm, bis ihre Lippen blau und ihre Nippel hart wurden. Sie schwamm, bis im Haus mehrere Lichter angingen und in der Küchentür die dunkle Silhouette von Ezra sichtbar wurde, der im besorgten Singsang eines Hausherrn, der seinen Hund vermisst, ihren Namen rief.

Noch immer tropfend, fand sie auf dem Bett:

Eine Gedenkausgabe des *Life*-Magazins, 60 Jahre Franklin D. Roosevelt.

Ein Pornoheft von 1978, eine komplette Ausgabe über die Geschichte eines Schneiders namens Jordy, den die ganze Stadt für homosexuell hält und der deshalb junge Frauen in den Anproberaum begleiten darf. (»Selbst die sexuell konservativste Frau hat keinerlei Bedenken, sich vor ihrem Arzt auszuziehen – oder vor ihrem Schneider. Bei älteren oder weniger attraktiven Kundinnen war Jordy ein lebloses Stück Inventar; er passte die Kleider, die er verkaufte, ohne irgendwelche Gefühlsregungen wie eine Maschine an ihre nackten oder relativ nackten Körper an ...«)

Ein Souvenir-Programmheft des 33. jährlichen Allegheny County Fair, unter anderem mit den Doodletown Pipers, Arthur Godfrey and His Famous Horse Goldie und den Banana Splits. Auf der Rückseite stand in seiner unverwechselbaren, nach rechts geneigten Handschrift mit schwarzem Filzstift: HEY, DOODLE. ICH LIEBE DICH WIRKLICH, JA?

Sie tauchte am flachen Ende neben ihm auf.

»Du bist wie ein kleines Boot«, sagte er.

Alice schüttelte sich Wasser aus einem Ohr, stieß sich ab und schwamm noch zwei Bahnen. Als sie wieder bei ihm war: »Erinnerst du dich an Nayla?«

»Die Palästinenserin?«

»Jep. Sie ist letzte Woche hierhergekommen und hat mich interviewt, und Mary-Alice, ich sage dir, sie hat die schönste Haut, die du je gesehen hast. Sie sieht aus wie ...« Er strich sich mit der Hand über die Wange. »*Schokomilch.*«

»Soja-Schokomilch.«

»Ganz genau.«

»Es ist also gut gelaufen.« Alice schwamm auf dem Rücken.

»Ich habe sie zu einem Mittagessen eingeladen, wenn ich wieder in der Stadt bin. Sie sagte, sie ruft an. Liebling, es ist mir zwar nicht wichtig, überhaupt nicht, aber sind deine Brüste irgendwie kleiner geworden?«

Alice ging aus der Rückenlage und sah an sich hinab. »Kann schon sein. Mein Arzt hat mir ein Steroid-Nasenspray verschrieben, wegen meiner Nebenhöhlen, und es wirkt auch, aber ich glaube, es lässt meine Brüste schrumpfen.«

Ezra nickte verständig. »Was möchtest du heute Abend machen?«

»Haben wir denn so viele Möglichkeiten?«

»Gin Rummy. Oder ein Konzert an der Perlman-Schule.«

»Dann Perlman-Schule.«

»Willst du denn gar nicht wissen, was gespielt wird?«

»Das ist egal«, sagte Alice und tauchte wieder ab.

Die Fahrt führte sie am Country Club vorbei, wo Golfer federnden Schrittes hinter Bällen herliefen, die in lange Schatten rollten, und den Sunset Beach hinauf, wo Ezra für eine Handvoll Mädchen bremste, die mit Daiquiris über die Straße gingen, und Alice das Fenster herunterließ und eine Hand in den Wind hielt. Von hier konnte man über das Wasser hinweg bis nach North Folk blicken, wo der Zug aus der Stadt langsam und erbarmungslos zum Stehen kam – die Schienen endeten abrupt, auf drei Seiten von Gras umgeben, so als hätten die Männer beim Verlegen anderthalb Jahrhunderte zuvor eines Tages hochgesehen und festgestellt, dass sie hier nicht weiterkamen: Eine Bucht schnitt ihnen den Weg ab. Das Land dahinter wirkte dadurch wilder, als wäre es auf keiner Karte verzeichnet und unerreichbar für die Stahladern der Metropole – deren unablässige Intensität in letzter Zeit immer weniger zu Alice' Traum von einem beschaulicheren Leben passte. Einem Leben, in dem man die Welt wahrnimmt, sie wirklich *sieht*, und über den Anblick etwas ganz Neues zu sagen hat. Andererseits: Konnte alle ländliche Ruhe auf Erden den nagenden Selbstzweifel besiegen? War sie überhaupt imstande, ausreichend lange allein zu sein? Würde es ihr Leben weniger inkonsequent machen, als es jetzt war? Und hatte er nicht bereits alles gesagt, was sie sagen wollte? Ezra parkte in einer Lücke direkt gegenüber dem Wasser. Den Sonnenuntergang im Rücken, gingen sie auf ein großes Veranstaltungszelt zu, dessen ausgebogter Dachüberhang im Wind flatterte. »Mary-Alice«, sagte er, als sie in langen Schritten den saftig grünen Rasen überquerten. »Ich habe einen Vorschlag.«

»O-oh.«

»Ich würde gern deinen Studienkredit abbezahlen.«

»Du liebe Güte. Warum das denn?«

»Weil du ein kluges Mädchen bist, ein wirklich bemerkenswertes Mädchen, und weil ich finde, es ist Zeit, dass du tust, was du im Leben tun willst. Wäre das ohne Schulden im Nacken nicht einfacher?«

»Ja. Wobei es gar nicht mehr so viel ist. Das meiste hab ich schon abbezahlt.«

»Umso besser. Wie viel ist übrig?«

»Um die sechstausend, glaube ich.«

»Dann gebe ich dir also sechstausend, und du kannst den Rest auf einmal abbezahlen, vielleicht siehst du dann klarer, wo du im Leben hinmöchtest. Mit mehr Freiheit. Was meinst du?«

»Darf ich darüber nachdenken?«

»Natürlich solltest du darüber nachdenken. Wenn du willst, bis in alle Ewigkeit. Und egal, wie du dich entscheidest, wir brauchen nie wieder ein Wort darüber zu verlieren. Ich gebe dir einfach das Geld oder ich gebe es dir nicht, und das war's. Okay?«

»Okay. Danke, Ezra.«

»Vofür denn?«, fragten sie beide gleichzeitig.

Das Konzert war der Alumna-Auftritt einer jungen Japanerin, die schon in London, Paris, Wien und Mailand gespielt hatte – auch wenn sie von da, wo die beiden jetzt saßen, wie ein neunjähriges Mädchen wirkte und das Instrument, dem sie sich näherte, so groß wie ein Babygiraffensarg. Die ersten drei Töne klangen wie die Morgendämmerung oder die der Zeit selbst; dann explodierte die Musik, peitschte wie der Wind und der Regen einer heftigen Sturmböe, und die Finger der jungen Frau hämmerten und sprangen und trillerten in unglaublichem Tempo, während ihr Gesicht glatt und ungerührt wie eine Maske blieb.

Danach folgten zwei kurze Stockhausen-Stücke, die für Alice im Vergleich so klangen, als würde eine Katze über die Tasten laufen, und dazwischen, in der ernsten Stille, in der alle hoffen, dass niemand klatscht, kräuselte sich eine Hüstelwoge durch das Publikum, als wären von der Musik nicht die dissonanten Töne geblieben, die noch immer in der Luft hingen, sondern ein reizendes Gas.

In der Pause wurde Ezra von einem Freund begrüßt, einem Mann mit weißer Löwenmähne, aus dessen Seersucker-Jacketttasche ein türkisblaues Einstecktuch spross. »Ezra, mein Freund. Wie gefällt es dir?«

»Sie ist hervorragend. Wenn auch vielleicht etwas reserviert.«

»Stockhausen ist reserviert. Wie läuft's mit deinem Buch?«

Alice lehnte sich zurück, trank Weißwein und blickte unbewegt hinaus auf die Bucht, während hinter ihr zwei Studentinnen über Dreiklänge und Fermaten und dann, eine Spur gedämpfter, darüber sprachen, wer wohl als Solist für das Benefizkonzert kommenden Monat ausgewählt werden würde. Alice trank ihren Wein aus und wollte gerade aufstehen, als Ezra sie am Ellbogen berührte und sagte: »Cal, das ist Mary-Alice.«

»Oh«, sagte Mary-Alice. »Hi.«

»Hallo.«

»Ich habe Cal gerade erzählt, dass ich The Tempest vor gefühlten hundert Jahren von Maurizio Pollini gehört habe, im Louvre. Seine Frackschöße waren so lang wie ein Güterzug. Pollini musst du dir unbedingt irgendwann mal ansehen, Liebling.«

»Sie mögen Musik?«, fragte Cal.

»O ja«, sagte Alice.

»Mary-Alice ist Lektorin«, sagte Ezra.

»Na ja«, sagte Alice, »Juniorlektorin.«

»Wie schön«, sagte Cal. »In welchem Haus?«

»Entschuldigt mich«, sagte Ezra. »Ich hol mir schnell eine Cola Light.«

»Gryphon«, sagte Alice und trat einen Schritt näher, um den Menschen Platz zu machen, die hinter ihr in einer Reihe vorbeigingen.

»Dann müssen Sie wirklich intelligent sein. Roger arbeitet nicht mit Dummköpfen.«

»Sie kennen Roger?«

»Natürlich. Hervorragender Mann. Hervorragender Lektor. Ist das Ihr Berufswunsch? Lektorieren?«

Eine Frau mit einem Baby auf dem Arm bat um Verzeihung und schob sich zwischen sie. Als Cal sie erkannte, beugte er sich vor und begrüßte sie mit einem Kuss. »Felicity! Das ist Mary-Alice. Eine Freundin von Ezra. Und das?«

»Justine.«

»*Justine* ...«

Alice fand Ezra draußen; er saß unter dem Baldachin eines Ahornbaums auf einer Bank, und sein frisch rasiertes Gesicht wirkte im schwindenden Licht abgespannt und grau. »Tut mir leid, Liebes. Ich war auf einmal etwas benommen.«

»Möchtest du nach Hause?«

»Nein, es geht schon. Ich möchte, dass wir uns hier zusammen einen schönen Abend machen. Wir können bleiben.«

Alice setzte sich neben ihn und sagte: »Cal kennt Roger. Meinen Chef.«

»Ups. Na ja.«

Alice nickte. »Na ja.«

Ein paar Meter weiter rauchte ein elegant gekleidetes Paar zu zweit eine Zigarette. Die Frau sagte irgendetwas auf Französisch, woraufhin Ezra zu ihr hinübersah und der Mann, der mit ihr rauchte, lachte.

»Woran denkst du?«, fragte Alice.

Überrascht wandte sich Ezra wieder zu ihr. »Ich habe gerade über mein Buch nachgedacht. Über eine Szene, die noch nicht ganz stimmt. Nicht dass man je irgendeine so hinbekäme, dass sie stimmt, wohlgemerkt. Man könnte auch über die Hutu schreiben, da würde genauso viel stimmen.«

Als sie ihre Plastikbecher weggeworfen und sich höflich zu ihren Plätzen zurückgedrängelt hatten, setzte sich die Pianistin wieder auf ihre Bank und blickte mit schier übermenschlicher Konzentration auf die Tasten, die sich im schwarzen Hochglanzlack spiegelten. Dann warf sie die Handgelenke hoch, blähte die Nasenflügel und ließ den Hammerflügel von der Leine: ein gewaltiges, grollendes und rigoroses Stampfen, das alles andere als reserviert war, im Gegenteil – die Schultern der Frau wiegten sich vor und zurück, sie pumpte so empathisch auf dem Pedal, dass selbst ihre Ferse vom Boden abhob, und drehte immer wieder ruckartig den Kopf zur Seite, als sprühten die Tasten Funken, die ihr in die Augen zu fliegen drohten. Die Wirkung auf Alice war überwältigend und entmutigend zugleich: Den Widerhall dieser Musik im Brustbein, wünschte sie sich noch verzweifelter als sonst, etwas zu *machen*, zu *erfinden* und zu *kreieren* – all ihre Kräfte zur Erschaffung von etwas Schönem und für sie selbst Einzigartigem zu bündeln –, aber daneben weckte es in ihr auch den Wunsch zu lieben. Sich ganz der Liebe zu einem anderen hinzugeben, einer so tiefen und guten Liebe, dass sich die Frage, ob sie ihr Leben vergeudete, gar nicht erst stellte, denn was könnte edler sein, als sich dem Glück und der Erfüllung eines anderen zu verschreiben? Einmal lehnte sich die Pianistin ein wenig zurück, bearbeitete die entgegengesetzten Enden der Tastatur, als müsste sie, während sie auf dem einen spielte, das andere am Hochschnappen hindern, und in diesem Moment drehte sich Alice zu Ezra, der mit offenem Mund zusah; die Fermaten-Mädchen hinter ihm waren in ihren eigenen staunend demütigen Posen erstarrt: Egal, was sie konnten, das konnten sie nicht, das würden sie nie können oder nur, wenn sie dieser Ambition unendlich viele weitere Stunden opferten. Doch ihre Sanduhr lief. Jedermanns Sanduhr lief. Jedermanns Sanduhr außer der von Beethoven. Kaum ist man geboren, schon rieselt der Sand, und nur wer um jeden Preis in Erinnerung bleiben will, hat eine Chance, ein ums andere Mal umgedreht zu werden.

Alice nahm Ezras lange, kühle Finger in die Hand und drückte sie. Diesmal hustete in der Satzpause niemand.

Am folgenden Nachmittag brachte er sie selbst zur Fähre. Sie waren früh dran, und als sie im Wagen saßen und zusahen, wie der Kahn in einem schwerfälligen Bogen an seinen Anlegeplatz fuhr, sagte er, ohne sie anzusehen:

»Ist diese Beziehung nicht irgendwie herzzerreißend?«

Das gleißende Licht vom Hafen blendete sie. »Ich finde nicht. In Details vielleicht.«

Von der Fährenrampe ergoss sich ein Strom lachender und winkender Menschen, die Reisetaschen über die Schultern schwangen und die Augen beschirmten. Zwei junge Männer gingen Hand in Hand, der größere der beiden trug eine mit Bändern geschmückte Topfpflanze in seinem freien Arm.

»Machst du dir manchmal Sorgen über die Folgen?«

»Was für Folgen?«

Jetzt sah er sie finster an.

»Machst *du* dir Sorgen?«, fragte Alice.

»Nein. Aber nur, weil ich am Ende meines Lebens stehe und du ...« - er lachte leise über die saubere Logik dieses Gedankens -, »und du am Anfang von deinem.«

Bam badda daaa dam - bam bam.

»Oh, hallo Liebes. Hätten Sie vielleicht etwas Toilettenpapier für mich?«

»Aber Anna, Sie haben doch eine Rolle in der Hand!«

Verblüfft drehte sich die alte Dame wieder in Richtung Hausflur.

»Stimmt irgendetwas nicht, Anna?«

Mit einer eifrigen Wendung zurück:»Nein, Liebes. Alles in Ordnung. Warum?«

»Brauchen Sie irgendetwas?«

»Ich glaube nicht. Sagen Sie, Liebes. Haben Sie einen Freund?«

Bam badda daaa dam – bam bam.

»Liebes ... Wie ist Ihr –?«

»Alice.«

»Alice. Können Sie mir sagen, wie spät es ist?«

»Kurz vor vier.«

»Vier was?«

»Vier nichts. Es ist gleich vier Uhr, fünf Minuten vor vier. Anna, warum tragen Sie diese Toilettenpapierrolle mit sich herum?«

Bam badda daaa dam – bam bam.

Obwohl seit ihrem letzten Gespräch keine zehn Minuten vergangen waren, legte Anna, als Alice erneut die Tür öffnete, die Hände auf die Brust und wich ein Stück zurück, als hätte sie nicht erwartet, dass jemand zu Hause ist.»Oh! Liebes. Hallo. Ich frage mich, ob ... Könnten Sie mir wohl helfen, eine ... eine Glühbirne ...«

»... zu wechseln?«

Die Lampe befand sich in der Küche, wo Alice noch nie gewesen war; ein Raum, in dem locker ein großer, rostgesprenkelter Tisch und sechs Stühle mit Kunstlederbezug Platz hatten. Das schwache Licht des wolkigen Nachmittags kämpfte sich durch die schmutzverschleierten Fenster, deren untere Scheiben mit vergilbten *Times*-Seiten zugeklebt waren. REAGAN BLICKT WEHMÜTIG AUF ZEIT ALS REPUBLIKANI-SCHER SENATOR ZURÜCK. RIFKA ROSENWEIN HEIRATET BARRY LICH-

TENBERG. *IRMGARD SEEFRIED IM ALTER VON 69 GESTORBEN.* Die kaputte Glühbirne hing wie eine Spinne über dem Herd, von dessen Platten einige seltsamerweise mit Alufolie abgedeckt waren. Alice zog unter dem Tisch einen Stuhl hervor und stieg darauf. Als sie die kaputte Birne herausgeschraubt hatte und wieder hinunterstieg, um die neue zu holen, wollte sie sich mit einer Hand auf dem Herd abstützen, zog sie aber reflexartig wieder zurück.

»Oh! Anna, der Herd ist heiß!«

»Wirklich?«

»Ja! Kochst du gerade irgendetwas?«

»Ich glaube nicht, Liebes.«

»Aber hast du ihn denn gerade benutzt? Hast du heute irgendetwas gekocht?«

»Ich glaube nicht. Ich weiß es nicht.«

Zurück in ihrer eigenen Wohnung, wählte Alice die Nummer auf ihrer Mietabrechnung, wartete das Ende der automatischen Ansage ab und ging dabei ungeduldig hin und her. Sie drückte die Null. Dann drückte sie noch einmal die Null. »... Nennen Sie nach dem Tonsignal bitte Ihren Namen und die Nummer ihrer Wohneinheit. Piep.«

»Mary-Alice Dodge, fünfundachtzigste Straße West 209, Apartment fünf C.«

»... ja?«

»Hallo, hier ist Alice aus 209 fünf C, ich rufe an, weil Anna von nebenan ständig bei mir anklopft, und zwar schon seit einiger Zeit, und es macht mir auch wirklich nichts aus, ihr gelegentlich zu helfen oder auch Gesellschaft zu leisten, denn sie ist wirklich nett, und ich glaube, sie klopft manchmal nur, weil sie einsam ist, aber heute hat sie schon dreimal geklopft, und ich bin mir nicht einmal sicher, ob sie sich an die vorhergehenden Male jeweils noch erinnert; beim ersten Mal ging es irgendwie um Toilettenpapier, dann wollte sie die Uhrzeit wissen und dann sollte ich ihr helfen, eine kaputte Glühbirne zu wechseln, was ich auch gemacht habe, aber als ich dann bei ihr war, fiel mir auf, dass ihr Herd extrem heiß war. Er sieht übrigens ziemlich alt aus. Ich weiß nicht, ob das normal so ist, aber mir kam er viel zu heiß vor, zumal er gar nicht an war. Und wissen Sie, ich bin ja wie gesagt durchaus bereit, ihr ab und zu zu helfen und auch ein wenig auf sie zu achten, so ganz inoffiziell, aber irgendwo habe ich meine Grenzen. Und wenn sie vergesslich wird oder mit ihrem Herd irgendetwas nicht stimmt und sie es nicht weiß oder wenn sie ihn anlässt und dann aus dem Haus geht oder wenn sie einschläft und –«

»In Ordnung. Bleiben Sie kurz dran, ja?«

Sie wartete mindestens zwei Minuten.

»Mary-Alice?« Seine Stimme klang jetzt ganz anders als zuvor – höher und in ihrer Höflichkeit fast schon musikalisch. »Ich habe Annas Enkelin Rachel mit in der Leitung. Möchten Sie ihr erzählen, was Sie mir gerade erzählt haben?«

»Es tut mir sehr leid, Mary-Alice«, beeilte Rachel sich zu sagen. »Es tut mir sehr leid, dass Sie ihretwegen Umstände hatten. Ich danke Ihnen vielmals für Ihre Hilfe.«

»Der Nobelpreis für Literatur wird 2004 an Elfriede Jelinek verliehen, für den musikalischen Fluss von Stimmen und Gegenstimmen in Romanen und Dramen, die mit einzigartiger sprachlicher Leidenschaft die Absurdität und zwingende Macht der sozialen Klischees enthüllen.«

»Ich nehme den Lachs.«

»Und ich die Fusilli Salsiccia, aber ohne die Salsiccia.«

»Zwolf Seiten«, sagte er feierlich, als der Kellner gegangen war.

»Oh«, sagte Alice. »Ich dachte –«

Er schüttelte den Kopf. »Das taugte nichts.«

Alice nickte. »Was macht dein Rücken?«

»Mein Rücken ist schlimm, Liebling. Diese Sache hat nicht funktioniert.«

»Was für eine Sache?«

»Die Denervierung letzte Woche.«

»Oh, das ... Was heißt Denervierung?«

Er nickte. »Denervierung bedeutet, dass man einen Nerv mit einem Hochfrequenzgerät zerstört, damit er keinen Schmerz mehr ans Gehirn weiterleitet. Ich habe das schon einmal machen lassen, da hat es funktioniert, aber diesmal aus irgendeinem Grund nicht.« Die Getränke kamen. »Es gibt aber auch eine gute Nachricht«, fügte er hinzu und riss die Papierhülle seines Strohhalms auf: »Jetzt kann ich Jonathan Schwartz hören, ohne das Radio einzuschalten.«

Auf dem Rückweg zu seiner Wohnung wurden sie von einem jungen Mann in einem Trenchcoat aufgehalten, der ihnen freundlich den Weg abschnitt.

»Blazer! Das wäre Ihrer gewesen!«

Vor Aufregung ganz außer sich, wagte es der Fan sogar, die Hand auszustrecken. Vorsichtig zog Ezra seine aus der Tasche. Während des Handschlags machte der jüngere Mann eine ehrerbietige kleine Verbeugung, und dabei wehte ihm der Wind eine Jarmulke vom Kopf und trug sie ein Stück durch die Luft, bis sie mitten auf der Amsterdam Avenue liegen blieb. Der Mann legte eine Hand auf den Hinterkopf und lachte. Dann zeigte er auf Ezra, als hätte der den Wind heraufbeschworen: »Nächstes Jahr, Mann! Nächstes Jahr!«

Bis zum Ende des Blocks gingen sie schweigend nebeneinander. Im Aufzug pflückte Ezra ein Blatt aus Alice' Haar und ließ es zu Boden segeln. »Was machen die Sox?«

»Liegen gegen Anaheim zwei Spiele vorn.«

»Gut, Liebling.«

»Was macht deine Palästinenserin?«

Ruckartig hob er den Kopf, aufs Neue ungläubig. »Nayla? Sie hat *immer* noch nicht angerufen.« Er blickte jetzt strenger zu Alice hinunter, so als trüge sie eine Mitschuld an dieser Kränkung.

Als der Aufzug mit einem *Ping* anhielt und die Türen aufgingen, trat Alice hinaus, während Ezra sich nicht vom Fleck rührte. »Ich meine«, sagte er und hob die offene Hand, »wie sollen wir mit diesen Menschen zurechtkommen?«

Boston schlug Anaheim in drei Spielen. Am Abend darauf gewannen die Yankees ihre Serie gegen die Twins drei zu eins. Alice wartete hoffnungsvoll, aber als er sie anrief, sagte er nur: »Sechzehn Seiten.«

»Wow. Was macht dein Rücken?«

»Tut weh.«

»Nimmst du irgendetwas?«

»Ja, natürlich. Was hast du denn gedacht? Das Problem ist, dass ich es nur jeden zweiten Tag nehmen kann. Sonst werde ich abhängig, und der Entzug ist die Hölle.«

Spiel eins der American League Championship Series sah sie sich in ihrer Bar an. Die Sox vermasselten es im neunten Inning, als sie es nicht schafften, gegen Rivera zu punkten, nachdem die Yankees ihre Führung von einem auf drei Runs ausgebaut hatten.

UNBEKANNTER TEILNEHMER.

»Allmählich mache ich mir Sorgen um deine Großmutter.«

»Ich auch. Sie trägt seit Juli ihr Glückskleid.«

»Ich nehme an, du möchtest dir das Spiel morgen Abend gern hier ansehen.«

»Ich nehme an, da hast du recht.«

Wieder verlor Boston. Als sie drei Abende später *wieder* verloren, neunzehn zu acht, schaltete er den Fernseher aus und warf ihr das Telefon zu. »Ruf sie lieber mal an.«

»Hi Nana. Hier ist Alice ... Ich weiß ... Ich weiß ... Ja, es ist schlimm ... Tut mir leid ... Nein, bei einem Freund ... Nein, niemand, den du kennst ... Mmhmm ... Ach, echt? ... Ist ja ein Ding ... War Doreen auch dabei? ... Ja, er ist auch ein Shriner ... Okay .... Ich muss los ... Ich muss jetzt los, Nana ... Ich hab dich auch lieb ... Okay ... Gute Nacht ... Gute Nacht.«

»Was hat sie gesagt?«

»Dass Francona im Koma liegt.«

»Das ist gut. Was noch?«

»Dass sie im Supermarkt den Bruder meines Vaters getroffen hat und dass er meinte, ich hätte bei der Beerdigung meines Großvaters einen schönen Sakrileg gehalten. Ich glaube, er meinte Nekrolog.«

Am folgenden Nachmittag sprach er ihr auf den Anrufbeantworter und fragte, ob es ihr etwas ausmachen würde, auf dem Weg zu ihm kurz bei Duane Reade vorbeizugehen und ihm ein Glas Marmite, ein Fläschchen Mylanta Kirsch mit Kalzium und zehn Flaschen Purell-Handdesinfektionsmittel mitzubringen, die kleinen zu sechzig Milliliter. Als sie ankam, ging er in Socken auf dem Teppich auf und ab und verzog das Gesicht. Alice reichte ihm die Tüte.

Er sah hinein: »Hmm.«

»Was ist?«

»Nichts, Liebling. Ist nicht deine Schuld. Kein Problem.« Um Mitternacht, in der zweiten Hälfte des neunten Innings, lagen die Yankees einen Punkt vorn, und die Boston-Fans standen betend auf den Tribünen. Zaghaft hielt jemand ein Schild hoch, auf dem NOCH 4 SPIELE stand. Alice beobachtete das Geschehen durch ihre Finger, während Ezra aufstand und seine hundert Sachen abzuarbeiten begann.

»*The party's over ...*«

Millar durfte nach vier Fehlwürfen des Pitchers auf First Base. Die Sox wechselten den flinkeren Roberts für ihn ein, der prompt die zweite Base stahl. Dann schlug Bill Mueller eine Single mitten durchs Infield, Roberts umrundete Third Base und rutschte auf dem Hosenboden über die Homeplate.

»Jaaaa!«

Die Zahnbürste in der Hand, kam Ezra aus dem Bad und setzte sich.

Während der nächsten beiden Innings gab es keine Punkte. Alice saß auf dem Boden, einen Fingerknöchel zwischen den Zähnen, und als

Big Papi einen Two-Run Homer schlug, sprang sie auf und mit Anlauf aufs Bett. »Geschafft! Wir haben gewonnen! Die Red Sox haben gewonnen! Gewonnen gewonnen gewonnen gewonnen GEWONNEN!«

»Du hast gewonnen. Eindeutig.«

»*Jetzt* ist die Party vorbei!«

Zum fünften Spiel kam sie in einem ihrer Searle-Röcke und mit einer Kappe mit einem B darauf. Ezra fing sie im Flur ab und sah erst nach links und rechts, bevor er sie am Arm aus dem Aufzug zerrte. »Sag mal, *spinnst* du? Hier in dieser Stadt?« Der Fernseher lief schon, und wie es aussah, war Ezra gerade eifrig dabei, seinen Schreibtisch aufzuräumen: Nachdem er ihr etwas zu trinken und das Liefermenü von Pig Heaven gegeben hatte, leckte er weiter Briefumschläge an, warf alte Zeitschriften in den Papierkorb, stieg in großen Schritten über Miniatur-Zikkurate fremdsprachiger Ausgaben und pfiff dabei die ganze Zeit.

»Hey Mehli«, sagte er und sah von einem Kontoauszug auf. »Hab ich dir eigentlich schon die Glow-Worm-Geschichte erzählt?«

Alice machte ein Kreuzchen neben Pork Soong. »Nö.«

»In den Fünfzigern gab es mal so einen Gassenhauer, ›Glow Worm‹, von den Mills Brothers. Und als ich dann Anfang der Sechziger in Altoona Creative Writing unterrichtet habe« – er schüttelte den Kopf –, »riet ich einem meiner Studenten, mehr Details in seine Texte einzuflechten. Es sind die Details, erklärte ich ihm, die einem Text Leben einhauchen. Er hatte eine Kurzgeschichte geschrieben, deren erster Satz lautete: ›Danny kam pfeifend ins Zimmer.‹ Nach unserer kleinen Unterhaltung ging er nach Hause und überarbeitete sie, und als er die Woche darauf wiederkam, lautete der Satz: ›Danny kam ins Zimmer und pfiff *Glow Worm.*‹ Das war die einzige Veränderung in der ganzen Geschichte.«

Alice kicherte.

»Lächerigstes weißes Mädchen aller Zeiten, Mary-Alice.«

»Was ist aus ihm geworden?«

»Aus wem?«

»Deinem Studenten!«

»Er hat den Nobelpreis bekommen.«

»Ach komm.«

»Na ja, er hat mal eine Weile bei den Washington Senators gespielt. Damals, als eine League nur aus acht Teams bestand.«

»Eine League bestand aus nur acht Teams?«

»Ach, Mary-Alice, ich geb's auf! Vom Mesozoikum bis 1961 bestanden die beiden Leagues nur aus acht Teams, dann kamen die Expansion Teams dazu, in die alle Spieler kamen, die die anderen Teams nicht wollten, wie Hobie Landrith und Choo Choo Coleman – Choo Choo Coleman! Wie würde dir *das* als Name gefallen? –, und die Mets haben sich so dämlich angestellt, dass der ehemalige Yankees-Manager Casey Stengel, den sie extra für die Jungs aus dem Ruhestand geholt haben, eines Tages in den Dugout ging und fragte: ›Kann denn hier kein Mensch Baseball spielen?‹«

In der zweiten Hälfte des neunten Innings stand es immer noch vier-vier, als er einen Viagra-Werbespot stumm schaltete und sich strahlend zu ihr umdrehte. »Liebling, in der Kühltruhe hinten im Deli an der Ecke gibt es Häagen Dazs am Stiel. *Möchtest* du eins?«

»Jetzt?«

»Warum nicht. Du bist ja gleich wieder da. Aber pass auf. Ich möchte innen Vanille, außen Schokolade mit Nüssen. Wenn sie das nicht haben, dann innen Schokolade, außen Schokolade ohne Nüsse. Und wenn sie das auch nicht haben, dann innen Vanille, außen Schokolade ohne Nüsse. Und dazu, was immer du willst, Liebling. Mein Portemonnaie liegt auf dem Tisch. Ab mit dir!«

Im Deli gab es nur Himbeer. Und im Mini-Markt einen Block weiter oben hatten sie nur Schoko innen, Schoko außen mit Nüssen. Alice nahm eins und starrte es einen leicht qualvollen Augenblick an – es war nicht einmal die richtige Marke –, dann legte sie es wieder zurück und rannte den langen Block hinüber zur Amsterdam Avenue, wo sie in einem schmalen Gemischtwarenladen, in dem Pornos direkt neben Karamellpudding verkauft wurden, ganz hinten eine Tiefkühltruhe fand, die fast ausschließlich mit Vanille innen und außen Schokolade mit Nüssen gefüllt war.

»*Sí!*«

Der Kassierer aß aus einer Styroporbox und sah auf einen Fernseher, der unter dem Ladentisch stand. »Was ist passiert?«, fragte Alice.

»Ortiz hat verkackt.« Mit erhobener Gabel verfolgte er noch einen Moment das Spiel, bevor er die andere Hand hob, um Ezras Geld zu nehmen. Als er schließlich aufsah und das B auf Alice' Kappe bemerkte, atmete er scharf ein. »*Ah, la enemiga.*«

»Wo warst du?«, fragte Ezra, als sie zurückkam.

Im zwölften Inning versuchte Ortiz, die zweite Base zu stehlen, scheiterte jedoch an Derek Jeter, der mit gespreizten Beinen senkrecht in die Luft sprang, um Posadas hohen Wurf zu erwischen. Er schnappte sich den Ball, schien einen unmöglich langen Augenblick über der Base zu schweben, landete dann doch noch und taggte Papis Rücken. Aus.

»Meine Güte«, sagte Ezra und deutete mit dem Eisstiel auf den Bildschirm. »Für einen Moment dachte ich, ich hätte Nijinsky vor mir.«

Sie verzog angewidert den Mund. »Ich kann ihn nicht ausstehen. Guck doch mal, wie blasiert der aussieht.«

»Erinnerst du dich an die Zeiten, als wir noch gevögelt haben, Mary-Alice?«

»Er war doch schon safe!«

»Nein, war er nicht, Liebling.«

»Doch!«

Im dreizehnten Inning griff Catcher Varitek bei drei Knuckleballs ins Leere und ließ die Yankees dadurch zur zweiten und dritten Base vorrücken. Alice stöhnte. Auf der Tribüne wurde ein weiteres Schild hochgehalten: GLAUBE.

»Woran denn?«, fragte Ezra. »An die Zahnfee?«

Nach zwei Outs in der zweiten Hälfte des vierzehnten Innings foulte Ortiz erst nach rechts, dann nach links, dann zweimal nach hinten über den Zaun, bevor er den Ball endlich ins Centerfield schlug und Johnny Damon punkten konnte.

»Hoooraaaaaaaayy!«

»Okay, Choo. Das war's. Zeit zum Schlafengehen.«

»Ähm, Mary-Alice«, sprach er ihr am nächsten Morgen auf die Mailbox, kaum eine Stunde nachdem sie gegangen war. »Es ist mir unangenehm, dich darum zu bitten, aber könntest du vielleicht, bevor du heute Abend zu mir kommst – ich nehme an, du kommst heute Abend zu mir –, vorher bei Zabar's vorbeischauen und mir Apfelmus mitbringen? Das mit Stücken? Das Geld gebe ich dir später.« Seine Stimme klang dünn und gereizt, die Plauderlaune vom Abend zuvor war verflogen, und als Alice nach einem E-Book-Notfall-Meeting, das den ganzen Nachmittag gedauert hatte, zu ihm kam, hielt er sich den Rücken und ging wieder mit schmerzverzerrtem Gesicht auf und ab. Der Fernseher war stumm geschaltet, in seinem leeren Sessel lag ein elektrisches Heizkissen. So leise sie konnte, stellte Alice das Apfelmus in den Kühlschrank, nahm sich ein Glas aus dem Schrank und pulte den Wachsverschluss von einer neuen Flasche Knob Creek. MEL ZURÜCKRF. WG. TESTAMENT stand auf einem Post-it, das auf der Arbeitsplatte klebte. Und auf einem zweiten daneben: WATTESTÄBCHEN!!! Allein beim Anblick dieses Wortes in seiner hinreißenden Handschrift kam sie sich töricht vor: Wie hatte sie je glauben können, sie wäre in der Lage zu schreiben? Als sie wieder hochsah, saß er in seinem Sessel, den Hals stoisch gereckt und der Hinterkopf wie eine Wachskopie seiner selbst, wäre da nicht dieses verschwindende Pulsieren gewesen.

Sie ging mit ihrem Glas zum Bett und legte sich darauf. In der flackernden Stille blickten sie so gebannt auf den Bildschirm mit den Pre-Game-Informationen, als würde dort jeden Moment ihre jeweilige Le-

benserwartung eingeblendet. SPIEL 3: LÄNGSTES REGULÄRES (9 IN-
NINGS) POSTSEASON-SPIEL ALLER ZEITEN (4 Stunden 20 Minuten).
SPIEL 5: LÄNGSTES POSTSEASON-SPIEL ALLER ZEITEN (5 Stunden
49 Minuten). GESAMTSPIELZEIT DER ERSTEN 5 SPIELE: 21 STUNDEN,
46 MINUTEN. 1864 PITCHES. Alice merkte sich beide Aufstellungen,
dachte kurz über ein Leben in der Dominikanischen Republik nach
und fragte sich, was wohl aus dem Abendessen würde. Ihr Instinkt,
zwar nicht angeboren, aber durch alte Kindheitsängste entstanden,
riet ihr, solche Launen auszusitzen und vielleicht sogar zu zerstreuen,
indem sie sich so still und unauffällig wie möglich verhielt. Aber der
Bourbon hatte andere Pläne.

»Ich liebe diese Farbe«, sagte sie, als auf dem Bildschirm die Weitwin-
kelaufnahme des Yankee Stadium erschien, dessen Rasen in Streifen
gemäht war, die genau genommen in zwei leicht unterschiedlichen
Smaragdgrünschattierungen leuchteten.

Mehrere Sekunden später antwortete Ezra mit tiefer, gleichmäßiger
Stimme: »Ja. Nachtspiel-Grün.«

Als Jon Lieber auf dem Pitcherhügel Stellung bezog, stand Alice auf
und schenkte sich nach. »Meinst du, wir können jetzt den Ton wieder
einschalten?«

Er war zu laut, so als hätten sie sich das Spiel am Vorabend zusammen mit einem Dutzend redender und lachender Freunde angesehen,
außerdem hatte einer der Kommentatoren einen leichten Südstaatenakzent, der in seiner Heiterkeit fast ein wenig stoned klang, während
die volle und beruhigende Baritonstimme des anderen durchaus Ähn-
lichkeit mit der des Sprechers aus den Viagra-Spots besaß.

Die beiden Stimmen, die über den Bullpen, Curt Schillings Sehne und
die »schwierigen Witterungsbedingungen« plapperten, füllten das
kleine Zimmer wie körperlose Dinnergäste, die die wachsende Spannung zwischen ihren Gastgebern zu ignorieren versuchen. Wettervor-
hersage: Nieselregen. Windgeschwindigkeit: dreiundzwanzig km/h,

von links nach rechts. Über die neblige Skyline gelegt, wirkten die Spiegelbilder von Ezra und ihr im gelblichen Schein seiner Leselampe gefangen und leblos, wie zwei Inhaftierte in einem Puppenhaus. Allein zusammen, zusammen allein … Nur, dass sie natürlich nicht allein waren. Ezras Schmerzen waren auch noch da. Ezra, seine Schmerzen und Alice, die kaum zu ertragende Abgesandte aus der erzürnenden Welt der Gesunden.

»Die Red Sox jetzt in Führung, vier-null, und wegen eines technischen Fehlers wird Ihnen das Spiel heute Abend von AFN präsentiert: dem American Forces Network. Unsere Freunde von den AFN übernehmen die Berichterstattung für die U. S. Armed Forces, die in einhundertsechsundsiebzig Ländern und US-Territorien und natürlich an Bord der Marineschiffe auf See ihren Dienst leisten. Wir heißen unsere Männer und Frauen in Uniform, die fernab der Heimat ihrem Land dienen, herzlich willkommen und danken euch für alles, was ihr tut.« Auf der Tribüne hantierten drei Männer, die sich gegen den Regen die Kapuze übergezogen hatten, mit Plastikbechern voll Bier und handgemalten Schildern: AUF URLAUB AUS DEM IRAK. 31st COMBAT SUPPORT HOSPITAL. HOLLA: LOS, YANKS!

»Keine Stadt in diesem Land«, sinnierte die Südstaaten-Stimme, »erinnert mich mehr an die Opfer und an die Freiheit, die wir unseren Männern und Frauen verdanken …« Jason Varitek rückte seinen Brustschutz zurecht. »… Was für ein … Was für ein Kerl. Was für ein Anführer! Da, jetzt hat er einen Flyball geschlagen, weiß schon, dass er gleich aus ist … Sehen Sie sich das an. Sehen Sie sich diesen Mann an. Wenn man bedenkt, wie viele Innings er gerettet hat, was er alles erreicht hat … Jetzt sehen Sie, was passiert: Er bleibt motiviert, geht so schnell wie möglich zurück in den Dugout, legt die Schutzausrüstung an und ist sofort wieder an seinem Platz hinter der Homeplate, damit Curt Schilling ihm möglichst viele Pitches zum Aufwärmen für die zweite Hälfte des sechsten Innings werfen kann …«

»Auf sehr müden Beinen …«

»Sieht aus, als wäre er auch ein ganz guter Soldat geworden …«

Ezra schaltete wieder stumm.

Alice starrte noch einen Moment auf den Bildschirm, dann trank sie den letzten Schluck Whisky. »Hast du Hunger? Sollen wir irgendwas bestellen?«

»Nein, Liebling.«

»Ich kann dir morgen Wattestäbchen besorgen, wenn du willst.« Er beugte sich über den Sessel und suchte irgendetwas auf dem Boden. »Danke, Liebes.«

»Das müssten sie aber jetzt doch nicht andauernd zeigen.«

»Was?«

»Seine Socke. Mir wird schon ganz übel.«

Ezra nahm eine Tablette.

»Ich dachte, die darfst du nicht jeden Tag nehmen?«

»Danke, Fräulein Elefantengedächtnis.«

»Whoa! Hast du das gesehen?«

»Was?«

»A-Rod hat ihn geschlagen.«

Sie sahen zu, wie der Ball über die Foullinie kullerte und Jeter zur Homeplate sprintete. »Er war unterwegs zu First, Arroyo wollte ihn taggen, da hat A-Rod ihm einfach den Ball aus dem Handschuh gehauen!«

Francona kam heraus, um sich zu beschweren. Die Umpires steckten die Köpfe zusammen. Als sie ihre erste Entscheidung revidierten, buhten die New-York-Fans und warfen Müll auf den Rasen.

»Ich fasse es nicht«, sagte Alice. »Das war *unglaublich* kindisch.« Sie sah Ezra an, aber Ezra sah auf den Bildschirm. »Also, wenn *ich* ein Yankee wäre, würde ich mich schämen für den Versuch, so weiterzukommen.«

»Wenn du ein Yankee wärst«, sagte Ezra ruhig, »wären sie nicht bis in die Playoffs gekommen.«

Alice lachte. »Können wir jetzt den Ton wieder einschalten?«

Langsam drehte er den Oberkörper, um sie anzusehen. »Mary-Alice ...«

»Was?«

»Ich habe Schmerzen.«

»Ich weiß. Aber was soll ich denn –«

Ezra zuckte zusammen. »Was du dagegen tun sollst?«

Alice nickte unsicher.

»Moment«, sagte sie dann. »Eigentlich tu ich schon eine Menge. Ich gehe für dich zu Zabar's und zu Duane Reade, und in den Extra-Innings renne ich noch zum Deli und hol dir Häagen Dazs –«

»Liebling, du hast mir das alles angeboten. Weiß du noch? Du hast mir angeboten, dass du mir hilfst, wenn es mir nicht gutgeht. ›Egal was du brauchst, ich bin ganz in der Nähe‹, hast du gesagt. Sonst hätte ich dich nie darum gebeten.«

»Ich weiß, aber –«

»Glaubst du, mir macht es Spaß, so zu sein? Glaubst du, es macht mir Spaß, ein schmerzgekrümmter alter Krüppel zu sein, der auf andere angewiesen ist?« Sein Kopf pulsierte jetzt deutlicher, so als könnte er jeden Moment explodieren.

»Fick dich«, sagte Alice.

Eine Weile war nur das statische Knistern der Mattscheibe zu hören, dessen Frequenz sich mit dem stetigen Wechsel zwischen dunkel zu hell veränderte. Alice legte die Hände vors Gesicht und verharrte lange so, als wollte sie sich an einen anderen Ort versetzen – oder als würde sie zählen, einem von ihnen oder beiden die Chance geben, sich zu verstecken –, aber als sie sie schließlich wieder wegnahm, war Ezra noch da, exakt in derselben Haltung wie zuvor: Wartend, die Beine übereinandergeschlagen, der Blick schwarz und gequält. Sein Gesicht verschwamm durch den Schleier ihrer Tränen.

»Was soll ich mit dir machen, Mary-Alice? Was wäre dir am liebsten? Was würdest du an meiner Stelle tun?«

Wieder bedeckte Alice ihr Gesicht. »Mich wie den letzten Dreck behandeln«, sagte sie in ihre Hände.

Als sie nach Hause kam, fand sie im Briefkasten ein Schreiben des Studienkreditbüros von Harvard, in dem man ihr für die vollständige Rückzahlung ihres Federal-Perkins-Kredites dankte.

Die Red Sox gewannen.

Ungefragt schüttete der Barkeeper Alice den Rest der Flasche ins Glas. Alice schob es anderthalb Zentimeter zur Seite, dann legte sie die Hand wieder in den Schoß.

»Spielen Sie Schach?«, fragte der Mann neben ihr mit britischem Akzent.

Alice sah ihn an. »Ich habe ein Brett.«

»Sprechen Sie Französisch?«

»Nein. Wieso?«

»Es gibt im Schach einen Ausdruck, der besagt, dass man eine Figur nur auf dem Feld zurechtrückt, aber noch nicht zieht.«

»Ach wirklich? Und der wäre?«

»*J'adoube.*«

Alice nickte, dann sah sie hoch zum Fernseher, hob ihr Glas und trank diesmal auch daraus.

»Hallo«, sagte sie und klopfte bei ihrem Chef an. »Hier ist das –«

Er knallte den Telefonhörer auf den Apparat.

»Tut mir leid«, sagte Alice, »ich wollte nicht –«

»Der verdammte Blazer bleibt bei Hilly.«

Wütend massierte er sich mit den Fingerspitzen die Stirn. Alice legte die Akte auf seinen Schreibtisch und ging.

»Man darf aber nicht vergessen«, sagte sie zu dem Briten, der Julian hieß, »dass die Sox seit sechsundachtzig nicht mehr in der World Series standen. Und *gewonnen* haben sie die World Series seit neunzehnhundertachtzehn nicht mehr. Manche schreiben das dem *Curse of the Bambino* zu: Sie glauben, die Red Sox werden dafür bestraft, dass sie Babe Ruth an New York verkauft haben.«

»An die Yankees.«

»Ja. Obwohl es ja heute auch noch die Mets gibt, aber die existieren erst seit den Sechzigern.« Alice trank einen Schluck. »Davor bestand eine League nur aus acht Teams.«

Pujols lief ungehindert zur zweiten Base, während eines Pitches, der ein Stück zu dicht am Batter vorbeiflog. Dann schlug Renteria den Ball direkt zurück zum Pitcher. Der warf ihn an First Base aus, und die Ersatzspieler der Sox stürmten das Feld, wo die Männer zu einem Jubelknäuel zusammenliefen, sich einander in die Arme warfen und auf den Rücken sprangen, die Fäuste in die Luft reckten und dankbar gen Himmel zeigten. Auf den Tribünen wie Mündungsfeuer das Pop-pop-pop der Kamerablitze. Via Satellit wurde kurz das Bild von Soldaten in Bagdad eingeblendet, die in sandfarbenem Drillich feierten, dann Schnitt, zurück zur Postgame Show der Bank of America; Bud Selig überreichte Manny Ramirez den MVP-Pokal für den besten Einzelspieler. Ein Reporter fragte ihn, was das für ein Gefühl sei.

»Zuerst gab es viel Gerede, sie wollten mich verkaufen, aber na ja, ich hab mich nicht unterkriegen lassen, hab einfach an mich geglaubt und dann habe ich geschafft, na ja, ich freu mich einfach, ich habe eine Menge Leute gezeigt. Ich wusste, dass ich schaffen kann, na ja, und Gott sei Dank ich habe geschafft.«

»Glauben Sie an Verwünschung, Sir?«

»Nein, noch nie. Ich glaube, jeder ist Schmied von seinem Glück. Wir sind einfach da raus, haben locker gespielt, und na ja, dann haben wir geschafft.«

Alice sah auf ihr Handy. Der Barkeeper gab ihnen eine Runde aus.

»Jeder ist Schmied von seinem Glück«, sagte Alice, lachte herzhaft und steckte das Handy wieder in die Handtasche.

»Recht hat er«, sagte Julian, zog sie an sich und küsste sie.

Bam badda daaa dam – bam bam.

In den Händen eine staubige Flasche Wein, auf der außer einer dicht gedrängten Parade hebräischer Buchstaben kein Name stand, wartete die alte Dame an Alice' Tür. Ihr Kopf wackelte leicht, als wäre er durch eine Feder am Rest ihres Körpers befestigt. »Könnten Sie die für mich öffnen, Liebes?«

Schwarz kam der Korken heraus.

»Bitte schön«, sagte Alice.

»Möchten Sie vielleicht ein Glas?«

Alice ging wieder in ihre Küche, goss zwei Marmeladengläser halb voll und ging damit zurück zu Anna, die leicht zitternd in ihrer Wohnung stand, direkt hinter der Tür. Ihr verschossenes Hauskleid mit Gänseblümchenmuster hatte auf dem Kragen einen braunen Fleck in der Form von Florida. Vorsichtig nahm Anna das Glas Wein entgegen, mit beiden Händen und dem Hinweis, er sei eine Weile her, seit sie im Stehen irgendetwas getrunken habe.

»Mein Neffe hat sich heute umgebracht.«

Alice ließ das Glas sinken.

»... deshalb brauche ich einen Schluck Wein.«

»Das kann ich Ihnen nicht verdenken«, sagte Alice leise. »Wie alt war er?«

»Was?«

»Wie –«

»Fünfzig.«

»War er krank?«

»Nein.«

»Hatte er Kinder?«

»Was?«

»Ob er –«

»Nein.«

Obwohl keine von ihnen einen Schluck getrunken hatte, sah Anna hinab auf ihren Wein, als fragte sie sich, wann er wohl zu wirken begann.

»Haben Sie heute gewählt?«, fragte Alice.

»Was?«

»Ob Sie gewählt haben? Den Präsidenten?«

»Ob ich gefehlt habe?«

Alice schüttelte den Kopf.

»Sagen Sie ...«, begann Anna.

»Alice.«

»Ich weiß. Wohnen Sie hier ganz allein?«

Alice nickte.

»Fühlen Sie sich nicht einsam?«

Alice zuckte mit den Schultern. »Manchmal schon.«

Anna spähte jetzt an ihr vorbei durch den Flur, an dessen Ende Alice' Leselampe brannte und wo auf dem Bett *Die verwundete Stadt – Begegnungen in Bagdad* kopfüber auf den aufgeschlagenen Seiten lag. New York geht an Kesorry, Nebraska an Bush, verkündete das Radio auf der Frisierkommode leise. »Aber einen Freund haben Sie doch bestimmt, nicht wahr, Liebes? Jemand Besonderen in Ihrem Leben?« Ihr Marmeladenglas voll Wein, das sie immer noch wie einen Abendmahlskelch in beiden Händen hielt, kippte noch ein paar Grad weiter.

Alice lächelte etwas traurig. »Vielleicht.«

UNBEKANNTER TEILNEHMER.

SAMSTAG
21. MAI

SAMSTAG
18. JUNI

SAMSTAG
2. JULI

Eine Autotür wurde zugeschlagen. »Tut mir leid, Leute!«, rief er aus dem Küchenfenster. »Die Reservierung gilt erst ab morgen!«

Die Kinder schenkten ihm keine Beachtung und kamen unbekümmert den Natursteinweg heraufgehopst; der Junge mit einem kleinen Polizeiboot, das er in Schlangenlinien durch die Luft fahren ließ, das Mädchen mit Feenflügeln, die in der hochstehenden Sommersonne violett glitzerten. Wie ein Feenbutler hielt Ezra ihnen die Fliegentür auf. »Olivia! Dir sind ja Flügel gewachsen!« Kyle hopste auch die Treppe hoch und weiter bis ins Wohnzimmer, wo er sich verkehrt herum auf Ezras Ottomane fallen ließ und, während seine Haare auf dem Boden schleiften, lauthals verkündete: »Olivia hat einen Wackelzahn!«

»Stimmt das, Olivia?«

Olivia, die auf der äußersten Sofakante saß, um ihre Flügel nicht zu zerdrücken, nickte.

»Wie wackelig ist er denn?«

»Fehr wackelig!«, sagte Kyle.

Olivia sah heimlich zu Ezra hinüber und wurde rot.

Beim Mittagessen:

»Ezra?«

»Ja, Süße.«

»Wie bist du so klug geworden?«

Ezra ließ seine saure Gurke sinken. »Wieso bin ich denn klug?«

Olivia zuckte mit den Schultern. »Du trägst schöne Hemden. Und du kennst den Präsidenten.«

Eine Weintraube rollte von Kyles Teller in Richtung Tischkante. »O-oh!«, sagte Alice und beugte sich schnell vor, um sie zu fangen. »Eine Ausreißerweintraube.«

»Ausweißerweintwaube!«

»*So* klug bin ich nun auch wieder nicht«, sagte Ezra.

»Ezra ist sehr fleißig«, sagte Edwin und zog seiner Tochter ein Stück von einem Kartoffelchip aus dem Haar. »Wenn du *auch* fleißig bist und in der Schule gute Noten schreibst, dann kannst *du* dir eines Tages auch so schöne Hemden leisten.«

»Und den Präsidenten kennenlernen?«

»Und Präsident *werden*«, sagte Eileen.

»Ganz genau«, sagte Ezra. »Präsidentin. Madam Präsidentin Wu. Besser als der, den wir haben, wärst du jetzt schon.«

Olivia steckte einen Löffel Schoko-Minz-Eis in den Mund und bewegte langsam und meditativ den Kiefer, als befände sich darin irgendein fremder Gegenstand. Kyle, der auf Alice' Schoß saß, pupste.

»Ups«, sagte Alice.

»Ups«, sagte Kyle und kicherte in seinen Löffel.

Im Pool trug er eine Badehose mit Hummermuster und seine Schwester einen zu großen, schlaffen Badeanzug, aus dem bleich und platt wie zwei Pennys ihre Brustwarzen herausschauten. »Guck mal«, rief Olivia, während ihre Mutter ihr die Arme energisch mit Sonnencreme einrieb. Flankiert von vier schokoladengefüllten Mahlzähnen, schwankte der lockere Zahn unter ihrem Finger wie ein Betrunkener. »Mann«, sagte Alice. »Der ist wirklich wackelig.«

Obwohl es ein warmer Tag war, bewölkt, aber schwül, saß Ezra mit einer langen Hose, einem langärmligen Button-down-Hemd und Oxford-Schuhen mit Doppelschleife in seiner Poolliege. *Die ewige Orgie* lag mit einem Lesezeichen versehen in seinem Schoß, und seine Penn-State-Altoona-Kappe saß so locker auf seinem Kopf, dass die Buchstaben ein wenig einsanken. »Immer dran denken, Kinder. Ich hab da so ein Mittel im Pool, das Urin rot färbt. Knallrot! Sobald jemand ins Wasser pinkelt, leuchtet es knallrot.« Stirnrunzelnd und verstohlen blickte Kyle auf das Wasser hinter sich.

»Marco«, sagte Alice.

»Polo!«, schrien die Kinder.

»Marco.«

»Polo!«

»Marco!«

»POLO!«

»MARCO!«

»POLOAAAAAAAAAAAHHHHHHHHH!«

Ezra hob eine Hand. »Entschuldigung, aber weiß hier überhaupt jemand, wer Marco Polo war?«

Kyle und Olivia hielten einen Moment inne, hüpften auf der Stelle und bliesen prustend Wasser aus Mund und Nase; dann sah Olivia Alice an und flötete: »Gehst du mit mir ins Tiefe?«

Alice hockte sich hin, und nachdem sich das Mädchen halb kletternd, halb schwimmend auf ihre Hüften gesetzt hatte, watete sie so weit vor, bis sie den Poolboden nicht mehr berühren konnte und sich mit den Händen an der gefliesten Kante entlangziehen musste. Olivia sah ihn zitternd über die Schulter, als hatte sie unter sich ein schauderliches Schiffswrack entdeckt, und je tiefer Alice kam, desto fester klammerte sich das Mädchen an sie. »Mayday, Mayday!«, rief Alice lachend, als Kyles ferngesteuertes Polizeiboot sie einholte und stumpf rammte.

»Schön festhalten, Olivia«, rief ihre Mutter.

Als sie das tiefe Ende erreichten, hatte das kleine Mädchen die Arme und Beine so fest um Alice geschlungen, dass sie sich vorkam wie in einem Schraubstock. »Und, wie ist das?«

»Gut«, murmelte Olivia zähneklappernd.

Ezra, der mit dem Fuß wippte und etwas gelangweilt wirkte, fragte, ob jemand einen Witz kenne.

Edwin ließ seinen Blackberry sinken. »Wie nennt man Zwillinge im Bauch?«

»Zellengenossen!«, schrie Olivia Alice ins Ohr.

»Der ist gut«, sagte Ezra. »Wer kennt noch einen?«

Kyle versuchte, auf einem Schwimmbrett zu stehen. »Was kommt waus, wenn man einen Tywannosauwus Wex mit einem ... einem, äh ...«

»Einem was?«

Das Schwimmbrett ploppte hoch. »Hab ich vergessen.«

Ezra schüttelte den Kopf. »Verbesserungswürdig.«

»Warum ging der Dübel zum Arzt?«

»Warum?«

»Dem Dübel war übel.«

Kyle kicherte; Ezra stöhnte. Noch immer an Alice geklettet, sah Olivia sie an und zog die Nase kraus. »Verbesserungswürdig?«

»Ich hab noch einen«, sagte Ezra. »Fliegt ein Mann nach Honolulu und fragt seinen Sitznachbarn: ›Verzeihung, wie spricht man das aus, Hawaii oder Havaii?‹ ›Havaii‹, sagt der andere. ›Danke‹, sagt der Mann. Darauf der andere, ›Vofür denn.‹«

Die Kinder starrten ihn an.

»Versteh ich nicht«, sagte Kyle.

»Der redet Quatsch«, sagte Olivia. »Stimmt's?«

»Ganz genau.«

»Aber was ist denn daran lustig?«, fragte Kyle.

»Nichts«, sagte Ezra. »Schon gut.«

»Werbesserungsvürdig«, sagte Eileen.

Der Wind frischte auf; die Bäume begannen zu rascheln. Unbeeindruckt davon brachten die Kinder Alice »Wer hat Angst vorm Wasser-

mann«, »Schweinchen in der Mitte« und ein weiteres, selbst erfunde-
nes Spiel bei, bei dem erst der eine und dann der andere auf ihren Rücken klettern und so tun musste, als würde er ihr mit einer Schwimm-
nudel-Reitgerte aufs Hinterteil schlagen.

»Möchtest du Kinder, Mary-Alice?«, fragte Eileen.

Kyle schwang die Nudel wie ein Lasso über dem Kopf und spritzte ihr
dabei Wasser in die Augen. »Vielleicht«, sagte Alice. »Wenn ich vierzig
bin.«

Eileen schob die Sonnenbrille hoch und schüttelte den Kopf. »Vierzig
ist zu alt.«

»Das hab ich schon mal gehört. Aber früher traue ich mich nicht. Ich
habe Angst, dass es mich ... völlig vereinnahmt.«

»Mary-Alice ist ein sehr sensibler Mensch«, erklärte Ezra.

Eileen nickte und sah blinzelnd in den Himmel. »Ich nehme das zurück. Mit vierzig ist man nicht zu alt für ein Baby. Aber mit *fünfzig* ist
man zu alt für einen *Zehn*jährigen.«

Als ein leichter Regen die Steinplatten tüpfelte, drückte Ezra sich hoch
und klatschte in die Hände. »Ver vill einen Krapfen?« Während Alice
und Eileen ihnen in Socken halfen, die theoretisch vor Zecken schütz-
ten, drehten sich die zitternden und wimmernden Kinder immer
wieder um und blickten über die Schulter dramatisch auf das soeben
verlassene Wasser, noch immer hin und her schwappend und jetzt
pockennarbig vom Regen. Das ferngesteuerte Polizeiboot stieß gegen
die Aluleiter. Schaumstoffnudeln trieben auf der Wasseroberfläche
wie nach einer Explosion. Als sämtliche herumliegende Handtücher,
Beutel, Sonnencremeflaschen und Minitaucherbrillen eingesammelt
waren, reihte sich Alice hinter den anderen ein, die wie müde Seeleute
über den Rasen trotteten: Ezra, der in seinen langen Schritten an den
abgeblühten Judasbäumen vorbeiging; Edwin und Kyle, die in wissen-
schaftlicher Manier auf irgendetwas im Hafen zeigten, und Olivia und
Eileen auf identisch proportionierten X-Beinen. »Siehst du die Bäume

da?«, fragte Eileen ihre Tochter, während der Regen um sie herum wie brutzelndes Öl in der Pfanne klang. »Als Mommy ein kleines Mädchen war, hat sie Ezra geholfen, diese Bäume zu pflanzen ...«

Nach dem Abendessen spielten sie Scrabble.

Nachdem Olivia, die in einem Arielle-Nachthemd auf ihrem Stuhl kniete, lange zahnknibbelnd gegrübelt hatte, streckte sie den Arm aus, steigerte die Spannung bis zum Äußersten und legte schließlich: FOGEL.

»Nein, Süße«, sagte Edwin. »Das schreibt sich V-O-G-E-L.«

»Oh«, sagte Olivia und ließ die Schultern hängen. »Hab ich nicht dran gedacht.«

»Ist nicht schlimm, Süße«, sagte. Ezra. »Ein unreifer Moment, das kann passieren.«

Edwin legte FRISBEE. »Fünfzehn Punkte.«

»Keine Eigennamen«, sagte Eileen.

Edwin nahm FRISBEE wieder weg und legte FIDEL. »Gut«, sagte Alice. »Achtzehn Punkte.«

»Was steht da?«, fragte Kyle.

»›Fidel‹«, sagte Eileen.

»Was heißt ›fidel‹?«, fragte Olivia.

»Dass man gut drauf ist«, sagte Alice. »Dass man fröhlich ist und gute Laune hat.« Sie legte BEGONIE. »Vierzehn Punkte.«

Ezra legte MÖSE.

Alice hielt sich den Notizblock mit dem Punktestand vor den Mund.

Eileen riss über ihrem Weinglas die Augen auf.

Ezra zog einen schiefen Mund, betrachtete noch einmal seine Buchstaben und schüttelte bedauernd den Kopf. »Was anderes hab ich nicht.« Edwin sah von seinem Blackberry auf und grinste.

»Was?«, fragte Kyle. »Was heißt das?«

»Das heißt ›Möse‹«, sagte Eileen laut und deutlich.

»Das ist doch kein Wort«, protestierte Olivia.

»Doch!«, sagte Kyle. »Möse ist ein Wort.«

»Ganz genau«, sagte Ezra und wirkte erleichtert. »Möse *ist* ein Wort.«

»Was bedeutet es denn?«

»Na, Moos, nur mehrere: ein Moos, zwei Möse.«

»Es gibt zum Beispiel Louisiana-Moos«, sagte Edwin.

»Das fällt dann aber schon unter Eigennamen«, sagte Eileen. »Egal, das bedeutet es jedenfalls nicht.«

»Macht nichts«, sagte Alice und lachte. »Vierzehn Punkte für Ezra.«

Olivia nahm einen Finger aus dem Mund, drehte den Kopf zu ihr und starrte sie an. »Warum lachst du nach allem?«

»Wer«, fragte Alice. »Ich?«

Olivia nickte. »Nach allem, was gesagt wird, lachst du.«

»Oh«, sagte Alice. »Das ist mir noch gar nicht aufgefallen. Keine Ahnung warum.«

»Ich habe eine Theorie«, sagte Ezra und sortierte seine Buchstaben neu.

»Ach ja?«

»Ich glaube, du lachst, um die Stimmung zu lockern. Um die Situation zu ent-fänglichen.«

»Was ist ent-fänglichen?«, fragte Olivia.

»Das, was ich gleich mit dir mache«, sagte Edwin und kitzelte sie zwischen den Rippen.

»Es war seine Idee« sagte Eileen am nächsten Vormittag, als sie wieder am Pool saßen. »Er ist in einem katholischen Elternhaus groß geworden und findet, jeder sollte in irgendeiner Form eine religiöse Erziehung bekommen. Aber als wir dann erklären mussten, wie Maria mit Jesus schwanger wurde, konnte ich kaum an mich halten.«

»Mom! Guck mal, Mom!«

»Socken, Olivia!«

Noch immer im Nachthemd, kam Olivia wie ein windgefülltes Segel um das Pumpenhäuschen gerannt, blieb atemlos auf den Steinplatten vor dem Pool stehen und wedelte mit einem Geldschein.»Guck mal! Guck mal, was mir die Zahnfee gebracht hat!«

»Wow!«, sagte Ezra.»Fünfzig Flocken.«

»Das ist aber sehr großzügig«, sagte Eileen.

»Darf ich's behalten?«

»Gib es bitte deinem Vater. Und zieh dir Socken an.« Als sie weg war, sah Eileen Ezra scharf an.»*Fünfzig* Dollar?«

»Was denn? Das ist nichts im Vergleich zu dem, was ich dem Hot-Dog-Mann gegeben habe.«

Alice sah von ihrem Buch auf.»Du hast dem Hot-Dog-Mann Geld gegeben?«

»Klar.«

»Wie viel?«

Er verscheuchte eine Fliege.»Siebenhundert.«

»Siebenhundert Dollar!«

»Dabei magst du doch noch nicht mal Hot Dogs«, sagte Eileen.

Ezra zuckte mit den Schultern.»Ich wollte ihm helfen. Ich wollte einem Freund helfen. Er hat mir erzählt, dass es nicht so gut läuft in letzter Zeit, dass seine Standgenehmigung immer teurer wird und die Miete für seine Wohnung auch und dass er eine Frau und drei Kinder zu versorgen hat. Er meinte, er könne nächsten Monat die Rechnungen nicht bezahlen, wenn er nicht irgendwo zusätzliches Geld auftreibe. Also bin ich am nächsten Tag noch einmal zu ihm gegangen und hab gefragt: ›Wie heißen Sie?‹ Dann hat er mir seinen Namen genannt, aber als ich mein Scheckheft herausgeholt habe, hat er gesagt: ›Moment! Das ist nicht mein richtiger Name.‹«

Alice stöhnte.

»Da war ich schon etwas verunsichert. Aber weiß der Kuckuck. Ich habe ihm einen Scheck ausgeschrieben. Über siebenhundertfünfzig Dollar.«

»Ich dachte, siebenhundert«, sagte Eileen.

122

»Nein, Liebling. Siebenhundertfünfzig.«

»Du hast siebenhundert gesagt«, sagte Alice.

Ezra schüttelte den Kopf. »Ich werde ein wenig vergesslich.«

»Wie auch immer«, sagte Alice.

Ezra streckte die Hände hoch. »Seitdem habe ich ihn nicht mehr gesehen.«

»Darf ich fragen, woher dieser Hot-Dog-Mann kommt?«, fragte Eileen.

»Ich glaube, er ist Jemenit.« Mit zwei Schwimmflossen und der Fernbedienung seines Boots kam Kyle über den Rasen stolziert. Ezra sah besorgt aus. »Wahrscheinlich habe ich gerade siebenhundertfünfzig Dollar an die Al-Quaida verschenkt.«

»En garde!«, sagte Kyle, ließ die Schwimmflossen fallen und schwang die Antenne der Fernbedienung in einem großen Bogen auf sie zu. Wie von einem Schuss getroffen, kippte Ezra mitsamt seinem Plastikliegestuhl rückwärts auf den Rasen und verfehlte mit dem Kopf nur knapp die Wurzel eines alten Fichtenstumpfs. Begeistert warf Kyle die Fernbedienung weg und ließ sich mit einem tollpatschigen Bauchklatscher neben ihn auf den Rasen fallen.

»Das war kein Spaß«, sagte Ezra, der immer noch auf dem Rücken lag. »Mein Defibrillator ist gerade losgegangen.«

»O mein Gott«, sagte Eileen.

»Alles in Ordnung?«, fragte Alice.

»Alles gut. Alles gut. Ich glaube, es ist nichts passiert. Es ist nur ... Es war nur ... erst einmal ein Schock.« Er lachte zittrig. »Im wahrsten Sinne des Wortes.«

Eileen hob die Fernbedienung an der Antenne auf und warf sie wie ein totes Tier ins Gebüsch. »Aber sollen wir nicht lieber doch einen Arzt rufen? Nur zur Sicherheit?«

Als Virgil eintraf, empfing ihn Olivia; mit flatternden Feenflügeln rannte sie die Einfahrt hinunter auf ihn zu. »Boah!«, rief sie. »Wie alt sind *Sie* denn?«

In Alice' Briefkasten, als sie nach Hause kam:
Eine Vorladung zum Geschworenendienst.

Eine Einladung zum 3. jährlichen Fire Island Blackout Beach Wochenende, adressiert an ihren Vormieter.

Eine Information des NYC Department of Buildings, die in Kopie auch an der Tür zum Innenflur hing: ARBEITSGENEHMIGUNG: INSTALLATIONSARBEITEN – UMBAU TYP 1 GEMÄSS ANTRAG AUF TEILUNG DER AUS SECHS (6) ZIMMERN BESTEHENDEN WOHNEINHEIT IN DER 5. ETAGE IN ZWEI SEPARATE WOHNEINHEITEN GENEHMIGT. ALLGEMEINE UMBAUMASSNAHMEN, GAS- UND WASSERINSTALLATIONEN SOWIE INNENARBEITEN WIE ERFORDERLICH. BESTEHENDE WOHNUNGSTÜREN BLEIBEN ERHALTEN. UNVERÄNDERTER AUSTRITT VON DER WOHNUNG IN DEN FLUR.

Im Jury-Versammlungsraum saß sie neben einem Mann, auf dessen T-Shirt stand: ICH HABE KEINE SOZIALPHOBIE, ICH MAG DICH BLOSS NICHT. Vor ihr aß ein anderer Mann einen Blaubeer-Scone und erklärte der Frau neben ihm, warum einige Muslime das Hören der meisten musikalischen Genres wenn möglich vermeiden. Er war am Tag zuvor im MoMA gewesen und hatte aufgeschnappt, wie ein Museumsführer einer Gruppe von Schulkindern etwas über die »Musikalität« von Kandinskys Arbeit erzählt habe; gerade diesen Vergleich habe er besonders interessant gefunden, »weil die Muslime, die Kandinsky figürlich arbeitenden Künstlern vorziehen würden, ziemlich sicher genau die sind, die einen Argwohn gegenüber der Musik hegen, deren Sinnlichkeit und Ziellosigkeit ihrer Ansicht nach die primitiven Triebe des Menschen befördern.«

»Was für Triebe?«, fragte die Frau neben ihm.

»Promiskuität«, sagte der Mann kauend. »Lust. Schamlosigkeit. Gewalt. Mein erzkonservativer Onkel zum Beispiel« – er wischte sich ein paar Krümel vom Schoß – »macht keinen Unterschied zwischen Britney Spears und Beethoven. Musik ist anstößig, weil sie unsere animalischeren Instinkte anspricht und uns von anspruchsvolleren Zielen ablenkt.«

»Wenn Ihr Onkel also in einem Restaurant säße, in dem auf einmal klassische Musik aufgelegt wird, würde er sich die Ohren zuhalten? Oder aufstehen und gehen?«

»Nein. Aber er fände es wahrscheinlich völlig daneben, dass überhaupt Musik gespielt wird.«

Je mehr man weiß, dachte Alice, desto sicherer weiß man, dass man nichts weiß.

Um neun Uhr zwanzig stieg ein gedrungener Mann mit Glatze auf einen Kasten vorn im Saal und stellte sich als Clerk Willoughby vor. »Meine lieben amerikanischen Mitbürger. Guten Morgen. Bitte sehen Sie zunächst einmal alle auf Ihre Vorladungen. Wir wollen sicherstellen, dass Sie alle am richtigen Tag am richtigen Ort sind. Auf ihren Vorladungen sollte vierzehnter Juli, Sixty Centre Street stehen. Sollten Sie eine Vorladung in der Hand halten, auf der etwas anderes steht, nehmen Sie bitte ihre Sachen und gehen Sie den Flur entlang zum Hauptbüro, um den Sachverhalt zu klären.«

Eine Frau hinter Alice begann laut seufzend, ihre Sachen zu packen.

»Also. Um an diesem Gericht Geschworener sein zu können, müssen Sie die amerikanische Staatsbürgerschaft besitzen, über achtzehn Jahre alt sein, die englische Sprache verstehen, in Manhattan, Roosevelt Island oder Marble Hill wohnen und kein verurteilter Straftäter sein. Sollten Sie eine dieser Voraussetzungen nicht erfüllen, dann gehen bitte auch Sie mit Ihren Unterlagen ins Verwaltungsbüro.«

Der Mann mit dem Sozialphobie-T-Shirt stand auf und verließ den Raum.

»Dienstzeit der Jury ist von neun bis siebzehn Uhr, Mittagspause von dreizehn bis vierzehn Uhr. Geschworene, die nicht in einen Prozess involviert sind und folglich um sechzehn Uhr dreißig noch immer hier im Versammlungszimmer sitzen, dürfen um diese Uhrzeit höchstwahrscheinlich nach Hause gehen. Wenn ein Richter Sie in Anspruch nimmt, liegt es nicht mehr in meiner Hand, und Sie müssen bleiben, bis der Richter Sie entlässt. Ein Gerichtsverfahren dauert durchschnittlich sieben Tage. Manche länger, andere nicht so lange. Wir zeigen Ihnen nun einen kurzen Orientierungsfilm, und ich darf Sie bitten, Kopfhörer abzunehmen, Bücher und Zeitungen zu schließen und aufmerksam zuzusehen. Danke.«

Zu Beginn wurde ein See eingeblendet. Angeführt von einem stämmigen Wärter, ging eine Gruppe mittelalterlicher Dorfbewohner gemeinsam zum Ufer.

Wurde einem früher in Europa ein Verbrechen oder Vergehen vorgeworfen, sagte eine Stimme aus dem Off, *musste man ein sogenanntes Gottesurteil über sich ergehen lassen. Diese Vorstellung kam zum ersten Mal vor etwa dreitausend Jahren zu Zeiten von König Hammurapi auf.*

Die Dorfbewohner traten auseinander, um einem Mann Platz zu machen, dessen Hände mit einem Seil fest zusammengebunden waren. Zwei Wärter stießen ihn zum Wasser.

Bei einem dieser Gottesurteile musste man die Hand in kochendes Wasser halten. Begann sie drei Tage später zu heilen, war man unschuldig. Eine andere Form des Gottesurteils war noch drastischer. Es verlangte, dass man gefesselt ins Wasser geworfen wurde. Schwamm man oben, galt man als schuldig. Sank man, war man unschuldig.

Die Wärter banden jetzt die Füße des Gefangenen zusammen, während zwei Richter mit ungerührtem Blick zusahen. Die Dorfbewohner verfielen in banges Schweigen. Dann wuchteten die Wärter den Gefangenen ins Wasser. Er sank, und kurz darauf sah man Bläschen aufsteigen. Die Richter sahen eine Weile aufs Wasser, dann bedeuteten sie den Wärtern, ihn wieder herauszuziehen. Die Dorfbewohner jubelten.

War das eine gerechte und unvoreingenommene Justiz? Damals *sah man das so* ...

Trotz ihrer Stimmung, unruhig und prämenstruell, genoss Alice den Film. Er erinnerte sie an den Sozialkundeunterricht und verlangte im Endeffekt nicht viel von ihr – nur, dass sie ihre Bürgerrechte nicht als selbstverständlich erachtete, aber wann hatte sie das je getan? Hinter sich den Abspann, stieg Willoughby wieder auf seinen Holzkasten. Wie ein Zauberer, der zeigen will, dass er ohne Netz und doppelten Boden arbeitet, hielt er eine Mustervorladung hoch und demonstrierte, wie man einen perforierten Abschnitt abtrennte, der später abgegeben werden musste. »Nicht *diesen* Teil«, sagte er mindestens zweimal, einmal zu jeder Seite des Raums, »sondern *diesen* hier.« Aber Alice konnte nichts sehen, weil immer entweder seine Fingerknöchel oder die Hand, mit der er darauf zeigte, im Weg waren, so dass die Beamtin, der sie den Abschnitt schließlich reichte, ihn ihr ärgerlich schnalzend zurückgab und sagte: »Das ist der falsche Teil.«

»Oh, tut mir leid. Was soll ich jetzt machen?«

Die Sekretärin krallte sich die Vorladung wieder, holte einen Klebestreifen-Abroller aus ihrem Schreibtisch, klebte die beiden Teile zusammen und schob sie ihr wieder hin. »Nehmen Sie Platz.« Während sie schon den Nächsten in der Reihe heranwinkte, murmelte sie kopfschüttelnd: »Ja, ist es denn zu fassen?«

Um zehn Uhr fünfundvierzig verlas Clerk Willoughby eine Reihe von Namen.

»Patrick Dwyer.«

»José Cardozo.«

»Bonnie Slotnick.«

»Hermann Walz.«

»Rafael Moreno.«

»Helen Pincus.«

»Lauren Unger.«

»Marcel Lewinski.«

»Sarah Smith.«

Vor Alice las der Mann, dessen muslimischer Onkel ihrer animalischen Leidenschaftlichkeit wegen keine Musik mochte, *The Economist*. Alice nahm ihren Discman heraus, entwirrte das Kabel und drückte auf PLAY.

»Bruce Beck.«

»Argentina Cabrera.«

»Donna Krauss.«

»Mary-Ann Travaglione.«

»Laura Barth.«

»Caroline Koo.«

»William Bialosky.«

»Craig Koestler.«

»Clara Pierce.«

Es war eine Janáček-CD, deren erstes Stück sie sich dreimal anhörte, und mit jedem Mal begriff sie seine Komplexität weniger statt mehr. Aber Gewalttätigkeit? Lust? Eine unterschwellige, nicht objektbezogene Lust verspürte sie eigentlich immer; vielleicht konnte Musik, genau wie Alkohol, ihre Kraft bündeln und ihr eine leichtsinnige Stoßrichtung geben ...

»Alma Castro.«

»Sheri Bloomberg.«

»Jordan Levi.«

»Sabrina Truong.«

»Timothy O'Halloran.«

»Patrick Philpott.«

»Ryan McGillicuddy.«

»Adrian Sanchez.«

»Angela Ng.«

Kurz nach vier wurden alle, deren Namen nicht aufgerufen worden waren, nach Hause geschickt und gebeten, am nächsten Morgen wiederzukommen. Alice ging wieder in den Pub, in dem sie die Mittagspause verbracht hatte, bestellte ein Glas Wein und danach noch eins, dann legte sie ihr Geld neben einen Zeitungsteil mit der Schlagzeile *Bombenexplosion in Bagdad: bis zu 27 Tote, darunter viele Kinder*, und an der ersten Subway-Haltestelle stieg sie schwankend hinab in den Untergrund. Es war inzwischen Rushhour, und statt am Times Square umzusteigen und sich im Tross durch die langen, stickigen Gänge zu kämpfen, stieg sie an der siebenundfünfzigsten Straße aus und beschloss, zu Fuß zu gehen. Vom Licht geblendet, ging sie in einer leichten Zickzacklinie, als wäre sie die dritte Dimension nicht gewöhnt. Ein stoßartiges Rumpeln aus einem Gitterrost auf dem Gehweg klang, als grollte die unterirdische Welt, weil sie ihr entflohen war. Schwindelerregend und schwankend wuchs um sie herum ein Wald aus Glas und Stahl gen Himmel. Ein Mann dicht hinter ihr pfiff unmelodisch, ein dünner Klang, der direkt vom Stadtgetöse verschluckt wurde. Es war, als würde man sich zwei riesige Seemuscheln auf die Ohren drücken: das wogende Murmeln des Windes, rotierende Reifen – schnell noch über Gelb –, hupende Taxis, das Ächzen und Seufzen der Busse, zischende Schläuche auf dem Gehweg, Kisten, die gestapelt wurden, zurollende Transportertüren. Holzabsätze. Eine Panflöte. Die pseudofreundlichen Grüße von Unterschriftensammlern. Obwohl es fast dreißig Grad warm war, hatten viele Geschäfte ihre Türen offen – man konnte förmlich sehen, wie die teure Luft hinauswaberte und auf der Straße verpuffte –, und die verschiedenen gebrochenen Melodiefetzen klangen wie ein Radio auf Sendersuche: Muzak Bach, Muzak Beatles, Ipanema, Billy Joel, Joni Mitchell, »What a Wonderful World«. Selbst aus dem Eingang zur Linie 1/9 schien der gedämpfte Bebop einer Swing-Band zu schallen ... Doch dann passierte Alice die Treppe zur Subway, und die Musik wurde trotzdem immer lauter und deutlicher; sie entwickelte eine Art Auftrieb und drang an die Oberfläche – der einzigartige Schall von Bläsern und Schlagzeug unter freiem Himmel. Dann sah sie die Tänzer.

Es schien, als wäre ein moderner *Rigoletto* über die Ufer der Opernhaus-Bühne getreten und hätte sich auf den Platz ergossen. Unter einem weiten, weißen Himmel lag ein rhythmisch wogendes Meer aus erhobenen Armen und schwingenden Hüften; ab und an wurde ein Arm oder ein Bein mit solchem Enthusiasmus in die Luft geworfen, als sollte es sich gleich loslösen. Einige Tänzer bewegten sich schwerfällig, ob aus Gründen der Konzentration, der Ironie oder des Alters, doch alle waren offenbar fest entschlossen, um jeden Preis in Bewegung zu bleiben. Hochgewachsene Männer tanzten mit kleinen Frauen, hochgewachsene Frauen mit kleinen Männern, alte Männer mit jungen Frauen und ältere Damen mit älteren Damen; neben dem Taschenscanner hopsten drei Kinder mit blinkenden Sohlen um ihre Mutter herum wie um einen Maibaum. Einige tanzten allein oder mit unsichtbaren Partnern, und einige wenige Abtrünnige in einem scharf abgegrenzten Bereich für avantgardistische Ausdrucksformen. Teenager-Mädchen gingen mühelos in den Handstand und rollten sich durch die Brücke geschmeidig ab, während andere mit weniger biegsamen Gliedern auf halbem Wege steckenblieben, aufgaben und mit einem lockeren Charleston weitermachten. Andere achteten gar nicht auf das Tempo, unter anderem ein älteres Paar; sie tanzten so langsam, als wären sie zu Hause im Wohnzimmer. Ein warmer Sommerabend, »Stompin' at the Savoy«, fünftausend Zivilisten, friedlich vereint unter Wolken, die ihren Regen freundlicherweise zurückhielten, und dieses eine eng umschlungene, für alles rundherum blinde und taube Paar schien der Schlüssel zu dem Ganzen zu sein, der gesunde Geist, der den Taumel möglich macht, das Auge im Hurricane der Verzückung. Unterbrochen wurde ihre Träumerei nur, als ein vorbeitanzender Jitterbugger stolperte und leicht gegen der Rücken der alten Dame stieß, woraufhin sie nur kurz hinter sich auf den Boden sah, so als wollte sie nicht auf einen Hund treten.

Als »Sing Sing Sing« begann, drehte Alice sich um und ging die restlichen zwanzig Blocks uptown.

Bei Ezras Wohnungstür angekommen, schloss sie auf und ging hinein zum Bett. Ezra schlug die Augen auf. »Liebling. Was ist los?« Alice schüttelte den Kopf. Besorgt beobachtete Ezra sie für einen Moment, dann legte er ihr eine Hand auf die Wange. »Bist du krank?« Wieder schüttelte Alice den Kopf, dann saß sie sekundenlang nur da und starrte auf eine Buchbesprechung, die offen neben ihm auf dem Federbett lag; darüber eine billige Karikatur von ihm, die Augen zu dicht beieinander und das Kinn wie der Kehllappen eines Truthahns. Sie schob die Zeitung weg, öffnete ihre Sandalen und zog die Beine hoch, um so dicht wie möglich bei ihm zu liegen. Sie schlang ihm einen Arm um die Brust und verbarg das Gesicht in seinen Rippen. Er roch wie immer nach Chlor, Aveda-Shampoo und Weichspüler.

Der Himmel blutete rosa, dann violett. Ezra löschte das Licht.

»Mary-Alice«, sagte er, mit der sanftestmöglichen Nachsicht. »Du schweigst immer sehr eindrucksvoll, weißt du das?«

Alice drehte sich auf den Rücken. Ihre Augen füllten sich mit Tränen.

»Ich habe eine Menge Zeit hier verbracht«, sagte sie schließlich.

»Ja«, erwiderte er nach einem weiteren langen Augenblick. »Ich vermute, dieses Zimmer hat sich auf ewig in dein Gedächtnis eingeprägt.«

Alice schloss die Augen.

»Alejandro Juarez.«

»Kristine Crowley.«

»Nigel Pugh.«

»Ajay Kundra.«

»Robert Thirwell.«

»Arlene Lester.«

»Catherine Flaherty.«

»Brenda Kahn.«

Alice war nicht die Einzige, die sich denselben Platz wie am Tag zuvor ausgesucht hatte, so als würde das lange Warten von gestern nicht zählen, wenn sie diesmal woanders beginnen würde. Der Mann mit dem muslimischen Onkel hatte den *Economist* gegen einen Laptop eingetauscht, dessen Bildschirmschoner ein Foto von ihm und jemandem mit identischem Teint zeigte; sie hatten auch die gleichen Augenbrauen, einen ähnlichen Kieferwinkel und trugen Windbreaker derselben Marke, in denen sie, jeweils einen Arm um die Schulter des anderen gelegt, vor einem ausdrucksvoll marmorierten Himmel standen. Hinter ihnen erstreckten sich, so weit das Auge reichte, braune Berge, dreieckige Gipfel mit einem feinen Adergeflecht aus Schnee auf den Spitzen. Dann stieg vom unteren Bildschirmrand aus ein Excel-Dokument auf, und ein blendender Zellen-Blizzard machte die Landschaft dahinter unsichtbar.

»Devon Flowers.«

»Elizabeth Hamersley.«

»Kanchan Khemhandani.«

»Cynthia Wolf.«

»Orlanda Olsen.«

»Natasha Stowe.«

»Ashley Brownstein.«

»Hannah Filkins.«

»Zachary Jump.«

Manchmal musste ein Name wiederholt werden, und es stellte sich heraus, dass sein Besitzer auf der Toilette war, sich im Atrium die Füße vertrat oder schlief. Nur einmal tauchte jemand gar nicht auf, was im Saal eine geradezu bebende kollektive Bestürzung auslöste. Wer war dieser unerlaubt Abwesende Amar Jamali, und welche Gründe konnte er haben, sich der richterlichen Gewalt Amerikas zu widersetzen? Und trotzdem war Alice etwas neidisch auf Amar Jamali, wäre sie doch selbst schrecklich gern irgendwo anders gewesen. Jemand anders gewesen.

»Emanuel Gat.«

»Conor Fleming.«

»Pilar Brown.«

»Michael Firestone.«

»Kiril Dobrovolsky.«

»Abigail Cohen.«

»Jennifer Vanderhoven.«

»Lottie Simms.«

»Samantha Kahnführer.«

Alice sah hoch. Die Frau neben ihr gähnte.

»Samantha Kahnführer?«

Einige andere hoben den Kopf und sahen sich um. Alice betrachtete stirnrunzelnd die Rückseite der Vorladung in ihrem Schoß.

»Samantha Kahnführer …«

Der Mann vor ihr, gerade erst wieder aufgewacht, rieb sich mit dem Handballen ein Auge. Willoughby ließ mit vernichtender Miene den Blick durch den Raum schweifen, dann notierte er kopfschüttelnd irgendetwas.

»… Purva Singh.«

»Barry Featherman.«

»Felicia Porges.«

»Leonard Yates.«

»Kendra Fitzpatrick.«

»Mary-Alice Dodge.«

Noch immer wie gelähmt, stand Alice auf und folgte den anderen durch einen fensterlosen Flur in ein Zimmer, in dem Fragebögen ausgeteilt und in einer von Turnschuhquietschen, Schniefen, Räuspern und Husten synkopisch unterbrochenen Beinahestille ausgefüllt wurden. Ein Gerichtsdiener las sich die ausgefüllten Bögen durch und rieb sich dabei das Kinn; dann entließ er einige Ungeeignete und führte die Restlichen in ein Nebenzimmer, wo sie einzeln von einem Staatsanwalt befragt wurden.

»Wurden Sie je gerichtlich belangt?«

»Nein.«

»Haben Sie schon einmal jemanden verklagt?«

»Nein.«

»Waren Sie je Opfer eines Verbrechens?«

»Ich glaube nicht.«

»Sie wissen es nicht?«

»Ich bin mir nicht sicher.«

»Ärztliche Kunstfehler?«

»Nein.«

»Vergewaltigung?«

»Nein.«

»Diebstahl?«

»Na ja, kann sein. Aber nichts Wichtiges.«

»Hier steht, Sie sind Lektorin.«

»Ja.«

»In welchem Bereich?«

»Hauptsächlich Belletristik. Aber ich will nächste Woche kündigen.«

Der Staatsanwalt sah kurz auf die Uhr. »Es handelt sich um einen Drogenfall. Konsumieren Sie Drogen?«

»Nein.«

»Konsumiert in Ihrem Umfeld jemand Drogen?«

»Nein.«

»Niemand?«

Alice rutschte auf ihrem Stuhl herum. »Mein Stiefvater hat gekokst, als ich klein war.«

Der Staatsanwalt sah auf. »Ist das wahr?«

Alice nickte.

»Zu Hause?«

Sie nickte noch einmal.

»Ist er Ihnen gegenüber gewalttätig geworden?«

»Nein, mir gegenüber nicht.«

»Aber gegenüber jemand anders?«

Alice blinzelte den Staatsanwalt für einen Moment an. »Er ist kein schlechter Mensch. Er hatte bloß ein schwieriges Leben«, antwortete sie schließlich.

»Und Ihr Vater?«

»Was ist mit meinem Vater?«

»Hat er Drogen genommen?«

»Weiß ich nicht. Ich glaube nicht. Er hat nicht bei uns gewohnt.« Ihre Stimme begann zu zittern. »Das kann ich nicht einschätzen.«

»Tut mir leid, ich –«

»Schon in Ordnung.«

»Ich wollte nicht –«

»Nein, haben Sie nicht.«

»Das sollte nicht –«

»Ich weiß. War es auch nicht. Es ist – das ist es nicht. Ich bin nur … müde. Und mache gerade eine schwierige Phase durch.«

»Choo?«

»Mmm?«

»Wo bist du?«

»Zu Hause?«

»Was machst du?«

»Ich hab gerade geschlafen. Alles in Ordnung?«

»Mich sticht es in der Brust.«

»O nein. Hast du Pransky schon angerufen?«

»Der ist in St. Lucia. Seine Sekretärin sagt, ich soll hoch ins Presbytarian Hospital fahren.

»Da hat sie recht.«

»Das ist nicht dein Ernst, Liebling.«

»Natürlich!«

»Ich soll an einem Samstagabend in die Notaufnahme eines Kranken-
hauses in Washington Heights gehen?«

Hinter dem Taxifenster ging die Upper West Side in Harlem über und
Harlem schließlich in ein Viertel, dessen Namen sie nicht kannte, eine
Einöde aus breiten Straßen voll Delis, Schönheitssalons, Ramsch-
läden, Afro-Friseuren und *iglesias* vor einem Himmel, der mit seinen
geschwungenen Pastellstreifen fast an den Mittleren Westen denken
ließ. An der Einhundertdreiundfünfzigsten bremste der Fahrer scharf,
um einer Plastiktüte auszuweichen, die zwischen dem Trinity Ceme-
tery und der Jenkins Funeral Chapel auf die Straße geweht wurde. Als
sie sich von dem Schrecken erholt hatten, beugte sich Ezra höflich vor,
während Alice seinen Gehstock wieder aufstellte. »Verzeihen Sie, Sir!
Könnten Sie bitte etwas langsamer fahren? Ich würde gern zuerst im
Krankenhaus ankommen und *dann* sterben.«

Sie saßen über eine Stunde im Empfangsbereich und sahen zwei Mädchen zu, die auf dem Boden Schmetterlinge ausmalten, während ein
drittes reglos und zusammengesackt am Arm einer hochschwangeren
Frau lehnte. Dann rief eine junge Koreanerin in grünen Clogs und einem weinroten Schwesternkittel Ezra zum EKG auf und führte ihn an-
schließend in einen langen Warteraum mit zu wenigen Trennwänden
für die Dutzenden von Männern und Frauen auf Transportliegen oder
in Rollstühlen, die meisten von ihnen alte Schwarze oder alte Latinos,
noch immer im Pyjama oder im Morgenrock und den Pantoffeln von
zu Hause. Manche schliefen und sahen in dieser Haltung aus, als
versuchten sie sich zu entscheiden, ob der Tod wohl einer weiteren
Stunde unter den Leuchtstoffröhren dieser piepsenden Vorhölle vor-
zuziehen wäre. Andere beobachteten das Kommen und Gehen der
jungen Pflegerinnen mit einem benommenen, sogar staunenden Ausdruck, der erahnen ließ, dass sie durchaus schon schlechtere Samstagabende gehabt hatten. Nicht weit von Ezra, der an einer Infusions-
flasche verankert war, aus der Zuckerlösung in seinen Arm tropfte,

schwänzelte ein stinkender Mann mit schmutziger Hose und blutunterlaufenen Augen kontaktsuchend den Gang auf und ab. »Setzen Sie sich, Clarence«, sagte eine Schwester im Vorbeigehen zu ihm. »Ich habe es kommen sehen«, sagte Ezra.

Kurz nach zehn kam die zuständige Schwester zurück und sagte, sie habe mit Pranskys Büro gesprochen; das EKG habe zwar nichts Auffälliges ergeben, aber man wolle Ezra zur Sicherheit trotzdem über Nacht dabehalten. Ihre zuvor routinierte Art hatte jetzt etwas Mädchenhaftes, ja sogar Flirtendes; sie drückte ihr Klemmbrett an die Brust, ließ die Wimpern flattern und sagte: »Meine Mutter ist übrigens ein großer Fan von Ihnen. Sie könnte es mir nie verzeihen, wenn ich Ihnen nicht erzählen würde, dass *Der Running Gag* ihr Lieblingsbuch ist.«

»Schön.«

»Wie geht es Ihnen jetzt? Irgendwelche Schmerzen?«

»Jep.«

»So stark wie vorher? Schlimmer?«

»Wie vorher.«

»Wie fühlt es sich an?«

Ezra hob vage die Hand.

»Ist es ein ausstrahlender Schmerz?«, fragte Alice.

»Ja, genau. Ausstrahlend. Bis in den Hals.«

Die Schwester runzelte die Stirn. »In Ordnung. Ich schaue mal, ob ich Ihnen etwas dagegen geben kann. Sonst noch irgendetwas?«

»Kann ich ein Einzelzimmer haben?«

»Das müssten Sie bezahlen.«

»Kein Problem.«

In der abgeteilten Nische ihnen gegenüber zog eine Frau einen Rosenkranz aus der Handtasche und arbeitete sich mit den Fingern daran entlang, während sich der Mann neben ihr stöhnend auf seiner Liege wand. Ein anderes Paar, beide in Mets-Sweatshirts, betete im Tandem, die gefalteten Hände so eifrig und konzentriert an die Stirn gedrückt, dass nicht einmal Clarence sie aus ihrem Bann reißen konnte, als er ihnen quasi vor die Zehenspitzen stolperte.»Jesus!«, sagte der Mann und legte die Hände auf den Bauch seiner Partnerin.»Lindere diesen Schmerz und lass ihn vergehen!« Fasziniert sah Ezra zu, mit leuchtenden Augen und hängendem Kiefer; er bekam nie genug von menschlichem Leben, solange es in einem anderen Zimmer schlief.

»Dein Mund steht offen«, sagte Alice.

Er schloss ihn und schüttelte den Kopf.»Ich hasse das. Mein Bruder hat ungefähr ein Jahr vor seinem Tod damit angefangen. Es sieht unmöglich aus. Wenn du mich dabei erwischst, sag mir, dass ich das lassen soll, Liebling.«

»Nein!«

»Du musst ja keine große Sache draus machen. Sag einfach ›Mund‹.«

Alice stand auf und sah durch die Lücke zwischen den beiden Vorhängen. Ezra schaute auf die Uhr.

»Hab ich dir schon erzählt, dass die Wohnung neben meiner zum Verkauf steht?«, fragte er.

»Wie viel?«

»Rate mal.«

»Keine Ahnung. Vierhunderttausend?«

Ezra schüttelte den Kopf.»Eine Million.«

»Nicht im Ernst.«

»Doch.«

»Für ein Studio?«

»Eine kleine Zweizimmerwohnung. Aber trotzdem.«

Alice nickte und drehte sich wieder zum Vorhang um. Sie sah nach links und nach rechts.

»Ich hab dich noch nie in Jeans gesehen.«

»Oh? Und, wie gefällt es dir?«

»Geh mal ein paar Schritte.«

Alice schob den Vorhang zu einer Seite, ging bis zu dem Wagen mit den Bettpfannen und machte kehrt. Clarence kam aus seiner eigenen Vorhangnische heraus und klatschte. »Sieht sie nicht toll aus?«, rief Ezra. Als Alice wieder bei ihm war, griff er nach ihrem Arm und fragte: »Also, was soll ich machen?«

»Was meinst du?«

»Na, mit der Wohnung.«

»Was ist mit der Wohnung?«

»Soll ich sie kaufen?«

»Warum?«

»Damit niemand mit einem Baby einzieht. Und damit ich die Wand in der Mitte einreißen und einen großen Raum daraus machen kann, dann hätten wir hier viel mehr Platz, Liebling. Wir brauchen mehr Platz in der Stadt, wirklich.«

Der Mann im Mets-Sweatshirt zeigte auf etwas in der New York Post. Die Frau neben ihm lachte. »Nicht«, sagte sie und hielt sich den Bauch. »Das tut weh.«

»Mund«, sagte Alice.

Er ließ ihn zuklappen wie den einer Bauchrednerpuppe, und kurz darauf drückte er Alice' Hand. »Liebling, ich bitte dich ja nur äußerst ungern darum, aber mir ist gerade etwas eingefallen. Ich brauche noch meine Medikamente.«

An der Hundertfünfundzwanzigsten stiegen zwei Schwarze mit Saxophonen in den Waggon und stellten sich einander gegenüber in den Gang. Während das Duett langsam begann, gingen die Männer auf Zehenspitzen aufeinander zu und voneinander weg wie ein Einzelner vor dem Spiegel, dann nahm ihr Spiel Tempo auf, wurde lauter und chaotischer, und die anderen Fahrgäste begannen zu nicken und zu klatschen, feuerten sie an und pfiffen; ein Mann mit dem Tattoo einer blutenden Rose auf dem Bizeps sprang auf und tanzte. *Unter den Menschen gibt es einen, der eitle Geschichten erhandelt, um die Menschen irre-*

zuleiten, *hinweg von Allahs Pfad,* warnte ein Flugblatt zu Alice' Füßen. Andererseits: *Wer hat das größte Vergnügen daran, den anderen irrezuleiten?* Am Abend zuvor hatte sie bei ihm in der Badewanne ein Blutgerinnsel verloren, das schlierenartig verlaufen war wie Wasserfarbe. Ezra hatte eine Bach-Partita aufgelegt – die Hülle lag noch immer offen auf der Ottomane – und ihr ein Glas Knob Creek gebracht. Er hatte ein neues Fentanylpflaster auf die Haut direkt über dem Defibrillator geklebt und es lange genug festgedrückt, um den Pledge of Allegiance zu sprechen. Alice hatte ihm beim Rasieren zugesehen. Sein Augenarzt hatte ihm Tropfen verschrieben, um den Augeninnendruck zu regulieren, aber er hatte allergisch darauf reagiert, und die Haut um seine Augen herum war papierartig und rissig geworden. Im Bett hatten sie beide gelesen, Ezra Keats und Alice einen *Times*-Artikel über den Bombenanschlag in der U-Bahn in der Woche zuvor; zehn nach elf war das Licht aus, der Aufzug stand, und die glitzernde Skyline wurde von einem Gazerollo gedämpft, das er hatte anbringen lassen, damit die Morgensonne nicht zu grell hereinschien. Zur Linderung seiner Rückenschmerzen schlief er mit einem Schaumstoffkissen unter den Knien. Um die krampfartigen Schmerzen zu betäuben, die gegen vier Uhr morgens so stark geworden waren, dass ihr davon übel wurde, stand Alice auf, ging ins Badezimmer und nahm eine seiner Tabletten. ZUR SCHMERZLINDERUNG ALLE 4–6 STUNDEN ODER NACH BEDARF EINE TABLETTE AUF ORALEM WEG EINNEHMEN, stand auf dem Röhrchen in ihrer Hand. WATSON 387, hatte eine Maschine auf die glatte, ovale Tablette geprägt, die sie kurz zuvor geschluckt hatte. Wenn es eine Pille gäbe, die sie zu einer in Europa lebenden Schriftstellerin machen würde, und eine andere, die bewirkte, dass er bis zu ihrem letzten Tag am Leben und in sie verliebt wäre, für welche würde sie sich entscheiden? Sie hatte im Badezimmer einmal siebenundzwanzig verschiedene Tablettenpackungen gezählt, Arzneifläschchen mit Science-Fiction-Namen von Atropine bis Zantac und einem Sperrfeuer exklamatorischer Befehle: TÄGLICH ODER NACH BEDARF ALLE SECHS BIS ACHT STUNDEN EINE TABLETTE EINNEHMEN. IM ERS-TEN MONAT VOR DEM SCHLAFENGEHEN EINE TABLETTE EINNEH-MEN, DANN MONATLICH EINE MEHR BIS ZU EINER TÄGLICHEN DO-SIS VON VIER TABLETTEN. ZWEI KAPSELN SOFORT EINNEHMEN, DANN ALLE ACHT STUNDEN EINE; PACKUNG AUFBRAUCHEN! EIN-MAL TÄGLICH EINE TABLETTE MIT REICHLICH WASSER EINNEH-MEN. BEIM ESSEN EINNEHMEN. WÄHREND DER EINNAHME DIESES MEDIKAMENTS DEN GENUSS VON GRAPEFRUIT ODER GRAPE-FRUIT-SAFT VERMEIDEN. NEHMEN SIE ASPIRIN ODER ASPIRIN-HALTIGE PRODUKTE NICHT OHNE DAS WISSEN UND DEN RAT IHRES ARZTES EIN. IM KÜHLSCHRANK AUFBEWAHREN UND VOR EINNAHME GUT SCHÜTTELN. VORSICHT, BEEINTRÄCHTIGT DIE FAHRTAUGLICHKEIT. KEIN UV-LICHT ANWENDEN. NICHT EIN-FRIEREN. VOR LICHT SCHÜTZEN. VOR LICHT UND FEUCHTIGKEIT SCHÜTZEN. VOR DEM VERABREICHEN IN EINEM ENGEN UND LICHTGESCHÜTZTEN BEHÄLTER AUFBEWAHREN. REICHLICH WAS-SER TRINKEN. UNZERKAUT SCHLUCKEN. GEBEN SIE DIESES ME-DIKAMENT NIEMANDEM, DEM ES NICHT VERSCHRIEBEN WURDE. NICHT ZERKAUEN ODER ZERKLEINERN ... und so weiter, ad nau-seam, zumal wenn man sich die wachsende Menge der im Labor zusammengebrauten Chemikalien vorstellte, die sich da im eigenen Bauch vermischten – Worte, die einen dazu verdammten, einen nicht unerheblichen Anteil des restlichen Lebens in Apothekenschlangen zu stehen, auf die Uhr zu sehen, Wassergläser zu füllen, zu warten, zu zählen und Tabletten zu schlucken.

Da, wo sie ihn zurückgelassen hatte, lag eine alte Frau und murmelte ein Gemisch aus Englisch und Spanisch. Eine Empfangsmitarbeiterin wies Alice den Weg nach oben auf die Station, wo Ezra zurückgelehnt in einem sanft beleuchteten Zimmer mit Blick auf den glitzernden Fluss lag; seine Kleidung ruhte fein säuberlich zusammengefaltet auf der Heizung, und die Schnüre eines frisch gestärkten, babyblauen Krankenhaushemds waren mit einer Schleife in seinem Nacken zusammengebunden. Seine Hände lagen verschränkt auf der oben umgeschlagenen Bettdecke, und seine freudig hochgezogenen Augenbrauen galten einer Frau in einem weißen Kittel, deren platinblonder Pferdeschwanz ihr bis zur Taille hing. Der Schmerz in seiner Brust sei sicher nur ein leichtes Magendrücken, versicherte sie ihm. Er habe jedoch erhöhten Blutdruck, deshalb sei sie trotzdem froh, dass er über Nacht bleibe, damit man ein Auge auf ihn haben könne. Ezra strahlte. »Mary-Alice! Genevieve bestellt mir Hühnchen. Möchtest du auch etwas zu essen?«

Als Genevieve weg war, stellte Alice seinen Medikamentenbeutel aufs Bett und setzte sich auf einen Stuhl ans Fenster, währenddessen er den Inhalt auf Vollständigkeit prüfte. In der linken unteren Ecke des Fensters erschien das Licht eines Flugzeugs, das sich langsam und stetig wie eine aufsteigende Achterbahn nach oben bewegte. Alice beobachtete es, bis es hinter der rechten oberen Fensterecke verschwand, und kaum war es weg, erschien links unten ein weiteres blinkendes Antikollisionslicht und begann seinen Aufstieg auf derselben unsichtbaren Bahn.

Ezra schluckte eine Tablette. »Geh, kleine Uroxatral, nach nah und fern, zu allen Freunden, die ich habe so gern ...«

Als ein drittes Flugzeug erschien, wandte sich Alice vom Fenster ab. »Dein Auge blutet.«

»Ist nicht schlimm. Der Augenarzt hat mich vorgewarnt, dass das passieren kann. Keine Sorge, Liebling. Es wird besser, nicht schlechter.«

Eine kleine Chinesin mit einem Klemmbrett kam herein. »Ich habe ein paar Fragen an Sie.«

»Legen Sie los.«

»Wann haben Sie zuletzt uriniert?«

»Vor etwa einer halben Stunde.«

»Letzter Stuhlgang?«

Ezra nickte. »Heute Morgen.«

»Defibrillator?«

»Medtronic.«

»Allergien?«

»Ja.«

»Wogegen?«

»Morphium.«

»Was passiert?«

»Ich bekomme paranoide Halluzinationen.«

»Vorerkrankungen?«

»Eine Herzerkrankung. Verschleiß der Wirbelgelenke. Ein Glaukom. Osteoporose.«

»Das ist alles?«

Ezra lächelte. »Bisher ja.«

»Ihr Auge blutet.«

»Ich weiß; machen Sie sich deshalb keine Sorgen.«

»Notfallkontakt?«

»Dick Hillier.«

»Vorsorgevollmacht?«

»Ebenfalls Dick Hillier.«

»Wer ist das?«

»Mary-Alice. Meine Patentochter.«

»Bleibt sie heute Nacht bei Ihnen?«

»Ja, genau.«

»Religion?«

»Keine.«

Die Schwester sah hoch. »Religion?«, wiederholte sie.

»Keine«, sagte Ezra. »Atheist.«

Die Schwester musterte ihn einen Moment, dann sah sie Alice an. »Meint er das ernst?«

Alice nickte. »Ich glaube schon.«

Wieder zu Ezra: »Sind Sie sicher?«

Ezra beugte unter der Bettdecke die Zehen. »Jep.«

»Okaaaaay«, sagte die Schwester, legte den Kopf schräg und notierte ihn, diesen schrecklichen Fehler. Als sie gegangen war, fragte Alice: »Warum wollen die das wissen?«

»Na ja, wenn man katholisch angibt, und es geht auf das Ende zu, schicken sie einen Priester vorbei. Und wenn man Jude ist, einen Rabbi.«

»Und bei Atheisten?«

»Denen schicken sie Christopher Hitchens.«

Alice legte die Hände vors Gesicht.

»Lächerigstes weißes Mädchen –«

»Ezra!«

»Was!«

»Ich kann nicht ...«

»Du kannst was nicht?«

Sie nahm die Hände weg. »Das!«

»Ich kann dir nicht folgen, Liebling.«

»Es ist einfach so ... so ... *schwer*.«

»Und das sagst du mir jetzt?«

»Nein! Das würde ich nie tun. Ich würde dich nie hier im Stich lassen. Ich *liebe* dich.« So viel stand fest. »Du hast mir so viel beigebracht, du bist der beste Freund, den ich je hatte. Ich kann bloß nicht ... Es ist bloß so wenig ... *normal*.«

»Wer will schon normal sein? Du doch nicht.«

»Nein, ich meine nicht normal. Ich meine ... gut für mich. Jetzt gerade.«

Sie holte tief Luft. »Wenn ich mit *dir* zusammen bin ...«

Ezra schüttelte aufgeräumt den Kopf, als hätte sie eine Fehlinformation darüber bekommen, wer er war. »Du bist müde, Liebling.«

Alice nickte. »Ich weiß.«

»Und aufgewühlt, glaube ich. Aber es wird uns gutgehen.«

Alice schniefte und nickte noch einmal. »Ich weiß. Ich weiß.« Nachdenklich betrachtete er sie einen Moment, der Blutfleck unter seinem Auge wie eine Träne, die nicht weitergerollt war. Dann setzte er eine gutmütige Miene auf und beugte sich ein wenig vor, um seine Kissen zu richten. Alice wischte sich über die Wangen, eilte ihm zur Hilfe und brachte dabei eine Fernbedienung zum Vorschein, die hinter seinen Schultern nach unten gerutscht war. »Oh!«, sagte Ezra freudig und nahm sie. »Es gibt Fernsehen.« Er drehte die Fernbedienung um, richtete sie auf den Bildschirm, schaltete ein und zappte, bis er eine Baseball-Zusammenfassung fand. New York lag in der zweiten Hälfte des neunten Innings mit drei Punkten vorn.

Sie sahen zu, wie Rentería einen Strikeout kassierte.

»Mund.«

Als Ortiz' kurzer, hoher Ball direkt in Jeters Handschuh fiel, drehte Ezra auf dem Bett eine Hand um, als Einladung an Alice, ihre hineinzulegen. Er sah noch immer auf den Bildschirm. »Alice«, sagte er in rationalem Ton. »Verlass mich nicht. Geh nicht. Ich wünsche mir eine Partnerin im Leben. Weißt du? Wir stehen gerade erst am Anfang. Niemand könnte dich so lieben wie ich. Entscheide dich hierfür. Entscheide dich für das Abenteuer, Alice. Das ist das Abenteuer. Das ist das Abenteuer im negativen Sinne. Das bedeutet leben.«

Bam badda daaa dam – bam bam.

Die Schwester kam herein und brachte das Krankenhaus-Hühnchen.

II WAHNSINN

Unsere Vorstellungen vom Krieg *waren* der Krieg.

WILL MACKIN, »KATTEKOPPEN«

Wo kommen Sie her?
Los Angeles.

Sie reisen allein?

Ja.

Zweck Ihrer Reise?

Ich besuche meinen Bruder.

Ist Ihr Bruder Brite?

Nein.

Wessen Adresse ist das dann?

Die von Alastair Blunt.

Ist Alastair Blunt Brite?

Ja.

Und wie lange werden Sie sich voraussichtlich im Vereinigten König-reich aufhalten?

Bis Sonntagmorgen.

Was haben Sie geplant?

Freunde besuchen.

Für nur zwei Nächte?

Ja.

Und danach?

Danach fliege ich nach Istanbul.

Ihr Bruder lebt in Istanbul?

Nein.

Wo dann?

Im Irak.

Und Sie werden ihn im Irak besuchen?

Ja.

Wann?

Am Montag.

Wie?

Von Diyarbakır aus mit dem Auto.

Wie lange bleiben Sie dort?

In Diyarbakır?

Nein, im Irak.

Bis zum Fünfzehnten.

Und dann?

Dann fliege ich zurück in die USA.

Und was machen Sie dort?

In den USA?

Ja.

Ich habe gerade meine Dissertation abgeschlossen.

In?

Wirtschaftswissenschaften.

Und jetzt sind Sie auf Stellensuche?

Ja.

In den USA?

Ja.

Was macht Mr Blunt?

Er ist Journalist.

In welcher Funktion?

Auslandskorrespondent.

Und Sie übernachten bei ihm?

Ja.

Unter dieser Adresse?

Ja.

Für nur zwei Nächte?

Ja.

Waren Sie schon einmal im Vereinigten Königreich?

Ja.

Aber Ihr Pass ist gar nicht gestempelt.

Er ist neu.

Was ist mit dem alten passiert?

Die Laminierung hat sich gelöst.

Bitte?

Dieser Teil hier hat sich hochgebogen.

Wann waren Sie zuletzt hier?

Vor zehn Jahren.

Was haben Sie hier gemacht?

Ich hatte eine Stipendiatenstelle bei einem Bioethikrat.

Hatten Sie ein Visum?

Ja.

Ein Arbeitsvisum?

Ja.

Haben Sie es bei sich?

Nein.

Haben Sie Ihr Ticket nach Istanbul bei sich?

Nein.

Warum nicht?

Ich habe ein elektronisches Ticket.

Die Reiseverbindungen?

Habe ich mir nicht ausgedruckt.

In Ordnung, Mr Jaafari. Dürfte ich Sie bitten, einen Augenblick Platz zu nehmen?

Gezeugt wurde ich in Karrada, aber geboren hoch über dem Ellbogen von Cape Cod. Der einzige Arzt an Bord war mein Vater, ein Hämatologe und Onkologe, der zum letzten Mal 1959 an der Medizinischen Fakultät in Bagdad Geburtshilfe geleistet hatte. Die Schere, mit der er die Nabelschnur durchtrennte, sterilisierte er mit Whisky aus einem Flachmann. Damit ich zu atmen begann, schlug er mir auf die Fußsohlen. Alhamdulillah!, rief eine der Stewardessen, als sie sah, dass ich ein Junge war. Möge er einer von sieben sein! An dieser Stelle der Geschichte verdreht meine Mutter normalerweise die Augen. Viele Jahre interpretierte ich das als Geringschätzung der Tatsache, dass Männer in ihrem Heimatland bevorzugt werden, oder auch einfach als Ausdruck der Erleichterung, dass ihr fünf weitere Kinder, egal welchen Geschlechts, erspart geblieben waren. Dann brachte mein Bruder, damals neun, eine andere Theorie ins Spiel: Sie verdrehte die Augen, weil die Stewardessen sich praktisch während des ganzen Flugs über sie gebeugt hatten, um Babas Zigaretten anzuzünden. In Samis Version gehörte auch der Whisky unserem Vater.

Als über meine Staatsangehörigkeit entschieden werden musste, kratzten sich die Angestellten der Einwanderungsbehörde drei Wochen lang die Köpfe. Meine Eltern wurden beide in Bagdad geboren. (Genau wie Sami, am selben Tag wie Kusai Hussein.) Das Flugzeug wiederum gehörte den Iraqi Airways, und nach Ansicht der United Nations gilt eine Geburt, die sich während eines Fluges ereignet, als Geburt in dem Land, in dem die Maschine registriert ist. Dagegen zogen wir zu einer Zeit nach Amerika, in der man uns relativ wohlwollend gegenüberstand, und noch heute bekommen Babys, die im amerikanischen Luftraum geboren werden, die amerikanische Staatsbürgerschaft, egal wem die Maschine gehört. Am Ende gewährte man mir beides: zwei Pässe in zwei Farben und insgesamt drei Sprachen, auch wenn mein Arabisch allenfalls passabel ist und ich bis zum Alter von fast neunundzwanzig kein einziges Wort Kurdisch gesprochen habe.

Also: zwei Pässe, zwei Staatsangehörigkeiten, keine Heimaterde. Ich habe mal gehört, dass in Flugzeugen geborene Babys, vielleicht als Ausgleich für ihre fehlenden Wurzeln, bei ihrer Geburtsairline lebenslang umsonst fliegen dürfen. Eine durchaus charmante Vorstellung: Man kann mit dem Storch, der einen gebracht hat, wann immer man möchte, hierhin und dahin fliegen, bis es Zeit wird, zum großen himmlischen Salzsumpf zurückzukehren. Ich bekam solch einen Bonus jedoch meines Wissens nie angeboten. Nicht, dass er mir viel genützt hätte. Zuerst schlichen wir uns auf dem Landweg zurück, über Amman. Dann marschierte der Irak in Kuwait ein, und wer einen amerikanischen Pass hatte, durfte ab sofort nicht mehr mit irakischen Störchen fliegen, ganze dreizehn Jahre lang nicht, wie sich zeigen sollte.

M r Jaafari?
Ich ging zu ihr.

Ich würde gern noch einmal mit Ihnen Ihre Reiseroute durchsprechen.

Sie kommen aus Los Angeles, richtig?

Ja.

Und Sie haben für Sonntag einen Flug nach Istanbul gebucht. Ist das korrekt?

Ja.

Wissen Sie, mit welcher Airline Sie fliegen?

Turkish Airlines.

Und wissen Sie auch, um welche Uhrzeit Ihr Flug startet?

Um sieben Uhr fünfundfünfzig morgens.

Und wie geht es weiter, wenn Sie in Istanbul ankommen?

Ich habe etwa fünf Stunden Aufenthalt.

Und dann?

Dann fliege ich nach Diyarbakır.

Mit welcher Airline?

Ebenfalls Turkish Airlines.

Um welche Uhrzeit?

Das weiß ich nicht genau. Ich glaube, gegen achtzehn Uhr.

Und dann?

Dann komme ich in Diyarbakır an und werde von einem Fahrer abgeholt.

Wer ist dieser Fahrer?

Ein Bekannter meines Bruders.

Aus dem Irak?

Ja, also aus Kurdistan.

Und wohin bringt Sie der Fahrer?

Nach Sulaimaniyya.

Wo Ihr Bruder wohnt.

Ganz genau.

Wie lange dauert diese Fahrt?

Ungefähr dreizehn Stunden.

Aber Sie haben diesen Mann noch nie gesehen?

Den Fahrer? Nein.

Ist das nicht gefährlich?

Möglicherweise schon.

Dann müssen Sie ja wirklich große Sehnsucht nach Ihrem Bruder haben.

Ich lachte.

Was ist daran so lustig?, fragte die Beamtin.

Nichts, sagte ich. Ja, habe ich.

Unser erstes Zuhause in Amerika lag an der Upper East Side, eine Zweizimmerwohnung im fünften Stock einer alten Mietskaserne ohne Aufzug, die dem Cornell Medical College gehörte, dem neuen Arbeitgeber meines Vaters. Sami schlief auf dem Sofa, ich in einem Inkubator im New York Hospital. Als ich endlich fünf Pfund wog und meine Mutter nicht mehr von ihrer Meinung abrückte, dass die wimmelnde Vertikalität Manhattans für Kinder alles andere als ideal war, zogen wir hinaus nach Bay Ridge. Dort konnten wir uns von der Wohnzulage meines Vaters die gesamte zweite Etage eines zweistöckigen Hauses leisten, mit Gardenien in den Blumenkästen und einer langen sonnigen Terrasse, auf der gerade frischer Kunstrasen verlegt worden war.

Diese Terrasse ist der Ort meiner frühesten Erinnerung: Nachdem ich gerade aus einem Mittagsschlaf aufgewacht war, streckte ich die Hand nach einer Katze aus, die auf dem Eisengeländer Hochseilakrobatik vollführte, und bekam zum Dank einen fauchenden Pfotenhieb ins Gesicht. Ganze sieben Polaroids meiner zerkratzten Wange bezeugen diesen Teil meiner Erinnerung, auch wenn ich mich gelegentlich frage, ob ich das Aufwachen aus einem Mittagsschlaf nicht mit dem Auftauchen aus vier Jahren frühkindlicher Amnesie verwechsle. Meine Mutter sagt, am selben Tag sei sie mit Sami und mir in die Stadt gefahren und wir hätten uns am Broadway *Peter Pan* angesehen. Alles, was ich *davon* in Erinnerung behalten habe, ist Sandy Duncan, die als Peter Pan im Flug auf uns zu raste und an ihren unsichtbaren Seilen wie gekreuzigt wirkte – aber das war's, nur diese eine Momentaufnahme, die ich ohne diesen Hinweis sicherlich nicht mit der Narbe auf meiner Wange in Verbindung gebracht hätte.

Was im Ganzen die Frage aufwirft: Warum nahm meine Mutter mich mit in eine Broadway-Show, obwohl ich eigentlich fast noch zu klein war, um mich daran zu erinnern?

Als ich meinen Bruder das letzte Mal sah, Anfang 2005, sagte er, dass Eltern nicht wissen könnten, wann das Gedächtnis ihres Kindes erwacht. Er sagte außerdem, dass das Vergessen der ersten paar Jahre nie ganz zu Ende ist. An einen Großteil des Lebens erinnert man sich nur in Momentaufnahmen, wenn überhaupt.

Woran kannst du dich nicht erinnern?, fragte ich.

Woran *kann* ich mich erinnern? Woran kannst du dich erinnern? Sagen wir, aus dem letzten Jahr? Von 2002? Von 1994? Und ich meine nicht die Schlagzeilen. Wir alle erinnern uns an Meilensteine, an Jobs. Den Namen des Anglistik-Dozenten aus dem ersten Semester. Den ersten Kuss. Aber was hast du Tag für Tag *gedacht*? Was hast du bewusst wahrgenommen? Was hast du gesagt? Wem bist du begegnet, auf der Straße oder beim Sport, und inwiefern haben diese Begegnungen dein Bild von dir selbst verstärkt oder ihm widersprochen? 1994, als ich noch in Al-Jihad wohnte, war ich einsam, auch wenn mir das damals nicht klar war. Ich kaufte mir ein Notizbuch und begann, Tagebuch zu führen, in dem ein typischer Eintrag in etwa so lautete: ›Schule. Kebab mit Nawfal. Bingo im HC. Bett.‹ Keine Eindrücke. Keine Gefühle. Keine Gedanken. Jeder Tag endete mit ›Bett‹, so als hätte ich diesen täglich wiederkehrenden Ablauf auch irgendwie anders beenden können. Dann muss ich mir irgendwann gesagt haben: Sieh mal, wenn du schon Zeit hierauf verwendest, dann mach es richtig. Schreib auf, was du fühlst, was du denkst und worin das Einzigartige an diesem Tag bestand; was soll das sonst bringen? Ich muss dieses Gespräch mit mir selbst geführt haben, denn nach einer Weile wurden die Einträge länger, detaillierter und analytischer. Der längste handelte von einem Streit über Claudia Schiffer, den ich mit Zaid gehabt haben muss. Und mindestens einmal schrieb ich ein paar schwerfällige Zeilen darüber, wie das Leben hätte sein können, wäre ich nicht in den Irak zurückgekommen. Aber auch diese späteren Passagen klingen ziemlich hölzern, so, als hätte ich mir beim Schreiben Gedanken gemacht, wie sie wohl für jemand anders klingen würden. Nach etwa sechs Wochen gab ich es auf – legte das Tagebuch in einen Karton und nahm es zwanzig Jahre lang nicht mehr in die Hand. Als ich es dann doch tat, musste ich mich regelrecht zwingen, es zu lesen. Meine Handschrift sah so kindisch, so dumm aus. Meine »Gedanken« waren beschämend. Am ärgerlichsten war, wie viel von dem, was ich da geschrieben hatte, mir absolut nichts mehr sagte. Ich erinnere mich nicht mehr an den Streit mit Zaid. Ich erinnere mich nicht mehr daran, dass ich so viele Freitagabende im Hunting Club verbracht habe. Ich erinnere mich nicht daran, dass ich mir ein anderes Leben in Amerika gewünscht habe, geschweige denn daran, dass ich ernsthaft übers Zurückgehen nachgedacht habe. Und wer ist eigentlich diese Leila, mit der ich an einem »irgendwie kühlen« Dienstag im April Tee getrunken habe? Es kam mir vor, als hätte ich mehrere Wochen am Stück komplett vergessen.

Warum er überhaupt angefangen habe, Tagebuch zu schreiben, fragte ich ihn.

Vielleicht, sagte er, weil ich meine Einsamkeit zu deutlich spürte. Vielleicht dachte ich, indem ich etwas aufschreibe, ein Protokoll meiner Existenz zu Papier bringe, könnte ich meinem ... meinem Verschwinden entgegenwirken. Dem Ausgelöschtwerden. Du weißt ja, es heißt, man muss Spuren auf der Erde hinterlassen. Aber ich sag dir, kleiner Bruder, dieses Tagebuch ist eine echt armselige Spur.

Na ja, aber du hast ja seitdem noch andere Spuren hinterlassen.

Sami nickte. Kleine, ja.

Und du hast jetzt Zahra.

Das war vor vier Jahren im Garten meines Bruders in Sulaimaniyya, wo es trotz der Jahreszeit Anfang Januar fast fünfzehn Grad warm war. Wir reichten eine Schüssel mit Datteln hin und her und warfen die Kerne in die Beete, auf denen die ersten Krokusse ihre grünen Spitzen zeigten. Zwei Wochen später heirateten Sami und Zahra. Jetzt haben sie eine kleine Tochter, Yasmine, die Zahras Meinung nach Samis Mund, aber meine Augen hat. Beim Mund stimme ich ihr zu. Er ist breit, und seine Winkel sind, selbst wenn sie nicht lächelt, ein wenig hochgebogen. Ihre und meine Augen jedoch haben im Grunde nur ihr kapriziöses Grün gemeinsam. Aus meinen spricht meist etwas Skeptisches, in ihren dagegen liegt eigentlich immer ein Ausdruck verwunderter Melancholie. Mit den hochgebogenen Mundwinkeln und dem schwermütigen Blick sieht es manchmal so aus, als trüge sie die Komödien- und die Tragödienmaske gleichzeitig. Vor kurzem habe ich auf meinem Laptop ein Foto von ihr als Bildschirmschoner eingestellt, und jeden Morgen, wenn ich mich daran setze und ihn einschalte, ist mir, als hätte sich das Verhältnis zwischen Komik und Tragik im Gesicht meiner kleinen Nichte über Nacht leicht verschoben. Es scheint, als könnte sie ein unheimlich breites Spektrum an Gefühlen ausdrücken – Gefühle, für die es eigentlich Jahre der Beobachtung und Erfahrung braucht – dabei ist sie erst drei, was die Frage aufwirft, ob nicht ab und zu doch einer von uns mit bereits eingeschaltetem Gedächtnis geboren wird und nie mehr auch nur das kleinste Detail vergisst.

Woran kann ich mich nicht erinnern? An vieles. Wenn ich mir die schiere Menge all dessen vorstelle, was ich nicht mehr weiß, bekomme ich kaum noch Luft. Aufschreiben hilft meiner Erfahrung nach aber auch nicht – außer vielleicht insofern, als man weniger Zeit hat, unvergessliche Dinge zu tun, je mehr Zeit man mit Aufschreiben verbringt.

Man hätte meinen können, es gäbe keinen weniger auslöschbaren Menschen als meinen Bruder. Ein stattlicher, kräftig gebauter Mann, der in seinem weißen Laborkittel noch größer und robuster wirkte, der mit volltönender Stimme dezidierte Meinungen zum Ausdruck brachte und im Schnitt vier volle Mahlzeiten pro Tag benötigte. Als er das mit dem Vorbeugen gegen sein Verschwinden sagte, lachte ich. Ich sagte, es erinnere mich an *Die unglaubliche Geschichte des Mister C.*, die Szene, in der Grant Williams durch eins der Löcher in einem Fliegengitter klettert und in der allmählich um sich greifenden Stille der Milchstraße seinen Schlussmonolog hält: *So nah. Das unendlich Kleine und die Unendlichkeit ... Kleiner als das Kleinste ... Für Gott gibt es kein Nichts! Ich bin immer noch da!* Aber wer verschwindet schon? Nicht ein Mann mit dröhnendem Lachen. Nicht ein Mann, unter dessen Händen eine Oktave auf dem Klavier wie ein Inch aussieht. Als ich meinen Bruder zum letzten Mal sah, ein Hüne, der sich in einem Plastikgartenstuhl zurücklehnte, grinste er und wischte sich unsichtbare Partikel vom Bizeps, dann hob er den Kopf und betrachtete eingehend die Wolken, die wie ein Exodus schnell über den kurdischen Himmel gen Westen zogen. Er sah in diesem Moment so sehr wie jemand aus, der mit seinen eigenen Kräften die Welt bewegt und nicht andersherum, dass mir der Gedanke, er könnte verschwinden, wenn er nicht brav seine Schlafenszeiten und seine Bingo-Siege notierte, geradezu absurd erschien. Aber dann verschwand er.

Nachdem ich weitere fünfundzwanzig Minuten auf meinem Platz gesessen hatte, stand ich auf und fragte eine andere Grenzschutzbeamtin, ob ich einmal zur Toilette dürfe. Die junge Frau trug einen lavendelblauen Hidschab und dicken schwarzen Mascara, der ihren eigentlich freundlichen Augen etwas Spinnenartiges verlieh. Skeptisch geworden, holte sie einen männlichen Kollegen, der mich begleitete. Der Mann war ein ganzes Stück kleiner als ich und ging aus irgendeinem Grund einen Meter hinter mir, so dass ich mir vorkam, als würde ich ein kleines Kind zur Toilette führen, statt selbst beaufsichtigt zu werden. Erst als wir an einem nicht besetzten Kontrollpunkt vorbeikamen, ging mein Aufpasser schneller. Man müsste schon wirklich sehr verzweifelt sein, um zu versuchen, ohne Pass durch eine Passkontrolle zu kommen. Und selbst wenn man nicht geschnappt würde, was täte man, wenn man ohne Pass in England festsäße? Auf der Straße Schmuggelware verkaufen oder irgendwo im Hinterland Pints zapfen, bis man starb? Meinen Pass hatte man einkassiert und mir dafür einen Zettel gegeben, auf dem mein Gewahrsamsstatus bestätigt wurde. Diesen Zettel nahm ich jetzt mit in die Herrentoilette und hielt ihn mit beiden Händen fest, so als stünde darauf eine dringend notwendige Anleitung zum Urinieren und Spülen. Mein Aufpasser wartete nicht etwa draußen, sondern folgte mir und stellte sich, nachdem er mir angeboten hatte, den Zettel zu halten, neben die Waschbecken und klimperte mit dem Kleingeld in seiner Tasche, während ich meine Blase entleerte und mir dann ausgiebig die Hände einseifte und abspülte. Wenigstens hatte ich so eine Beschäftigung. Auf dem Handy Nachrichten abzurufen wäre auch eine gewesen, aber ich hatte keinen Empfang. Als wir zu meinem Platz zurückkamen, nickte mein Aufpasser nur wortlos und bezog wieder seinen Posten an der Schlange für EU-Bürger. Dutzende Male wurde vor meinen Augen ein Pass vorgelegt, durchgeblättert, kontrolliert, gestempelt und zurückgegeben; alles war ordnungsgemäß und der Inhaber gedanklich schon mit dem Ablauf von Gepäckabholung und Weiterflug beschäftigt. Wohingegen die Frau, die meinen mitgenommen hatte, nirgends zu sehen war.

Um auf die Kunstrasenterrasse zu kommen, musste man sich durch ein handtuchschmales Zimmer zwängen, in dem ein Einzelbett und ein Klavier standen. Das Bett gehörte Sami. Das Klavier stand schon in der Wohnung, als wir einzogen. Dazwischen war so wenig Platz, dass mein Bruder selbst im Liegen die Hand heben und die höchste Oktave trillern konnte.

Das Klavier hatte eine klare, kastenartige Form und bestand aus dunklem Holz, das schon ziemlich lädiert war und in der Vormittagssonne rötlich schimmerte. Es war ein altes Weser Bros., das im Zweiten Weltkrieg modernisiert worden war, als nicht genügend neue Klaviere gebaut werden konnten, um die Nachfrage zu decken, und die Hersteller auf die Idee kamen, gebrauchte Instrumente mit Hilfe neuer Seitenbacken, Konsolen und Tastenbelägen zu restaurieren; außerdem kaschierten sie die Stimmwirbel an der Oberseite durch ein langes Gehäuse mit einem Spiegel, damit das Instrument kleiner wirkte. Der Spiegel von unserem hatte diagonal über eine Ecke hinweg einen Sprung und nach all den Jahren auch zahlreiche schwarze Flecken. Ich glaube, es war Saul Bellow, der einmal sagte, der Tod sei die schwarze Rückseite, die ein Spiegel haben muss, damit wir darin etwas sehen können; aber wie geht man dann mit so viel Dunkelheit um, die bereits durchscheint?

Ich nenne es Samis Klavier, dabei gehörte es genau genommen unseren Vermietern, Marty Fish und Max Fischer, die ein Stockwerk tiefer wohnten.

Fischer spielte die erste Geige bei den New Yorker Philharmonikern. Fish spielte Klavier in einer Pianobar im West Village, deren Stammgäste am liebsten Gassenhauer mitgrölten. Wenn wir Jaafaris von den beiden sprachen, nannten wir sie immer nur die Fishes und Marty allein Shabboot, denn sein merkwürdig oval geformter Körper erinnerte meinen Bruder an die Karpfen, die die Fischer in Bagdad am Tigris schmetterlingsförmig aufschnitten und grillten. Maxwell Fischer in seiner unangreifbaren Eleganz dagegen konnte man einfach keinen Spitznamen geben. Er kam aus Bayern und hatte in Paris am Conservatoire studiert; ein überaus gepflegter Mann, der auf seinem Morgenspaziergang Paisley-Krawatten trug, die auf den Gehwegen von Bay Ridge so exotisch wirkten, als hätte er sich eine Brillenschlange um den Hals gebunden. Fischer hatte eine sanfte, hohe Stimme und eine schneidige deutsche Aussprache, weshalb alle Gespräche mit ihm einen philosophischen Geist ausströmten. Wir wussten immer, wann er zu Hause war, denn statt der gedämpften Melodien von Sondheim oder Hamlisch, die uns verrieten, dass Shabboot wieder einmal mit seiner Schwermut kämpfte, schwebten die virtuosen Klänge von Elgar oder Janáček zu uns hoch, wenn nicht aus zwei Hi-Fi-Lautsprechern, die er hütete wie seinen Augapfel, dann von Fischer persönlich auf seiner Stradivari gespielt. Die Violine reinigte und polierte er, als wäre sie Teil eines chirurgischen Bestecks. Einmal täglich fegte er den Gemeinschaftsflur, und samstags saugte er ihn so ausdauernd und gründlich, dass einem in der Stille danach noch eine halbe Stunde lang die Ohren klingelten. Lange bevor ich beim Moscheegang nicht mehr ans Schuheausziehen erinnert werden brauchte, war es mir in Fleisch und Blut übergegangen, die Wohnung der Fishes grundsätzlich nur auf Socken zu betreten. Dass es hier stets picobello aussah, war allein Fischer zu verdanken. Auf sich allein gestellt, hätte Shabboot den Staub zu dicken Flocken und die Bügelwäsche zu einem pastellfarbenen Hügel auf dem Schlafzimmerboden anwachsen lassen. Das Einzige, was Shabboot freiwillig putzte, war sein Pendant zu Fischers Violine: einen Macassar Ebony Steinway, der mit seiner Länge von zwei Meter zehn das Wohnzimmer um ihn herum winzig erscheinen ließ und der Grund dafür war, dass das alte Weser Bros. nach oben verbannt worden war.

Glaubt man meiner Mutter, die schon immer dazu neigte, unsere Kindheit zu mythologisieren, dann setzte sich Sami, nachdem er noch nie zuvor ein Musikinstrument angefasst hatte, eines Tages ans Klavier und spielte bei Sonnenuntergang mühelos Bagatellen. Ganz so war es wohl nicht, denke ich. Eine wahrheitsgemäßere Version beginnt sicher mit einer Tatsache, die meine Eltern und bis zu einem gewissen Grad auch mich bestürzte, nämlich, dass es meinem Bruder in Amerika nicht gefiel. Fast von Anfang an klagte er, ihm fehlten seine Freunde aus Bagdad, und in der Schule hinkte er deutlich hinterher, obwohl er nicht weniger im Kopf hatte als seine Klassenkameraden und seit dem Alter von drei genauso gut Englisch wie Arabisch sprach. Zu Hause wurde er trübsinnig und träge, erhob sich nur zu den Mahlzeiten vom Sofa oder um zusammen mit einem Mädchen aus Trinidad, das einen Block weiter hinter der Synagoge wohnte, auf dem Basketballplatz zu kiffen. Als Shabboot eines Nachmittags wegen eines Lecks in der Rohrleitung zu uns hochkam, beugte er sich so lange über das Weser Bros., bis er die ersten Takte von Bohemian Rhapsody wieder zusammenhatte, und da stand Sami vom Sofa auf und bat ihn, sie noch einmal zu spielen. Eine halbe Stunde später leckte das Abflussrohr in der Küche immer noch, und Sami und Shabboot saßen Hüfte an Hüfte am Klavier; Sami kaute auf seiner Lippe, und Shabboot korrigierte ihn summend, setzte seine Finger auf die richtigen Tasten und hämmerte entrüstet auf das klemmende mittlere D. Genauso fand man sie daraufhin fast jeden Mittwochnachmittag vor: Im Sommer zeichneten sich ihre Silhouetten vor der Terrasse ab, im Winter beschlug der fleckige Spiegel vom Dampf ihrer Teetassen. Theoretisch durfte man abends nur bis halb elf üben, aber Sami wartete oft, bis es am anderen Ende der Wohnung dunkel wurde, und spielte dann mit einem Fuß auf dem linken Pedal weiter, den Kopf so tief zu den Tasten hinuntergebeugt, dass es aussah, als könnte er die Töne mit dem Ohr aufsaugen. Natürlich kann man nicht richtig leise Klavier spielen, so wie man im Flüsterton keine Melodie singen kann. Aber niemand wagte es, meinen Bruder zu entmutigen; er war unglücklich, und meine Eltern gaben sich die Schuld daran. Wenn er am Klavier saß, war er wenigstens nicht lethargisch. Er war aber auch nicht fleißig, jedenfalls nicht im konventionellen Sinne. Er spielte nie vor. Es ging ihm nicht um den Auftritt. Wenn Sami am Klavier saß, wollte er einfach nur spielen: die Finger auf die Tasten setzen, einen nach dem anderen oder in kirschähnlichen Bündeln, und das Ergebnis so genießen, wie man sich eine Geschichte anhört.

Wenn mein Bruder in seinem kleinen Zimmer, mehr Durchgang als Bleibe, über sein Klavier gebeugt saß, sprach aus seiner Haltung jener angespannte Zwang von Kettenrauchern, Esssüchtigen oder Menschen, die mit den Knien wippen. Vielleicht absorbierte es irgendeine nervöse Energie. Vielleicht linderte es einen Schmerz; ich weiß es nicht. Manchmal konnte es sogar verschwenderisch wirken, wie er die Noten durchblätterte und kaum je ein Stück mehr als zweimal spielte, um weiterzugehen: zur nächsten Sonate, zum nächsten Konzert, zur nächsten Mazurka, Nocturne oder zum nächsten Walzer. Als wären die Noten Teil eines unendlichen Stroms und Sami der Kupferdraht, durch den er fließen wollte. Natürlich stieß er ab und zu auf eine schwierige Passage und begann von vorn, um sie zu wiederholen, aber das kam seltener vor, als man meinen würde. Und nie, nicht ein einziges Mal – nicht einmal vorstellen kann ich es mir –, murrte er oder hämmerte ungeduldig mit den Fäusten auf die Tasten. Ich habe meinen Bruder um seine Romanze mit diesem Klavier immer beneidet. Man merkt es, wenn jemandem die Zeit nicht auf den Fersen ist.

Nachdem ich weitere vierzig Minuten mit meinem Zettel abgesessen hatte, stand ich auf und fragte die Frau im lavendelblauen Hidschab, ob ich jemanden anrufen dürfe.

Wer ist für Sie zuständig?

Ich habe mir ihren Namen nicht gemerkt. Sie hat blondes Haar, bis hier ...

Denise. Ich sehe mal nach, ob ich sie finde.

Mein Sitz war noch warm.

Ich hatte ein Buch über postkeynesianische Preistheorie dabei, das ich interessehalber lesen wollte, aber statt es aufzuschlagen, beobachtete ich die anderen Ankommenden, die das Ende des Metallgeländerlabyrinths vor der Passkontrolle erreichten. Am Ausgang stand ein Mann mit Turban und einem Dienstausweis um den Hals und wies den grüppchenweise oder einzeln ankommenden Reisenden einen Schalter zu. Die Menge bewegte sich träge weiter, in Anzügen und Saris, Stilettos und Jogginghosen, mit Buggys, Nackenhörnchen, Aktentaschen, Teddybären oder Einkaufstüten mit zweidimensionalen Schleifen und Stechpalmenzweigen darauf. Manchmal wurde nur ein Pass gestempelt, dann wieder zwei, drei oder vier in schneller Folge – wie früher in der Bibliothek. Der Gesamtrhythmus voranschlurfender Menschen und stempelnder Stempel hatte auf längere Sicht eine gewisse Regelmäßigkeit, wie eine Jazzimprovisation, die trotz all ihrer rhythmischen Nebenwege nie aus dem Takt gerät.

Schließlich erschien eine zierliche, unbegleitete Frau, die nicht passieren durfte, sondern zu einem anderen Schalter geschickt wurde. Sie hatte dunkles, schulterlanges Haar und stand dort so verlegen, als versuchte sie, sich unsichtbar zu machen. Sie nickte zu allem, was der Grenzbeamte sagte. Sie nickte sogar, als in seinem Gesicht eine gewisse Unsicherheit zu lesen war, ob sie seine Frage wohl richtig verstanden hatte. Sie führte kein Gepäck mit sich, nur ein besticktes Satinhandtäschchen, das sie mit beiden Händen vor den Hüften festhielt wie ein Feigenblatt. Der Beamte sah sie mit gerunzelter Stirn freundlich, aber auch eindringlich an, als versuchte er, sie mit seinem Blick zu stützen.

Als er der jungen Frau einen Zettel wie meinen gab und sie sich umdrehte, um sich hinzusetzen, sah ich, dass sie Chinesin war.

Keine fünf Minuten später kam ihr Beamter zurück. Es ärgerte mich, dass alles so schnell passierte, während die für mich zuständige Beamtin sich Zeit ließ.

Der erste Beamte wandte sich an eine Kollegin: Sagen Sie ihr, dass Sie zum Dolmetschen hier sind.

Die Dolmetscherin zog ihre Hosenbeine hoch, ging vor der jungen Frau in die Hocke und kommunizierte mit ihr in kurzen, näselnden Silben, die für mich wie eine rückwärts abgespielte Sprache klangen. Das Mädchen nickte.

Sagen Sie ihr, sie ist nicht in Schwierigkeiten, wir sorgen uns nur um ihr Wohl und müssen ihr noch ein paar Fragen stellen, bevor wir sie durchlassen können.

Wieder sagte die Dolmetscherin etwas, und das Mädchen nickte.

Wie lautet der Name ihrer Schule hier in Großbritannien?

Das Mädchen zog einen Zettel aus der Handtasche.

Der erste Beamte zeigte darauf und fragte: Wessen Nummer ist das?

Die ihres Professors.

Wer ist ihr Professor?

›Professor Ken.‹

Hat Professor Ken ihr geholfen, dieses Visum zu beantragen?

Ja.

Aber sie weiß nicht zufällig, wie die Schule heißt, an der Professor Ken arbeitet?

›Ken School.‹

Wie lang plant sie zu bleiben?

Sechs Monate.

Hat sie schon ein Rückflugticket?

Nein, aber sie wird eins buchen.

Wo wird sie wohnen?

Professor Ken hat ein Haus.

Wo?

Das weiß sie nicht.

Wie viel Geld hat sie?

Professor Ken zahlt ihr ein Stipendium.

Wissen ihre Eltern, dass sie hier ist?

Die junge Frau nickte.

Hat sie eine Telefonnummer von ihnen? Eine Nummer, die wir anrufen können?

Das Mädchen zog ein rosa Nokia heraus und zeigte es der zweiten Beamtin, die etwas notierte.

Sagen Sie ihr, sie ist nicht in Schwierigkeiten; wir machen uns nur Sorgen, weil sie hier offenbar keine Bleibe hat und kaum Englisch spricht.

Nachdem die zweite Beamtin übersetzt hatte, sprach das Mädchen zum ersten Mal länger, hastig und mit hoher Stimme, als müsste sie eine aufsteigende Panik unterdrücken. Dann verstummte sie plötzlich, und die beiden Beamtinnen wirkten unsicher, ob das wohl alles wäre.

Sie sagt, sie sei hier, um Englisch zu lernen, sagte die zweite Beamtin. Ihre Familie weiß Bescheid. Sie bekommt ein Stipendium von Professor Ken, der ihr auch das Visum besorgt hat, sie soll ihr Gepäck holen und dann diese Nummer anrufen, dann komme Professor Ken und hole sie ab.

Die erste Beamtin runzelte die Stirn. Sagen sie ihr, sie soll noch einen Augenblick hier warten. Sagen Sie ihr, dass alles in Ordnung ist. Sagen Sie ihr, sie ist nicht in Schwierigkeiten. Wir sind nur um ihre Sicherheit besorgt und müssen ein paar Formalitäten prüfen. Wir müssen uns vergewissern, dass sie in guten Händen ist.

Nachdem die zweite Beamtin das übersetzt hatte, schniefte das Mädchen.

Sagen Sie ihr, sie ist nicht in Schwierigkeiten, wiederholte der erste Beamte noch einmal, freundlicher als zuvor, aber das Mädchen, das noch immer schniefte, hörte ihn offenbar nicht.

Glaubt man Calvin Coolidge, so ist Ökonomie die einzige Methode, mit der wir heute die Vorbereitungen treffen, um uns die Verbesserungen von morgen leisten zu können. Man mag von Coolidge halten, was man will, aber diese Aussage scheint mir mehr oder weniger korrekt zu sein, und als ich sie irgendwann im ersten Aufbausemester zum ersten Mal hörte, dachte ich: Wenigstens habe ich meine berufliche Richtung passend zu meinen Neurosen gewählt.

Und zwar, weil mich andauernd die Frage umtreibt, wie es mir, in Abhängigkeit von dem, was ich jetzt gerade tue, später gehen wird. Später am Tag. Später in der Woche. Später in einem Leben, das immer mehr nach einer Abfolge von Aktivitäten aussieht, die allesamt zum Ziel haben, dass es mir später gutgeht, aber nicht jetzt. Wenn ich weiß, dass es später gut sein wird, kann ich damit leben, wie es jetzt ist. Calvin Coolidge wäre damit einverstanden, aber meiner Mutter zufolge gibt es noch einen anderen Begriff dafür, so stark zukunftsorientiert zu sein, und der meint mehr oder weniger die Unfähigkeit, wie ein Hund zu leben.

Du wärst glücklicher, habe ich sie schon sagen gehört, wenn du mehr wie dein Bruder wärst. Sami lebt im Augenblick, wie ein Hund.

Nur um das einmal festzuhalten: Der Name meines Bruders bedeutet *edel*, *stolz* oder *erhaben* – nicht direkt die Eigenschaften, die man mit einem Tier assoziiert, das anderen am Hintern schnüffelt und in aller Öffentlichkeit kackt. Aber diese hundeähnliche Spontaneität konnten meine Eltern, als sie ihm seinen Namen gaben, wohl ebenso wenig voraussahen wie die Tatsache, dass derjenige, den sie *ein Zuhause schaffen* nannten, als Erwachsener nur sieben Beutelchen Sojasauce und einen Karton abgelaufener Eier im Kühlschrank haben würde.

Im Dezember 1988, kurz vor unserem Flug von Amman nach Bagdad, schärften uns unsere Eltern ein, unseren irakischen Gesprächspartnern gegenüber auf keinen Fall zwei Dinge zu erwähnen: Saddam Hussein und Samis Klavier, geschweige denn, dass er zehn Jahre lang bei unserem homosexuellen Vermieter aus dem Erdgeschoss Klavierunterricht genommen hatte. Aber die meisten meiner am großmütterlichen Küchentisch versammelten Tanten und Onkel fanden es ohnehin viel diskussionswürdiger, wie regelrecht exotisch amerikanisch ich war: ich mit meinem Brooklyn-Akzent, meinem Don-Mattingly-Pullover, dem makellosen marineblauen Pass und der Geburtsurkunde mit dem Prägesiegel der City of New York. Letztere bedeutete natürlich, dass ich das Recht hatte, eines Tages für das Amt des Präsidenten der Vereinigten Staaten zu kandidieren, und während Sami und ich zusammen mit unseren Cousins und Cousinen mit Orangen jonglieren übten, besprachen unsere älteren Verwandten diese Aussicht mit der Ernsthaftigkeit und Tragweite eines G7-Gipfels. Präsident Amar Ala Jaafari. Präsident Barack Hussein Obama. Vermutlich klingt das eine nicht viel unwahrscheinlicher als das andere. Und trotzdem wusste ich schon mit zwölf, dass meine Eltern insgeheim hofften, ich würde tun, was sie getan hatten und was mein Bruder aller Voraussicht nach tun würde, nämlich Arzt werden. Ein Arzt wird respektiert. Ein Arzt hat immer Arbeit. Einem Arzt stehen alle Türen offen. Wirtschaftswissenschaften sind in den Augen meiner Eltern zwar auch etwas Ehrbares, aber solide? Nein. Viel zu schwammig (die Formulierung meines Vaters). Und auch wenn man es mit einem Doktortitel in Wirtschaftswissenschaften eher bis ins Oval Office schafft als mit einem Abschluss in Medizin, sind meine Chancen als Präsidentschaftskandidat für meine Mutter heute kein Thema mehr, vielleicht weil sie findet, dass diese Position ohnehin nichts für jemanden ist, der nur sehr selten und dann auch nur zufällig aus festen Denkstrukturen ausbricht, die einzig und allein darauf abzielen, die Auswirkungen jedes einzelnen Schrittes auf sein künftiges Befinden zu beurteilen.

Über die Weihnachtsfeiertage besuchten uns mein Onkel Zaid und meine Tante Alia mit ihren vier Töchtern. Wenn sie in ihren mehr oder weniger identischen roten Hidschabs nebeneinanderstanden, sahen sie aus wie ein Satz Matrjoschkas. Zehn Jahre zuvor hatte ich mit meinem Windelpopo auf dem Schoß von Rania gesessen, der Ältesten, und sie hatte mich mit den rubinroten Kernen eines Granatapfels gefüttert. Auch sie war älter geworden und zu hübsch, um sie direkt anzusehen, so wie man auch nicht direkt in die Sonne sehen kann. Als sie in die Küche kam, ging sie geradewegs auf meinen Bruder zu und sagte: BeAmrika el dunya maqluba! Amrika ist Amerika. Maqluba bedeutet umgekehrt und ist aus diesem Grund auch der Name eines Reisgerichts mit Fleisch, das in der Pfanne zubereitet und vor dem Servieren gestürzt wird. *El dunya maqluba*, das bedeutet, die Welt steht kopf, eine Redensart, die Menschen oder Orte in höchster Aufregung beschreibt, am Rande des Chaos. Mein Bruder lachte. Passte genau zu Amerika an Weihnachten. Die Welt steht heute kopf in Amerika! Mir kam dabei eine jener Illustrationen von Weltfrieden in den Sinn, wo trotz aller Unterschiede Harmonie herrscht – Menschen mit verschiedenfarbigen Gesichtern halten einander an den Händen wie eine Kette aus Papierpüppchen, die die ganze Welt umspannt. Nur dass in diesem Moment jene, die in Amerika stehen, ausnahmsweise einmal die sind, denen das Blut in den Kopf schießt.

Der modernen Kartografie zufolge ist der Gegenpol zu meinem Zimmer in Bay Ridge eine Welle im Indischen Ozean, ein paar Meilen südwestlich von Perth. Aber für einen zwölfjährigen Jungen, der sich zum ersten Mal, seit er ein Kleinkind war, im Ausland aufhielt, hätte es genauso gut das Schlafzimmer meiner Großeltern in Hayy al-Jihad sein können. Ich teilte mir dieses Zimmer mit drei anderen Cousins, deren Eltern kurz nach der Geburt der Kinder ausgewandert waren. (Mein Vater und Zaid waren die ältesten von zwölf Geschwistern, von denen fünf den Irak verlassen hatten, vier noch dort sind und drei nicht mehr leben.) Wenn man uns Jungen so hörte, wie wir in unseren Betten lagen und darüber klagten, was wir von zu Hause alles vermissten, hätte man meinen können, wir wären die größten Frauenhelden, die seit zehn Jahren im Knast auf dem Trockenen saßen. Ali und Sabah, die in London wohnten, machten sich Sorgen, Männer im Führerscheinalter könnten ihnen die Freundinnen ausspannen. Hussein, der in Columbus lebte, kam nicht darüber hinweg, dass er sich das Super-Bowl-Spiel der Bengals gegen die 49ers nicht ansehen konnte, dessen Ergebnis wir erst zehn Tage später erfuhren. (Die Bengals hatten verloren.) Heute könnte man auf dem Firdos Square stehen und googeln, wie sich die Bengals, die 49ers, die Red Sox, die Yankees, Manchester United oder Mongolia Blue *gerade im Moment* schlagen; man könnte die Temperatur in Bay Ridge oder Helsinki checken; man könnte nachsehen, wann in Santa Monica oder Swasiland die Flut kommt oder wann in Poggibonsi die Sonne untergeht. Immer passiert irgendetwas, immer wird man über irgendetwas informiert und hat doch nie genug Zeit, um sich ausreichend informiert zu fühlen. Auf jeden Fall nicht, wenn man im Leben noch höhere Ziele hat. Aber vor zwanzig Jahren im von der Außenwelt isolierten Bagdad kroch die Zeit regelrecht. Ein Regisseur sagte einmal, um wirklich kreativ zu sein, brauche man vier Dinge: Ironie, Melancholie, Wettbewerbsgeist und Langeweile. Egal, wie viele Defizite ich auf den ersten drei Feldern verzeichnete, das vierte hatte ich in solchem Überfluss, dass ich meinen ersten und einzigen Gedichtzyklus zusammenklierte. Was ich sonst noch trieb? Stundenlang jonglieren, sprich, im Garten Orangen fallen lassen und aufheben, bis es dunkel wurde und ich sie nicht mehr sah. Mit meinem Vater und Zaid unsere Verwandten besuchen, die bei Nadschaf begraben waren, und an den Abenden am Küchentisch sitzen und auf den Rändern meiner Schulhefte herumkritzeln – ich hatte Unmengen von Hausaufgaben bekommen als Ausgleich für all den Unterricht, den ich verpasste –, während mein Großvater neben mir saß und langsam die Seiten der *Al-Thawra* umblätterte. Eines Abends sah er zu mir herüber, als ich gerade ein sinkendes Kriegsschiff um einige Details bereicherte. Wenn du Präsident von Amrika werden willst, sagte er, musst du dir aber schon mehr Mühe geben.

Mit Sami ging ich in den Zawraa Park Zoo, wo wir den Schimpansen brennende Zigaretten zuwarfen und darüber lachten, wie menschlich sie aussahen, wenn sie sie rauchten. Mein Bruder hatte gerade seinen Abschluss an der Georgetown University gemacht, wo er Vorsitzender der Pre-Med Society gewesen war und eine Dissertation über das Eindämmen der Tuberkulose unter Obdachlosen geschrieben hatte. In einem gewissen Widerspruch dazu stand, dass er kaum eine Woche nach unserer Ankunft das inoffizielle Nationalhobby der Iraker für sich entdeckt hatte und ohne merkliche Gewissensbisse zum Kettenraucher geworden war. Vom Dach der Wohnung meiner Großmutter aus konnte man in der Ferne den Tigris sehen, und mein Bruder, der mit einer Marlboro Red in der Hand blinzelnd nach Karrada hinübersah, erzählte mir, wie er und meine Eltern an heißen Sommerabenden in den Siebzigern ihre Matratzen hinauf aufs Dach getragen hatten, um in der angenehmen Brise, die vom Fluss heraufkam, zu schlafen. Es war nicht warm an dem Abend, als ich diese Geschichte hörte, und eine Matratze hatten wir auch nicht, nur eine alte Häkeldecke, die Sami sich um die Schultern gelegt und mit nach oben gebracht hatte. Trotzdem ließ sich mein Bruder im Mondlicht nieder und bedeutete mir, mich neben ihn zu legen, und während wir zusammen zu den Sternen hinaufsahen, prophezeite Sami, dass der Irak schon ganz bald wieder glorreich sein werde. Schlaglochfreie Straßen, glitzernde Hängebrücken, Fünf-Sterne-Hotels; die Ruinen von Babylon, Hatra und die Tontafeln von Ninive würden restauriert in altem Glanz erstrahlen und man könnte sie besuchen, ohne dass dort bewaffnete Wärter patrouillierten. Statt auf Hawaii würden Frischvermählte die Flitterwochen in Basra verbringen. Statt von *gelato* würden sie von *dolma* und *chai* schwärmen. Schulkinder würden sich vor dem Zikkurat des Mondgottes Nanna für Fotos aufstellen, Backpacker würden Postkarten vom al-Askari-Schrein nach Hause schicken und Rentner würden Gläser mit Honig aus Yusufiyah in Luftpolsterfolie wickeln und in ihre Koffer packen. Bagdad würde die Olympischen Spiele ausrichten. Die Löwen Mesopotamiens würden die Weltmeisterschaft gewinnen. Warte nur ab, kleiner Bruder. Warte nur ab. Vergiss Disney World. Vergiss Venedig. Vergiss Big-Ben-Bleistiftanspitzer und überteuerten Milchkaffee an der Seine. Jetzt ist der Irak an der Reihe. Der Irak ist jetzt durch mit dem Krieg, und die Menschen werden von überall her kommen, um seine Geschichte und seine Schönheit mit eigenen Augen zu sehen.

Ich war einmal in eine Frau verliebt, deren Eltern sich hatten scheiden lassen, als sie noch sehr klein war. Sie erzählte mir, wie sie, nachdem ihre Mutter ihr erklärt hatte, was nun käme – dass sie beide zusammen mit ihrer kleinen Schwester, die noch ein Baby war, in ein anderes Haus am anderen Ende der Stadt ziehen würden –, vor allem die Frage umgetrieben habe, was man bei einem Umzug mitnehmen konnte und was nicht. Immer wieder ging sie zu ihrer Mutter und fragte nach. Kann ich meinen Schreibtisch mitnehmen? Meinen Hund? Meine Bücher? Meine Buntstifte? Jahre später mutmaßte ein Therapeut, dass diese Fixierung auf das, was sie mitnehmen konnte und was nicht, vielleicht deshalb entstanden war, weil sie schon erfahren hatte, was sie *nicht* mitnehmen konnten – ihren Vater. Und was, wenn nicht den eigenen Vater, sollte ein kleines Mädchen behalten dürfen? Damals sah ich mich nicht in der Lage, diese Hypothese zu beurteilen, allerdings hatte ich meine Zweifel an der Echtheit der Erinnerung selbst. Ich fragte Maddie, ob es nicht sein könne, dass sie sich in Wirklichkeit gar nicht an den Moment erinnerte, als sie diese Fragen stellte, sondern ob ihre Mutter ihr diese Geschichte nicht vielleicht so oft erzählt hatte, dass sie im Nachhinein zu einer Erinnerung geworden war. Maddie räumte schließlich ein, dass diese Erinnerung ihren Ursprung vielleicht tatsächlich in den Erzählungen ihrer Mutter gehabt haben könnte. Sie sagte aber auch, sie wisse nicht, was das ändere, wenn es so oder so Teil ihrer Geschichte sei, und dass sie sich nicht den Zwang antun werde, sich etwas anderes einzureden. Sie sagte auch, es wundere sie, dass sie sich gar nicht an den konkreten Moment der Trennung von ihrem Vater erinnern könne, obwohl er doch zu den entscheidendsten ihres Lebens zähle. Ich fragte sie, wie alt sie damals gewesen sei. Vier, sagte sie. Vier, fast fünf. Da ich mir einbildete, mein eigenes, überragendes Gedächtnis hätte ein solches Ereignis niemals ausgelöscht, gab ich zu bedenken, Maddie sei vielleicht einer der Menschen, die sich an nichts mehr erinnern, was vor ihrem, sagen wir, sechsten Lebensjahr passiert ist. Ich war damals ziemlich arrogant. Es würde mich nicht wundern, wenn sich Maddie im Rückblick auf unsere gemeinsame Zeit nicht daran erinnern könnte, mich je geliebt zu haben.

Als ich Jahre später während des Aufbaustudiums in den Ferien meine Eltern in Bay Ridge besuchte, kam mein Vater beim Abendessen einmal auf Schiphol zu sprechen, den Flughafen vor den Toren Amsterdams. Konkret erzählte er uns, Schiphol bedeute auf Niederländisch so viel wie ›Schiffsgrab‹, weil das Land, auf dem der Flughafen gebaut sei, einst ein flacher See war, berüchtigt wegen zahlreicher Schiffbrüche. Dad, sagte ich. Das weiß ich doch längst. Das hast du mir schon erzählt, als ich zwölf war. Das hast du mir erzählt, als wir *dort* waren und auf unseren Flug nach Amman gewartet haben. Kann gar nicht sein, sagte er. Ich habe es erst heute Nachmittag gelesen. Na ja, vielleicht hast du ja vergessen, dass du es wusstest, sagte ich, denn ich weiß noch ganz genau, wie ich im Terminal saß, auf das Boarding wartete und dabei den Asphalt betrachtete und mir die darunter begrabenen Boote vorstellte. Ich weiß auch noch, dass ich mir die Schiffe wie Skelette vorgestellt habe, mit menschlichen Knochen – Wadenbeine, Oberschenkelknochen und als Außenhülle riesige Brustkörbe.

Hm, sagte mein Vater.

Kurz darauf fügte ich hinzu:

Oder vielleicht war es Sami. Vielleicht hat mir Sami von den Schiffen erzählt. An dieser Stelle hob meine Mutter die Hand und sagte, das sei das Erste, was sie von einem Schiffsgrab höre. Sie erinnerte uns außerdem daran, dass der Dezember 1988, in dem ich zwölf war, derselbe Dezember war, in dem sich Sami gerade vom Pfeifferschen Drüsenfieber erholte und auf dem Weg nach Bagdad bei jeder Zwischenstation über unser Gepäck gebeugt geschlafen oder sich auf eine Bank gelegt hatte. Na ja, sagte ich. Er kann es mir ja trotzdem erzählt haben. Oder vielleicht auf dem Rückweg, als wir wieder in Schiphol umsteigen mussten. Jetzt bedachte mich meine Mutter mit einem gekränkten Blick, der sofort milder wurde und etwas wie Mitleid mit mir und meiner selektiven Amnesie zeigte. Amar, sagte sie ruhig, wir hatten deinen Bruder auf dem Rückweg doch gar nicht mehr dabei.

Denise hatte eigentlich doch eher walnussbraunes Haar. Außerdem waren ihre Hüften breiter als in meiner Erinnerung, und jetzt trug sie einen so dicken Ordner unter dem Arm, dass ich mir vorkam wie Alger Hiss. Ich richtete mich sichtbar auf, legte mein Lesezeichen in das Buch, in dem ich nicht gelesen hatte, und zog wie jemand, der kooperativ und doch verwirrt ist, die Augenbrauen hoch. Verwirrt war ich, aber meine Bereitschaft, mich kooperativ zu verhalten, nahm allmählich ab.

Denise setzte sich neben mich, und während sie leise und diskret mit mir redete, sprach aus ihrem Blick ein gewisser Nervenkitzel. So als hätte sie lange auf einen Fall wie meinen gewartet. Vielleicht war ich sogar ihr erster Fall.

Mr Jaafari. Besitzen Sie außer Ihrem amerikanischen Pass noch einen weiteren Pass oder irgendein anderes Dokument, das Ihre Identität beweist?

Ja.

Wirklich?

Ja.

Und was ist das?

Ein irakischer Pass.

(Wieder dieser Blick.) Wieso das?

Meine Eltern stammen aus dem Irak. Sie haben ihn nach meiner Geburt beantragt.

Haben Sie ihn bei sich?

Ich bückte mich und öffnete den Reißverschluss meines Rucksacks. Als ich meinen zweiten Pass herauszog und Denise gab, blätterte sie langsam und vorsichtig die Seiten um und berührte sie nur an den Kanten, wie eine Postkarte, deren Tinte noch nicht trocken ist. Wann weisen Sie sich damit aus?

Sehr selten.

Aber unter welchen Umständen?

Bei der Ein- oder Ausreise im Irak.

Und verschafft Ihnen das einen Vorteil?

Was für einen Vorteil?

Das frage ich Sie.

Wenn *Sie* zwei Pässe hätten, sagte ich ruhig, würden Sie dann bei der Ein- oder Ausreise in die UK nicht auch Ihren britischen benutzen? Ja, natürlich, sagte Denise. So will es das Gesetz. Aber ich kenne ja die Gesetze im Irak nicht. Ich musste unwillkürlich lächeln. Und Denise zuckte ein klein wenig zusammen. Dann, in der Hand noch immer meinen zweiten Pass – den einzigen, der mir noch blieb –, nickte sie langsam und verständig, schlug damit einmal leicht gegen ihr Knie, stand auf und ging.

Manchmal glaube ich, ich erinnere mich noch an den Granatapfel. An die säuerliche Süße und den klebrigen Saft, der mir das Kinn hinablief. Noch heute hängt ein Polaroid-Foto dieses Augenblicks an unserem Kühlschrank in Bay Ridge, und auch in diesem Fall kann ich mir nicht sicher sein, ob es ohne das Foto vielleicht auch die Erinnerung nicht gäbe.

Auf dem Foto wie in der Erinnerung trägt Rania einen blauen Hidschab. So, wie sie mich auf dem Schoß hält, wie der fließende Stoff über ihre Schultern auf ihre Bluse und um meine Windel fällt, könnte man denken, wir posierten wie Maria mit dem Kinde für eine Maestà. Wie oft öffnet ein Junge im Laufe seiner Jugend den Kühlschrank? Sechstausend Mal? Neuntausend? Egal wie oft genau, es genügte, um das Bild unauslöschlich in mein Gedächtnis einzubrennen. Jedes Glas Milch, jeder Schluck Saft, jedes übriggebliebene Stück Maqluba ... Und natürlich hatte es auch mein Bruder in so einigen seiner prägenden Jahre täglich vor Augen.

Im darauffolgenden Dezember flogen meine Eltern allein zurück nach Bagdad. Ich blieb in Bay Ridge, unter dem Vorwand, die Aufnahmeprüfungen für die Junior-Schwimmmannschaft nicht verpassen zu wollen, und wurde von den Eltern eines Klassenkameraden beaufsichtigt, der unter seinem normalen Bett ein unebenes Ausziehbett und in seinem Zimmer ein lebensgroßes Poster von Paulina Porizkova hatte. Bei der Schwimmprüfung trat ich nicht an, und als meine Eltern Ende Januar zurückkamen, fragten sie mich auch nicht danach. Sie konnten nur noch daran denken, dass mein Bruder ihnen eröffnet hatte, er werde Rania heiraten.

Er hatte auch anklingen lassen, dass er mit ihr nach Nadschaf ziehen wolle, um dort an der Islamisch-Theologischen Hochschule zu studieren. Als mein Vater mir davon erzählte, schlug meine Mutter die Hände vors Gesicht.

Dass Rania unsere Cousine ersten Grades war, war nicht das eigent-

liche Problem, ebenso wenig wie das erhöhte Risiko von rezessiv ver-
erbten Krankheiten bei ihren Nachkommen – auch wenn meine Eltern schon lange keinen Hehl daraus machten, dass die Treue zum
eigenen Clan es ihrer Ansicht nach nicht wert war, ein Kind mit etwas
zu belasten, das sich mit ein paar genetischen Tests eventuell vermeiden ließ. Das eigentliche Problem war, dass die Hochzeit mit Rania
eindeutig die Absicht erkennen ließ, sich auf längere Sicht im Irak
niederzulassen, dessen Werte mein Bruder, so sagte er, mehr schätzte
als die weitaus weniger anständigen, die in Amerika zur Schau gestellt
wurden. Allerdings brauchte diese Verlobung, um für Sami gültig zu
sein – und um mit den in seinen Augen anständigeren Werten in Einklang zu stehen –, den Segen unserer Eltern. Ranias Eltern hatten ihren
schon gegeben; sie hatten sogar auf eine Brautgabe verzichtet. Meine
Mutter und mein Vater dagegen waren nicht so ohne weiteres bereit,
Samis Ablehnung jenes Lebens zu billigen, für das sie hart gearbeitet
und sogar ihre alte Heimat hinter sich gelassen hatten. Sie machten
ihren Segen schließlich davon abhängig, dass Sami und Rania in New
York heirateten *und* dass Sami seinen Master an einer amerikanischen
Universität absolvierte. Wenn er wolle, könne er Religion studieren
statt Medizin. Und danach könne er in den Irak zurückgehen, wenn
das sein Wunsch sei. Aber wenn er Rania mit voller elterlicher Zustim-
mung heiraten wolle, dann nur unter diesen Bedingungen, und mein
Bruder willigte ein.

Wir erwarteten ihn zusammen mit Rania und unserer Großmutter im
darauffolgenden Juli. Doch am Flughafen wartete die Mutter meines
Vaters dann alleine vor dem Ankunftsterminal. Sie war mit den beiden bis nach Amman geflogen, von wo aus der Anschlussflug nach
Kairo startete, aber die jordanischen Behörden hatten Sami und Rania
aufgehalten mit der Begründung, sie glaubten ihnen nicht, dass sie
nach Amerika flögen, um dort zu heiraten. Was ist der *wahre* Grund
für Ihre Reise nach Amerika? Wir wollen dort heiraten, sagte Sami. Sie

lügen!, sagten die Behörden. Wenn Sie nicht längst verheiratet wären, würden Sie nicht zusammen reisen. Nein, beharrte Sami. Wirklich. Wir sind noch nicht verheiratet; wir wollen in den USA heiraten, wo meine Eltern leben und uns erwarten. Dann sind Sie wohl eine Hure, sagte einer der Beamten zu Rania. Eine *Schlampe*. Oder wie wollen Sie sonst erklären, dass Sie mit einem Mann reisen, der nicht Ihr Ehemann ist?

Daraufhin fiel Rania in Ohnmacht, was die Beamten nur zu gern als Bestätigung ihres Verdachts werteten.

Sami und Rania flogen daraufhin wieder in den Irak zurück, während unsere Großmutter allein nach Kairo, London und schließlich New York weiterreiste. Sie wollte uns für sieben Wochen besuchen; mein Großvater war zu Hause geblieben, um sich von einer Hüftoperation zu erholen. Aber dann marschierte der Irak in Kuwait ein, und aus den sieben Wochen wurden sieben Monate. Meine Großmutter war nicht die einzige Heimatlose: Ich war in Samis Zimmer gezogen und hatte ihr meins überlassen, weil meine Mutter Sorge gehabt hatte, dass Samis Zimmer *zu zugig* sei, womit sie wohl meinte, *ein Klavier beherbergte*, welches für meine Großmutter, weil man es ihr so anerzogen hatte, eine frivole Erfindung darstellte, wenn auch offenbar nicht so frivol, dass sie die Finger davon hätte lassen können, wenn sie glaubte, allein im Haus zu sein.

Ab und zu rief Zaid an, um uns zu sagen, dass es allen gutging. Jiddos Hüfte mache Fortschritte. Alia kümmere sich um die Obstbäume. Kein Wort von Luftschutzsirenen oder von den Marschflugkörpern, die durch den Himmel pfiffen, denn das Leben in einem Panoptikum hatte die Iraker längst darauf konditioniert, zu glauben, dass die Wände Ohren und die Fenster Augen besaßen und man nie wissen konnte, wann die Wachleute Feierabend hatten, so dass man besser annahm, sie seien immer im Dienst. Weniger überzeugend führte man auf dieses Panoptikum auch Samis lange Schweigephasen zurück. Sami war nie ein großer Briefeschreiber gewesen, deshalb durfte ich ohnehin keine ausführlichen Antworten auf die weitschweifigen Erzählungen erwarten, die ich zusammentippte und ihm ungefähr einmal im Monat gesammelt zuschickte. Aber mein Bruder bedankte sich noch nicht einmal für diese Briefe, weder auf seinen unbeschwerten *Grüße-aus-Bagdad!*-Postkarten noch wenn er anrief, was er meines Wissens nur zwei Mal tat. Zum ersten Mal an Silvester, als meine Eltern eigentlich selbst schon zurück im Irak gewesen wären, hätte dort nicht Krieg geherrscht. Offiziell rief er an, um uns ein frohes Jahr 1991 zu wünschen, Inschallah, aber dann erzählte Sami, dass Rania und er nun doch nicht heiraten würden. Er wirkte nicht enttäuscht, im Gegenteil, er klang, als wäre er guter Dinge und vielleicht sogar ein wenig erleichtert. Rania würde in Paris Kunstgeschichte studieren, und auch er habe seine Pläne, nach Nadschaf zu ziehen, noch einmal überdacht, und wolle sich jetzt vielleicht an der Medizinischen Fakultät in Bagdad bewerben. Wo ist das Problem mit medizinischen Fakultäten in Amerika?, fragte ich, als ich schließlich den Hörer in die Hand bekam. Es gibt keins, sagte Sami unbekümmert. Wo ist das Problem mit medizinischen Fakultäten im Irak?

Der zweite Anruf kam etwa drei Monate später, als die USA allmählich ihre Truppen abzogen und meine Großmutter ihre Sachen packte, um nach Hause zu fliegen. Diesmal sprach Sami nur mit unserem Vater, der unmittelbar nach dem Auflegen seine Jacke von der Garderobe nahm und einen Spaziergang machte. Als er zurückkam, ging er in mein Zimmer, wo der zu zwei Dritteln gefüllte Koffer meiner Großmutter stand und ihre Bordkarten nach London, Kairo und Amman an meinem Fischglas voll Würfel lehnten. Er setzte sich mit ihr auf mein Bett und nahm ihre Hände in seine. Dann sagte er ihr, dass ihr Mann Ahmed, mit dem sie siebenundfünfzig Jahre lang verheiratet gewesen war, am Morgen an einer Embolie gestorben war.

M

r Jaafari?

Ich sah hoch und entdeckte sie auf der anderen Seite des Ein-
reiseschalters; offenbar wollte sie die Entfernung zwischen uns nicht
überwinden.

Wir würden Ihnen gern noch ein paar Fragen stellen. Kommen Sie
bitte zu mir durch?

Wir fuhren mit der Rolltreppe hinunter zur Gepäckausgabe, wo Denise auf die Bildschirme sah. Dann gingen wir einmal durch den gesamten Gepäckausgabebereich und fanden schließlich meinen Koffer,
der einsam neben einem längst abgeschalteten Band stand. Ich zog
den Griff heraus, ließ ihn in Fahrposition einrasten und folgte Denise
bis fast ganz zurück zur Rolltreppe und dann nach links – Zu Verzol-
lende Waren. Dort erwartete uns ein männlicher Zollbeamter, und
während ich meinen Koffer auf einen Edelstahltisch wuchtete, zog er
violette Gummihandschuhe an.

Selbst gepackt?

Ja.

Hat Ihnen jemand geholfen?

Nein.

Sie kennen den gesamten Inhalt Ihres Koffers?

Ja.

Während er in meinen Socken und meiner Unterwäsche herumwühlte,
nahm Denise ihr fadenscheinig als Smalltalk getarntes Verhör wieder
auf.

Und, wie ist die Temperatur um diese Jahreszeit im Irak?

Na ja, kommt natürlich darauf an, wo man ist. In Sulaimaniyya dürfte
es im Moment ziemlich mild sein, so um die fünfzig Grad.

Wie viel ist das bei uns?, fragte Denise den Zollbeamten. Zehn? Zwölf?

Darfst du mich nicht fragen.

Wann haben Sie Ihren Bruder also zum letzten Mal gesehen? Sie blätterte noch einmal in meinem irakischen Pass.

Im Januar 2005.

Im Irak?

Ja.

Ist er auch Wirtschaftswissenschaftler?

Nein, er ist Arzt.

Der Zollbeamte hielt ein Päckchen hoch, das in rosa-gelb gemustertes Geschenkpapier eingepackt war. Was ist das?

Ein Abakus, sagte ich.

Ein Abakus zum Rechnen?

Ganz genau.

Warum haben Sie einen Abakus dabei?

Das ist ein Geschenk, für meine Nichte.

Wie alt ist Ihre Nichte?, fragte Denise.

Drei.

Und Sie glauben, sie würde sich über einen Abakus freuen?

Ich zuckte die Achseln. Der Zollbeamte und Denise musterten für einen Augenblick mein Gesicht, dann zupfte der Zollbeamte an einem Stück Klebeband. Das Papier darunter war dünn, und als sich das Klebeband löste, blieb ein Teil seiner Farbe daran hängen und hinterließ einen weißen Streifen. Der Beamte sah an der nun offenen Seite in das Päckchen und schüttelte es ein wenig, und man hörte, wie die Holzperlen auf den dünnen Metallstäben hin- und herrutschten und klackernd aneinanderschlugen. Ein Abakus, wiederholte der Zollbeamte ungläubig, bevor er halbherzig versuchte, ihn wieder einzupacken.

Ich folgte Denise die Rolltreppe wieder hinauf und durch einen schmalen Gang in ein Zimmer. Dort wies sie auf einen Stuhl, der vor einem Schreibtisch stand. Sie setzte sich auf die andere Tischseite, nahm die Computermaus und wischte damit hin und her. Mehrere Sekunden vergingen, und ich fragte, ob ich jemanden anrufen dürfte, falls das noch eine Weile dauere.

Mr Blunt?

Ja.

Den haben wir schon angerufen.

Schließlich fand Denise, wonach sie suchte, ging zur anderen Seite des Raums und hantierte dort mit der Maus eines anderen Computers. Dessen Monitor wirkte moderner als der erste und war mit einem komplizierten Aufbau von allerlei Zusatzequipment verbunden, unter anderem einer leuchtenden Scannerfläche und einer Kamera, die wie ein kleiner Zyklop aussah. Denise fotografierte mich mit meinem neutralsten Gesichtsausdruck, dann nahm sie meine Fingerabdrücke, alles digital. Um einen vollständigen und brauchbaren Satz zu bekommen, musste sie jeden meiner Finger zwischen ihren Daumen und Zeigefinger quetschen und die Spitze mindestens zweimal, manchmal auch dreimal auf der leuchtenden Scheibe abrollen; bei einem meiner Daumen sogar viermal. Ich fand Denise nicht attraktiv, und es lag auch nichts Zweideutiges in ihren Berührungen; umso mehr überraschte es mich, als ich bemerkte, dass dieser ausgedehnte Körperkontakt mich leicht zu erregen begann. Dass wir gemeinschaftlich versuchten, ihren dauernörgelnden Computer mit seinen roten Kreuzen und den hochnäsigen *Plings* zu beschwichtigen, gab mir das Gefühl, wir *spielten* eigentlich nur Grenzkontrolle, Denises Mutter würde sie jeden Moment zum Abendessen hereinrufen und ich wäre frei.

Stattdessen gingen wir nach der Fingerabdrucknahme in einen zweiten Raum, in dem ein kleiner quadratischer Tisch und drei Metallstühle standen. Die obere Hälfte einer der Wände bestand aus mattiertem Glas, in dem ich mich nur als Silhouette spiegelte. Unterhalb davon war waagerecht eine lange Leine aus rotem Plastik oder Gummi gespannt, wie die, an denen man in amerikanischen Bussen ziehen muss, damit der Busfahrer an der nächsten Station hält. An der Scheibe klebte ein Warnhinweis: VORSICHT, ALARMSENSOR, BITTE NICHT AN DIE ROTE LEINE LEHNEN.

Denise und ich setzten uns einander gegenüber. Zwischen uns auf dem Tisch lagen meine Pässe und ihr dicker Papierhefter. Dann überdachte Denise diese Anordnung noch einmal und rückte ihren Stuhl herum, so dass wir stattdessen über Eck saßen. Sie setzte sich sehr gerade hin, schlug ihren Hefter auf und nahm einen dünnen Stoß Zettel heraus, den sie einmal senkrecht auf die Tischplatte schlug, um ihn zu ordnen. Dann erklärte sie mir, dass sie mir nun einige Fragen stellen und meine Antworten darauf notieren werde. Ich bekäme die Gelegenheit, das Geschriebene zu überprüfen, und sollte ich damit einverstanden sein, würde sie mich bitten, zur Bestätigung auf jeder Seite am unteren Rand zu unterschreiben. Obwohl ich keine bessere Alternative zu diesem Vorgehen wusste, wurde mir etwas mulmig, während sie es erklärte, in etwa so, wie wenn man einer Partie Tic-Tac-Toe zustimmt, bei der der Gegner beginnt.

Während der nächsten zwanzig Minuten führten Denise und ich fast wortwörtlich dasselbe Gespräch wie knapp drei Stunden zuvor, als ich am Ende des Metalllabyrinths angekommen war. Dieser Durchlauf dauerte natürlich länger, weil Denise alles in ihrer runden Schulmädchenhandschrift festhalten und, immer wenn sie am Ende einer Seite angelangt war, warten musste, bis ich sie gelesen und durch meine Unterschrift bestätigt hatte. Fragen zu beantworten, die ich längst beantwortet hatte, kam mir natürlich wie Zeitverschwendung vor, aber diese Ungeduld sollte ich schon bald bereuen, denn als wir endlich zum nächsten Schritt kamen, wurde es nicht unbedingt spaßiger.

Wurden Sie schon einmal festgenommen?

Nein.

Ist Amar Ala Jaafari der Name, den Sie bei Ihrer Geburt bekommen haben?

Ja.

Sind Sie je unter einem anderen Namen aufgetreten?

Nein.

Nie?

Nie.

Haben Sie einem Polizeibeamten gegenüber irgendwann einmal angegeben, Ihr Name laute anders als Amar Ala Jaafari?

Nein.

Bevor sie jenes letzte Nein notierte, sah Denise mich einen Augenblick eindringlich an.

Können Sie mir genauer erklären, was Sie 1998 hier gemacht haben?

Ich war gerade mit dem Studium fertig und hatte eine befristete Stipendiatenstelle beim Toynbee Bioethics Council. An den Wochenenden habe ich ehrenamtlich in einem Krankenhaus gearbeitet.

Wie lautete Ihre Adresse während dieses Aufenthalts?

Tavistock 39. Die Apartmentnummer weiß ich nicht mehr.

Und wie kamen Sie zu dieser Wohnung?

Sie gehörte meiner Tante.

Gehört sie ihr immer noch?

Nein.

Warum nicht?

Meine Tante ist gestorben.

Das tut mir leid. Woran?

Krebs.

Der Stift schwebte über dem Papier.

Bauchspeicheldrüsenkrebs, sagte ich.

Und jetzt kommen Sie zum ersten Mal seit zehn Jahren nach London zurück? Um Freunde zu besuchen?

Ja, um mich mit Alastair Blunt zu treffen.

Für nur zwei Tage?

Ich sah auf die Uhr. Ja.

Ich finde nur … Es ist ein weiter Flug für gerade mal achtundvierzig Stunden. Nicht einmal ganz achtundvierzig Stunden.

Na ja, wie gesagt, ich fliege am Sonntag nach Istanbul weiter. Es war das billigste Ticket, das ich finden konnte.

In welcher Beziehung stehen Sie zu Mr Blunt?

Wir sind befreundet.

Haben Sie eine Freundin? Eine Partnerin?

Nein.

Keine Partnerin?

Nein, im Moment nicht.

Und keine Arbeit.

Nein.

Denise lächelte mich traurig an. Ist wohl nicht die beste Zeit zum Suchen im Moment, was?

Für einen Augenblick dachte ich, sie meinte, nach einer Freundin. Ach, sagte ich lässig. Irgendwas wird sich schon ergeben.

Als sie mit ihren Fragen durch war, füllten ihre und meine Handschrift fast dreizehn Seiten. Gut, sagte Denise fröhlich, stand auf und schob die Hosenbeine runter. Ich bringe Sie jetzt in unseren Warteraum und stelle ein paar allgemeine Nachforschungen an.

Und dann?

Dann bespreche ich Ihren Fall mit meinem Vorgesetzten.

Wann?

Das weiß ich nicht.

Tut mir leid, sagte ich, ich weiß ja, dass Sie nur Ihre Arbeit machen, aber könnten Sie mir bitte grob sagen, was Sie besprechen möchten? Was das Problem ist?

Es gibt kein Problem; wir müssen nur einige Dinge überprüfen. Den Hintergrund Ihrer Pässe, weiter nichts. Wie ich Ihnen bereits erklärt habe. Nur ein paar allgemeine Nachforschungen.

Ich sah sie an.

Haben Sie Hunger?

Nein.

Müssen Sie zur Toilette?

Nein. Aber ich mache mir Sorgen wegen meines Freunds. Ich bin in weniger als einer Stunde mit ihm in der Stadt verabredet.

Wir haben Mr Blunt alles erklärt. Er weiß, dass Sie hier sind. Er weiß, dass wir nur ein paar Formalia überprüfen.

Eigentlich hatte ich ein anderes Mädchen im Visier gehabt. Dann sah ich mir eine Aufführung der *Drei Schwestern* an, in der einer meiner Mitbewohner Leutnant Tusenbach spielte und Maddie Olga, und jetzt erinnere ich mich nicht einmal mehr an den Namen der anderen Frau. Wie so viele Ivy-League-Inszenierungen wirkte auch dieses Studententheater irgendwie überzogen, und man bekam den Eindruck, der oder die federführende Einundzwanzigjährige könnte jetzt endlich den Punkt *Bei einem Theaterstück Regie führen* von der Liste jener Dinge streichen, die zu einem Rhodes-Stipendium führen. An dem Abend, an dem ich zusah, hatte das Mädchen, das die Anfisa spielen sollte, die Pille Danach nicht vertragen und hing bei ihrem Einsatz zu Beginn des Dritten Akts reihernd über der Toilette. Maddie eröffnete den Akt folglich allein und übernahm die Dialogparts beider Schauspielerinnen, wobei sie die wichtigsten Informationen in einen fesselnden Monolog packte, der sich so erklärte, dass Anfisa a) zu müde gewesen sei, um den weiten Weg bis in die Stadt zu kommen, wo b) ein großes Feuer wütete, das Olga derart traumatisierte, dass sie Stimmen hörte und mit Menschen sprach, die in Wirklichkeit gar nicht da waren. Um Gottes willen, rief Maddie/Olga/Anfisa, dass er nur nicht mitverbrannt ist. Einfälle haben diese Mädchen! ... Und auf dem Hof sind auch noch welche ... die haben auch kaum was an. [Öffnet den Schrank und wirft Kleider auf den Boden.] Hier das Graue, nimm, Anfisa ... Die Bluse auch ... Diesen Rock nimm auch ... Ach, du hast ja recht, Njanečka, du schaffst das allein nicht mehr! ... Ich rufe wohl besser Ferapont. Als schließlich die herrische Nataša auf der Bühne war, kauerte Maddie mit einer Spitzentischdecke auf dem Kopf auf einem Diwan und zitterte wie im Delirium. Ähm, Anfisa?, fragte Nataša ratlos. Was machst du ...? Maddie unter ihrem Umhang drehte ein Stück den Kopf und warf Nataša einen vielsagenden Blick zu. Anfisa!, sagte Nataša, als der Groschen fiel. Untersteh dich, in meiner Gegenwart zu sitzen! An dieser Stelle stand Maddie auf, nahm den improvisierten Umhang ab und warf ihrer Bühnenpartnerin – jetzt wieder in der Rolle der Olga – einen vernichtenden Blick zu. Du warst eben so grob zu Njanja … Verzeih, ich bin außerstande, so etwas zu ertragen! Also, ich für meinen Teil befand das für eine der besten schauspielerischen Leistungen, die ich je gesehen hatte. Hätten sich nicht hinter mir flüsternd ein paar Traditionalisten echauffiert, wäre mir gar nicht aufgefallen, dass irgendetwas nicht stimmte. Als Leutnant Tusenbach später mit einem Rest kürbisfarbenem Make-up am Hals in unser Wohnheimappartement zurückkam, erfuhr ich, dass Maddalena Monti unter den Hauptrollen des Semesters freie Auswahl gehabt hatte und auf Du und Du mit den Studenten aus dem Abschlussjahr war, die bald zum Aufbaustudium nach Los Angeles und New York gehen würden. Wie ein Wort, das man zum ersten Mal hört und das einem danach überall begegnet, erschien sie daraufhin mehrmals pro Woche in meinem Blickfeld: Sie saß in der Mensa und las, stand rauchend vor dem Sprachlabor oder saß mit ausgestreckten Beinen in der Bibliothek und gähnte ein lautloses Tigergähnen. Sie gefiel mir – eins von den Mädchen, die schön, aber nicht lieblich waren. Es war eine launische Schönheit, die von einer Sekunde auf die andere durch ihren hämischen Mund oder die schräg hochgezogenen Augenbrauen eines Cartoonschurken unterminiert werden konnte. Dieselben Gesichtszüge, die sie zu einer hinreißenden Olga, Sonja oder Lady Macbeth gemacht hatten, arrangierten sich im nächsten Moment zur strahlenden Symmetrie einer Jelena oder Salomé. Zuerst war ich argwöhnisch angesichts dieser Brüche, die sich auch in ihren Stimmungen widerspiegelten. Ich hatte den Verdacht, ihr Verhalten sei Absicht, etwas Kalkuliertes, um zu manipulieren und zu verführen, und, schlimmer noch, dass Maddie sich über die Motive und Folgen ihres Verhaltens kaum im Klaren wäre. Aber mit der Zeit bekam ich den Eindruck, Maddie leide selbst am allermeisten unter ihrer Neigung zur Sprunghaftigkeit, die außerdem vielleicht der Grund war, weshalb sie sich zu mir hingezogen fühlte: Ich war das Antidot zu dem, was sie an sich selbst am wenigsten mochte. Und ganz im Gegensatz zu meinem Eindruck, sie wüsste nicht um die Mechanismen ihrer Psyche, konnte sie erschreckend klar formulieren, wie bewusst sie sich ihrer selbst war. Nachdem wir einen Monat lang jeden Freitag zusammen Mittag gegessen hatten, fragte ich sie, warum sie nicht enger mit ihren Mitbewohnerinnen befreundet war. Ach, ich kann nicht gut mit anderen Frauen, war Maddies einfache Antwort. In ihrer Gegenwart fühle ich mich so unbedeutend.

Im ersten Studienjahr kam sie am Abend vor den Weihnachtsferien zu mir ins Zimmer, kaute auf einem Daumen herum und nahm den Kalender in Augenschein, der innen an meiner Schranktür hing. Sie war schwanger – von einem Doktoranden aus der Altphilologie, obwohl ich nie erfuhr, wie er hieß oder wie die beiden im Bett gelandet waren –, und jemand aus dem Campus-Gesundheitszentrum hatte ihr gesagt, sie könne frühestens ab der fünften Woche einen Schwangerschaftsabbruch vornehmen lassen. Dreißigster Dezember, folgerte Maddie, wenn sie keinen Tag länger als nötig warten wollte. Der dreißigste Dezember war 1994 der Tag der Himmelfahrt Mohammeds, und ich war inzwischen zu Hause in Bay Ridge und machte mich für den Gang in die Moschee fertig. Maddie rief mich von ihrer Mutter aus an, die in einem Vorort von Albany wohnte, und beichtete mir, dass sie es doch nicht hatte hinter sich bringen können. Sie betonte, dass ihr nicht etwa im letzten Moment moralische Zweifel gekommen wären. Ohne das Wissen ihrer Mutter war sie in die Stadt zu Planned Parenthood gefahren, hatte sich angemeldet, den Eingriff vorab in bar bezahlt, ein Papierhemdchen angezogen, die erforderlichen Blut- und Urinproben abgegeben und die Ultraschalluntersuchung durchführen lassen, und dann hatte sie sich zu einem halben Dutzend anderer Frauen in ein Wartezimmer gesetzt. Dort lief ein Fernseher, und plötzlich wurde das Programm durch einen Bericht über die jüngsten Ereignisse in Massachusetts unterbrochen. Ein Mann war bewaffnet zu Planned Parenthood in Brookline gegangen und hatte dort eine Mitarbeiterin am Empfang getötet. Daraufhin war er zu einer anderen Abtreibungsklinik ganz in der Nähe gegangen und hatte dort ebenfalls die Rezeptionistin erschossen. Wo liegt Brookline?, wollte das Mädchen neben Maddie wissen. Weit weg, hatte Maddie ihr versichert; kein Grund zur Beunruhigung. Doch dann klingelte in der Klinik das Telefon, und zwei Polizisten kamen und forderten die Frauen im Wartezimmer auf, sich wieder anzuziehen und nach Hause zu gehen. Und jetzt weiß ich gar nicht, ob ich noch mal hingehen kann.

Maddie, willst du ein Baby?

Nein.

Willst du ein Baby bekommen und zur Adoption freigeben?

Nein.

Ich wartete.

Ich weiß, dass ich es tun muss, sagte sie. Ich will nur nicht allein hingehen.

An jenem Abend kniete ich neben meinem Vater in der Moschee und überlegte, wie es wohl wäre, ein Mädchen, das ich nicht geschwängert hatte, zur Abtreibung zu begleiten. Es waren Kinder da, viel mehr als sonst, und während sie mit großen, funkelnden Augen der Geschichte von Mohammed und Gabriel lauschten, die gemeinsam in den Himmel fahren, fühlte ich mich geschmeichelt und zugleich pervers. Später auf dem Parkplatz stellten mir meine Eltern die Tochter libanesischer Freunde vor, ein hübsches Mädchen mit langem glänzenden Haar, die klugen Augen gekonnt mit schwarzem Eyeliner umrandet. Sie war über die Ferien zu Hause und studierte in Princeton im vorletzten Jahr Evolutionsbiologie, und ich schlug ihr vor, dass wir uns auf einen Kaffee treffen könnten, bevor wir beide wieder zurück an unsere Unis fuhren. Aber ich rief sie nie an.

In der Woche darauf klopfte Maddie an meine Tür. Sie trug einen Rock.

Oh, hätte ich mich schick machen sollen?, fragte ich.

Nein, erwiderte Maddie ruhig. Ich dachte nur, ich fühle mich vielleicht besser, wenn ich gut aussehe.

Danach sprachen wir nicht mehr viel. Die Kälte wirkte in Anbetracht dessen, was wir vorhatten, wie ein einziger Vorwurf, und als wir an einem heimelig wirkenden Café vorbeikamen, schlug ich vor, hineinzugehen und etwas Warmes zu trinken. Maddie lehnte ab, weil sie mit leerem Magen kommen sollte, deshalb holte ich mir etwas zum Mitnehmen, und wir gingen weiter. Die Klinik sah so gar nicht aus, wie ich sie mir vorgestellt hatte. Ich hatte mir vage etwas, na ja, Klinikähnlicheres vorgestellt, einen modernen Schalsteinbau vielleicht, aber stattdessen würde Maddie die Abtreibung in einem dreistöckigen Backsteinherrenhaus vornehmen lassen, das mit seinem Giebeldach, mehreren Schornsteinen und der Rasenfläche, die sich über den ganzen Block erstreckte, alles in allem eher nach einer viktorianischen Nervenheilanstalt aussah. Weil ich mit meinem heißen Kakao draußen bleiben musste, ging sie zum Anmelden allein hinein. Ich stand neben der Tür und beobachtete, wie sie zur Rezeption ging, und mit der Kapuze auf dem Kopf und den Händen in den Hosentaschen sah sie aus wie ein Eskimo, der nach dem Weg fragt. Neben dem Rezeptionscomputer stand ein Miniaturweihnachtsbaum aus Metallfolie mit einer bunten Lichterkette, die zuerst schnell, dann langsam und dann viermal hintereinander wie ein Disco-Stroboskoplicht blinkte, worauf sie für einen langen, spannungsgeladenen Augenblick aus blieb und der Ablauf von vorn begann.

Was hatte ich dort zu suchen? Ich war achtzehn. Ich hatte erst mit zwei Mädchen geschlafen, beide Male mit einem so mustergültig übergestreiften Kondom, dass wir ein Video für den Sexualkundeunterricht hätten drehen können. Vielleicht regte sich in mir deshalb ein leiser Tadel angesichts Maddies Zustands – doch andererseits bleibt natürlich auch ein vorbildlichst übergestreiftes Kondom nicht immer an

Ort und Stelle und/oder intakt. Wie dem auch sei, es ging hier nicht um mich. Man hätte einen Kreis um mich und meine moralischen Prinzipien ziehen können und einen weiteren um Maddie und die ihren, und es hätte nicht zwangsläufig eine Schnittmenge gegeben. Ich war an diesem Embryo in keiner Weise beteiligt. Ich hatte sie hierum nicht gebeten. Später würde Maddie in ihrem Zimmer sitzen und ich in meinem; wir würden uns bei einem Becher Instant-Nudeln in unsere Bücher vertiefen und ein paar Stunden meiner Zeit vergeudet haben, weiter nichts.

Aber hätte es mich überhaupt so sehr gestört, wenn sich unsere Kreise überschnitten hätten?

Auf einmal kamen mir meine moralischen Grundsätze, wie auch immer sie aussahen, zu altmodisch vor, zu abstrakt. Ich warf den Becher mit dem restlichen Kakao in den Mülleimer, ging hinein und sagte der Rezeptionistin, ich sei mit Maddalena Monti hier, wie lange es wohl noch dauern werde? Es sei ruhig gewesen, meinte sie, Maddie habe nicht lange warten müssen, aber die Anästhesie sei in Verzug, also wohl noch mindestens drei Stunden. Ich setzte mich ins Wartezimmer und nahm mir einen alten *New Yorker*.

Ein Lautsprecher, der nirgends zu sehen war, spielte leise Ob-La-Di, Ob-La-Da. Außer mir saß im Wartezimmer nur eine Frau und strickte, ausgerechnet einen Babypullover. Nachdem ich eine Weile ihren sanft fechtenden Nadeln zugesehen hatte, blätterte ich in der Zeitschrift, bis mein Blick an einer Werbeanzeige hängenblieb, Feinste Rubinrote Grapefruits von Floridas Indian River! SONNENVERWÖHNT – SUPER-SAFTIG – OBSTGARTENSÜSS – ZUCKERN NICHT NÖTIG – ZUFRIE-DENHEITSGARANTIE!

Das Telefon der Rezeptionistin klingelte.

... Nein, hier nicht ... Nein ... Das brauchen Sie hier alles nicht, Liebes. Kommen Sie einfach rein, ganz egal ... Zwischen vier und sieben, je nachdem, wie weit Sie schon sind ... Die Untersuchung und den Ultraschall machen wir hier ... Wohnen Sie in der Nähe? ... Gut, dann reden Sie mit ihm. Rufen Sie uns doch dann einfach gemeinsam an, und wir machen einen Termin aus, wann Sie zu uns kommen ... Wir behandeln hier alles vertraulich, Liebes ... Nein ... Nein ... Montag bis Samstag ... Kennen Sie seine Arbeitszeiten so weit, dass wir jetzt sofort einen Termin ausmachen können? ... Okay. Aber lassen Sie einfach – ... Lassen Sie – ... M-hm. Wissen Sie was, lassen Sie ... Wenn ich Sie wäre, Liebes, würde ich einfach ohne ihn kommen. Vergessen Sie das, und – ... Sie brauchen nicht noch einmal anzurufen. Kommen Sie einfach vor halb sieben rein, okay? ... Ich heiße Michelle ... Okay? ... Okay ... Okay ... Wiederhören.

Sehr viel später, als Maddie herauskam, den Mantel über dem Arm, wirkte sie insgesamt wie geschrumpft, auch wenn das keinen Sinn ergab.

Ich habe Bärenhunger, sagte sie.

Auf dem Rückweg zum Silliman College kauften wir im Coffee Shop Doughnuts, und als wir in meinem Zimmer ankamen, fragte Maddie, ob ich irgendetwas Alkoholisches dahätte. Auf dem Kaminsims stand eine Flasche Midori, die meinem Mitbewohner gehörte, der erst in der Woche darauf zurückkommen würde. Maddie schenke sich einen halben Becher von dem smaragdgrünen Likör ein, trank und verzog das Gesicht. Wonach soll das schmecken? Melone, sagte ich. Ich glaube, Honigmelone.

Sie zog die Stiefel aus und streckte sich auf meinem Bett aus. Ich legte eine CD ein und setzte mich in einen Sessel, um das Vorlesungsverzeichnis fürs kommende Frühjahr durchzublättern. Die CD war von Chet Baker, und die ersten drei Stücke klangen sehr nachdenklich, um nicht zu sagen bedrückend. Gerade als ich aufstehen wollte, um etwas anderes aufzulegen, rettete uns der wohl einzige beschwingte Song des ganzen Albums:

They all laughed at Christopher Columbus when he said the world was round.

They all laughed when Edison recorded sound.

They all laughed at Wilbur and his brother when they said that man could fly.

They told Marconi, wireless was a phony; it's the same old cry!

They laughed at me, wanting you, said I was reaching for the moon.

But oh, you came through; now they'll have to change their tune!

They all said we never could be happy; they laughed at us, and how.

But ho-ho-ho, who's got the last laugh now?

Ich glaubte, Maddie würde schlafen, aber als das Trompetensolo begann, fragte sie, ohne die Augen zu öffnen: Hast du schon mal von Bob Monkhouse gehört?

Nein. Wer ist Bob Monkhouse?

Ein britischer Komiker, den mein Dad mag. Lebt sogar noch, glaube ich. Und er erzählt immer diesen Witz: Als Kind hab ich gesagt, wenn ich mal groß bin, werde ich Komiker, und da haben sie alle gelacht. Jetzt lacht keiner mehr.

Als Maddie mir zwei Jahre später eröffnete, sie wolle auch Ärztin werden, lachte ich. Ich lachte mit dem Hochmut einer Ballettlehrerin, die einer Zwergin prophezeit, dass sie nie Prima Ballerina werden wird. Doch vierundzwanzig Stunden später saß Maddie vor ihrer Studienberaterin und besprach mit ihr den logistischen Ablauf des Hauptfachwechsels von Theaterwissenschaften zu Anthropologie und ihre Bewerbung um einen Zweitstudienplatz an vielen derselben medizinischen Fakultäten, an denen auch ich mich beworben hatte. Ich reagierte darauf mit fiebriger Empörung. Und nächsten Monat, sagte ich, willst du dann sicher Astronautin werden. Oder Wimbledon-Siegerin. Oder Klarinettistin bei den New Yorker Philharmonikern. Nein, erwiderte Maddie ruhig. Ich werde Ärztin werden wollen. Und zwar deshalb, weil ich William Carlos Williams gelesen habe und zu dem Schluss gekommen bin, dass er ein mustergültiges Leben geführt hat. Ach so, na dann, sagte ich verächtlich, obwohl ich noch nie irgendetwas von William Carlos Williams gelesen hatte. Also willst du jetzt auch noch eine überbewertete Poetin werden. Maddie verließ daraufhin im strömenden Regen meine Wohnung, und wir sprachen drei Tage lang kein Wort miteinander. Während dieser erzwungenen Bedenkzeit kam ich zu dem Schluss, dass meine Freundin eine wirklich furchtbare Ärztin abgeben würde. An ihrer Intelligenz hatte ich keinen Zweifel. Sie hatte auch kein Problem mit Blut und war nicht übermäßig schmerzempfindlich. Aber ihr *Wesen!* Die lärmende Art, mit der sie die Welt bewohnte und einen völlig konfus machte – nie pünktlich, die Strickjacke linksherum, Amar, wo ist meine Brille, mein Ausweis; hat jemand meine Schlüssel gesehen? An guten Tagen war das Chaos gerade noch überschaubar. Aber Maddie auf der Bühne, das war etwas anderes. Das Spielen organisierte sie. Es brachte sie in Ordnung. Wie ein Highway mit markierten Fahrspuren regulierte es ihre Geschwindigkeit und hielt ihre Emotionen vom Kollidieren ab, jedenfalls meistens. Sie war eine gute Schauspielerin, aber noch dazu – und deshalb fügte sich alles so elegant zusammen – tat ihr das Spielen gut. Es gab ihr einen Sinn. Es gab *uns* einen Sinn. Maddie war die Künstlerin, ich der Empiriker. Gemeinsam deckten wir eine ansehnliche Bandbreite menschlicher Disziplinen ab, die einander wechselseitig befruchteten. Zumindest glaubte ich das. Und so kam es mir wie eine widernatürliche, ja sogar undankbare Anwandlung vor, dass sie jetzt auf einmal etwas anderes werden wollte, irgendetwas anderes, aber vor allem etwas so Alltägliches, Glanzloses. Ärztin! Maddie! In gewisser Weise ähnelte sie damit einer Prima Ballerina, die eine Zwergin werden will. Zweifelsohne sah ich das teilweise deshalb so, weil *ich* nicht mehr Arzt werden wollte. Und vielleicht spürte Maddie das, und vielleicht hatte sie sogar Mitleid mit ihrem armen Freund, der nicht ehrlich zu sich selbst war, denn sie verzieh mir stillschweigend meinen Wutanfall und plante ihren Lebensweg neu, ohne sich dabei groß um die zynischen Blicke zu scheren, mit denen ich sie immer wieder bedachte. Zwischenzeitlich sagte von den acht medizinischen Fakultäten, an denen ich mich beworben hatte, nur eine zu. Komischerweise war es genau jene, deren Zusage ich mir am meisten gewünscht hatte, und trotzdem blieb ich, nachdem ich den trügerisch dünnen Umschlag geöffnet hatte, anderthalb Stunden auf dem Bett liegen und starrte an die Decke. Dann ging ich zur Berufsberatung und fühlte mich dabei ungefähr wie ein Mann, der sich in einen Strip Club davonstiehlt, obwohl ihn seine bildhübsche Frau zu Hause in Dessous erwartet. Die meisten Bewerbungsfristen in dem Ordner mit der Aufschrift FOR-SCHUNGSSTIPENDIEN waren schon abgelaufen. Von denen, die es noch nicht waren, grenzte ich die Auswahl auf zwei ein: eine Assistentenstelle in einem Krebsforschungslabor in Seattle und eine Stelle als Publikationskoordinator bei einem Bioethik-Thinktank in London. Letztere war auf neun Monate befristet und beinhaltete die Übernahme der Flugkosten sowie ein Stipendium von hundert Pfund pro Woche. Ich bewarb mich. Drei Wochen später rief ein Mann mit dem unvergesslichen Namen Colin Cabbagestalk an und sagte, falls ich nach wie vor interessiert sei, könne ich die Stelle haben. Irgendetwas an seiner Art zu sprechen, hastig, aber irgendwie reserviert, ließ in mir den Verdacht keimen, dass ich aus einem Ein-Mann-Kandidatenpool ausgewählt worden war.

In jenem Sommer, dem von 1998, wohnte ich mit Maddie in Morningside Heights. Wir waren Untermieter in einem Einzimmerapartment auf dem Broadway und taten acht Wochen lang ausschließlich das, wonach uns gerade der Sinn stand: Wir tranken jede Menge Kaffee, aßen Waffeln, machten lange Spaziergänge im Riverside Park rund um den Wasserturm und lasen in der Badewanne Cover an Cover Zeitschriften. Ich hatte mich noch nie zuvor so ungebunden gefühlt, so frei von jeglichen Verpflichtungen. Dass unsere gemeinsame Zeit etwas von einer heimlichen Affäre hatte, machte sie nur noch süßer, denn Maddie hatte ihren Eltern nicht erzählt, dass wir zusammenwohnten, und auch ich war meinen gegenüber nicht ganz ehrlich gewesen. Jetzt kommt es mir idiotisch vor, dass wir nicht den Mut hatten, es ihnen zu sagen, und uns weiter wie Kinder benahmen, obwohl wir uns ärgerten, wenn man uns so behandelte. Es kann gut sein, dass meine Eltern vielleicht sogar erleichtert gewesen wären, wenn sie erfahren hätten, dass ich in eine nicht praktizierende Katholikin verliebt war, die in New York Medizin studieren würde; eine Muslimin wäre zwar natürlich noch besser gewesen, aber mit Maddie war es zumindest unwahrscheinlich, dass ich irgendwann in nächster Zeit zu ihrem einzigen weiteren Kind ans andere Ende der Welt ziehen würde. Bei Maddies Mutter dagegen vermuteten wir keine religiösen Einwände, nur, dass ihr jemand mit weißer klingendem Namen lieber gewesen wäre. Und so führten wir sie weiter hinters Licht. Wenn meine Eltern zu Besuch kamen, wanderten Maddies Sachen in den Wandschrank. Wenn ihre Mutter und ihr Stiefvater mit dem Zug von Loudonville kamen, empfing Maddie sie in der Wohnung einer alten Freundin aus der Highschool, die auf der York Avenue wohnte. Auf dem Briefkasten beließen wir das Namensschild unseres Vermieters und auf dem Anrufbeantworter seine Ansage, und wenn das Festnetz klingelte, ignorierten wir es standhaft. Mein erstes Handy kaufte ich mir erst am Labor Day jenes Jahres, ein Motorola, das ungefähr so groß war wie ein Schuh und das man zum Fenster hinaushalten musste, um Empfang zu haben, falls es überhaupt etwas zu empfangen gab.

Einmal aßen wir mit besagter Highschool-Freundin zusammen zu Abend. Maddie lud sie zu Pizza und Wein ein, und im Laufe des Abends entspann sich ein Gespräch, in dem unser Gast irgendwann fragte, ob ich zustimmen würde, dass Religion die intellektuelle Neugier dämpft.

203

Im Gegenteil, sagte ich. Ich betrachte es als meine religiöse Pflicht, mir Fragen zu stellen. In der ersten offenbarten Koransure heißt es schließlich: *Lies!* Und weiter: *Lies, denn der Herr ist der Allgütige, der lehrte durch die Feder, der den Menschen lehrte, was er nicht wusste.* Aber die Religion, entgegnete unser Gast mit eindrucksvollem Selbstbewusstsein, erlaubt einem ja nur eine Handvoll Fragen, und dann heißt es: Darum. Du musst einfach glauben. Mag sein, sagte ich. Dein Problem mit Religion ist faktisch genau das Problem, das alle Ungläubigen mit Religion haben: dass sie irreduktible Antworten gibt. Aber es gibt eben einfach Fragen, die sich am Ende nicht empirisch nachprüfen lassen. Wie ließe sich denn empirisch bestimmen, ob man einen Zug entgleisen und alle dreihundert Fahrgäste sterben lassen soll, wenn man dadurch das Leben des einen Menschen rettet, der an die Schienen gekettet ist? Oder: Ist etwas wahr, weil ich es sehe, oder sehe ich es, weil es wahr ist? Beim Glauben geht es letztlich nur darum, dass irreduktible Antworten den Gläubigen nicht stören. Gläubige trösten sich mit dem Wissen, dass sie die Kraft haben, die irreduktiblen Antworten wirklich und ehrlich anzunehmen, so schwierig das auch sein mag; sie sind sogar stolz darauf. Jeder Mensch – Ungläubige mit eingeschlossen – verlässt sich tagtäglich auf irreduktible Antworten. Die Religion ist in diesem Punkt bloß ehrlich, und zwar indem sie dieser Art von Vertrauen einen Namen gibt: Glaube.

Es war nicht gerade eine geschliffene Rede, die ich da leicht beschwipst aus dem Stegreif hielt, aber ich war trotzdem froh, dass wir das Thema angeschnitten hatten, denn mein Eindruck war ohnehin, dass ein Gespräch dieser Art zwischen Maddie und mir schon seit einiger Zeit im Raum stand. Maddie blieb jedoch während des ganzen Essens ungewöhnlich still, und auch am nächsten Tag kamen wir nicht noch einmal auf das Thema zu sprechen. Wir kamen überhaupt nicht mehr darauf zu sprechen, bevor Maddie mit ihren medizinischen Vorkursen begann und ich ins Ausland flog. All die Spaziergänge. All die engumschlungen im Bett verbrachten Stunden. Manchmal frage ich mich, ob wir Geliebte vor anderen verstecken, weil es dann einfacher ist, uns vor uns selbst zu verstecken.

Der Bioethikrat hatte seinen Sitz in Bloomsbury, im Keller eines georgianischen Stadthauses am Bedford Square. Der hübsche ovale Park war nachts ein beliebter Treffpunkt von Methadonabhängigen, deren benutzte Spritzen ein vertrauter Anblick auf meinem Arbeitsweg waren. In der Wohnung meiner Tante konnte man sich wohlfühlen, vier gepflegte Zimmer in einem hübschen Vorkriegsmietshaus, aber ich verbrachte dort nur wenig Zeit. An den meisten Tagen badete ich (eine Handbrause gab es nicht), kaufte mir im Café an der Ecke einen Kaffee und Gebäck, arbeitete meine acht Stunden im Bioethikrat und setzte mich dann mit einem Buch in den Pub oder sah mir im Renoir Cinema einen Film an, bevor ich vom Bett aus Maddie anrief. An den Wochenenden ging ich laufen. Nicht in den Parks, die mit ihrem manikürten Rasen und den Mosaikblumenbeeten zu unecht waren. Es führte nirgendwohin, im Kreis zu laufen. Stattdessen lief ich im Slalom um die shoppenden und Kinderwagen schiebenden Menschen bis runter zur Southampton Row, dann weiter auf den Kingsway und nach rechts auf den Aldwych, überquerte den Strand und lieferte mir auf der Waterloo Bridge ein Rennen mit den Schatten der Doppeldeckerbusse; dann sprang ich die Stufen zum Südufer hinunter, und wir glitten gemeinsam dahin, die Fähren, die Flussboote und ich. Ich hatte auf der Highschool entdeckt, dass mir laufen Spaß machte, nicht im Kreis auf einer Bahn, sondern allein im Shore Park, wo man frühmorgens einen erdentrückten Blick auf das erwachende Lower Manhattan hatte, das aussah wie die Smaragdstadt in Oz. Wobei es die Sache wohl noch besser trifft, wenn ich sage, dass ich weniger das Laufen an sich mochte als vielmehr, wie es mir danach ging. Aber es gab auch Dinge, die ich unmittelbar genoss, nämlich die Einsamkeit und das Gefühl, ein Mensch in Bewegung zu sein, auch wenn ich nicht genau wusste, wohin ich mich bewegte. Hätte mir jemand erzählt, dass ich mit zweiundzwanzig in London wohnen, ein gut bezahltes Praktikum und einen Studienplatz in Medizin ergattert haben würde, während in New York meine feste Freundin auf mich wartete, wäre mir das wie eine sagenhafte und beneidenswerte Leistung vorgekommen. Aber ich fand Bloomsbury zutiefst bedrückend. Beim Laufen beobachtete ich den gleichgültigen Gehweg, der sich unter meinen Füßen abspulte, und fühlte mich überwältigt von der immensen Distanz, die ich zwischen mich und mein Zuhause gebracht hatte. Und auch wenn ich meine Arbeit inhaltlich mochte – ich verbrachte meine Tage damit, Artikel über Xenotransplantationen, Stammzellentherapie und genetisch verändertes Saatgut zu redigieren –, waren meine Kollegen im Schnitt mindestens fünfzehn Jahre älter als ich, und nachdem die Erkenntnisse auf dem College nur so auf mich eingestürzt waren, kam mir diese neue Lernkurve zu flach vor, die Offenbarungen alles andere als überwältigend und das Tempo ermüdend langsam. Statt sagenhaft und beneidenswert fühlte ich mich damals in London so, wie wenn man beim Hinuntergehen einer Treppe einen Schritt zu viel macht: zusammengestaucht durch das unerwartete Plateau und das dumpfe, harte Auftreten.

Der *Sind-Sie-bereit?*-Bogen, der meinem Bewerbungsformular für ein Ehrenamt in einem nahe gelegenen Kinderkrankenhaus beilag, stellte eine Reihe von Dingen infrage, die ich seit Langem als gegeben betrachtete:

Sind Sie emotional gefestigt und in der Lage, in schwierigen Situationen einfühlsam zu reagieren?

Können Sie gut zuhören?

Sind Sie verlässlich, vertrauenswürdig, motiviert, aufnahmefähig und flexibel?

Sind Sie in der Lage, die Führung abzugeben und auch unter Druck ruhig zu bleiben?

Können Sie gut mit Patienten, Angehörigen und Kollegen kommunizieren?

Diesem Blatt folgte ein sogenanntes Chancengleichheitsformular, auf dem ich nach Geschlecht, Familienstand, ethnischer Abstammung, Bildungshintergrund und etwaigen Behinderungen gefragt wurde. Außerdem gab es eine Reihe von Kästchen, in denen ich ankreuzen sollte, ob ich Geringverdiener, Flüchtling/Asylsuchender, vorbestraft, obdachlos, alleinerziehend und/oder anderes war. Mir kam unwillkürlich der Gedanke, dass eine gleiche Verteilung der Chancen einfacher wäre, würde man die Antworten auf diese Fragen nicht kennen. Ich beantwortete sie natürlich trotzdem und zögerte nur bei »Geringverdiener« einen Augenblick. Als Stipendiat beim Bioethikrat fiel ich sicher in diese Kategorie, aber ich verstand darunter etwas anderes.

Vor dem Einstellungsgespräch ging ich zum Friseur und kaufte mir eine Krawatte. Eine sichtlich überarbeitete Frau, über deren Schulter mich eine Wandbildgiraffe beäugte, setzte mich darüber in Kenntnis, dass die polizeiliche Überprüfung meiner Vorgeschichte bis zu acht Wochen dauern könne. Tatsächlich dauerte sie fünf Wochen, und meine Einführung sollte an einem Samstag stattfinden, der zufällig genau auf Halloween fiel. Ich nenne es Einführung, weil die überarbeitete Frau es am Telefon so bezeichnet hatte, doch gerade als ich mich mit ihr in der Lobby getroffen hatte und in ein Spielzimmer im Erdgeschoss geführt worden war, sagte sie, sie müsse zu einem Notfall auf der Endokrinologie; wir würden uns wohl den Rest des Tages nicht mehr sehen.

Nun stand ich da, wo sie mich hatte stehenlassen (›Machen Sie sich einfach irgendwie nützlich!‹), und mein erster Gedanke war, dass es nicht einer gewissen Komik entbehrte, dass die Polizei fünf Wochen lang meine Vorgeschichte überprüft hatte, damit ich jetzt hier in einem Zimmer voll kleiner Katzen, Clowns, Prinzessinnen, Hummeln, Marienkäfer, Piraten, Superhelden und, ja, auch Polizisten stand. Mein zweiter Gedanke war, dass ich mir noch nie im Leben so fehl am Platz vorgekommen war. Die Beleuchtung kam mir sehr grell vor, und die lachenden, kreischenden und miauenden Kinder brachten es zusammen auf einige Dezibel mehr, als ich es beim Bioethikrat gewohnt war, von der grabesstillen Wohnung meiner Tante ganz zu schweigen. Die anderen Ehrenamtler – wir alle trugen sonnenblumengelbe T-Shirts mit der blauen Aufschrift *Ich helfe gern* auf dem Rücken – saßen mit Grashüpferknien auf Ministühlen oder in der für nicht Yoga praktizierende Erwachsene unbequemsten Haltung von allen: im Schneidersitz auf dem Boden. Zögerlich ließ ich mich hinab, ignorierte den präarthritischen Protest meiner Knie und landete neben einem Schneewittchen, das gedankenverloren glitterbestäubte Makkaroni auf eine Pappmaske klebte. Was ist das?, fragte ich mit einer Stimme, die höher und gepresster klang als meine eigene. Eine Maske, antwortete das Mädchen, ohne aufzusehen. Ich beobachtete sie eine Weile beim Basteln, dann wendete ich meine Aufmerksamkeit einem kleinen Piraten zu, der Bauklötzchen stapelte, die Augenklappe auf der Stirn geparkt. Zu ihm sagte ich nichts. Diese Kinder brauchten mich nicht. *Ich helfe gern* hätte genauso gut mein eigenes Kostüm sein können. Im weiteren Verlauf des Nachmittags beschlich mich sogar das Gefühl, dass *ich* derjenige war, dem geholfen wurde, nicht zuletzt durch die unermüdliche Demonstration, wie simpel und uneitel eine Existenz sein konnte: Ein Klötzchen auf das andere stellen. Noch eins.

Alle umwerfen. Wieder von vorn beginnen. Ich half an diesem Tag niemandem. Ungefähr eine Stunde vor Ende meiner Schicht erschien eine Frau in einer Abaya in der Tür, an der Hand ein kleines Mädchen. Es war dem Aussehen nach ungefähr sieben oder acht Jahre alt und etwas schmal, wirkte aber kerngesund. Jemand hatte ihm sechs Schnurrhaare auf die Wangen gemalt, ansonsten war es nicht verkleidet – es trug nur ein violettes Langarmshirt und Jeans, die fast drei Zentimeter oberhalb seiner weißen, rüschenbesetzten Söckchen endeten. Ich lehnte inzwischen – mit ausgestreckten Beinen – an einer Wand, und um meine Knöchel herum stellten ein paar Prinzessinnen (oder Ballerinas – das wusste man nie so genau) mit Plüschtieren rege eine Zusammenkunft in Liliput nach. Die Frau blieb eine ganze Weile in der Tür stehen und beobachtete das bunte Treiben, dann zeigte sie in unsere Richtung und führte das Mädchen zu mir. Hnana, sagte sie und hob eine Froschhandpuppe auf. Hier. Das Mädchen steckte eine Hand hinein und ließ sich auf den Boden sinken. Sie hatte ein eindrucksvolles Gesicht, weich und jungenhaft, mit langen Wimpern und einem glatten schwarzen Bob, den sie sauber hinter die Ohren gestrichen hatte. Die Schnurrhaare wirkten wie eine Würdelosigkeit, auf die sie hätte verzichten können. Der Frosch lag mit dem Bauch nach oben in ihrem Schoß, und einmal kratzte sie mit seiner Nase gedankenverloren ihre Schulter. Die Ballerina-Prinzessinnen bauten unterdessen weiter ihre Plüschtierversammlung auf, wobei sie viel und hoch schnatterten und ziemlich unballettös über meine Beine hopsten und ihre rosa Rüschenröckchen wippten und raschelten. Ich dachte, sie hätten das neue Mädchen vielleicht nicht bemerkt – bis eins der Kinder plötzlich unaufgefordert ein Häschen aufhob, sich auf molligen rosa Beinchen ruckartig umdrehte und es ihr hinhielt. Willst du?

Das neue Mädchen schüttelte den Kopf.

Das? Die andere Prinzessin hielt eine Eule hoch.

Wieder schüttelte das neue Mädchen den Kopf. Dann zog es die Hand aus dem Frosch, zeigte in die Tiefen der Menagerie und sagte so leise ein Wort, dass es niemand von uns verstand.

Zahn vielleicht. Oder Hahn.

Hsan, platzte ich heraus. Pferd.

Das Mädchen nickte und sah mich erstaunt an. Eins der anderen Mädchen warf ihr das Pferd zu. Das Mädchen legte den Frosch beiseite, nahm das Pferd und begann leicht errötend, seine Wollfadenmähne mit den Fingern zu kämmen. Ich nahm den Frosch und schlängelte eine Hand hinein. Ich wünschte, ich wäre ein Pferd, ließ ich den Frosch sagen, auf Arabisch. Das Mädchen lächelte.

Später ohne die Kostüme wurde die Perfidie der Krankheit deutlicher. Man sah ihre Symptome oder vielmehr, dass sie nicht wirklich sichtbar waren, und versuchte unweigerlich zu prophezeien, welche Chancen das arme Kind wohl hatte. Ein Arm oder Bein in Gips waren halb so schlimm, oft nur ein Spielplatzunfall, der in acht Wochen vielleicht schon Teil des Familiensagenguts war. Ein Portweinfleck, der das halbe Gesicht bedeckte, schien deutlich unfairer – auch wenn man ihn mit Hilfe von Zeit und Laserstrahlen zum Verblassen überreden konnte. Schwerer anzusehen waren morphologische Entstellungen wie Mikrotien, Lateinisch für kleines Ohr, oder die Olliersche Krankheit, eine übermäßige Wucherung von Knorpelgewebe, von der eine Hand knubblig und verkrümmt wie ein Stück Ingwer werden konnte. Über diese und alle möglichen anderen Arten von Krankheiten informierte ich mich im Keller des Bioethikrats, wo ein Regal voll Medizinlexika stand, das meine verlässlichste Mittagspausengesellschaft wurde. Es war nicht immer leicht, zu einer Diagnose zu gelangen. Die Ärzte im Krankenhaus posaunten ihre Erkenntnisse nicht direkt heraus, und als ehrenamtlicher Helfer sah ich mich auch meistens nicht in der Position, Fragen zu stellen. Ich versuchte also, mir einen Reim auf das zu machen, was ich sah. Wulstige Gelenke. Verformte Beine. Ganzkörperzittern. Das Sichtbare konnte man begreifen. Leukämie dagegen oder ein Hirntumor, selbst ein mandarinengroßer: Ihre Heimlichkeit machte sie zu etwas Entsetzlichem. Das ist kein logisches Gesetz. Es ist überhaupt kein Gesetz. Wie könnte es eins sein, wo es doch krasse Ausnahmen gibt? Es steht vollkommen fest, dass zwischen der Sichtbarkeit und der Ernsthaftigkeit einer Erkrankung keine Korrelation besteht, und trotzdem haben die unsichtbaren eine besondere Kraft. Vielleicht, weil sie unehrlich wirken. Hinterhältig. Ein Muttermal mochte bedauerlich sein, aber wenigstens schlich es sich nicht unbemerkt an. Immer wenn ein Kind in der Lobby erschien, konnte ich also nicht anders, als hoffnungsvoll nach irgendeinem Krankheitszeichen zu suchen: nach irgendetwas Erträglichem, vielleicht sogar Heilbarem, ähnlich einer losen Sohle, die man mit etwas Kleber wieder am Schuh befestigen kann. Bitte lass es bloß nichts sein, was sie oder ihn von innen her angreift. Bitte lass ihn oder sie keine der unsichtbaren Krankheiten haben.

Ursprünglich hatte ich mir gesagt, ich mache diese Arbeit aus professionellen Gründen, um ein Gefühl für die Arbeitsatmosphäre in einer Klinik zu bekommen und mich im Umgang mit Kranken zu schulen, aber in Wahrheit laugte sie mich emotional so aus, dass ich mich eigentlich nur im Verdrängen meines Wunschs nach einem Bier schulte.

An einem Samstag gegen Ende meiner Schicht fragte ein anderer ehrenamtlicher Helfer namens Lachlan, ob ich nicht zusammen mit ihm und seinen Freunden auf ein Pint in den Pub um die Ecke kommen wolle. Alastair war auch da, zusammen mit zwei, drei anderen Kollegen, die mich unbedingt über die wahre Bedeutung von New Labour, die Banalität von Cool Britannia und die blähungsfördernden Qualitäten von Young's Bitter aufklären wollten. An diesem oder einem anderen Abend sprachen wir auch über Afghanistan oder vielmehr über Clintons Raketenangriffe ein paar Monate zuvor, die der mehrheitlichen Meinung am Tisch zufolge nur eine allzu bequeme Ablenkung von seinen Problemen zu Hause waren. Ich bezweifelte das – die Terroranschläge auf die Botschaften in Daressalam und Nairobi hatte Clinton ja nicht in Auftrag gegeben –, aber während ich diesen Gedanken äußerte, beobachtete ich aus dem Augenwinkel Alastair, denn ich hatte schon gemerkt, dass er ein scharfsinniger und unabhängiger Denker war, und wollte mich nicht zu weit aus dem Fenster lehnen. Aber Alastair war bei solchen Gesprächen meist ziemlich schweigsam. Er saß in der Ecke unter einem Regal mit Brettspielen, die einen Schatten auf seine eine Gesichtshälfte warfen, und sah trüb in die gegenüberliegende Ecke wie jemand, der sich auf eine lange unfreiwillige Wartezeit eingestellt hat. Von oben beleuchtet, wirkte seine andere Gesichtshälfte fahl und verhärmt, über die Maßen gealtert, und wenn ich ihn nicht gekannt hätte – wenn ich allein da gewesen wäre und aus einigem Abstand beobachtet hätte, wie er dort ein Pint nach dem anderen trank –, hätte ich ihn für jemanden gehalten, dessen beste Zeiten vorbei waren oder nie richtig angefangen hatten, auf jeden Fall aber für einen verwahrlosten Trinker. Fairerweise muss man wohl dazusagen, dass Alastair mich an unseren ersten gemeinsamen Abenden wahrscheinlich für einen langweiligen Neuankömmling hielt. Aber ich *war* natürlich auch ein langweiliger Neuankömmling, während Alastair zwar Trinker gewesen sein mochte, aber bestimmt nicht verwahrlost. Noch nicht.

Eines Abends fragte ich ihn, wo er herkomme.

Bournemouth, antwortete er, dann stand er auf und ging zur Toilette.

An einem anderen Abend fragte mich das Mädchen, das den Tisch abwischte, wo ich herkam.

Brooklyn.

Aber seine Eltern stammen aus Bagdad, sagte Lachlan.

Alastair beugte sich über den Tisch und sah mich auf einmal sehr interessiert an.

Wo in Bagdad?

Karrada.

Wann sind Sie dort weggezogen?

Sechsundsiebzig.

Muslim?

Ich nickte.

Sunnit oder Schiit?

Lachlan, der zwischen uns saß, stand auf und überließ mir seinen Stuhl, aber nachdem ich rübergerutscht war, wurde bald klar, dass Alastair eine ganze Menge mehr über den heutigen Irak wusste als ich. Ich war zehn Jahre lang nicht dort gewesen und erinnerte mich nicht mehr an den Namen des schiitischen Stamms, zu dem meine Familie gehörte, und als ich gestand, dass ich noch nie Schafskopfsuppe probiert hatte, sah er mich ungefähr so an wie jemanden aus Parma, der behauptete, noch nie Schinken gekostet zu haben. Trotzdem verband uns jetzt ein gewisses Zusammengehörigkeitsgefühl, und während die anderen über Cricket und die Pobacken der Barmädchen fachsimpelten, erzählte mir Alastair von verschiedenen Reportageaufträgen in Bagdad, aber auch in El Salvador, Ruanda, Bosnien und Beirut – wo er sich, während ich als Teenager in Bay Ridge meine Baseballkarten alphabetisch sortiert und für den Studieneignungstest gebüffelt hatte, vor der Hisbollah versteckt und im alten Commodore Hotel Haschisch geraucht hatte. Solche Geschichten faszinierten mich und machten mich auch etwas neidisch. Ich war natürlich nicht scharf darauf, paramilitärischen Extremisten zu begegnen, aber ich hätte doch gerne erzählen können, dass ich mich vor ihnen hatte verstecken müssen.

Nachdem ich angefangen hatte, an den Samstagabenden regelmäßig mit Kollegen und Freunden trinken zu gehen, wurden meine sonntäglichen Laufrunden durch ganztägiges BBC-Radio-4-Hören abgelöst, und ich versank im Treibsand des Grübelns im Bett. Das lag gar nicht so sehr daran, dass ich einen Kater hatte – auch wenn ich tatsächlich zu viel trank und eines Morgens, als ich zu den surrealen Schlussklängen des Schiffswetterberichts aufwachte, für einen Moment glaubte, ich hätte mein Hirn irreparabel geschädigt. Es war vielmehr so, dass meine neuen Samstagabende, typisch britisch und durchtränkt von Kameradschaftlichkeit, mir genau das gaben, was ich beim Laufen gesucht hatte und jetzt nicht mehr zu finden brauchte. Der erste Schiffbrüchige, den ich bei der Radiosendung *Desert Island Discs* je hörte, war Joseph Rotblat, der Nobelpreisträger, der bei der Erfindung der Atombombe mitgewirkt und quasi den Rest seines Lebens gegen die Folgen gekämpft hatte. Der inzwischen Neunzigjährige sprach mit polnischem Akzent und rauer Greisenstimme, und er beschrieb der Moderatorin in eindringlichem Ton, wie er sich nach Hiroshima geschworen hatte, seinem Leben zwei grundlegend neue Richtungen zu geben. Zum einen wollte er künftig medizinische Verfahren statt Kernreaktionen erforschen. Zum anderen wollte er das Bewusstsein für die potenziellen Gefahren der Wissenschaft schärfen und darauf hinwirken, dass Forscher mehr Verantwortung für ihre Arbeit übernahmen. Seine Musikauswahl – die acht Platten, die er mitnähme, würde er auf eine einsame Insel verbannt – stand mit diesen Idealen in enger Verbindung: Kol Nidrei, Last Night I Had the Strangest Dream, Where Have All the Flowers Gone?, A Rill Will Be A Stream, A Stream Will Be A Flood, die Live-Aufnahme eines Benefizkonzerts der Swedish Physicians for the Prevention of Nuclear War ...

Ihre Vision, sagte Sue Lawley, als die Swedish Physicians langsam ausklangen, geht ja über eine Welt ohne Atomwaffen weit hinaus. Sie möchten eine Welt sehen, in der es keinen Krieg mehr gibt. Glauben Sie wirklich, dass das geschehen wird, oder träumen Sie nur davon?

Es *muss* geschehen. Ich habe für mein Leben oder für das, was mir noch davon bleibt, zwei Ziele. Ein kurzfristiges und ein langfristiges. Das kurzfristige Ziel ist die Beseitigung aller Atomwaffen, das langfristige die Beseitigung von Krieg. Letzteres halte ich für besonders wichtig, denn selbst wenn wir alle Atomwaffen beseitigen – ihre Erfindung können wir nicht rückgängig machen. Sollte es irgendwann in der Zukunft einen ernsthaften Konflikt zwischen zwei oder mehreren Großmächten geben, könnten sie wieder eingeführt werden.

Außerdem, und hier kommen wir wieder auf die Verantwortung der Forscher zurück: Die Erkenntnisse bestimmter anderer Wissenschaftsgebiete, insbesondere der Gentechnologie, könnten zur Entwicklung alternativer Massenvernichtungswaffen führen, die vielleicht sogar leichter verfügbar wären als Nuklearwaffen. Der einzig gangbare Weg ist daher das Verhindern von Krieg. Sämtlicher Arten von Krieg. Damit es gar keinen Bedarf mehr gibt. Krieg als anerkannte gesellschaftliche Institution darf es nicht mehr geben. Wir müssen lernen, unsere Konflikte ohne militärische Auseinandersetzungen zu lösen.

Und glauben Sie, es gibt eine echte Chance, dass das geschieht?

Ich glaube, wir bewegen uns schon darauf zu! Ich habe beobachtet, wie sich die Gesellschaft im Laufe meines Lebens verändert hat. Ich habe beide Weltkriege miterlebt. Nehmen wir zum Beispiel Frankreich und Deutschland: In beiden Kriegen waren sie Todfeinde, haben einander abgeschlachtet. Heute ist ein Krieg zwischen diesen Ländern unvorstellbar. Dasselbe gilt für andere Nationen in der Europäischen Union. Das ist eine Revolution! Den meisten ist gar nicht klar, was für ein enormer Wandel schon stattgefunden hat. Wir müssen weg von der Kultur der Gewalt, in der wir heute leben, hin zu einer Kultur des Friedens. In den Worten von Friedrich Schiller: Alle Menschen werden Brüder. Das werden wir schaffen, hoffe ich.

Bevor das Interview endete und die Titelmusik mit den kreischenden Möwen eingespielt wurde, erzählte Rotblat außerdem, dass er 1939 auf eine Einladung hin nach Liverpool gegangen war, um Physik zu studieren, seine Frau jedoch allein in Polen zurückgelassen hatte, weil sein Stipendium nicht genügte, um sie beide zu ernähren. Als es im darauffolgenden Sommer etwas aufgestockt wurde, fuhr er zurück nach Warschau, um sie nachzuholen, aber Tola konnte wegen einer Blinddarmentzündung nicht reisen. Rotblat fuhr also allein nach England zurück; Tola sollte so bald wie möglich nachkommen, doch zwei Tage nachdem er wieder in England angekommen war, marschierten die Deutschen in Polen ein, und er hatte keine Möglichkeit mehr, mit seiner Frau zu kommunizieren. Erst nach Monaten gelang es ihm, über das Rote Kreuz Kontakt zu ihr aufzunehmen und sie mit Hilfe eines dänischen Freundes aus dem Land zu holen. Dann marschierten die Deutschen in Dänemark ein. Jetzt versuchte er es mit Hilfe von Freunden in Belgien, und auch Belgien wurde angegriffen. Dann versuchte er es über Italien; einer seiner Professoren kannte jemanden in Mailand, der bereit war, sie zu begleiten; aber an dem Tag, als Tola zu diesem Verbindungsmann aufbrach, erklärte Mussolini den Briten den Krieg, und sie wurde an der italienischen Grenze abgewiesen. Das war das Letzte, was Rotblat je von ihr hörte.

Als ich die Geschichte am Abend Maddie erzählte, klang sie teilnahmslos und ungerührt. Auf meine Frage hin, was los sei, schwieg sie einen Augenblick, dann räusperte sie sich und sagte in etwa so viel wie: Wenn man das Ende einer bedauerlichen Geschichte kennt, ist man versucht zu fragen, warum der Protagonist nicht mehr unternommen hat, um es abzuwenden.

Oder glaubst du etwa, es liegt alles in Gottes Hand?, fragte sie kurz darauf in einem Ton, der nicht zum Bejahen einlud. Gottes Entscheidung? Gottes Wille?

Und wenn ich das glauben würde?

Dass ich das Ende von Maddie und mir nicht kommen sah, scheint mir heute unvorstellbar. Meine Gefühle für meine Freundin hatten zwar schon begonnen sich abzukühlen, kurz nachdem ich sie wie einen spektakulären Preis ergattert hatte, doch damals wäre es mir ebenso sehr wie ein Akt der Untreue gegenüber mir selbst vorgekommen, sie deswegen zu verlassen. Es beunruhigte mich, dass der Amar von vor einem Jahr so stark im Widerspruch zu dem Amar von heute stehen konnte, und ich glaube, in meiner Entschlossenheit, wenigstens so zu tun, als hätte sich nichts geändert – als wäre ich nicht so unbeständig und eitel, eine Frau nur so lange zu begehren, bis ich sie erobert hatte –, blendete ich die Möglichkeit völlig aus, dass auch Maddie selbst sich ändern könnte. Am letzten Sonntag vor Weihnachten kündigte Sue Lawley an, ihr Schiffbrüchiger der Woche sei der englische Komiker Bob Monkhouse. Verblüfft griff ich zum Telefon und wählte die vielen Ziffern, die Maddie waren, aber sie antwortete nicht.

Stormy Wheather begann, und ich versuchte es noch einmal. Vaughn Monroe, Racing With the Moon. Ravel. Barbers Adagio for Strings. Während You Have Cast Your Shadow on the Sea, gespielt von Monkhouse und Ensemble, versuchte ich es zum vierten Mal, und in meine Kopfschmerzen mischte sich die gallige Sorge, warum zum Teufel meine Freundin, mit der ich seit dreieinhalb Jahren zusammen war, am Sonntagmorgen um sechs Uhr fünfundvierzig Eastern Standard Time nicht an ihr Handy ging.

Und welches wäre Ihr Buch?, fragte Sue Lawley.

Die Gesammelten Werke von Lewis Carroll.

Und wenn Sie nur –

Eins?

– ein Werk von Lewis Carroll mitnehmen könnten?

Ich glaube, mein Lieblingswerk von ihm ist *Die Jagd nach dem Schnark*. Aber ich könnte auch nicht ohne die Figuren aus *Wunderland* und *Alice hinter den Spiegeln* leben. Wäre es vielleicht ... Könnte ich *Alice' Abenteuer in einem Band* mitnehmen?

Ich verstand, warum sie mich unaufrichtig fand. Auf den ersten Blick ist es paradox, im Leben so vorsichtig, ordentlich und akribisch zu sein und gleichzeitig zu behaupten, man glaube daran, dass letzten Endes Gott unsere Geschicke lenkt. Warum das Rauchen aufgeben, wenn Er ohnehin beschlossen hat, dass man nächste Woche bei einem

Busunglück stirbt? Aber göttliche Vorsehung und freier Wille schließen einander nicht zwangsläufig aus. Wenn Gott eine letzte Macht über die gesamte Existenz hat, kann man sich diese Macht so vorstellen, dass Er in der Lage ist, ein bestimmtes Schicksal durch ein anderes zu ersetzen, wann immer es Ihm gefällt. In anderen Worten: Schicksal ist nichts Festgelegtes, sondern etwas Unbestimmtes, das der Mensch sogar selbst durch bewusstes Handeln lenken kann; Allah wird die Lage eines Volkes nicht ändern, bevor es sich nicht aus sich selbst heraus ändert. Oder, wie ich es eine Woche zuvor Maddie gegenüber formuliert hatte: Stell dir einen Autoscooter vor. Du sitzt in einem Wagen und kannst lenken, wohin du willst, aber dein Fahrzeug ist durch eine Stange mit einem Gitternetz an der Decke verbunden, das es mit Strom versorgt und seine Bewegungen letztendlich auf seine Dimensionen beschränkt. Und genauso verhält es sich mit Gott, der das menschliche Handeln mit seinem riesigen Autoscooterplatz erst möglich macht und darüber herrscht, während die Menschen selbst es dann ausführen. Und während wir handeln – nach links oder rechts, vorwärts oder rückwärts fahren, während wir unsere Nachbarn entweder anrempeln oder ihnen respektvoll den Weg freimachen –, entscheiden wir, was aus uns werden soll, und übernehmen die Verantwortung für diese Entscheidungen, die uns definieren. Das milder werdende Schweigen am anderen Ende der Leitung verriet mir, dass Maddie meine Worte nicht rundheraus ablehnte. Seine Dauer verriet mir aber auch, dass unterschiedliche Ansichten über die Reichweite von Gottes Arm nicht unser eigentliches Problem waren. Unser Problem war ein neunundvierzigjähriger Medizinprofessor namens Geoffrey Stubblebine. Aber egal. Wir alle verschwinden von Zeit zu Zeit im Kaninchenbau. Manchmal scheint es uns der einzige Ausweg aus der Langeweile oder Not unserer vorherigen Existenz zu sein – die einzige Möglichkeit, den Reset-Knopf zu drücken und dem Schlamassel zu entfliehen, den wir mit all dem freien Willen angerichtet haben. Manchmal soll einfach nur jemand anders für eine Weile das Steuer übernehmen, die Freiheit zügeln, die ein wenig zu frei geworden ist – zu einsam, zu strukturlos, zu unabhängig und insgesamt zu anstrengend. Manchmal springen wir ins Kaninchenloch, manchmal lassen wir uns hineinziehen, und manchmal, wenn auch nicht ganz unabsichtlich, stolpern wir hinein.

Ich spreche nicht von Zwang. Geschubst werden ist etwas anderes.

In dem kleinen Vorzimmer des Warteraums versah ein vierschrötiger Mann in einer neongelben Weste meinen Koffer mit einem Etikett und schwang ihn wie einen Sack Federn auf ein Regalbrett. Ein zweiter, kaum weniger wuchtiger Mann nahm mir meinen Rucksack ab und filzte mich durch meine Kleidung hindurch. Mein Bargeld durfte ich behalten – $ 11,36 in abgegriffenen amerikanischen Scheinen und Münzen –, aber mein Handy nicht, weil es eine Kamera hatte. Während wir warteten, bis Denise den nächsten Wust von Papieren ausgefüllt hatte, deutete der Mann, dessen warme Hände ich gerade noch im Schritt gespürt hatte, freundlich auf einen Getränkeautomaten.

Tässchen Tee?

Nein danke.

Banane? Käse-Chutney-Sandwich? Chips?

All das war auf dem Tischchen zwischen uns angerichtet wie an einem Limonadenstand.

Ich schüttelte den Kopf. Nein, vielen Dank.

Denise reichte mir einen neuen Zettel. Dann mal hinein mit Ihnen. Bin ganz bald wieder da.

Der Warteraum war groß, hatte eine niedrige Decke, keine Fenster – bis auf das eine, durch das die Wärter uns beobachteten und wir sie – und Sitzgelegenheiten für siebzig bis achtzig Personen. Auf dem Weg hatte ich mir vorgestellt, ich würde hier vielleicht die junge Chinesin wiedersehen, die auf das fragwürdige Geheiß von Professor Ken um die halbe Welt geflogen war, aber im Moment war nur ein hochgewachsener Schwarzer da, der ruhelos am anderen Ende des Raums auf und ab wanderte. Er trug eine rote Häkelkappe und einen langen cremeweißen Dashiki, und während er zwischen den konvexen Spiegelkameras, die in den beiden oberen Ecken hingen, hin- und herging, wuchs und schrumpfte seine rot-weiße Silhouette, wuchs und schrumpfte. Mehrere Sitze von ihm entfernt nahm ich Platz. Auf einem Fernseher, der an der Decke befestigt war, lief leise eine Art Talk-show. Eine Frau zeigte einer anderen, wie man einen griechischen Neujahrskuchen zubereitete. Das beinhaltete eine ausführliche Anleitung, wo man die Glücksmünze verstecken sollte, gefolgt von Ratschlägen, wie man den Kuchen am besten zerteilte, um, so wörtlich, ernsthafte Auseinandersetzungen um den Anspruch auf die Münze zu vermeiden. Nachdem ich eine Weile gelangweilt zugesehen hatte, stand ich auf und las die Aushänge an der Wand.

In elf Sprachen wurde auf erhältliche Kissen und Decken sowie auf das Vorgehen bei einer Evakuierung im Brandfall hingewiesen. Neben einem Münztelefon standen die Nummern einer gemeinnützigen Beratungsstelle für Asyl- und Schutzsuchende und einer auf Migrationsfragen spezialisierten Anwaltskanzlei, nur auf Englisch. Weiterhin waren neben dem Telefon die Nummern der Flughafenseelsorge und der rufbereiten Geistlichen verschiedener Konfessionen aufgelistet: Reverend Jeremy Benfield. Reverend Gerald T. Pritchard. Bruder Okpalaonwuka Chinelo, Rabbi Schmuley Vogel, Sonesh Prakash Singh. Automatisch suchte ich nach einem arabischen Namen. Mohammad Usman. Imam Mohammed Usman. Islamische Gemeinde Heathrow, 654 Bath Road, Cranford, Middlesex, TW5 9TN.

Ein paar Meter weiter, auf einem weiteren Klapptisch mit unechter Holzmaserung, hatte jemand gleich sichtbar nebeneinander den Tanach, die King-James-Bibel, die spanische Reina-Valera und zweimal den Koran (englisch und arabisch) ausgelegt. Neben den beiden Koran-Ausgaben klebte auf der Tischplatte ein Zettel mit einem Pfeil, der die Qibla anzeigte; Mekka lag grob in Richtung der Damentoiletten. In einem Korb unter dem Tisch standen wie Jumbo-Baguettes drei locker aufgerollte Gebetsteppiche, wobei in respektvoller und doch wohl gewählter Entfernung ein weiterer Zettel an der Wand hing, auch dieser nur auf Englisch: AUF DEM BODEN SCHLAFEN VERBOTEN.

Der Schwarze setzte sich und rieb sich mit den Handballen die Augen.

An den Füßen trug er staubige Pennyloafer, aber keine Socken, und die Haut um seine Knöchel herum war aschgrau. Der Wetterbericht für das Wochenende hatte für London Temperaturen nur knapp über dem Gefrierpunkt vorhergesagt, und für einen hirnrissigen Moment stellte ich mir vor, er würde deswegen hier festgehalten: kein passendes Schuhwerk. Der National Health Service ist schließlich nicht dafür zuständig, jeden unzureichend bekleideten Gast wegen Unterkühlung oder Erfrierungen ins Krankenhaus zu befördern. Im Dezember ohne Socken, Sir? Na schön. Nehmen Sie Platz. Nur ein paar Formalia. Bin gleich wieder da.

Am anderen Ende des Raums stand noch ein Tisch, auf dem weniger sorgfältig weltlicher Lesestoff verteilt war: englische, spanische, französische und chinesische Zeitungen, eine zerfledderte japanische *Vogue*, zwei französische *Twilight*-Bände, ein spanischer Liebesroman und die deutsche Ausgabe von *Eat, Pray, Love*. Ich ging zurück zu meinem Platz vor dem Fernseher. Der Schwarze hatte wieder begonnen, auf und ab zu wandern. Er gab jetzt auch Geräusche von sich: In unregelmäßigen Abständen ächzte oder stöhnte er auf, kurz und offenbar unwillkürlich, was mich an einen Pianisten erinnerte, den mein Bruder mag, ein exzentrischer Mensch, der beim Spielen ähnliche Geräusche von sich gibt, weil seine Kunst so anstrengend oder so ekstatisch ist. Das Buch, das ich immer noch bei mir hatte, lag ungeöffnet in meinem Schoß. Die Uhrzeit, um die ich mit Alastair im The Lamb verabredet war, rückte näher und verstrich. Der griechische Neujahrskuchen wurde angeschnitten.

Grosny war am schlimmsten. Fünfundzwanzigtausend getötete Zivilisten in acht Wochen. Dunkle Wintertage, an denen man Granattrichter umging und auf dem Minutka Square über Leichen stolperte, die mit Märtyrerbändchen gekennzeichnet waren. Einige der Tschetschenen, die nicht schon durch Bomben getötet worden waren, wurden von den russischen Wehrpflichtigen gefangen genommen und in Keller gepfercht, während ihre Mütter auf der Straße weinend um ihre Freilassung flehten. Alastair und die anderen Journalisten übernachteten in einem zweckentfremdeten Kindergarten im achtzig Kilometer entfernten Chassawjurt, auf Kinderliegen, die zu immer noch zu kleinen Betten zusammengeschoben worden waren. Sie hielten sich Taschentücher vors Gesicht, gegen den Gestank der ungewaschenen Menschen in einem Raum, der noch mit Kinderzeichnungen und Wasserfarbenbildern geschmückt war: Kaninchen und Zauberer, Schmetterlinge und Einhörner, Strichmännchenfamilien, die einander an den Händen hielten, und darüber ein Regenbogen, der in einem Topf voll Goldstücken endete. Unten grünes Gras, am oberen Rand als kompaktes blaues Band der Himmel. Man träumte nicht oder erinnerte sich nicht daran; von früh bis spät trotz der bleischweren Flakweste zu rennen war Albtraum genug. Ganz anders die Tschetschenen: Ihre Kämpfer wirkten regelrecht froh, sterben zu dürfen. Warum hätte es auch anders sein sollen? Die Bereitschaft zu sterben ist etwas Mächtiges. Besonders, wenn man sie im Kampf gegen jene einsetzt, die nicht sterben möchten. Lass mich hungern, demütige mich, mach meine Städte dem Erdboden gleich und nimm mir jede Hoffnung – was erwartest du? Dass ich noch irgendetwas anderes will, als dich unter Einsatz meines Lebens zu bekämpfen? Dass ich kein Märtyrer werden will, die einzige Ehrung, die mir noch bleibt? Du Memme mit deiner Schwäche für russische Muttis und Regenbögen: Fahr nach Hause zu deiner englischen Silvestergala, deinen Partykräckern und deinem Festtagsmenü, einmal Champagner inklusive. Wir brauchen deine Anerkennung nicht. Wir brauchen dich nicht als ›Zeugen‹. Deine ›Empathie‹ ist viel zu einfallslos. Selbst die Russen sind besser als du; die Russen sind sich nicht zu schade, ihren Champagner aus verbeulten Blechtassen zu trinken, sich auf die Finger zu hauchen und die Füße im pissegelben Schnee warm zu stampfen. Für dich ist das etwas Neues. Für uns ein Gefängnis. Und dann fragt die Welt, warum. Warum bringen sie einander um? Warum werden sie sich nicht einig? Warum müssen so viele Menschen sterben? Man sollte vielleicht besser fragen: Warum wollen so viele Menschen nicht leben?

Wenn samstags die Sonne schien, gingen wir Ehrenamtlichen manchmal mit einigen der kranken Kinder zum Spielen in einen nahe gelegenen Park. Mein Begleiter bei solchen Ausflügen war meistens Lachlan, ein Mann, der angenehm schweigen konnte, aber auch außergewöhnliche Geschichten auf Lager hatte. Als wir eines Nachmittags am Bloomsbury Square saßen und mit halbem Auge die Kinder beaufsichtigten, zeigte Lachlan auf den Eisenzaun am anderen Ende des Parks und erzählte mir, der Originalzaun sei während des Zweiten Weltkriegs abmontiert, eingeschmolzen und zu Munition verarbeitet worden. Der neue war niedriger und den ganzen Tag über nicht abgeschlossen, und der Park seither für die Allgemeinheit geöffnet. Danach konnte ich nicht mehr am Bloomsbury Square vorbeigehen, ohne mich zu fragen, wo das ursprüngliche Eisen wohl gelandet war. An welchen Fronten. In wessen Fleisch. Ungefähr in diesen Wochen steuerte die Ankündigung, man werde Saddams Massenvernichtungswaffen zerstören, rasant auf die erste Antiklimax zu. Blair hatte erklärt, es sei an der Zeit, sich bei Amerika für die Hilfe von vor sechzig Jahren zu revanchieren; Großbritannien sehe sich in der Pflicht, beim Aufspüren aller verbleibenden Waffenvorräte mit Genozidpotenzial zu helfen. Achtundvierzig Stunden später verkündete Clinton, der Irak wolle kooperieren; einen Monat später berichtete die United Nations Special Commission, dass der Irak faktisch *nicht* kooperiere, und kurze Zeit später fielen britisch-amerikanische Bomben. Ich sah mir die Operation Desert Fox zusammen mit Alastair an, auf unseren angestammten Plätzen im The Lamb, wo weihnachtliche Dekoration von der Decke hing und auf dem Tresen ein lauwarmes Buffet aufgebaut war, mit Mince Pies und einem kleinen Kessel voll Glühwein mit Brandy. Während der ganzen Sendung über den Großangriff – eine letzte Raserei, bevor die Bündnispartner anlässlich des Ramadan eine respektvolle Bombardierungspause einlegten – schaltete die BBC zwischen Filmaufnahmen in zwei gegensätzlichen, aber gleichermaßen faszinierenden Farbpaletten hin und her: die einen düster und körnig, mit Palmensilhouetten, die sich vor den sepiabraunen Rauchfahnen und dem Orange der Leuchtfeuer abzeichneten, die anderen ganz ins Midori-Grün der Nachtsichtkameras getaucht. Eine Explosion über dem Tigris erleuchtete das Wasser für einen Augenblick so unschuldig wie Tageslicht. Lasst mich in Ruhe, schien der Fluss im flüchtigen, grellweißen Schein zu sagen. Ich habe euch nichts getan. Lasst mich in Frieden.

Im Fernsehen lief an jenem Abend auch ein Beitrag über die Einleitung eines Amtsenthebungsverfahrens gegen Clinton, für das sich das Repräsentantenhaus in zwei Wahldurchgängen ausgesprochen hatte. Diesmal schwieg ich, als das Gekicher über seinen außenpolitischen Terminplan begann.

Auch Alastair neben mir sagte kaum etwas und trank mit noch düstererer Entschlossenheit als sonst. Ich fragte mich inzwischen ernsthaft, ob der Mann an irgendeinem Punkt im vergangenen Jahrzehnt – in Ruanda vielleicht oder in Grosny oder vielleicht auch so schleichend, dass es sich nicht mehr an einem einzelnen Massaker festmachen ließ – den Verstand verloren hatte, wie man so schön sagt. Wobei er auch nicht wirkte, als besäße er ihn gar nicht mehr, eher so, als hätte man ihm seinen Verstand zeitweise abgenommen, ihn verwahrt und einige Zeit später wieder ausgehändigt unter der strengen Auflage, ihn nur für harmlose Gedanken zu verwenden. Deshalb, so stellte ich mir vor, war er hier, verfolgte die Entwicklung der Ereignisse in einem Pub in Bloomsbury und nicht vom Dach irgendeines Hotels in Bagdad aus. Ich fragte ihn, warum Nachtsichtaufnahmen grün waren.

Phosphor, antwortete Alastair. Grün nimmt man, weil das menschliche Auge bei Grün zwischen mehr Tönen unterscheiden kann als bei irgendeiner anderen Farbe.

Du könntest ein Buch schreiben, sagte ich nach einer langen Pause.

Alastair holte Luft und sah zu, wie der schaumige Rest seines Lager-Biers die Innenseite des Glases hinunterrutschte. Als ihm eine Antwort einfiel, wirkte er erleichtert. Es war zwar keine echte Antwort, aber sie genügte.

Es gibt ein altes Sprichwort, sagte er. Wenn ein ausländischer Journalist in den Nahen Osten reist und eine Woche bleibt, fährt er nach Hause und schreibt ein Buch, in dem er eine Patentlösung für alle Probleme dort präsentiert. Bleibt er einen Monat, schreibt er einen Artikel für ein Magazin oder eine Zeitung, gespickt mit »wenn«, »aber« und »andererseits«. Bleibt er ein Jahr, schreibt er gar nichts.

Na ja, sagte ich, du müsstest ja nicht zwangsläufig Lösungen präsentieren.

Nein, sagte Alastair und nahm sein Glas. Du aber auch nicht.

Dass keine scharfen chemischen, biologischen, radiologischen oder nuklearen Waffen gefunden wurden, schien die manichäische Panik nur weiter zu befeuern. Vor diesem Hintergrund mutete das Einschmelzen von Parkzäunen für Kanonenkugeln und Gewehrpatronen so altertümlich an, dass es fast schon nostalgische Gefühle erzeugte. Als ich auf dem Bloomsbury Square in der Sonne saß und den zwitschernden Singdrosseln über mir lauschte, sah es jedenfalls mit Sicherheit nicht danach aus, als würden die Zaunlanzen um uns herum je in den Krieg abkommandiert. Andererseits – wenn mir jemand erzählt hätte, dass Zivilflugzeuge, in Wolkenkratzer des Feindes gesteuert, eine effektive Waffe der modernen Kriegsführung sein könnten, hätte ich das wohl auch nicht für sehr wahrscheinlich gehalten.

Einmal kam ein kleiner Junge mit einem Verband über dem Ohr zu uns und fragte, ob wir etwas zu essen hätten. Ich gab ihm einen Haferkeks.

Ich esse einen Keks!, verkündete er, und aus seinem Mund rieselten Krümel.

Stimmt genau, sagte Lachlan.

Ich hab dich lieb, sagte der Junge.

Ich dich auch, sagte Lachlan.

Der Junge beobachtete eine Weile die auf dem Boden pickenden Tauben, dann wandte er sich zu mir.

Ich esse einen Keks, sagte er.

Das sehe ich, antwortete ich.

Ich hab dich lieb.

Ich nickte. Ich dich auch.

Diese beiden Sätze – *Ich hab dich lieb* und *Ich esse einen Keks* – bekamen wir noch drei- oder viermal zu hören, bis der Junge mit seinem Keks und wahrscheinlich auch mit dem Liebhaben fertig war und wieder zu den Tauben rannte, die sich träge zerstreuten.

Jetzt kam meine kleine arabisch sprechende Freundin zu uns und sah mich verschmitzt an. Ich bot ihr einen Haferkeks an, aber sie lehnte ab.

Zu Lachlan gewandt, sagte sie langsam und deutlich auf Englisch: Mein Daddy will, dass ich ein Junge bin.

... Ditte?

Baba sagt, ich bin ein Junge.

Dann drehte sie sich blitzschnell um und rannte davon.

Du meine Güte, sagte Lachlan. Was war das denn?

Keine Ahnung. Weißt du, was sie hat?

Lachlan schüttelte den Kopf. Nur, dass sie jünger ist, als sie aussieht.

Einige Zeit später erfuhren wir, dass das kleine Mädchen eine seltene Form des sogenannten Adrenogenitalen Syndroms, kurz AGS, hatte. Normalerweise wird in der Hirnanhangdrüse ein Stimulans namens adrenocorticotropes Hormon gebildet, kurz ACTH, das durch den Blutkreislauf in die Nebennieren transportiert wird, die auf den Nieren sitzen. Dort meldet das ACTH den Bedarf von Cortisol, einem Steroidhormon, das für viele wichtige Körperfunktionen verantwortlich ist. Aber Cortisol entsteht nicht einfach spontan, sondern wird aus Vorstufen gebildet, die durch bestimmte Enzyme in Cortisol umgewandelt werden. In einem von AGS betroffenen Körper fehlt das Schlüsselenzym, wodurch die Biosynthesekette abreißt, bevor Cortisol entsteht. In der Folge sammeln sich die Vorstufen an – aber nie genügend Cortisol. Und da die Ausschüttung von weiterem ACTH durch vorhandenes Cortisol reguliert wird, produziert die Hirnanhangdrüse immer mehr ACTH und stimuliert die Nebennieren, bis sie zu unnormaler Größe anschwellen.

Cortisol wird für eine normale endokrine Aktivität benötigt und reguliert Wachstum, Stoffwechsel, Gewebefunktionen, Schlafrhythmen und Stimmung. Unbehandelt kann ein Cortisolmangel tödlich enden, Hypoglykämie, Dehydrierung, Gewichtsverlust, Schwindel, niedrigen Blutdruck und sogar einen Herz-Kreislauf-Zusammenbruch verursachen. Problematisch sind außerdem die Symptome, die durch die nicht umgewandelten Cortisol-Vorstufen hervorgerufen werden, unter anderem ein Überschuss an Androgenen, auch als männliche Geschlechtshormone bekannt. Als Folge davon kann ein dreijähriger Junge mit AGS Achselhaare bekommen und eine Akne, die der seiner Babysitterin Konkurrenz macht. Auch ein betroffenes kleines Mädchen kann schon in sehr jungem Alter männliche Körpermerkmale entwickeln: Körperbehaarung, zu schnelles Wachstum und sogar eine Vorliebe für LKWs und Traktoren statt für Puppen und Teetässchen. Wenn sie das normale Pubertätsalter erreicht, kann es sein, dass sie eine tiefere Stimme bekommt, ihre Brust flach bleibt und ihre Menstruation, wenn sie überhaupt einsetzt, sehr schwach ist. Theoretisch kommt es nur in seltenen Fällen zu einer so starken Vermännlichung, weil die Frühanzeichen normalerweise dazu führen, dass man einen Arzt konsultiert, der dann künstliche Steroide verschreibt, um den Anteil männlicher Hormone im Blut zu senken.

Manchmal ist das Problem schon bei der Geburt erkennbar. Statt einer normal großen Klitoris wird ein Baby mit zwei X-Chromosomen dann vielleicht mit einer vergrößerten Klitoris geboren, die wie ein winziger Penis aussieht. Seine Harnröhre und Vagina können zu einer einzigen Öffnung verschmolzen und die Schamlippen vollständig zusammengewachsen sein, so dass sie einem Hodensack ähneln. Eine Ultraschalluntersuchung wird jedoch zeigen, dass es eine vollkommen normale Gebärmutter, Eileiter, Eierstöcke und einen Gebärmutterhals hat. Das heißt, nach einer äußerlichen Korrektur-OP hätte es (abgesehen von irgendjemandes Spermien) alles, was es braucht, um eines Tages schwanger zu werden. Meine kleine arabische Freundin war mit zweideutigen Genitalien zur Welt gekommen, aber nicht so zweideutig, dass ihre Eltern oder ein Geburtshelfer damals in Syrien Anlass gesehen hätten, sie nicht als Mädchen zu betrachten. In letzter Zeit jedoch hatten einige andere Anzeichen und nicht zuletzt die zunehmend phallische Anomalie zwischen ihren Beinen bei ihr zu Hause für einige Verwunderung gesorgt, und so war sie ins Krankenhaus gekommen. Es stand außer Frage, dass ihr Cortisolspiegel reguliert werden musste. Blieb nur noch die Frage nach ihrem Geschlecht. Ihre Ärzte waren der Meinung, dass sie eine Hormonersatztherapie bekommen und weiterhin ein Mädchen bleiben sollte. Ihre Mutter war geneigt, dem zuzustimmen. Aber ihr Vater hatte eine andere Sicht auf die Dinge. Ein Junge bedeutete Ansehen. Auf einen Jungen konnte man stolz sein. Wo der Vater aufgewachsen war, hieß es sogar: Lieber ein unfruchtbarer Mann als eine fruchtbare Frau. Eigentlich bin ich schon immer der Meinung gewesen, dass sie ein Junge ist, sagte der Vater. Das war von Anfang an ein Fehler. Sie sieht aus wie ein Junge. Sie verhält sich wie ein Junge. Als Junge hätte sie es viel leichter im Leben. Er ist ein Junge.

AGS ist nicht heilbar. Es ist eine genetische Veränderung, bei der die Doppelhelix zwei Kopien eines fehlerhaften Gens erbt. Das betreffende Gen wird rezessiv vererbt. Sind aber beide Elternteile Träger, besteht eine 25-prozentige Wahrscheinlichkeit, dass das Kind beide fehlerhaften Gene erbt und die Krankheit ausprägt. Damit bleibt eine Wahrscheinlichkeit von 50 Prozent, dass das Kind nur ein fehlerhaftes Gen erbt (und selbst Träger wird), sowie eine Wahrscheinlichkeit von 25 Prozent, dass das Kind zwei gesunde Gene erbt und nicht betroffen ist. Weil es wahrscheinlich ist, dass zwei Partner dasselbe mutierte Gen von einem gemeinsamen Vorfahren geerbt haben, treten autosomal rezessiv vererbte Krankheiten besonders häufig unter den Nachkommen blutsverwandter Paare auf. Je näher das verwandtschaftliche Verhältnis, desto höher der Anteil gleicher Gene. Je höher der Anteil gleicher Gene, desto größer ist das Risiko, dass seine Nachkommen diese gemeinsamen Gene reinerbig übernehmen. In anderen Worten, autosomal rezessive Erkrankungen sind besonders verbreitet in Kulturen, in denen es im Interesse des eigenen Stamms – um die Familienbande zu stärken, den Status einer Frau innerhalb der Hierarchie zu wahren, die Suche nach geeigneten Partnern zu erleichtern und die Traditionen, Werte, das Eigentum und den Wohlstand einer Familie zu schützen – nicht nur toleriert wird, sondern gang und gäbe ist, seine Cousine ersten Grades zu heiraten, ja, in denen man sogar dazu ermutigt wird.

Im Dezember 2003, ungefähr sieben Monate nachdem Bush seine Mission für beendet erklärt und die UN gerade den Großteil ihrer Sanktionen gegen den Irak aufhoben hatte, sah ich zum ersten Mal seit dreizehn Jahren meinen Bruder wieder. Ich lebte in West Hollywood, arbeitete seit drei Semestern an meiner Promotion in Wirtschaftswissenschaften und war von LAX aus über Paris nach Amman geflogen, wo mich ein Fahrer am Flughafen abholen und in das Hotel bringen sollte, in dem ich mit meinen aus Bay Ridge angereisten Eltern verabredet war. Von Amman aus würden wir durch die Wüste nach Bagdad fahren, was gut zehn Stunden dauerte. Vor den Sanktionen und schließlich dem Einmarsch konnte man in weniger als einer Stunde von Amman nach Bagdad fliegen, so dass man mit der Ankunft in Amman so gut wie am Ziel war. Jetzt hatte man dort ungefähr den halben Weg geschafft.

Als ich am Flughafen ankam, war kein Fahrer da. Oder vielmehr waren jede Menge Fahrer da, die sich allesamt darum rissen, mich als Kunden zu gewinnen, aber keiner von ihnen hielt ein Schild mit meinem Namen hoch. Irgendwann stellte ich fest, dass die Adresse des Hotels, in dem meine Eltern wohnten, in einem Notizbuch stand, das ich auf dem Flug nach Charles de Gaulle in der Sitztasche vor mir hatte stecken lassen. Nach etwa einer Stunde gab ich die Suche nach dem bestellten Fahrer auf und fand nach einigem Feilschen einen Mann, der bereit war, mich zum Pauschalpreis von 250 000 Dinar, um die achtzig Dollar, in bis zu fünf verschiedene Hotels zu fahren.

Als dieser Mann im Wagen hörte, dass ich letzten Endes bis nach Bagdad fahren wollte, überschlug er sich förmlich vor Ehrgeiz. Ich bringe Sie hin! Jetzt sofort! Morgen früh wir sind da!

Sehr gut möglich, dass er mir dieses Angebot in der Absicht machte, mich in der Wüste an Kidnapper zu verkaufen. Ich bedankte mich und erklärte ihm höflich, ich wolle mich vor der Weiterreise noch eine Weile im Hotel ausruhen. Der Fahrer war nicht nur unverzagt, sondern regelrecht erfreut. Ja! Perfekt. Sie ruhen sich aus, und ich komme später zurück und fahre Sie am Morgen hin. Er hätte genauso gut sagen können: Umso besser. Ich mache schon mal alles klar, um Sie in der Wüste zu verkaufen, dann können wir los.

Meine Eltern waren im dritten Hotel. Als ich zum Empfang ging, telefonierte der Rezeptionist gerade. Kurz darauf legte er sich den Hörer auf die Schulter, und ich fragte, ob ein Mr Ala Jaafari und seine Frau hier zu Gast seien. Und Sie sind? Ihr Sohn. Der Empfangsmitarbeiter zog die Augenbrauen hoch. Er zeigte auf den Hörer auf seiner Schulter. Das ist Ihr Fahrer. Er will wissen, wo Sie sind. Wo ist *er*?, fragte ich. Am Flughafen, sagte der Rezeptionist. Nein, sagte ich. Ich komme gerade vom Flughafen, und ich schwöre Ihnen, da war er nicht. Der Rezeptionist nickte und musterte mich freundlich, dann drückte er den Hörer wieder ans Ohr und gab meine Nachricht weiter. Daraufhin folgte ein gedämpfter Schwall von Beschimpfungen, der uns beide zusammenzucken ließ. Der Rezeptionist sah mich noch einmal lange an, als hörte er jemandem zu, der mich beschrieb – etwa so, wie man eine verlorene Brieftasche oder Armbanduhr beschreibt –, und während die Stimme am anderen Ende ihn weiter zusammenstauchte, legte er schließlich auf.

Wissen Sie was?, sagte der Rezeptionist. Den kenne ich. Er war nicht da.

Als meine Mutter die Tür öffnete, trug sie ein Kopftuch. In Bay Ridge trug sie normalerweise keins, und zum ersten Mal fand ich, dass das harte schwarze Oval um ihr Gesicht unvorteilhaft ihre Hängebacken betonte. Als Folge ihres Alters ging sie seit einiger Zeit leicht gebückt, so als könnte ihre Neigung in die richtige Richtung ihre Schwungkraft bewahren oder gar erzeugen. Wenn ich zu Hause anrief und mit meinem Vater sprach, beantwortete er meine Frage danach, wie es ihm und meiner Mutter gehe, in letzter Zeit mit einem Bericht darüber, wie gut oder schlecht sie in der Nacht zuvor geschlafen hatte. Ihre Schlaflosigkeit und die Auswirkungen waren wie ein Poltergeist, und mein Vater warnte mich vor ihm genauso, wie er mich ungefähr einmal im Monat warnte, dass Fatima heute nicht sie selbst sei. Obwohl sie jetzt, angesichts meiner Ankunft in Amman, mütterlich strahlte, sah ich, dass Mama Schlaf brauchte, und ich hoffte, sie würde sich im Auto etwas ausruhen können. Ich hoffte, auch *ich* würde mich im Auto ausruhen können. Doch kurz nachdem wir uns umarmt hatten, nahm mich mein Vater beiseite und sagte, meine Mutter könne zwar schlafen, aber einer von uns beiden müsse immer wach bleiben. Wir würden mitten in der Nacht aufbrechen, um den Irak im Morgengrauen zu erreichen; außerdem werde die Fahrt, egal ob am Tag oder in der Nacht, sehr eintönig – meilenweit nur Sand und Gestrüpp –, deshalb sei es außerdem wichtig, dass wir wachsam waren, damit unser Fahrer nicht einschlief oder, wie mein Vater es formulierte, auf dumme Ideen kam.

Der Fahrer war derselbe, der mich am Flughafen hätte abholen sollen, und er begrüßte mich jetzt mit einem Ausdruck überheblicher und nachsichtig unterdrückter Wut. Sein gepanzerter Chevy Suburban mit den getönten Scheiben und dem langen, kastenartigen Heck sah wie ein Leichenwagen aus. Selbst wenn ich es versucht hätte – an Schlaf wäre nicht zu denken gewesen. Immer wenn er Gas gab, zuckte ich zusammen. Jedes Scheinwerferpaar, das auf uns zukam, schien das Dunkel mit ominöser Verstohlenheit zu durchbrechen. Unser Fahrer umklammerte mit beiden Handen das Lenkrad, wippte mit dem freien Knie und kaute auf der Lippe. Offensichtlich war er Raucher, so wie der Wagen roch, außerdem war jedes freie Eckchen mit Zigarettenschachteln vollgestopft – über den Sonnenblenden und in den Sitztaschen steckten Dutzende Marlboro-Schachteln mit CHINA-DUTY-FREE-Etiketten –, aber mein Vater hatte ihn vor der Abfahrt gebeten, wenn möglich nicht zu rauchen. Ich verbrachte den größten Teil der ersten Stunde damit, innerlich das Für und Wider dieser Bitte abzuwägen. Wenn unser Fahrer Nikotin brauchte, um uns sicher nach Bagdad zu bringen, sollte er es doch haben. Zehn Stunden Passivrauchen würde uns nicht umbringen. Andererseits hatte mein Vater, der erst vor Kurzem selbst das Rauchen aufgegeben hatte, seine Dienste teuer bezahlt: dreieinhalbtausend Dollar. Warum sollte er dann nicht seinen Willen bekommen?

Kurz vor vier Uhr morgens erreichten wir die Grenze. Unser Fahrer bremste, öffnete das Handschuhfach und nahm eine Brieftasche voll Zwanzig-Dollar-Scheine heraus, die er, nachdem er das Fenster heruntergelassen hatte, vom Bündel abschälte und den Grenzpatrouillen gab, als wäre das die offizielle Mautgebühr.

Ausländer dabei?, fragte einer der Polizisten auf Arabisch.

Unser Fahrer schüttelte den Kopf. Alles Iraker.

Jetzt verteilte er Marlboros: zwei Schachteln pro Offizier.

Dann ließ er das Fenster wieder hoch, und es sah schon aus, als würden wir durchgewinkt, als sich einer der Offiziere, die auf der Straße standen, plötzlich umdrehte und die Hand hob.

Das Fenster ging wieder herunter, zwei weitere Schachteln Zigaretten wurden durchgereicht und kommentarlos eingesteckt. Dann sagte der Offizier irgendetwas über Bagdad. Unser Fahrer nickte. Der Offizier verschwand.

Ich saß in der mittleren Sitzreihe des SUVs, drehte mich um und warf meinem Vater einen fragenden Blick zu. Meine Mutter sah mit ihren dunklen Augen und dem straffen Kopftuch wie eine Eule aus.

Was ist los?

Wir sollen jemanden nach Bagdad mitnehmen.

Einen Offizier?

Unser Fahrer nickte.

Einen irakischen Geheimdienstoffzier?

Weiterhin mit dem Bein wippend, duckte sich unser Fahrer ein wenig, sah unter dem Rückspiegel nach draußen und antwortete nicht.

Was sollen wir tun?, fragte mein Vater ihn.

Bitte, sagte der Fahrer. Tun Sie, als würden Sie schlafen. Nicht sprechen.

Ich muss zur Toilette, sagte meine Mutter leise.

Tut mir leid, sagte der Fahrer in eindringlichem Ton und drehte sich jetzt zu uns um. Wir können nur anhalten, wenn er es sagt. Sie müssen still sein. Sonst verrät Sie Ihr Akzent. Ich versuche, Sie schnell nach Bagdad zu bringen, so schnell wie möglich, aber bitte: kein Wort.

Jetzt kam ein stattlicher Mann mit Bart und grauem Drillichanzug auf uns zu. Unser Fahrer entriegelte den SUV, und der Offizier öffnete die Beifahrertür und setzte sich vor mich, wodurch der Wagen Schlagseite bekam. Sabah al-khair, sagte der Offizier. Sabah al-noor, antwortete unser Fahrer. Wir Jaafaris sagten nichts. Unser Fahrer verriegelte den Suburban wieder, legte den Gang ein und fuhr los, während uns die Offiziere auf der Straße durchwinkten. Unser neuer Passagier verstellte in aller Ruhe seinen Sitz und reduzierte meinen Fußraum auf etwa die Hälfte. Dann zog er eine Schachtel Marlboros unter der Sonnenblende hervor, riss die Folie ab, nahm eine Zigarette heraus und hörte die nächsten sechs Stunden nicht auf zu rauchen.

Das Haus meiner Großmutter war kleiner, als ich es in Erinnerung gehabt hatte, mein Bruder dagegen größer. Nicht dicker, auch nicht breiter und weicher, wie es einige von uns mit den Jahren werden, sondern insgesamt auf irgendwie solide und angemessene Weise größer, so als hätte mein Gedächtnis ihn, um Platz zu sparen, um zwanzig Prozent schrumpfen lassen.

Er sah auch besser aus als in meiner Erinnerung, hatte rosigere Wangen und lächelte öfter, wobei um seine Augen herum lange Fältchen sprossen. Als meine Eltern und ich endlich das Wohnzimmer meiner Großmutter betraten, stand Sami auf, stemmte die Hände in die Hüften und grinste mich eine Weile an, als wüsste er genau, dass in diesem Moment meine inneren Bilder in Scherben gingen. Und wie hatte er in meiner Vorstellung ausgesehen? Mehr und zugleich weniger wie der Sami , den ich in Erinnerung hatte. Jungenhafter. Weniger jungenhaft. An den Schläfen schon ein wenig grau. Er war tatsächlich etwas grau an den Schläfen, doch das war weniger unheimlich als die vielen Dinge, die sich praktisch gar nicht verändert hatten. Sein eckiger Haaransatz. Die einzigartigen Schatten um seine Mundwinkel. Diese lebendigen Zeugen der Vergangenheit wirkten auf mich geradezu surreal, aber auf seltsam angenehme Art – so wie es seltsam angenehm sein kann, auf der Straße an einem Fremden vorüberzugehen und zum ersten Mal seit zwölf Jahren einen Hauch des Shampoos zu erhaschen, das der Chemielehrer auf der Highschool benutzt hat. Wir glauben, wir hätten uns entwickelt, hätten sämtliches Erinnerungsgerümpel entsorgt, dabei genügt eine Nase voll *Prell*, und schon wird eine Szene von 1992 eingeblendet.

Eines Nachmittags saßen wir draußen im Garten, und während Sami eine Zigarette rauchte, hob er eine Orange vom Rasen auf und warf sie mir zum Schälen zu. Er hatte ein paar Jahre zuvor seinen Abschluss in Medizin gemacht und war jetzt Assistenzarzt am al-Wasati, einer Klinik für Plastische Chirurgie. Vor dem Krieg hatte er hauptsächlich Nasenkorrekturen, Brustkorrekturen und Fettabsaugungen vorgenommen und künstliche Hüftgelenke eingesetzt; jetzt verbrachte er seine Tage damit, Blutungen von Raketenopfern zu stillen, Granatsplitter zu entfernen und Verbrennungen zu versorgen. Es ging das Gerücht, das Gesundheitsministerium wolle künstliche Ohrmuscheln für Männer finanzieren, denen in den Neunzigern ein oder beide Ohren abgeschnitten worden waren, als sie Saddams Armee entkommen wollten, und mein Bruder schien sich darauf zu freuen. Würden wir Ohren erneuern, statt Luftangriffsopfer zu versorgen, sagte er, hieße das doch letztendlich, die Kämpfe haben ein wenig nachgelassen. Meinst du nicht?

Wir schwiegen eine Weile, dann erwähnte ich den kleinen Jungen aus dem Kinderkrankenhaus in London, der statt mit einem Ohr mit einer Art Riesenbohne am Kopf geboren worden war. Mein Bruder drückte seine Zigarette im Gras aus und antwortete sarkastisch: Hätten wir doch lediglich die Fehler der Natur zu korrigieren.

Und trotzdem wirkte er meistens zufrieden. Nicht mit der Situation natürlich, aber mit seinen Lebensentscheidungen. Ihm konnte sicher niemand vorwerfen, irgendeiner belanglosen Tätigkeit nachzugehen. Nach dem Einmarsch war das al-Wasati das einzige Krankenhaus in ganz Bagdad gewesen, das trotz der Anwesenheit patrouillierender, aber überforderter amerikanischer Soldaten in der Stadt nicht so weit geplündert worden war, dass der Betrieb eingestellt werden musste. Neun Monate später herrschte immer noch Versorgungs- und Personalnotstand, da immer weniger Ärzte bereit waren, den Weg ins Zentrum auf sich zu nehmen, wenn sie nicht ganz aus dem Land geflohen waren. An dem Tag, als wir meinen Bruder bei der Arbeit besuchten, brauchten wir für einen Weg, der zu Friedenszeiten fünfundzwanzig Minuten gedauert hätte, anderthalb Stunden. Irgendwo war ein Tanklastwagen explodiert, hatte den Verkehr blockiert und dem Krankenhaus einen neuen Strom von Verwundeten beschert. Vor dem Eingang stand ein Mann und schluchzte, während der Leichnam eines anderen auf eine Bahre gelegt wurde. Der schluchzende Mann hielt sich die Hände vors Gesicht. Dann hob er die Arme und rief: Warum? Warum? Warum machen sie das? Was wollen sie? Wollen sie Geld? Warum? Drinnen stand direkt im Eingangsbereich eine weitere Transportliege, auf der ein etwa zehnjähriger Junge lag, die Beine mit blutdurchtränktem Verbandsmull umwickelt, in seinem blinzelnden Blick eine Art jenseitige Resignation. Wie es aussah, war niemand bei ihm, und während mein Vater und ich ein Stück beiseitetraten und nach Sami Ausschau hielten, kam ein Arzt zu uns und zeigte auf den Jungen. Wer kümmert sich um ihn?

Das wissen wir nicht, antwortete mein Vater.

Der Arzt drehte sich in die Lobby um und rief in die Menge aus herumirrenden, weinenden und betenden Menschen: Wer kümmert sich um ihn?!

Waleed!, rief jemand zurück.

Der Arzt blieb stirnrunzelnd vor dem Kind stehen und wirkte keineswegs zufrieden; derweil führte uns eine Schwester in den Ärzteaufenthaltsraum, wo auf einem Fernseher irgendeine arabische Soap lief. Kurz darauf kam mein Bruder im Arztkittel herein. Im OP-Saal erwartete ihn ein junger Mann, der am Vorabend Granatsplitter abbekommen hatte. Mein Vater fragte, ob wir zusehen dürften.

Das ist gestern passiert?, fragte Sami den Mann auf dem OP-Tisch.

Der Mann nickte. Bei Sonnenuntergang. Ich wollte nur schnell Brot kaufen.

Sami schnitt zwei Löcher in den Oberkörper des Mannes, direkt unterhalb der Achseln, damit das Blut aus seinen Lungen abfließen konnte. Der Mann schrie. Er hatte eine kleine Dosis Betäubungsmittel bekommen, weil Betäubungsmittel jedoch zu den Dingen gehörte, die knapp waren im Krankenhaus, gab ihm niemand mehr.

Allahu Akbar!, schrie der Mann.

Ich brauche mehr Licht, sagte Sami.

Ein Assistent veränderte die Position der Lampe, während zwei weitere Männer, einer links und einer rechts, den Patienten auf dem OP-Tisch festhielten. Mein Bruder steckte Schläuche in die Löcher unter seinen Armen und korrigierte dann ihre Lage, wobei die Haut des Mannes wie Silly-Putty-Knete nach verschiedenen Seiten von seinem Brustkorb weggezogen wurde.

So was tut kein Muslim einem anderen an!, schrie der Mann. Mein Sohn ist erst zwei, dem haben sie das Gesicht weggesprengt! Wer macht so was? Und warum?

Sami drückte dem Mann eine Spritze in den Bauch. Als er erneut mit den Schläuchen in den Löchern herumzustochern begann, schloss ich die Augen, drehte mich um und ging. Als ich etwa eine halbe Stunde später noch einmal in den OP-Saal sah, war er leer. Im Ärzteaufenthaltsraum war der Fernseher ausgeschaltet worden, und zwei Männer, die auf den Wasserkocher warteten, diskutierten darüber, ob Saddams Gefangennahme vier Tage zuvor echt oder nur eine öffentlichkeitswirksame Inszenierung der Amerikaner gewesen war. Ich fand meinen Vater und meinen Bruder in der Eingangshalle, wo sie vor dem Jungen mit den blutigen Beinen standen, mein Vater mit verschränkten Armen, als wäre ihm kalt, mein Bruder mit einer Zigarette in der Hand. Auf der anderen Seite der Liege standen drei weitere Männer, zwei in Dischdaschas und der dritte mit einer rot-weißen Kufiya, die unter einem dicken schwarzen Bart verknotet war. Wir haben ihn auf dem Wathiq-Platz gefunden, sagte einer der Männer. Er wohnt in Zayouna, sagt er. Heißt Mustafa. Seine Eltern hat er seit letzter Woche nicht mehr gesehen. Erst da schaute ich mir die Männer genauer an, die vor dem Jungen standen – der, selbst während über ihn gesprochen wurde, nur entrückt weiter die Wand anblinzelte –, und bemerkte, dass der mit dem pechschwarzen Bart und dem rot-weißen Tuch um den Hals Alastair war.

BITTE ZU BEACHTEN, stand auf einem Schild an der Eingangstür des Al-Hamra-Hotels. WAFFEN MÜSSEN BEIM SECURITY-SCHALTER ABGEGEBEN WERDEN. DANKE FUR IHRE MITHILFE.
Drinnen an der Rezeption saß ein Mann in einem hellbraunen Rollkragenpullover und löste ein arabisches Kreuzworträtsel. Auf seinem Tresen lagen eine Taschenuhr, ein Metalldetektor und eine Kalaschnikow, deren Lauf genau auf meinen Schritt gerichtet war, während Sami und ich für die Durchsuchung die Arme hoben.
Hinter einer schweren hölzernen Flügeltür war die Weihnachtsfeier der ausländischen Presse bereits im Gange. Alles – von den roten Wän-

den über die roten Tischdecken bis hin zu den gedämpft leuchtenden Wandlampen – erinnerte an einen Supper Club in der Hölle. In einer Ecke standen zwei Kellner mit Fliege still in Habtachtstellung; der Stoff ihrer Hemden war so dünn, dass man darunter deutlich die Unterhemden erkennen konnte. In einer weiteren Ecke saß ein dritter Iraker und spielte Big-Band-Standards auf einem Klavier. Es war aus hellem Holz und stand mit der Rückseite zum Raum, sein Innenleben aus einander überkreuzenden Saiten war teilweise durch einen Vorhang mit Blumenmuster verdeckt, der genau zu den Vorhängen an den Fenstern passte. Allerdings war es dunkel draußen, und die besagten Fenster des Hotels hatten eine dichte Verstärkung aus Argyle-Eisengitter; es hätten also genauso gut keine Fenster da sein können.

In der Mitte des Raums tummelten sich Korrespondenten, Kameraleute, Fotografen und Freie, plauderten, tranken und schnitten Zigarren an. Es waren zumeist Männer und nur ein paar vereinzelte Frauen, unter anderem eine in engen weißen Jeans, die von einem Mann in Beschlag genommen wurde, der ihr mit französischem Akzent erklärte, dass die Situation der in Vietnam gar nicht unähnlich sei. Indem man den Widerstand niederzuschlagen versucht, zieht man sich den Zorn der neutralen Bevölkerung zu. Wir fanden Alastair draußen am Pool, wo er an einem von Kerzenlicht beschienenen Tisch voll Flaschen und Aschenbecher saß und mit einem jungen Amerikaner sprach, dessen Kappe ihn als Angehörigen des UNHCR, des Flüchtlingskommissariats der Vereinten Nationen, auswies. Beide Männer arbeiteten sich durch eine Zigarre hindurch, der Amerikaner weniger geschickt als der andere, und weil Alastair seine Kufiya nicht mehr trug, sah ich jetzt, dass sein Bart zwar echt war, das Schwarz aber nicht.

Jeder, der in den Neunzigern aufgepasst hat, sagte er gerade – jeder, der etwas aus Jugoslawien, Bosnien und Somalia gelernt hat –, hätte das hier vorhersagen können. Was erwartet man, wenn man das Militär auflöst, alle feuert, die je für die Regierung gearbeitet haben, und den Leuten ihre Arbeit, ihr Einkommen und ihren Stolz nimmt? Dass sie rumsitzen und Parcheesi spielen, bis man an der Tür klingelt und ihnen einen Stimmzettel in die Hand drückt? Und wenn sie wissen, wo die alte Munition versteckt ist, die niemand überwacht – muss man sich dann wirklich wundern, wenn sie einen damit bekämpfen?

Im Pool spiegelte sich eine fluoreszierende Lichterkette wie eine Reihe schimmernder Monde. Am anderen Ende des Pools gab es eine Turnstange, und während wir uns unterhielten, sahen wir die Silhouette eines auffallend muskulösen Mannes, der hinüberging, daran sprang und sich energisch ein paar Mal hochzog, wie ein Kolben. Der UNHCR-Mann, der einen Südstaatenakzent hatte und seine Zigarre andauernd von einer Hand in die andere nahm, so als wäre auch das nicht angezündete Ende heiß, sagte:

Na ja, was hatten wir schon für eine Wahl?

Was das angeht, sagte einer der anderen Amerikaner, warum wurde denn nicht schon früher etwas unternommen? Zum Beispiel, als Saddam Kurden und Schiiten ermordet hat, um auf unseren nicht gerade subtilen Vorschlag hin einen Aufstand zu inszenieren? Was dazu führte, dass Tausende von ihnen direkt vor unseren Augen ermordet wurden, weil unsere Soldaten die unerklärliche Weisung hatten, nicht zu intervenieren? Obwohl sie *vor Ort* waren. Obwohl man den Angriff durchaus als Verstoß gegen Schwarzkopfs Waffenstillstandsvertrag betrachten konnte. Warum haben wir damals nichts unternommen?

Sie reden wie ein Exzeptionalist, sagte Alastair.

Na und?, erwiderte der Amerikaner. Exzeptionalismus ist nur dann problematisch, wenn man damit schlechte Politik rechtfertigt. Das Problem ist Ignoranz. Das Problem ist Selbstgefälligkeit. Sich jedoch um außergewöhnliches Verhalten zu bemühen – außergewöhnlich großzügiges, umsichtiges und menschliches Verhalten – ist etwas, das jeder tun sollte, der das Glück hatte, in einem außergewöhnlich reichen, außergewöhnlich gebildeten und außergewöhnlich demokratischen Land geboren worden zu sein ...

Der Mann mit der UNHCR-Kappe nickte verständig und blies Rauchringe in die Luft, die sich zu Ovalen ausdehnten, bevor sie sich im allgemeinen Nebel über dem Pool auflösten. Keine zwei Jahre später würden in jenem Pool Leichenteile von Selbstmordbombern treiben, aber an diesem Abend, einem relativ ruhigen Weihnachtsabend im Irak, war Saddam gefangen genommen worden, und es war unmöglich, nicht zu hoffen, dass sich der weite Bogen des moralischen Universums vielleicht tatsächlich in Richtung Gerechtigkeit neigte. Ich sah zu, wie sich mein Bruder, ohne den Mann an der Turnstange aus den Augen zu lassen, eine Zigarette anzündete, und ich dachte, er wäre dem Gespräch vielleicht nicht gefolgt oder nur kurz und sei zu dem Schluss gekommen, dass es seiner Beteiligung nicht würdig war. Doch dann, den Blick noch immer auf die sportliche Gestalt gerichtet, blies Sami Rauch aus und sagte:

Vielleicht will der Westen in Wahrheit auch eigentlich nur, dass der Nahe Osten ihm keine Unannehmlichkeiten bereitet. Ihn nicht terrorisiert, nicht zu viel Geld für sein Gas verlangt und nicht mit chemischen oder nuklearen Waffen droht. Könnte das sein? Dass ihn alles andere einen Scheißdreck interessiert?

Nein, sagte der UNHCR-Mann. Ich glaube, der Durchschnittsamerikaner meint es durchaus ernst, wenn er sagt, er will, dass der Irak eine friedliche und demokratische Nation wird. Eine freie und säkulare Nation. Auch wenn uns klar ist, dass das für eine Weile noch nicht möglich sein wird.

Aber reicher als ihr sollen wir nicht werden. Mächtiger als ihr. Wir sollen nicht mehr internationalen Einfluss und dabei euer schier endloses Potenzial haben.

Der Mann mit der UNHCR-Kappe wirkte perplex.

Na ja, sagte Alastair ruhig, das ist schwer vorstellbar. Aber es wäre schon eine interessante Entwicklung, geopolitisch betrachtet.

Drinnen saßen Journalisten, Kameraleute und Freie jetzt an einem langen Tisch und verteilten einen Schinken mit Honigkruste, den irgendjemand per FedEx von seiner Mutter aus Maine bekommen hatte. Ich setzte mich mit Alastair an ein Tischende, und man reichte uns zwei Teller mit Schinken herunter; Alastair aß beide Portionen. Währenddessen fiel mir auf, dass er jetzt lebendiger wirkte als beim letzten Mal, als ich ihn gesehen hatte, also fünf Jahre zuvor in London; sein Körper wirkte energiegeladener und wachsamer – so, als würde ihm das Leben in einem Kriegsgebiet tatsächlich besser gefallen, von den Verwundeten einmal abgesehen. Ich fragte ihn, ob er sich nicht ab und zu wie ein Heuchler vorkomme, wenn er kritisch über einen Krieg berichtete und sich gleichzeitig von dessen Kräften angezogen fühlte. Noch immer kauend, nickte Alastair und sagte: Ja, das stimmt schon, es ist aufregend, wenn man das Gefühl hat, dem Tod tagtäglich nur einen halben Schritt voraus zu sein, das kann sogar süchtig machen. Aber wenn niemand dazu bereit wäre, wenn niemand sein Leben riskieren würde, um mitzuerleben und zu dokumentieren, was hier passiert, wie würde der Rest von uns dann erfahren, was unsere Regierungen in unserem Namen tun? Ich erwiderte, dass der inflationäre Pseudojournalismus, die Kakophonie aus Mutmaßungen, politisch gefärbter Berichterstattung und Sensationshascherei, die offenbar vor allem zum Provozieren und Unterhalten orchestriert wurde, mir meistens eher das Gefühl gab, weniger denn je zu wissen, was die Regierung in meinem Namen tut. Das Glas am Mund, zog Alastair die Achseln hoch und nickte, als wollte er einräumen: Ja, dieses schwachsinnige Getöse verstummt leider nie.

An jenem Abend erzählte mir Alastair auch, wie er und seine Crew acht Jahre zuvor in Kabul nach einem Dreh gerade zusammenpackten, als plötzlich ein afghanischer Junge gerannt kam und sich seine

Kameratasche schnappte. Als kurz darauf zufällig ein Polizist vorbeikam, hielt Alastair ihn auf und beschrieb ihm den Jungen: Ungefähr eins siebzig groß, vierzehn oder fünfzehn Jahre alt, hellblaues Hemd und einen Shemag auf dem Kopf. In diese Richtung ist er gelaufen. Ein paar Minuten später kam der Polizist mit dem Jungen zurück und gab Alastair die Tasche. Alastair dankte ihm, und der Polizist forderte den Jungen auf, sich zu entschuldigen, was der auch tat. Dann zog der Polizist seine Pistole und schoss den Jungen in den Kopf. Du kannst dir vorstellen, sagte Alastair, wie oft sich diese Szene im Nachhinein in meinem Kopf abgespult hat und ich es bereut habe, unwillentlich daran beteiligt gewesen zu sein. Und wenn Gewalt die Anzeigeneinnahmen deines Arbeitgebers steigert und du derjenige bist, der über die Gewalt berichtet, ist es schwer zu verstehen, wie man in dieser Hinsicht nicht auch einer von denen sein soll, die dafür sorgen, dass diese Gewalt endlos weitergeht. Also, nein, ich schlafe nachts nicht immer gut. Aber wenn ich meinen Job hinschmeiße, und darüber habe ich nach diesem Tag ernsthaft nachgedacht, dann wäre die Alternative wahrscheinlich, dass ich durchdrehe. Wenn ich arbeite, voll auf Adrenalin, bin ich nicht direkt in nachdenklicher Stimmung. Aber wenn ich nach Hause fahre, in irgendein Restaurant gehe, in der Tube sitze oder meinen Einkaufswagen zusammen mit all den anderen Kunden und ihren akribischen Listen durch einen Supermarkt schiebe, dann hab ich mich nicht mehr unter Kontrolle. Wenn man sich ansieht, was die Leute aus ihrer Freiheit machen – und was nicht –, dann ist es unmöglich, sie nicht dafür zu verurteilen. Du siehst eine größtenteils friedliche und demokratische Gesellschaft, die sich in einem unglaublich fragilen Schwebezustand befindet, ein Zustand, für den alles bis zum kleinsten Molekül im Gleichgewicht sein muss, und du weißt, die ganze Chose kann bei der kleinsten Erschütterung in sich zusammenbrechen, da braucht nur ein Einzelner in seiner Selbstzufriedenheit oder Egozentriertheit gedankenlos damit umzugehen. Dir wird klar, dass wir alle zu dieser Spezies gehören, die so entsetzliche Grausamkeiten fertigbringt, und du fragst dich, welche Verantwortung du während deiner Zeit auf Erden gegenüber der Menschheit hast und was Gott da für ein Spiel mit uns spielt – ganz zu schweigen davon, was es bedeutet, dass du alles in allem lieber wieder in Bagdad wärst statt zu Hause in Angel bei deiner Frau und deinem Sohn, der *Kekse für die Maus im Haus* liest. Wenn mich Frieden und Beschaulichkeit zermürben, wenn irgendetwas Biochemisches in mir den Reiz eines gewalttätigen Spektakels, die Nähe zum Konflikt braucht, wo befinde *ich* mich dann in diesem Spektrum? Wozu wäre ich unter anderen Umständen fähig? Inwiefern unterscheide ich mich eigentlich von ›denen‹?

Ich wusste gar nicht, dass du an Gott glaubst.

Tu ich auch nicht. Oder besser gesagt, ich bin Agnostiker. Schützengraben-Agnostiker. Es gibt ein Mandelstam-Gedicht, das geht so: *Dein Gesicht, das quälend umrisslose, tief im Dunst – ich machts nicht aus. Herr, so sprach ich und versprach mich, sprach ein Ungedachtes aus.* Damit ist eigentlich alles gesagt. Du?

Ja, schon.

Das heißt, an Allah?

Ich nickte.

Alastair ließ sein Bier sinken.

Was?

Nichts. Ich dachte nur … Du bist Ökonom. Wissenschaftler. Das war mir nicht klar.

Vier Männer in Flakwesten setzten sich mit einem Päckchen Spielkarten neben uns. Es waren die vom Militär ausgegebenen Karten, auf denen die zweiundfünfzig meistgesuchten Baathisten und Revolutionsführer abgebildet waren; die Männer spielten Texas Hold'em, und die erste der drei offen auf dem Tisch liegenden Gemeinschaftskarten war Chemie-Ali. Das Konzept dieser Karten, die man entworfen und verteilt hatte, um amerikanische Soldaten mit Namen und Gesichtern derer vertraut zu machen, die sie gefangen nehmen oder bei einem Angriff töten sollten, geht auf eins aus dem Zweiten Weltkrieg zurück; damals waren auf den Karten, mit denen die Airforce-Piloten Gin Rummy spielten, die Silhouetten deutscher und japanischer Kampfflugzeuge abgebildet. Es ist eine merkwürdige Taktik, mit Hilfe eines gewöhnlich zum Freizeitvergnügen verwendeten Mediums zu vermitteln, wen man ins Visier nehmen und vernichten soll, und man fragt sich, ob der Lernvorteil nicht durch die implizite Botschaft untergraben wird, der Krieg sei für die Amerikaner eine Art Spiel. In dem Spiel, das neben mir gerade lief, war Saddam das Pik-Ass, seine Söhne Kusai und Udai waren das Kreuz- bzw. Herz-Ass, und die einzige Frau – Huda Salih Mahdi Ammash, die in Amerika studiert hatte und auch Chemie-Sally genannt wurde – war die Herz-Fünf. Auf dreizehn der Karten, unter anderem auf allen Zweien, war statt eines Fotos nur ein einheitliches schwarzes Oval abgebildet, das dem Umriss eines Kopfes mit Sensenmannkapuze ähnelte. Als der Mann neben mir einen Flush ablegte, fiel mir auf, dass es trotzdem gerade diese Karten waren – die Karten ohne Gesichter –, die am menschlichsten wirkten. Vielleicht weil man sich durch das nicht vorhandene Gesicht leichter vorstellen konnte, auch man selbst hätte als Adil Abd al-Mahdi (Karo-Zwei), Ugla Abid Saqr al-Kubaysi (Kreuz-Zwei), Ghazi Hammud al-Ubaydi (Herz-Zwei) oder Rashid Taan Kazim (Pik-Zwei) geboren worden sein können. Wenn der eigene Urgroßvater eine andere Frau kennengelernt hätte. Wenn die eigenen Eltern eine spätere Maschine genommen hätten. Wenn der initiierende Funke die eigene Seele auf einem anderen Kontinent, in einer anderen Hemisphäre, an einem anderen Tag entfacht hätte.

In der Zwischenzeit bekam der Lärm aus Gelächter, Gläserklirren und betrunkenem Gegröle allmählich Konkurrenz durch ein langsames, aber stetiges Crescendo vom Klavier in der Ecke. Ich sah auf und entdeckte dort meinen Bruder, der neben dem bezahlten Pianisten auf dem Bänkchen saß und sich das Instrument mit ihm teilte; jeder der Männer kümmerte sich um seine Hälfte der Klaviatur, wobei sie mit wippenden Zigaretten zwischen den Lippen zugleich ein Gespräch führten. Sie spielten jetzt nicht mehr Cole Porter und Irving Berlin, sondern eine Art fiebrigen Jazz, der keinen Anfang, keine Mitte und kein Ende hatte – ein Zyklus aus allmählichem Aufwogen, Abschwellen und langen, zügellosen Improvisationen, die triumphierend und apokalyptisch zugleich klangen. Stellenweise erinnerte es mich an die Art von Musik, mit der eine Stummfilmschlägerei untermalt wird oder eine Verfolgungsjagd bei Charlie Chaplin oder zu der man nacheinander Schlagzeilen einblenden würde, die Geschichte geschrieben haben. Und so spielten sie bis tief in die Nacht – noch lange nachdem der Schinken aufgegessen war, die meisten der Journalisten, Fotografen und Kameraleute nach oben ins Bett gegangen waren, die Kellner die schmutzigen Tischdecken abgezogen hatten, die Spielkarten mit der Camouflage-Rückseite wieder in der Schachtel verschwunden waren, der tiefblaue Pool sich beruhigt hatte und dalag wie Glas und die kleine Aschesäule an der Zigarette meines Bruders lang genug geworden war, sich nach unten zu neigen und schließlich abzufallen.

ch legte die japanische *Vogue* beiseite und ging hinüber zum Beobachtungsfenster, durch das ich sehen konnte, wie die Wärter versuchten, eine Flasche Saft aus dem Getränkeautomaten zu befreien, die im Fallen auf halbem Wege stecken geblieben war. Als ich an die Scheibe klopfte, richteten sich die beiden Männer gleichzeitig auf, und der, der mir näher war, machte einen Satz Richtung Tür.

Stimmt, sagte ich, jetzt wo Sie mich auf die Idee bringen: Etwas zu trinken wäre nicht schlecht.

Während sie mir ein Wasser holten, kam ein neuer Polizist, den ich vorher noch nicht gesehen hatte, wortlos durch das kleine Vorzimmer in den Warteraum, ging auf den Schwarzen zu und setzte sich neben ihn. Während der Polizist sprach, blickte der Mann nur starr auf den Boden, rieb sich die Augen und blinzelte einsichtig. Es ging um Lagos. Arik Air. Darum, dass in Croydon keine Miss Odilichi registriert war. In der Hand mein Wasser, nahm ich ein paar Meter weiter Platz und vertiefte mich wieder in mein Analphabetenstudium der *Vogue*.

Die Zeit für Asr war gekommen, das Nachmittagsgebet, oder vielleicht war sie auch schon vorbei – in einem ausschließlich von Leuchtstoffröhren beleuchteten Raum war das schwer zu sagen –, aber ich beschloss, dass ich unter den derzeitigen Umständen am besten blieb, wo ich war, unauffällig auf meinem Stuhl, unverfänglich von Chiffon und Coco Rocha gebannt.

Als der Polizist gegangen war, verstrichen mehrere ereignislose Minuten. Dann stand der Schwarze auf, ging zur Herrentoilette und begann zu stöhnen. Kurz darauf wurde aus dem Stöhnen ein dumpfes Hämmern, immer lauter und immer schneller.

Ich stand auf und ging noch einmal zum Beobachtungsfenster. Die beiden Wärter, die die Saftflasche befreit hatten, saßen jetzt am Tisch, die Füße hochgelegt, unterhielten sich und reichten einander eine Tüte Chips hin und her. Als sie mich bemerkt und mir noch einmal geöffnet hatten, sagte ich, ich befürchte, der Mann könnte sich auf der Toilette irgendetwas antun. Daraufhin stürmten sie an mir vorbei und zerrten den Mann an den Armen aus der Kabine und zu einem Stuhl. Dort zwangen sie ihn zum Sitzen und hockten sich, um seine heftigen Bewegungen zu bändigen, links und rechts neben ihn. Von Zeit zu Zeit versuchte er, sich durch einen kräftigen Seitwärtsruck loszureißen; dann sank er zusammen, den Kopf im Nacken und die Handflächen nach oben gerichtet, wobei diese Haltung ihn wie einen Märtyrer aussehen ließ, der auf die Stigmata wartet. Die Wärter wirkten unsicher, was sie als Nächstes tun sollten. Erst einer und dann der andere blickte in meine Richtung, als versuchten sie abzuschätzen, ob ich vertrauenswürdig genug war, um einen fünften Mann herbeizuholen. Über den Newsticker des stumm geschalteten Fernsehers lief unterdessen eine Schlagzeile über eine Wohnungsexplosion in Jewpatorija. In der Republik Marshallinseln war der Notstand ausgerufen worden, und Suzuki zog aufgrund der aktuellen Finanzkrise eine Produktionsdrosselung in Betracht. Seltsam, dachte ich, dass die Probleme der Welt, wenn man unfreiwillig aus ihr subtrahiert wird, zunehmend weniger wie das zufällige Schicksal eines weitgehend unschuldigen Volkes wirkten und mehr wie das Ergebnis ihrer eigenen Dummheit, die nichts anderes erwarten ließ. So verharrten wir also: ich mit meinem Evian in Türnähe, die Wärter, die ihren schwer einzuschätzenden Nigerianer festhielten. Bis um zehn nach fünf schließlich Denise, für die ich eine fast kindliche Zuneigung entwickelt hatte, mit einem kalten Curry-Hühnchen-Sandwich und einem rothaarigen Mann namens Duncan zurückkam, der meinen Fall übernehmen würde, denn Denises Schicht war zu Ende.

Zuerst wirkte Sulaimaniyya auf mich gar nicht so viel anders als Bagdad. Der nächste nutzbare Flughafen lag vierzehn Autostunden entfernt, und man musste mindestens eine internationale Grenze passieren. Durch die Straßen schlurften mittelalte oder etwas ältere Männer, die Köpfe gesenkt, die Hände auf dem Rücken ineinandergefaltet, wobei zwischen drei Fingern eine Gebetskette baumelte. Strom wurde hauptsächlich mit Generatoren erzeugt, die in Gärten oder auf Dächern standen. Fließendes Wasser gab es nur den halben Tag, weshalb die Menschen, sobald es kam, damit die riesigen Tonnen füllten, die extra zu diesem Zweck auf den Dächern standen. Praktisch jeder rauchte. Und die Liste der Gemeinsamkeiten war damit wohl schon vollständig.

Zu den Unterschieden zählte zum einen die Sprache. Als ich mit meinem Vater am ersten Morgen auf der Suche nach einer Wechselstube durch die Stadt ging, fiel mir nach einem Block auf, wie unheimlich es war, sämtliche Schilder lesen zu können oder zumindest die Buchstaben und ihre Aussprache zu kennen, ohne dass einer von uns beiden die leiseste Ahnung gehabt hätte, was sie bedeuteten. Kurdisch und Arabisch basieren auf einem mehr oder weniger identischen phonetischen Alphabet, auch wenn das Kurdische genau wie das Persische eine Handvoll Extrabuchstaben besitzt. Wir waren also auf der Suche nach einer Bank oder einer Wechselstube und hofften, die kurdischen Vokabeln für Bank oder Wechselstube wären mit den arabischen verwandt; aber fündig wurden wir erst, als Samis kurdischer Fahrer kam und uns zu einer Wechselstube brachte. Das Wort für Bank ist zwar gleich, aber das für Wechselstube nicht, und obwohl ich der Etymologie hinter dieser kleinen Asymmetrie nie auf den Grund gegangen bin, könnte ich mir vorstellen, dass sie Jahrzehnte kultureller und ideologischer Meinungsverschiedenheiten widerspiegelt.

Ein weiterer Unterschied: die Sicherheit. Nicht weit von Dohuk entfernt liegt eine Weggabelung. Hält man sich rechts, gelangt man nach kurzer Zeit in die Randgebiete Mossuls. Hält man sich links, bleibt man sicher innerhalb von Kurdistan. Einen amerikanischen Pass zu zücken hätte, je nach Route, sehr unterschiedliche Folgen gehabt. Wir fuhren nach links. Und das hatte seinen Preis: Die Fahrt von Zaxo an der irakisch-türkischen Grenze nach Sulaimaniyya dauerte auf diesem Weg etwa neun Stunden. Hätten wir abgekürzt und wären runter nach Mossul und dann nach Kirkuk gefahren, hätte es ungefähr fünf gedauert. Wenn wir überhaupt angekommen wären. Meine Großmutter und mein Cousin reisten über Kirkuk an, und eine nicht unwesentliche Sorge war, ob Hussein seinen amerikanischen und auch seinen irakischen Pass bei sich tragen konnte, ohne dass jemand auf der falschen Seite der kurdischen Grenze einen Blick auf den falschen Pass erhaschte.

Ein Jahr nach meinem letzten Besuch im Irak waren wir wieder in Kurdistan gewesen, um die Verlobung meines Bruder mit Zahra zu feiern; sie hatte vor Kurzem ihren Abschluss an der Universität in Bagdad gemacht, stammte aber aus Sulaimaniyya und hatte Sami überredet, eine Stelle am dortigen Lehrkrankenhaus anzunehmen, damit die beiden im relativ friedlichen Norden eine Familie gründen konnten. Da er nun schon nicht nach Bay Ridge zurückgekehrt war und keine eigene Praxis an der Fourth Avenue über dem irischen Augenarzt eröffnet hatte, hätte mein Bruder meine Eltern kaum glücklicher machen können als mit dieser Nachricht, und auch ich spürte eine gewisse voreilige Erleichterung. Elf Monate zuvor waren bei zwei parallelen Selbstmordattentaten auf die Zentralen der beiden großen Parteien Kurdistans über hundert Menschen getötet und mindestens genauso viele verletzt worden, doch selbst vor diesem Hintergrund war Gewalt hier seltener, weniger allgegenwärtig und weniger blindwütig als mittlerweile in Bagdad. Außerdem funktionierte in Sulaimaniyya das meiste. Nicht nach westlichen Standards natürlich, aber verglichen mit dem Rest des Landes stimmte es optimistisch zu sehen, wie gut Kurdistan funktionieren konnte. In knapp einem Monat sollten die Wahlen für den neuen Nationalrat stattfinden, und die Kurden schienen wirklich zu glauben, damit Teil von etwas Bedeutendem zu werden. In den beiden östlichen Staaten dominierte die Demokratische Partei Kurdistans und in Sulaimaniyya die Patriotische Union Kurdistans, aber die kurdische Flagge – eine um neunzig Grad gedrehte italienische Tricolore mit einer strahlenden, goldenen Sonne in der Mitte – wehte überall. Wenn ich überhaupt einmal irgendwo eine irakische Flagge sah, dann war es die alte, die von vor Saddams Zeiten, auf der nicht *Gott ist groß* steht. Natürlich glauben wir, dass Gott groß ist, sagte Samis kurdischer Fahrer zu mir; wir finden nur, Saddam hätte es nicht auf die Flagge schreiben und so tun sollen, als wäre er ein großer Glaubensverfechter.

Am Tag der Verlobung unternahm ich mit Zahras Vater Hassan eine kleine Wanderung. Das Wetter ließ etwas zu wünschen übrig: jeden Morgen Regen, den ganzen Tag über Wolken und außerordentlich frühe Sonnenuntergänge, weil wir uns tief in einem Tal befanden. Aber die Landschaft war atemberaubend – wo man hinsah, Berge, bedeckt von buschiger Vegetation ähnlich der, die man in den Bergen von Santa Monica sieht. Es war wirklich auffällig, wie sehr mich der Irak an Südkalifornien erinnerte; wenn die Gegend um Bagdad die Wüstenregion östlich von Los Angeles wäre, dann läge Sulaimaniyya in etwa oben bei Santa Clarita, wo die ersten Berge gerade hoch genug sind, um schneegepuderte Spitzen zu haben.

Hassan war mit seinen über sechzig Jahren bemerkenswert gut zu Fuß. Von Beruf war er Lehrer, und, soweit ich das beurteilen konnte, perfekt dafür geeignet. Immer wenn ich ihm eine Frage stellte, selbst etwas Unspektakuläres wie Ist es im Winter hier oben oft bedeckt?, lächelte er begeistert und sagte, Aaaahhh, ja, das ist wirklich eine hervorragende Frage, da kann ich dir eine spannende Geschichte erzählen. Dann konnte man sich auf einen fünfundvierzigminütigen Vortrag gefasst machen, der zu Beginn einen direkten Bezug zur eigenen Frage hatte, sich dann aber spiralförmig ausdehnte und Anekdoten und Beobachtungen zu vielen anderen interessanten, wenn auch nicht ganz unverfänglichen Themen beinhaltete. In den drei Stunden, die wir dem Auf und Ab des Weges auf den Goizha folgten, sprachen wir also über Aristoteles, Lamarck, Debussy, den Zarathustrismus, Abu Ghuraib, Hannah Arendt und die bislang unbekannten Nebenerscheinungen der Entbaathifizierung, und Hassan schaffte es, selbst mit Blick auf die eher unerfreulichen unter diesen Themen eine gewisse philosophische Unverwüstlichkeit an den Tag zu legen. Als ich irgendwann sagte, ich hätte gehört, in der Stadt würde ein neues Hotel gebaut, was mir ein positives Zeichen zu sein scheine, blieb Hassan stehen und verkündete, sie könnten *hundert* neue Hotels bauen und würden trotzdem nicht genügend Betten haben, denn bald strömten Unmengen an Touristen nach Kurdistan. Nein, nein, sagte er, als ich ihn zweifelnd ansah. Denk nicht an die Gegenwart. Denk an die Zukunft. Ich wünschte, du könntest länger bei uns bleiben. Dann würde ich dir ein paar von den herrlichen Fleckchen Erde hier in unseren Bergen und Tälern zeigen. Warte nur ab. Bald kommen sie von überall her.

Denk an die Zukunft. Und trotzdem: Sollte ich meinen vorherrschenden Eindruck während der insgesamt sieben Wochen beschreiben, die ich zwischen Dezember 2003 und Januar 2005 im Irak verbrachte, so würde ich zu behaupten wagen, dass die Zukunft dort doch etwas ganz anderes bedeutete als etwa in Amerika. Im Irak – selbst im vergleichsweise vielversprechenden Norden – betrachtete man die Zukunft lange als eine sehr viel nebelhaftere Eventualität, falls man überhaupt davon ausging, sie noch zu erleben. Am Abend seiner Verlobung versuchte mein Bruder beim Essen, seinen zukünftigen Schwiegereltern das Konzept von guten Vorsätzen fürs neue Jahr zu erklären. In Amerika, sagte er, ist es Tradition, dass die Menschen sich vornehmen, im kommenden Jahr irgendetwas an ihrem Verhalten zu ändern. Zahras Familie fand das völlig verrückt. Wer bist du, fragten sie, dass du glaubst, du hättest die Kontrolle über dein Verhalten? Na ja, sagte mein Bruder, manche Dinge kann man ja schon beeinflussen. Man kann beschließen, dass man in Zukunft mehr Gemüse isst. Oder mehr Sport treibt. Oder dass man jeden Abend vor dem Einschlafen ein paar Seiten liest. Worauf Zahras Mutter, Röntgentechnikerin am Lehrkrankenhaus, antwortete: Aber woher weiß man, ob man sich nächsten Monat Gemüse leisten kann? Und wer sagt, dass morgen nicht ein Ausgangsverbot verhängt wird und man nicht mehr ins Fitnessstudio oder nach Feierabend zum Joggen in den Park gehen kann? Oder dass der Generator nicht versagt und man mit der Taschenlampe lesen muss, bis die Batterien alle sind, und dann beim Licht einer Kerze, die aber schnell runterbrennt, so dass man gar nicht mehr lesen kann – sondern einfach schlafen muss, wenn man kann?

Als Kontrast: Nachdem ich mit meinem Bruder am nächsten Tag einmal quer durch die Stadt gefahren war, weil er sich ein gebrauchtes Yamaha-Klavier ansehen wollte, das er im Internet entdeckt hatte, frühstückten wir in einem Café, wo neben uns drei Journalistinnen saßen, zwei Amerikanerinnen und eine Schottin, die ihrem Fahrer den Plan für den Tag erklärten. Zuerst wollen wir hierhin. Um elf brechen wir wieder auf und fahren dahin und um halb zwei dann dorthin. Der Fahrer hörte amüsiert und stirnrunzelnd zu. Es wurde noch besser. Ach ja!, sagte eine der Amerikanerinnen. Und am Fünfzehnten findet in Arbil dieses Treffen statt, an dem ich teilnehmen will. Jetzt sah der Fahrer sie an, als wäre er gebeten worden, bis Dienstag nach Shanghai und wieder zurück zu fahren. Arbil war meilenweit weg. Der Fünfzehnte war noch meilenweit weg. Wenn jemand im Irak von etwas so Fernem spricht, lautet die Antwort oft: Ach, weißt du ... Gott ist großzügig. Soll heißen: Ja, ja, schön und gut. Wir sprechen darüber, wenn es so weit ist. Aber für diese Journalistin wird es unerwartet kommen, wenn sie in zwei Wochen nicht in Arbil ist. Bis dahin wird sie ihr Leben planen, als würde sie am Fünfzehnten auf jeden Fall in Arbil sein. Und wenn sie vorher von einem anderen Treffen erfährt, das am selben Tag irgendwo anders stattfindet, sagt sie wahrscheinlich, Oh, da kann ich nicht, da bin ich in Arbil. Bis nach Arbil sind es zweihundert Kilometer und bis zum Fünfzehnten noch zwei Wochen, aber unsere resolute Amerikanerin ist gedanklich schon dort. Na, schauen wir mal. Gott ist großzügig.

Das Yamaha war ein glänzender schwarzer Stutzflügel, der einer Britin gehört hatte, die bis zum Tod ihres Mannes dreißig Jahre lang in Sulaimaniyya gelebt hatte und vor Kurzem zurück nach Sheperd's Bush gezogen war. Sie hatte nicht nur das Klavier, sondern offensichtlich auch den missmutigen jungen Mann zurückgelassen, dessen Bizepse weniger Interesse an dem Klavier, das er uns verkaufen wollte, als an den diversen Hanteln vermuten ließen, die davor auf einem Perserteppich aufgereiht waren. Als Sami fragte, ob er den Deckel des Yamaha öffnen und ein wenig spielen dürfe, um einen Eindruck von seinem Klang zu bekommen, machte der Mann nur eine gleichgültige Handbewegung und ging wieder in die Küche, um Knoblauch zu dünsten. Wie nicht anders zu erwarten, war das Klavier verstimmt, doch statt meinen Bruder zu entmutigen, schien seine Dissonanz ihn zu faszinieren wie ein Patient mit einer harmlosen, aber rätselhaften Erkrankung: Nach einem kurzen und schiefen Schwall Mozart schlug er langsam einen Ton nach dem anderen an und hielt ihn lange, wahrscheinlich um sich zu vergewissern, dass jeder für sich die Reinheit und Resonanz eines anständigen Instruments in sich trug und sie einem nur in der Kombination einen kalten Schauder über den Rücken jagten. Die Hände in den Taschen, schritt ich zwischenzeitlich durch das kleine Zimmer und musste immer noch an die Sache mit Arbil denken. Ich war fest entschlossen, weder an die Zukunft noch an die Vergangenheit zu denken, nur an das, was *jetzt gerade* mit mir passierte – was dummerweise ein wenig so war, wie wenn man einschlafen will und nicht kann, weil man die ganze Zeit daran denken muss, dass man einschlafen will. Ein Che-Guevara-Poster mit arabischer Kalligrafieschrift erinnerte mich daran, dass ich vergessen hatte, ein Treffen mit meinem argentinischen Doktorvater zu verlegen. Ein Stapel *Hawlati*-Ausgaben auf einem Couchtisch voller ringförmiger Tassenspuren beschwor die leidenschaftliche Mülltrennerin herauf, mit der ich vor zwei Monaten Schluss gemacht hatte. Auf dem Tisch standen außerdem eine offene Dose Wild Tiger und ein Porzellanaschenbecher, der wie eine zerknüllte Camel-Schachtel aussah, das i-Tüpfelchen in diesem Tableau einer kurdischen Junggesellenbude, das mich unweigerlich zu einem Vergleich mit meinem eigenen Einsiedlerleben zu Hause führte. Im Bann des wirklich täuschend echt aussehenden Aschenbechers gelang es mir aber tatsächlich, für einige Augenblicke weder an mein Singledasein noch an meine Dissertation, die morgige lange Fahrt nach Bagdad mit meinen Eltern noch daran zu denken, wann ich wohl das Ergebnis meiner letzten Stipendienbewerbung erfahren würde – anders ausgedrückt, ich war glücklich.

Während Sami ein Bündel amerikanischer Hunderter vorzählte, stieg ich über eine Hantel und trat ans Klavier, so, als wollte ich es mir genauer ansehen. Dahinter hing ein großer, golden gerahmter Spiegel, der mich beim Hineinsehen insofern genauso enttäuschte wie alle anderen Spiegel, als er mir erschreckend wenig von den Welten innerhalb der Welten zeigte, aus denen ein einzelnes Bewusstsein besteht, nur eine langweilige, immer gleiche menschliche Oberfläche, die nichts von dem sich endlos drehenden Kaleidoskop im Inneren erkennen ließ. Belebt durch die neue Umgebung, die flotten Fußmärsche in den Bergen und die Ahnung neuer Möglichkeiten, die mit dem Beginn eines neuen Jahres einhergeht, fühlte ich mich, seit ich in Sulaimaniyya war, so sehr im Einklang mit dem Leben und so reich an Potenzial wie schon lange, ja vielleicht seit jenem ersten Sommer nach dem

College nicht mehr, dem mit Maddie. Frei von der täglichen Routine und inspiriert von der augenscheinlichen Gelassenheit und Zufriedenheit meines Bruders, sah ich mich in Sulaimaniyya auf eine Art Wegscheide zusteuern, ein bedeutungsvolles Ereignis, das mein Leben näher an seines und das unserer irakischen Vorfahren lenken würde als je zuvor. Die Zukunft lag *hier;* hier würde eine der wichtigsten Revolutionen meiner Zeit auf Erden stattfinden, und ermutigt durch den zusätzlichen Pass in meiner Tasche wollte ich Zeuge sein und aktiv daran teilhaben.

So *fühlte* ich mich. Doch im Spiegel hinter Samis neuem Klavier *sah* man ihn nicht direkt, den vor Potenzial strotzenden Mann. Ganz im Gegenteil; in meinen elf Jahre alten Jeans, einer abgewetzten Gap-Windjacke und mit meinem Siebentagebart war ich eher die Verkörperung einer Zeile, die ich später einmal lesen sollte – etwas über die metaphysische Klaustrophobie und das trostlose Schicksal, immer nur ein und derselbe Mensch zu sein. Ein Problem, das vermutlich allein unsere Einbildungskraft lösen kann. Andererseits entkommt selbst jemand, der seine Einbildungskraft zum Beruf gemacht hat, niemals jener einen zwingenden Tatsache: Sie kann den Spiegel auf egal welches Objekt richten, ihn in jedem beliebigen Winkel halten – sogar so, dass sie selbst außerhalb seines Rahmens bleibt, um dem Blick das Narzisstische zu nehmen –, aber es führt nichts um die Tatsache herum, dass sie immer diejenige sein wird, die den Spiegel hält. Und nur weil man sich selbst nicht im Spiegel sieht, heißt das nicht, dass niemand anders einen sehen kann.

Nachdem sie die Frage der Lieferung geklärt hatten, leerten mein Bruder und der wortkarge Kurde jetzt die Klavierbank. Zum Vorschein kamen ein Stapel alter Musikalien, einige Blätter Übungspapier mit ein paar handgeschriebenen Noten, die nach wenigen Takten endeten, und ein Buch mit Gedichten von Muhamad Salih Dilan. Außerdem fanden sie eine antike Postkarte des Royal Opera House, die mein Bruder bewundernd in die linke obere Ecke des Spiegelrahmens klemmte, und die Sammelausgabe *The Portable Stephen Crane* von 1977. Letztere wurde für die Dauer der Bestandsaufnahme mir anvertraut, und nachdem ich eine Weile müßig in ›Ein Versuch mit dem Elend‹, ›Ein Versuch mit dem Luxus‹ und ›Eine Episode im Krieg‹ geblättert hatte, stieß ich auf Folgendes: Man könnte vielleicht sagen – wenn es jemand wagte –, dass die wertloseste Literatur der Welt jene ist, die von den Männern eines Volkes über die eines anderen geschrieben wurde. Der Kontext war ein Essay über Mexiko von 1895, aber unter den gegebenen Umständen hatte diese Klage für mich etwas sehr Persönliches und Weitsichtiges, und auf der Rückfahrt erzählte ich meinem Bruder im Wagen, dieser Satz von Crane erinnere mich an etwas, das Alastair einmal gesagt hatte, nämlich dass es umso schwerer für einen ausländischen Journalisten werde, etwas über den Nahen Osten zu schreiben, je länger er sich dort aufhalte. Ich sagte, diese Aussage habe für mich zuerst nach einer Ausrede geklungen, einem Alibi für das Versagen bei der schweren Aufgabe, gut über das Thema zu schreiben, aber je mehr Zeit ich mit Alastair – und damit auch im Nahen Osten – verbringe, umso mehr sei ich seiner Meinung. Schließlich sei demütiges Schweigen mit Sicherheit besser als ahnungsloses Gepolter. Und vielleicht seien der Osten und der Westen ja tatsächlich auf ewig unvereinbar – wie eine Kurve und ihre Asymptote, denen das geometrische Schicksal vorbestimmt sei, einander niemals zu überschneiden. Mein Bruder wirkte wenig beeindruckt. Ich weiß, was du meinst, sagte er, während wir für eine Gruppe von Teenagern bremsten, die aus einem Fastfood-Restaurant namens MaDonal kamen. Aber war es nicht auch Crane, der einmal sagte, ein Künstler sei doch nichts anderes als ein Erinnerungsvermögen, das sich beliebig zwischen gewissen Erfahrungen bewegen kann?

Meine Eltern und ich kamen am selben Tag in Bagdad an, an dem der amtsinhabende Gouverneur Ali al-Haidari und sechs seiner Leibwächter ermordet wurden, was meinen Optimismus dämpfte und der wachsenden Liste an Unterschieden zwischen Norden und Süden den Punkt hinzufügte, dass Letzterer viel politischer war. Obwohl das ja durchaus Sinn ergab: Bagdad war Hauptstadt, die Lage oben im Norden viel stabiler, und was die Kurden anging, so standen die Wahlergebnisse von vornherein fest. Natürlich kannte ich außer meinem Bruder, seinem Fahrer und Zahra und ihrer Familie niemanden aus Sulaimaniyya, wohingegen meine Eltern und ich in Bagdad von meiner umfangreichen Großfamilie umgeben waren, von jeher ein ziemlich politisches Völkchen: Von meinen acht Tanten und Onkeln, die noch in der Stadt wohnten, arbeiteten zwei in der Grünen Zone und drei, inklusive Zaid, ließen sich zur Wahl aufstellen. Aber das Politische zeigte sich auch auf den Straßen, etwa auf der Reklametafel in der Nähe der Wohnung meiner Großmutter: Damit wir unseren Kindern ein besseres Land hinterlassen, stand darauf. Darunter sah man eine Wahlurne und das Datum, an dem alle ihr Kreuzchen machen sollten; was es etwas schwierig machte, die Aussage nicht eher folgendermaßen zu verstehen: Na ja, für unsere Generation ist in diesem hoffnungslosen und beängstigenden Chaos wohl sowieso nichts mehr zu retten, aber wenn wir als Erste wählen gehen, hinterlassen wir unseren Kindern vielleicht ein besseres Land. Gott ist großzügig.

In der Tat wirkten die Menschen in Bagdad auf mich ängstlich, viel ängstlicher als im Jahr zuvor. Sie fürchteten sich davor, ausgeraubt, erschossen, erstochen, entführt oder von einer Bombe zerfetzt zu werden. Sie gingen abends nicht mehr aus dem Haus. Sie änderten täglich ihren Arbeitsweg. Eines Nachmittags bemerkte Zaids Fahrer, dass ein bestimmter Wagen, immer derselbe, den ganzen Weg von Hayy al-Jihad nach Al-Jadriya stets in unserem Blickfeld gewesen war. Manchmal fuhr er vor uns, manchmal hinter uns, manchmal eine oder zwei Spuren neben uns, aber immer irgendwo in unserer Nähe. Zaids Fahrer sagte zwar immer wieder, das sei wahrscheinlich Zufall, bog aber trotzdem von der Hauptstraße ab, so dass wir eine Runde durch al-Baiya drehten und unseren Weg erst dann fortsetzten. Es funktionierte. Oder besser gesagt, es stellte sich heraus, dass wir uns keine Sorgen hätten zu machen brauchen, weil unsere Verfolger aufgegeben oder ihre Erkundungsfahrt für den Tag abgeschlossen hatten. Der Punkt ist jedoch, dass die Menschen in Bagdad so etwas stets im Hinterkopf hatten, viel stärker noch als im Jahr zuvor. Damals – Ende 2003, Anfang 2004 – waren sie verwirrt gewesen. Argwöhnisch. Die Gespräche hatten sich um Fragen gedreht wie: Wer sind diese Menschen und warum sind sie auf einmal so erpicht darauf, uns Freiheit zu bringen? Was führen sie wirklich im Schilde? Wie lange bleiben sie? Im Januar 2005 dagegen ging es bei solchen Diskussionen vor allem um Fragen wie: Warum sind sie so mies? War von Anfang an geplant, dass das so läuft? Oder kann es wirklich sein, dass sie derart unfähig sind? Und: Werden sie uns unser Land selbst regieren lassen, auch wenn ihnen die Verfassung nicht gefällt?

Ihr seid zum *Mond* geflogen, sagte ein Freund meines Onkels einmal zu mir, nachdem er erfahren hatte, dass ich Amerikaner bin. Wir *wissen*, dass ihr das in Ordnung bringen könntet, wenn ihr wirklich wolltet.

Aber ich wollte doch wirklich. Oder etwa nicht? Oder wollte ich nur, dass es *irgendjemand* in Ordnung bringt? Eine Woche zuvor – paradoxerweise inspiriert durch ein Gespräch mit meinem Bruder über die scheinbare Sinnlosigkeit genau dieses Unterfangens – hatte ich meine Bemühungen wiederaufgenommen, Tagebuch zu führen. (Genau, ein Neujahrsvorsatz.) Aber jedes Mal, wenn ich mich in der folgenden Woche in Bagdad damit hinsetzte, musste ich an diese Stelle in *Rot und Schwarz* denken, als der Erzähler sagt, er wünschte, er hätte statt eines politischen Gesprächs eine Seite mit Pünktchen eingefügt. Weil

Politik in Belangen der Einbildungskraft nämlich wie ein Pistolenschuss in einem Konzert ist. Der Knall ist markerschütternd, aber wir-
kungslos. Sein Klang verträgt sich mit keinem Instrument. (Das wäre
unschön, warnt der Verleger des Autors, und wenn es bei einem so belanglosen Werk auch noch an Schönheit fehlt, sind wir erledigt. ›Wenn
Ihre Figuren nicht über Politik reden, sind es keine Franzosen von
1830, und Ihr Buch ist kein Spiegel, wie Sie gern behaupten ...‹) Nun,
auch ich hätte nur zu gern jedes politische Gespräch, das ich im Januar
2005 in Bagdad führte, durch eine Seite mit Pünktchen ersetzt. Aber
wenn ich das getan hätte, wäre am Ende nichts als ein Moleskin voll
Pünktchen übrig geblieben. Und so oder so waren meine Familie und
ihre Freunde ja keine Figuren aus dem Reich der Phantasie; wir waren
echte Menschen, die dem echten Leben trotzten, in dem Politik nicht
nur einem Pistolenschuss in einem Konzert *glich*, sondern manchmal
tatsächlich einer *war*, was die Dringlichkeit, mit der man darüber sprechen wollte, nur noch verstärkte. Als besäße ich einen direkten Draht
zum Situation Room im Weißen Haus und auch sonst alles Nötige, um
mich für sie einzusetzen, beschrieben mir meine Verwandten in fle-
hendem Ton, wie Bagdad früher einmal gewesen war. Sie erzählten,
noch in den Siebzigern habe es ausgesehen wie heute Istanbul: voller
Touristen und Geschäftsleute, eine blühende, weltoffene Hauptstadt
im aufstrebenden Nahen Osten. Vor Iran, vor Saddam, vor den Sanktionen und der »Operation Iraqi Freedom« und jetzt dem hier war
auch ihr Land reich an Kultur, Bildung, Handelsbeziehungen und
Schönheit gewesen und die Menschen waren von überall her gekom
men, um es zu sehen und zu erleben. Und jetzt? Siehst du dieses Chaos
vor unseren Türen, Amar, diesen Wahnsinn? Eingedenk der Unzuläng-
lichkeit von Pünktchen vertiefte ich mich an den Abenden in die Bücher, Fotos und Briefe, die mein Großvater aus seiner Zeit bei der Regierung aufgehoben hatte, und auch sie beschrieben ein Bagdad, das
in krassem Widerspruch zu dem stand, was ich sah, wenn ich einmal

einen Schritt vor die Tür wagte – dort konnte man Politik nicht für eine Minute vergessen, geschweige denn für die Dauer einer Mahlzeit, eines Gedichts oder eines Schäferstündchens. Kaum etwas funktionierte. Kaum etwas war schön. Die Ordnung und Sicherheit, in die zu Hause selbst meine unglücklichsten Momente eingebettet waren, wirkten hier wie der wundersame Luxus einer anderen Welt. Bagdad war, um mir vier Worte aus *Ist das ein Mensch?* zu borgen, die Negation von Schönheit.

Als mein Vater, mein Onkel und ich am Vormittag unseres letzten vollen Tags im Irak von einem Besuch bei Zaids Enkelkindern zurückkamen, hatten wir einen Gast. Meine Großmutter kochte Kaffee, und dann saßen wir zu sechst, inklusive meiner Mutter und Zaid, im Vorgarten und unterhielten uns. Wie die meisten Gespräche geriet auch dieses hin und wieder ins Stocken, und wenn das der Fall war, versuchte unser Besucher es wieder zu beleben, indem er sagte: Auch das geht irgendwann vorbei. Es war wie ein nervöser Tic, und er wiederholte es in unserer Gegenwart mindestens ein halbes Dutzend Mal: Auch das geht irgendwann vorbei. Einmal blickte der Mann auf, nachdem er es gesagt hatte, und sah den zweifelnden Ausdruck auf meinem Gesicht.

Ich meine, es kann ja nicht ewig so weitergehen, oder?, sagte er.

Das musste man sich im befreiten Bagdad unter Optimismus vorstellen: den leicht morbiden Gedanken, dass es ja nicht bis in alle Ewigkeit so entsetzlich weitergehen konnte. In Wahrheit fand ich alles schwer erträglich, erst recht, da sich in die allgemeine Niedergeschlagenheit ein schleichendes Schuldgefühl mischte: Das Schuldgefühl eines Amerikaners und eingefleischten Zukunftsdenkers, der die Tage zählt, bis er mit seinen Eltern den Rückflug antreten kann. Aber es haben nicht alle eine fatalistische Haltung, versicherte mir Zaid. Die politischen Aktivisten sind klüger und erfahrener als im letzten Jahr. Und letztes Jahr waren sie klüger und erfahrener als im Jahr davor. Sie erkennen Gelegenheiten, auf die sie seit Jahrzehnten gewartet haben, und lassen nichts unversucht, um sie beim Schopf zu ergreifen. Sie sehen nach vorn, ohne dabei die Fehler der Vergangenheit aus dem Blick zu verlieren. Ihre politischen Gegner haben sich für Gewalt statt für Wettbewerb entschieden, und das bedeutet, wenn das Volk es wirklich an die Wahlurnen schafft, werden die Aktivisten gewinnen, und dann schreiben sie die Verfassung und müssen zeigen, was sie können, es sei denn, sie werden auf unehrliche Weise um ihren Sieg gebracht. Keine banale Lage. Wenn diese Wahlen wirklich frei und fair sind, werden die Amerikaner das Ergebnis nicht mögen. Aber angenommen, alles geht mit rechten Dingen zu, dann wird die Lage nur noch schwieriger, sobald die Verfassung steht.

Ich muss überzeugt ausgesehen haben oder wenigstens offen dafür, mich überzeugen zu lassen, denn als meine Mutter, mein Vater und ich unser Gepäck in den Wagen geladen hatten und zum Verabschieden noch einmal die Einfahrt hinaufgingen, nahm mich Zaid beiseite und fragte, ob ich mir vorstellen könnte, eine Stelle in der Grünen Zone anzunehmen. Ein Freund von ihm sei bei einem eben aus der Taufe gehobenen Wirtschaftsprojekt zum Kontaktmann der Regierung ernannt worden, und jener Kontaktmann suche jemand Vertrauenswürdigen, der die technischen Aspekte der Initiative im Blick behalte und während der Verhandlungen mit den verschiedenen beteiligten Parteien als Berater fungiere. Ich sagte meinem Onkel, dass ich mich geschmeichelt fühlte und es mir natürlich eine Ehre wäre zu helfen, was nicht gelogen war, dass ich aber nicht genau wisse, wann ich wieder in den Irak kommen könne, weil es für mein seelisches Wohl entscheidend sei, dass ich zuallererst meine Doktorarbeit abschlösse. Aber, ja, antwortete ich schnell, als ich die Enttäuschung in seinem Blick sah. Ich denke darüber nach. Denke sehr gründlich darüber nach, sagte Zaid, und teile uns so bald wie möglich deine Entscheidung mit. Du in deiner Position kannst uns wie kaum ein anderer helfen, unserem Land zu helfen, Amar. Du verstehst so wie wir alle hier, dass wir uns nicht nach Amrikas Vorbild neu aufbauen lassen wollen und dass Amrika das auch nicht wünschen sollte. Also komm zurück. Komm bald zu uns zurück. Während er diesen letzten Satz wiederholte, rüttelte er mich sanft an der Schulter, als wollte er mich aus einem Traum wecken.

Im Sommer 2007 hatte ich sämtliche Kurse abgeschlossen, mein Lehrdeputat erfüllt und musste nur noch meine Dissertation schaffen, mit der ich im Schneckentempo von einem Absatz pro Tag vorankam. Ich beschloss, dass Los Angeles das Problem war oder vielmehr meine in Los Angeles entstandene Angewohnheit, stundenlang im Netz herumzudaddeln, deshalb vermietete ich über den Sommer meine Wohnung in West Hollywood und zog in eine Hütte am Big Bear Lake, hundertsechzig Kilometer östlich im San Bernardino Forest. Dort hatte ich einen Holzofen, einen Rundumblick auf die Berge und an der Wand, dort, wo man einen Flachbildschirm erwarten würde, ein gerahmtes Ansel-Adams-Fotoposter. Nachdem ich angekommen war und eine Spinne im Klo runtergespült hatte, stellte ich als Erstes den Küchentisch ins Wohnzimmer und malte mir aus, wie ich, umgeben von Lehrbüchern und Datensammlungen, dort sitzen und mühelos bis spät in die Nacht arbeiten würde, vor Ideen nur so sprühend. Als Nächstes setzte ich mich in meinen Wagen und fuhr los, um ein Internetcafé zu suchen. Ich war gerade erst aus der Zufahrt abgebogen, als mein Handy piepse und mein Vater mich anrief, um mir zu sagen, dass mein Onkel Zaid entführt worden war.

Es war direkt vor seinem Haus passiert. Sein Fahrer war gekommen, um ihn zur Arbeit abzuholen, und hatte gerade die hintere rechte Tür geöffnet, als plötzlich ein weiterer Wagen in der Einfahrt auftauchte, zwei Männer ausstiegen und Zaid ihre Kalaschnikows an den Kopf hielten. Tafadhal, ammu, sagte einer der Männer und öffnete die Beifahrertür ihres Wagens. Sei unser Gast, Onkel.

Am folgenden Morgen erhielt meine Tante Alia einen Anruf; die Entführer forderten fünfzigtausend Dollar.

Kareem hat ihnen die Hälfte geboten, sagte mein Vater.

Wer ist Kareem?, fragte ich.

Unser Mittelsmann.

Zehn Tage später bombardierten antischiitische Splittergruppen zum zweiten Mal innerhalb von sechzehn Monaten al-Askari. In Samarra und Bagdad wurden Ausgangssperren verhängt, während die Schiiten zur Vergeltung sunnitische Moscheen in Brand setzten – und Zaid blieb weiterhin verschwunden. Als Kareem angeheuert worden war, hatte er den Fahrer meines Onkels gefragt, wo die Entführer meinen Zaid hätten Platz nehmen lassen. Auf dem Beifahrersitz, sagte der Fahrer. Gut, erwiderte Kareem. Der Beifahrersitz ist gut. Wenn man die Geisel in den Kofferraum legt, hat man politische Gründe und will sie wahrscheinlich ermorden, aber wenn man ihr den Beifahrersitz überlässt, ist es egal, ob sie Sunnit oder Schiit ist; dann ist man nur auf das Lösegeld aus und kümmert sich um sie, damit man es bekommt. Also, verhandeln wir. Doch als Tage um Tage vergingen und die Entführer nur knapp und recht sporadisch von sich hören ließen, und als schließlich noch knappere und seltenere Anweisungen von jemandem kamen, der sich Big Yazid nannte und klagte, er habe Zaid seinen ursprünglichen Entführern für viel zu viel Geld abgekauft, fiel es zunehmend schwer zu glauben, dass an Kareems Theorie etwas dran war. Eingeigelt in meiner kalifornischen Idylle, wo der See ruhig an den Steg schwappte und ich immer wieder auf mein Handy sah, schaffte ich in dieser Zeit nicht gerade viel. Nachmittags fuhr ich stundenlang mit dem Fahrrad durch den Wald oder lungerte im Internet-Café herum, wo ich ein Mädchen namens Farrah kennenlernte. Farrah wohnte nicht weit entfernt in Fawnskin, und nachdem wir ein paar Mal miteinander geschlafen hatten, lud sie mich zu einer Grillparty am Unabhängigkeitstag ein. Es war nur eine kleine Party, und auch die feuchtfröhliche Collegeatmosphäre, mit der ich gerechnet hatte, fehlte weitgehend, und während wir darauf warteten, dass die Sonne unterging und über dem See das Feuerwerk begann, schlug jemand eine Partie Pictionary vor. Farrah und ich waren in einem Team, zusammen mit zwei weiteren Frauen, deren Sommerkleider, wenn sie sich über den Tisch beugten, den Blick auf die Spitzenborte an ihren pastellfarbenen BHs freigaben, und kurz nachdem ich meine erste Flasche Bier seit sechs Jahren geöffnet hatte, zog jemand ›Alle spielen‹. Die Sanduhr wurde umgedreht, und alle beugten sich vor und riefen Lösungsvorschläge in den Raum, die lauter und energischer wurden, während der Sand rieselte: Ein Mensch. Leute. Leute, die Händchen halten. Leute, die tanzen. Wütender Mensch. Gemeiner Mensch. Gemeiner Mensch mit Brief in der Hand. Knöllchen. Manifest. *Mein Kampf.* Karl Marx. Tasche. Sack. Geld. Räuber. Bankräuber. Raubüberfall. Bandit. Butch Cassidy. *Bonnie und Clyde. Hundstage.* Bandit. Wurde schon genannt. Nicht stöhnen! Klingt wie ... gemein. Gemeinheit. Fieslinge. Böse Welt. Der erste Teil klingt wie böse Welt! Wöse bellt, döse fällt ...

Irgendwann sah Farrah hoch und warf mir einen vielsagenden, entnervten Blick zu. Dann zeichnete sie ein Auto.

Dann zeichnete sie zwei Strichmännchen, die neben dem Auto Händchen hielten.

Dann einen Pfeil, der von einer der Figuren zum Beifahrersitz zeigte. Dann strich sie den Kofferraum durch.

Ach so, sagte ich. Entführung.

Farrah riss die Augen auf, nickte und tippte dann mit dem Stift auf etwas, das wie eine zerknüllte Papiertüte mit einem Dollarzeichen darauf aussah. Sie konnte ziemlich gut zeichnen.

Lösegeld!, kreischte das Mädchen links neben mir.

Lösegeldforderung!, rief jemand anderes gegenüber am Tisch. Er war nicht in unserer Mannschaft. Aber die kleine Plastiksanduhr war ohnehin abgelaufen. Und als die Zeichnungen zur Ansicht herumgereicht wurden, wies mehr als ein Korinthenkacker darauf hin, dass Symbole und damit auch das Dollarzeichen nicht erlaubt waren. Ich weiß nicht mehr, wer letztendlich gewann. Oft sind es die bedauerlichen Dinge, die Details, die im Nachhinein scheinbar die eigene Kleinlichkeit und eine gewisse unheilbare Kurzsichtigkeit widerspiegeln, die man aus den Stunden unmittelbar vor einem Schock am deutlichsten in Erinnerung behält. Am nächsten Tag rief mein Vater an. Obwohl Alia die vierzigtausend Dollar überwiesen hatte, die für die Freilassung ihres Mannes vereinbart gewesen waren, hatte man unter der Veranda seine Leiche gefunden, in einem Plastiksack und mit einer Kugel im Kopf.

M r Jaafari? Würden Sie bitte zu mir kommen?
Langsam entfernte ich mich von Imam Usmans Kontaktdaten und ging zu Duncan, der in der Tür stand.

Ich habe leider keine guten Nachrichten, sagte er und zog mitfühlend die orangefarbenen Augenbrauen zusammen. Die Einreise ins Vereinigte Königreich bleibt Ihnen heute verwehrt.

Ich wartete.

Tut mir leid. Ich fürchte, mein Vorgesetzter ist nicht ganz überzeugt davon, dass Sie uns die Gründe für Ihren Aufenthalt offengelegt haben.

Ich mache einen Zwischenstopp auf dem Weg nach Istanbul!

Wir haben auch keinen konkreten Grund, diese Behauptung anzuzweifeln. Tut mir leid. Ich habe versucht, ein Schlupfloch für Sie zu finden. Ich habe es wirklich versucht. Aber leider liegt die Beweislast beim Passagier, der uns überzeugen muss, dass er das System nicht ausnutzt –

Warum sollte ich –

– oder eine Gefahr darstellt.

Ich klappte den Mund zu.

Es tut mir leid, wiederholte er. Sie dürfen nur *heute* nicht einreisen. Wenn Sie in Zukunft einen anderen Zollbeamten davon überzeugen können, dass Sie an einem anderen Tag für die Einreise qualifiziert sind, wird Ihr Fall unter Sachgesichtspunkten neu beurteilt. Es ist hierdurch nicht automatisch ausgeschlossen, dass Sie zu einem späteren Zeitpunkt ins Vereinigte Königreich einreisen dürfen.

Und morgen?

Was soll morgen sein?

Besteht die Chance, dass ich morgen einreisen darf?

Nein.

Und was passiert jetzt?

Wir haben mit British Airways gesprochen, in einer Stunde geht ein Flug zurück nach Los Angeles, das ist natürlich etwas knapp, aber wenn wir es schaffen, Sie und Ihr Gepäck durch die Sicherheitskontrolle zu bringen und einzuchecken, könnten Sie den noch kriegen.

Warum kann ich nicht einfach hierbleiben?

Duncan grinste nur.

Das ist mein Ernst, sagte ich. Wenn ich in den Irak will und einen Flug nach Istanbul gebucht habe, der am Sonntagmorgen hier startet, warum kann ich nicht einfach bis dahin hierbleiben, in Ihrem Warteraum? Warum sollte ich erst nach Los Angeles zurückfliegen?

... da müsste ich nachfragen.

Ich bitte darum.

Aber dann müssten Sie auch hier schlafen.

Das ist in Ordnung.

Dann ging er und blieb eine weitere Stunde verschwunden. Eine weitere Stunde Ungewissheit. Ein weiteres Vierundzwanzigstel einer Erdumdrehung. Weitere sechzig Minuten, in denen ich nicht daran zu denken versuchte, was ich gerade tun könnte und was ich zuvor hätte tun sollen. Vier Jahre zuvor, als ich mit Hassan am Nachmittag der Verlobung seiner Tochter mit Sami auf den Goizha gewandert war, hatte er mir erzählt, dass die männlichen Mitglieder der Baath-Partei ihre Schnauzbärte früher als heimliches Erkennungszeichen auf einer Seite etwas kürzer getragen hatten als auf der anderen, wie bei den Zeigern einer Uhr. Genauer gesagt trugen sie die linke Seite etwas kürzer als die rechte – zwanzig nach acht –, und während die Wanduhr mir gegenüber jetzt langsam, aber sicher von genau dieser Stellung durchwandert wurde, begann mein Herz zu rasen, und meine Finger wurden kalt und blau. Wo war mein Bruder jetzt? Hatte er es bequem? War ihm warm genug? Hatte er Essen, Wasser und Licht, genug, um eine Uhr zu erkennen? Acht Uhr fünfundzwanzig. Acht Uhr dreißig.

Auf dem stumm geschalteten Fernseher lief der Abspann von *East-Enders*, gefolgt von *Ist das Leben nicht schön?*. El dunya maqluba – die Welt steht kopf – das traf wohl zu auf Amerika an Weihnachten. Übrigens wird El dunya maqluba noch in einem anderen Zusammenhang verwendet, nämlich um Missbilligung oder Skepsis auszudrücken, besonders im Hinblick auf irgendetwas Neumodisches, das einem verrückt erscheint. Schon gehört? Ein Schwarzer zieht ins Weiße Haus ein. El dunya maqluba! In diesem Sinne hat die Redensart eine englische Cousine, *The World Turned Upside Down*. Das ist der Titel mindestens zweier Songs mit anarchistischen Wurzeln sowie der eines Buchs des marxistischen Historikers Christopher Hill, in dem er über Radikalismus während des englischen Bürgerkriegs schreibt. Der erste Song soll 1643 in einer britischen Zeitung aufgetaucht sein, eine Protestballade gegen die Ankündigung des Parliament, Weihnachten werde ab sofort eine hochernste Angelegenheit sein, weshalb man alle fröhlichen Traditionen im Zusammenhang mit dem Feiertag abschaffen wolle. *The Angels did good tidings bring, the Sheepards did rejoice and sing. / ... Why should we from good Laws be bound? / Yet let's be content, and the times lament, you see the world turn'd upside down.* Für die englischen Protestsänger, die ihre Weihnachtsfeiertage bewahren wollten, war es natürlich das Parliament, das die Welt auf den Kopf stellte. Für meine schöne Cousine Rania waren es die Feiertage selbst gewesen.

Zehn nach neun. Viertel nach neun. Fünf vor halb zehn. Eintausend Meilen gen Osten, 66 666 um die Sonne, 420 000 um das Milchstraßenzentrum und 2 237 000 durchs Universum. In Summe bewegen wir uns mit 2 724 666 Kilometern pro Stunde durchs Weltall – wir alle fast synchron, wie ein Starenschwarm am Himmel, der immer wieder neue Formationen bildet. Mehr oder weniger fest auf ein und demselben astronomischen Nonpareil-Kügelchen verankert, dessen Himmelsrichtungen nur eine Erfindung jüngeren Datums sind, von Menschen, die zufällig auf den nördlichen Kontinenten zu Hause waren. Auch die Meile und die Stunde wurden nördlich des Äquators erfunden – Erstere von den römischen Invasoren, die auf ihrem Marsch durch Europa nach jeweils tausend Schritten oder *mille passuum* einen Stock in die Erde steckten; Letztere von den alten Ägyptern, die jenen Teil des Tages, an dem die Sonne zu sehen war, in zwölf Abschnitte unterteilten. Wohingegen der Tag im Islam bei Sonnenuntergang beginnt. Im russischen Kaiserreich umfasste eine Meile 24 500 Fuß. Die Australier bemessen das Volumen von Flüssigkeiten an der Wassermenge im Hafen ihrer am dichtesten besiedelten Stadt. Uneinigkeit ist nichts Neues. Verschiedenheit. Terminologische Konflikte. Es hat schon immer Andersdenkende gegeben, schon immer die, in deren Augen die Welt reif ist für eine Revolution und ein wenig Blutvergießen unumgänglich. Man sagt, die Geschichte wiederholt sich, aber wenn wir nicht aus ihr lernen, macht uns dieser Gedanke bloß selbstzufrieden. Das ist das Problem daran. Ja, wir hätten aus Jugoslawien, Bosnien und Somalia etwas lernen sollen. Andererseits: Menschen töten nun einmal. Sie nehmen sich, was ihnen nicht gehört, und verteidigen ihren Besitz, wie klein er auch sein mag. Wenn Worte nicht mehr weiterhelfen, greifen sie zu Gewalt, aber manchmal helfen Worte deshalb nicht mehr weiter, weil diejenigen, die die Karten in der Hand halten, einfach nicht zuhören. Wessen Schuld ist es dann, wenn ein guter Mensch, ein fleißiger Mensch, der nach edlen und friedlichen Prinzipien lebt, um fünf Uhr nachmittags in Sulaimaniyya nicht aus dem Haus gehen kann, um seine Tochter vom Klavierunterricht abzuholen, ohne dass er mit vorgehaltener Waffe entführt wird, von Männern, die keine bessere Möglichkeit sehen, an hunderttausend US-Dollar zu kommen?

Sei vorsichtig, hatte mich Alastair am Abend zuvor gewarnt, in einer E-Mail, die ich im Stehen in der Boardingschlange meines Flugs gelesen hatte – so wie er mich genau jetzt warnen würde, im The Lamb, hätte sein vorbildlicher Grenzschutz mich durchzulassen geruht –, noch mehr als dein Bruder ist jemand wie du für diese Leute der Hauptgewinn. Ein Schiit aus einer politischen Familie, die zwei der politischen Parteien angehört, die sie hassen, *und* mit Verbindungen in die Grüne Zone *und* noch dazu amerikanischer Staatsbürger mit Familie in den USA und Ersparnissen in Dollar? Kannst du dir das vorstellen?»So viele Fliegen! Eine Klappe!« In Ordnung, Mr Jaafari. Sie dürfen bleiben. Aber wenn Sie in den nächsten vierunddreißig Stunden unserer Verantwortung unterstehen, müssen wir Sie ärztlich untersuchen lassen.

Amerika ist wieder Amerika, sagte ich mir an jenem Abend, als Obama gewählt wurde. Ich sagte es nicht versehentlich, aber sicher ohne nachzudenken; ich sprach, wie Mandelstam über Gott schrieb, ein Ungedachtes aus. Gut einen Monat zuvor war Id al-Fitr, das Fest des Fastenbrechens, auf den zweiten Oktober gefallen, jenen Abend, an dem Joe Biden in der Vizepräsidentschaftsdebatte mutig Sarah Palin gegenübertrat und Palin den Ausspruch Ronald Reagans zitierte, die Freiheit sei nie mehr als eine Generation von ihrem Ende entfernt. Wir geben sie unseren Kindern nicht mit dem Blut weiter. Wir müssen um die Freiheit kämpfen, sie verteidigen und ihnen dann weitergeben, damit sie dasselbe tun, sonst kann es uns passieren, dass wir unseren Kindern und Enkeln an unserem Lebensabend von einer längst vergangenen Zeit in Amerika erzählen, in der die Menschen frei waren. Aber Reagan hatte nicht über die nationale Sicherheit gesprochen. Er hatte 1961 für die Women's Auxiliary of the American Medical Association über die Gefahren eines verstaatlichten Gesundheitswesens gesprochen – namentlich über Medicare.

Ich war allein am Tag des Id, in meiner Wohnung in West Hollywood, und brach das Fasten mit ein paar Dattelkeksen, die meine Mutter geschickt hatte, und da ich am nächsten Tag meine Dissertation bei meinem Doktorvater einreichen musste, mühte ich mich mit einer neuen Tintenkartusche ab, um den Rest des vierunddreißigseitigen Anhangs mit Tabellen und Anmerkungen auszudrucken. Nebenher hörte ich zu, wie Gouverneurin Palin mit Errata um sich feuerte, und begann mich zu fragen, ob ich nicht doch zu lange damit gewartet hatte, in die Politik zu gehen. Wenn es dir nicht gefällt, wie es läuft, dann ändere etwas. Herumsitzen und die Augen verdrehen nützt nichts. Damit das Böse triumphieren kann, braucht es nur gute Menschen, die untätig sind. Aber dann gewann Obama, und plötzlich gefiel mir, wie es lief oder laufen würde, vorausgesetzt, der Schaden, den seine Vorgänger angerichtet hatten, erwies sich nicht als zu groß oder gar irreparabel. Die politische Depression, an der ich fast acht Jahre lang gelitten hatte, war wie weggeblasen, und ich wagte sogar zu träumen, dass die glänzenden politischen Qualitäten unseres designierten Präsidenten uns jenseits der Heimat wieder beliebt machen würden. Andererseits: Interessierte es unsere Hasser überhaupt, wen wir ins Amt wählten? Oder ließ sie die Tatsache, dass wir einen offenbar intelligenten und redegewandten, charmanten und klugen, weitsichtigen und diplomatischen Mann – einen insgesamt beneidenswerten Anführer – gewählt hatten, uns nur noch mehr hassen?

Der Arzt des staatlichen Gesundheitsdienstes, der mich jetzt untersuchte, war ein angenehmer Mensch – freundlich, gründlich und demonstrativ gleichgültig gegenüber dem, was ich mir hatte zu Schulden kommen lassen –, aber es war trotzdem eine seltsame Erfahrung, mich untersuchen zu lassen, obwohl mir nichts fehlte, ich bis auf meine quälende Ohnmacht nicht die geringsten Beschwerden hatte und nicht meine eigene, sondern allein die körperliche Unversehrtheit meines Bruders bestätigt wissen wollte, der inzwischen zum zweiten Mal verschwunden war. Dr. Lalwani hatte einen starken indischen Akzent, sprach aber ansonsten einwandfreies Englisch; in seinem Dienstzimmer hingen nicht weniger als vier Zertifikate von verschiedenen Universitäten, und ich fragte mich unwillkürlich, wie erfolgreich ein britischer Arzt wohl sein musste, wenn er vermeiden wollte, am zweiten Weihnachtsfeiertag im fensterlosen Innentrakt von Terminal Fünf für die Nachtschicht eingeteilt zu sein. Körpergröße: Eins fünfundsiebzig. Gewicht: siebenundsechzig Kilo. Ist das normal für Sie? Ja? Gut. Jetzt bitte einmal Ahhhhhh sagen. Jetzt berühren Sie bitte mit der Zunge den Gaumen. Heben Sie die Arme. Machen Sie zwei Fäuste. Jetzt drücken Sie sie gegen mich. Gut. Gut. Berühren Sie mit dem Finger Ihre Nase. Jetzt meinen Finger. Gut. Gut. Jetzt abwechselnd, so schnell Sie können. Blasenprobleme? Probleme beim Ejakulieren? Gut. Einmal bücken bitte. Und jetzt langsam wieder hochkommen, Wirbel für Wirbel. Jetzt gehen Sie bitte nach da drüben. Jetzt kommen Sie zu mir zurück. Gut.

Ich werde Ihnen jetzt Blut abnehmen. Möchten Sie informiert werden, falls der HIV-Test positiv ausfällt?

Na ja, sagte ich, das ist äußerst unwahrscheinlich. Aber ich wüsste es gern, ja.

Er nahm eine Metallfeile und hielt sie wie einen kleinen Dirigentenstab zwischen uns. Schließen Sie jetzt bitte die Augen und sagen Sie jedes Mal, wenn Sie spüren, dass ich damit eine Ihrer Wangen berühre, jetzt.

... Jetzt.

Jetzt.

Jetzt.

Jetzt.

Jetzt.

Jetzt.

Jetzt.

Gut. Jetzt halten Sie die Augen bitte weiterhin geschlossen und sagen Sie mir: Fühlt sich das spitz oder stumpf an?

Spitz.

Stumpf.

Spitz.

Stumpf.

Spitz.

Spitz.

Stumpf.

Stumpf.

Spitz.

Stumpf.

Gut. Jetzt halten Sie die Augen bitte immer noch geschlossen und nennen Sie mir den Namen des jeweiligen Gegenstands, den ich Ihnen in die Hand gebe.

Eine Büroklammer.

Ein Schlüssel.

Ein Bleistift.

Ein Zehn-Cent-Stück.

Er lachte. Ausgetrickst. Das war ein Fünf-Pence-Stück.

Er rollte mit seinem Drehstuhl ans andere Ende des Zimmers, nahm ein Ophthalmoskop von einem Spiegeltablett, rollte wieder zurück und kam mir mit dem Gesicht so nah, dass wir uns hätten küssen können. Seine Haut roch sauber und irgendwie nach Gummi. Während ich zuhörte, wie sein Atem in seinen Nasenlöchern pfiff, flutete weißes Licht meine Pupillen.

Ich sehe die Adern hinter Ihren Augen pulsieren.

Ach ja?

Ja. Das sehen wir gern.

Der letzte Punkt auf der Liste war eine Röntgenaufnahme des Abdomens – zum Auffinden etwaiger Fremdobjekte, was wohl so viel heißen sollte wie heroingefüllte Luftballons, die ich möglicherweise im Darm versteckte –, und während ich mich wieder anzog, fragte er:

Was machen Sie beruflich?

Ich bin Wirtschaftswissenschaftler.

Ach? Welche Richtung?

Na ja, antwortete ich und schloss meinen Hosenstall, das Thema meiner Dissertation war Risikoaversion. Und jetzt suche ich eine Stelle. Lalwani nickte freundlich.

Wahrscheinlich weil ich spürte, dass er ein toleranter Mensch war, ein intelligenter und liberal eingestellter Verbündeter, den ich so oder so sicher nie mehr wiedersehen würde, fügte ich schließlich noch hinzu: Außerdem überlege ich, mich in ein öffentliches Amt wählen zu lassen.

Für einen Augenblick sprach aus Lalwanis Gesicht ein Ausdruck vorsichtiger Freude – als hätte ich gerade einen gemeinsamen Bekannten erwähnt, von dem nicht klar war, wie wir jeweils zu ihm standen. Ich staunte ehrlich gesagt selbst über diese Ankündigung – aber es war mir ernst, so ernst, wie die Zeit lang zu werden drohte, die ich hier festsaß, und als das klar wurde, schlug Lalwani die Hände zusammen und rief: Hervorragend! Wo?

In Kalifornien, antwortete ich. Dreißigster Kongresswahlbezirk, glaube ich.

Lalwani nickte jetzt irgendwie beeindruckt und bewundernd, und nachdem ich meine Turnschuhe geschnürt und mich wieder aufgerichtet hatte, kniff er professorenhaft die Augen zusammen, als würde er sich etwas längst Vergangenes in Erinnerung rufen, und sagte ein wenig theatralisch: »Ich beherrsche die Kunst des Wahrsagens nicht. Wer kann schon auf die Sicht von vier-, fünfhundert Jahren einschätzen, wie alles funktionieren wird. Aber eines ist sicher: Papisten könnten dieses Amt bekleiden und selbst Mohammedaner könnten es. Ich wüsste nicht, was dagegen spräche.« Offensichtlich zufrieden mit seinen Worten, zog er den Gummihandschuh von der Rechten und streckte sie mir hin. Nun, Dr. Jaafari. Ich finde, das ist eine ausgezeichnete Idee. Kongressabgeordneter Jaafari. *Präsident* Jaafari. Viel Glück für Sie. Wenn Sie von dem Besuch bei Ihrem Bruder zurückkommen, schaffen Sie es vielleicht auf die eine oder andere Weise, diesen Karren aus dem Dreck zu ziehen.

Auf dem Weg zurück in den Warteraum fühlte ich mich wie von einer Last befreit, leichter und innerlich beinahe schäumend – so als hätte ich meinen Körper, während mir seine Robustheit bestätigt wurde, abgestreift und auf dem Boden des Untersuchungszimmers liegenlassen. Pulsieren die Adern hinter Samis Augen noch? Befinden sie sich noch hinter seinen Augen? Im Sommer vor drei Jahren, kurz nachdem bei meiner Mutter Alzheimer diagnostiziert worden war, hatte mein Vater mir eine E-Mail mit dem Link zu einem Bericht aus der *Seattle Times* geschickt, über einen Zweijährigen namens Muhammed, dem man auf der Straße zwischen Bagdad und Baquba ins Gesicht geschossen hatte. Er war zusammen mit seiner Familie auf der Rückfahrt von einem Besuch bei Verwandten gewesen, als bewaffnete Kämpfer ihren SUV gestoppt hatten und Kalaschnikows auf vier der fünf unbewaffneten Insassen gerichtet hatten. Muhammeds Onkel wurde getötet und seine Mutter schwer verletzt; nur seine vierjährige Schwester blieb unversehrt. Der Schuss, der auf Muhammed abgefeuert wurde, zerstörte sein rechtes Auge und streifte das linke, so dass er nach monatelanger stationärer Behandlung im Irak und dann im Iran von einer Hilfsorganisation in ein medizinisches Zentrum in Seattle geflogen worden war; dort hoffte man, sein Augenlicht durch eine Hornhauttransplantation retten zu können. Tut mir leid, dass ich dir solche deprimierenden Geschichten schicke, hatte mein Vater geschrieben, so als wäre im Laufe des letzten Monats nicht ohnehin unsere gesamte Korrespondenz deprimierend gewesen. Aber ich finde, du solltest wissen, dass der Onkel, der bei diesem Vorfall ums Leben kam, der Mann ist, der uns vergangenen Januar bei deiner Großmutter besucht hat, der, der im Garten saß und immer wieder gesagt hat: Auch das geht irgendwann vorbei.

Damit hatte er wohl recht.

Obwohl es inzwischen kurz vor Mitternacht war, beharrten die Neonröhren an der Decke des Warteraums wie eine kränkliche Mitternachtssonne auf ihrem fahlen Summen. Und es war kalt, erstaunlich kalt für einen fensterlosen Raum; ich hatte eine dünne, von statischer Aufladung klebrige Decke und ein winziges Kissen in einem Einwegvliesbezug bekommen, beides ein mehr als dürftiger Ersatz für ein warmes, gemütliches Bett. Inzwischen war ich nicht mehr allein. Eine hinkende Frau wischte den Boden und meine Füße gleich mit, während eine Blonde, dem Aussehen nach Ende zwanzig, auf der anderen Seite des Raums leise weinte. Sie saß da, wo viele Stunden zuvor der Schwarze gesessen hatte, neben sich auf dem Stuhl säuberlich gestapelt ein Kissen und eine Decke wie meine, die Beine übereinandergeschlagen und den Mantel im Schoß zusammengelegt, und immer wenn sie ausatmete oder sich die Nase putzte, flatterten die Härchen am Pelzkragen ihrer Kapuze. Mein eigener Mantel lag in meinem Koffer, zusammengerollt zwischen einem Paar Wanderschuhen und einem Spielzeugabakus. Ich hatte nur den leichten Parka an, in dem ich dreiundzwanzig Stunden zuvor in Los Angeles abgereist war, als ich mir morgen ganz anders vorgestellt hatte, als es heute war. In West Hollywood waren es dreizehn Grad gewesen – nicht ganz frühlingshaft, aber immerhin so mild, dass ich auf dem Rückweg vom Abschlusstreffen mit meinem Doktorvater beschlossen hatte, mich auf die Terrasse des Cafés am Ende meiner Straße zu setzen und mir ein Rührei zu bestellen. Ich hatte ein Buch dabeigehabt, dasselbe Buch über postkeynesianische Preistheorie, in dem ich jetzt nicht las, und nachdem ich mein Brunch bestellt und online für meinen Flug eingecheckt hatte, schlug ich es auf und las mit höchst störanfälliger Konzentration, bis meine fünf Dollar in Form eines frisch gepressten Blutorangensafts kamen, den ich in einem Zug leer trank. Der Saft war süß und reich an Fruchtfleisch, und der Text auf der Seite wirkte danach dichter und weiter entfernt. Hoch am Himmel reflektierte ein Nachmittagsmond das Sonnenlicht. Dann piepste mein Handy, auf dem Display stand ELTERN, und kurz darauf piepste es noch einmal, und Maddie hinterließ mir eine Nachricht, in der sie mir Frohe Weihnachten wünschte, inschallah. Schließlich piepste es ein drittes Mal, genau in dem Moment, als ein Korb mit Brot und Marmelade neben meinem Ellbogen abgestellt wurde, und während ich zuhörte, wie mein Vater mir erzählte, was Zahra ihm kaum eine halbe Stunde zuvor erzählt hatte, legte ich das Messer beiseite und beobachtete den Verkehr, der auf dem Beverly Boulevard nach Westen rauschte. Es waren zumeist SUVs, SUVs und hin und wieder ein alter Kombi oder eine Limousine, außerdem eine weiße Stretch-Limousine, ein Van, der wie ein Hai lackiert war, und ein leuchtend rotes Feuerwehrauto, das gemütlich die amerikanische Flagge hinter sich herzog. Hunderttausend haben sie verlangt, sagte mein Vater unter Tränen. Hassan hat fünfundsiebzig geboten. Die Fahrzeuge, die sich ihrem Spiegelbild in der offenen Glastür gegenüber meinem Stuhl näherten, schienen in sich selbst hineinzufahren, nach Osten und Westen zugleich zu rollen – als würden ihre Motorhauben, Räder und Windschutzscheiben zu Antimaterie und die Flagge sich selbst verzehren.

III EZRA BLAZER BEI DESERT ISLAND DISCS

[Aufgezeichnet am 14. Februar 2011
im BBC Broadcasting House in London]

MODERATORIN: Der Schiffbrüchige der heutigen Sendung ist Schriftsteller. Ein cleverer Junge, aufgewachsen im Squirrel-Hill-Viertel im Osten von Pittsburgh, Pennsylvania, der es nach dem Studium am Allegheny College prompt auf die Seiten von *Playboy*, *New Yorker* und *Paris Review* schaffte und dem seine Storys über das amerikanische Arbeitermilieu der Nachkriegszeit den Ruf eines schonungslos offenen und unkonventionellen Talents einbrachten. Mit gerade mal neunundzwanzig veröffentlichte er seinen ersten Roman, *Neun Meilen weit*, der ihm den ersten von drei National Book Awards einbrachte; seitdem hat er zwanzig weitere Bücher geschrieben und ein Dutzend weitere Preise gewonnen, darunter den Pen/Faulkner Award, die Gold Medal in Fiction der American Academy of Arts and Letters, zweimal den Pulitzerpreis, die National Medal of Arts und, erst im vergangenen Dezember – »für seinen übersprudelnden Einfallsreichtum und seine auserlesenen Bauchrednerqualitäten, die uns, verbunden mit Ironie und Mitgefühl, die außerordentliche Heterogenität des Lebens im modernen Amerika vor Augen führen« – die bedeutendste literarische Ehrung überhaupt: den Nobelpreis. Der in den USA, in Großbritannien sowie rund um den Globus hochverehrte Autor wurde in über dreißig Sprachen übersetzt und ist doch im realen Leben stets ein Einsiedler geblieben, der die Zurückgezogenheit seines Häuschens an der Ostspitze Long Islands seit Jahren dem, wie er sagt,»hektischen Schaumschlägertum« in der literarischen Welt Manhattans vorzieht.»Sei kühn im Schreiben«, lautet sein Motto,»und konservativ im Leben.« Begrüßen Sie mit mir Ezra Blazer.

Dürfen wir aus diesen Worten schließen, Ezra Blazer, dass die definitiv unkonventionellen Protagonisten in Ihren Romanen einzig und allein das Produkt einer ausschweifenden Phantasie sind?

EZRA BLAZER: [*lacht*] Ach, wenn meine Phantasie doch nur so ausschweifend wäre. Nein. Bestimmt nicht. Aber es wäre genauso falsch, sie autobiographisch zu nennen oder sich in der stumpfsinnigen Übung zu verstricken,»Wahrheit« von»Fiktion« trennen zu wollen, so als hätte man diese Kategorien als Schriftsteller nicht ohnehin als Allererstes verbannt, und zwar aus gutem Grund.

MODERATORIN: Der da wäre?

EZRA BLAZER: Unser Gedächtnis ist doch keinen Deut verlässlicher als unsere Phantasie. Aber ich gebe ohne Umschweife zu, dass es unwiderstehlich sein kann, sich zu überlegen, was in einem Roman wohl »real« und was»erfunden« ist. Die Nahtstellen zu suchen, der Frage nachzugehen, wie etwas gemacht ist. Ratschläge geben, die man selbst nicht immer einhält – das ist so alt wie die Menschheit.»Schreib kühne Hieroglyphen, aber sei konservativ als Jäger und Sammler.«

MODERATORIN: Die Kritik war ja nicht immer freundlich zu Ihnen. Macht Ihnen das etwas aus?

EZRA BLAZER: Ich versuche, mich so weit wie möglich von allem fernzuhalten, was über meine Arbeit geschrieben wird. Ich merke, dass es mir nicht guttut, und ob Lob oder Verriss, das ist im Endeffekt doch alles dasselbe. Ich kenne meine Arbeit besser als irgendjemand sonst. Ich kenne meine Unzulänglichkeiten. Ich weiß, was ich nicht kann.

Und inzwischen weiß ich auch ziemlich gut, was ich kann. Am Anfang habe ich natürlich jedes Wort gelesen, das ich über mich finden konnte. Aber was hat mir das gebracht? Sicher gab es intelligente Menschen, die über meine Texte geschrieben haben, aber ich lese lieber, was diese intelligenten Menschen über andere Autoren schreiben. Mag sein, dass Lob das Selbstbewusstsein stärkt, aber dein Selbstbewusstsein muss auch ohne auskommen können. Die Besprechung deines letzten Buchs hilft dir nicht weiter, wenn du seit achtzehn Monaten an einem neuen Buch arbeitest, das dich in den Wahnsinn treibt. Buchbesprechungen sind was für Leser, nicht für Schriftsteller.

MODERATORIN: Erzählen Sie mir von Ihrer Kindheit.

EZRA BLAZER: Ich glaube, über meine Kindheit hat man schon genug gehört.

MODERATORIN: Sie waren der jüngste von drei Sprösslingen –

EZRA BLAZER: Ich würde wirklich lieber darüber sprechen, wie die Musik in mein Leben kam. Als Kind und Jugendlicher habe ich nie Klassik gehört. Im Gegenteil, ich habe sie naserümpfend abgelehnt, war ein richtiger kleiner Banause. Ich fand das alles aufgesetzt, besonders die Oper. Aber mein Vater hörte seltsamerweise gern Opern, obwohl er nicht sehr viel Bildung besaß –

MODERATORIN: Er war Stahlarbeiter.

EZRA BLAZER: Er hat als Buchhalter für Edgewater Steel gearbeitet. Aber an den Wochenenden hörte er sich Opern an, im Radio, ich glaube, die liefen immer am Samstagnachmittag, mit ... Milton Cross, genau, so hieß der Ansager. Er hatte eine tiefe, wohlklingende Stimme, und die Opern wurden aus dem Metropolitan Opera House übertragen, und da saß mein Vater also mit seiner abgegriffenen Ausgabe von *Die Geschichte von einhundert Opern* auf dem Sofa und hörte sich im Radio *La Traviata* oder *Der Rosenkavalier* an. Na ja, ich fand das alles etwas seltsam. Wir hatten kein Grammophon und auch keine Bücher, deshalb schalteten wir zur Unterhaltung meistens das Radio ein, aber an den Samstagnachmittagen nahm mein Vater es stundenlang in Beschlag.

MODERATORIN: War er selbst musikalisch?

EZRA BLAZER: Er sang manchmal unter der Dusche, Arien oder kleine Passagen daraus, und dann kam meine Mutter mit einem verträumten Lächeln aus der Küche und sagte,»Dein Vater hat so eine schöne Stimme«. Im Gegensatz zu meinen Protagonisten stamme ich aus einer glücklichen Familie.

MODERATORIN: Hatte er denn wirklich eine schöne Stimme?

EZRA BLAZER: Zumindest keine schlechte. Aber für mich gab es damals nur das, was im Radio lief. Als 1941 der Krieg begann, war ich acht, ich hörte also alle Songs aus den Kriegsjahren und später als Jugendlicher dann die ganzen romantischen Sachen –

MODERATORIN: Zum Beispiel?

EZRA BLAZER: [hält kurz inne und singt dann] »A small café, Mam'selle. A rendezvous, Mam'selle. La-da-da-da-da-da-da –« Oder: »How are things in Glocca M-o-o-o-r-r-r-a-a-a-a?« An dieses spezielle Lied erinnere ich mich, weil es aktuell war, kurz bevor mein älterer Bruder zur Armee ging. Beim Abendessen hörten wir immer Radio, und wenn »How Are Things in Glocca Morra?« kam, sang mein Bruder in einem ganz annehmbaren irischen Akzent mit, nach dem ich verrückt war. Dann ging er zum Militär, und immer wenn das Lied gespielt wurde, weinte meine Mutter. Sobald die ersten Tränen kullerten, stand ich auf und sagte: Komm, Ma, wir tanzen.

MODERATORIN: Wie alt waren Sie da?

EZRA BLAZER: 1947? Dreizehn, vierzehn. Das wäre dann also meine erste Platte. »How Are Things in Glocca Morra?«, gesungen von Ella Logan, der irischen Ethel Merman.

MODERATORIN: Aber sie ist Schottin.

EZRA BLAZER: Wirklich? Weiß das jemand?

MODERATORIN: Ich glaube schon.

EZRA BLAZER: Ella Logan ist Schottin?

MODERATORIN: Ja.

*　　　*　　　*　　　*　　　*

　　*　　　*　　　*　　　*

*　　　*　　　*　　　*　　　*

MODERATORIN: Das war »How Are Things in Glocca Morra?« aus dem Musical *Der goldene Regenbogen*, gesungen von Ella Logan. Aber sagen Sie, Ezra Blazer, Sie haben doch sicher nicht nur mit Ihrer Mutter getanzt, oder? Wie sahen die Anfänge Ihres Liebeslebens aus?

EZRA BLAZER: Nun, wie Sie ja schon andeuten, habe ich kurze Zeit später begonnen, auch mit Mädchen zu tanzen. Beim Schulball. Auf Partys. Einer meiner Freunde hatte einen *Partykeller*. Der Rest von uns war eher arm und wohnte in Mietwohnungen, aber seine Eltern besaßen ein Einfamilienhaus mit ausgebautem Keller, und dort feierten wir also unsere Partys. Für Stimmung sorgte dabei vor allem Billy Eckstine. Er hatte eine volle Baritonstimme, und er war schwarz, davon waren wir total begeistert. Er war kein Jazzsänger, auch wenn er ein paar Jazzsongs im Repertoire hatte. [*Singt*] »*I left my HAT in HAI-ti! In some forgot* –« Ach nein. Das doch nicht. Am meisten mochten wir die Songs, zu denen wir mit den Mädchen tanzen konnten, ganz langsam, und wir drückten sie so fest wie möglich an uns, denn in Sachen Sex war das damals schon das höchste der Gefühle, dort auf der Tanzfläche im Keller. Die Mädchen waren noch Jungfrauen und würden es bis zum Ende des Colleges auch bleiben. Aber auf der Tanzfläche konntest du dich mit dem Becken an deine Freundin drücken. Liebte sie dich, drückte sie zurück, hielt sie dich für einen Strolch, streckte sie beim Tanzen den Hintern raus.

MODERATORIN: Das ist eine Familiensendung.

EZRA BLAZER: Verzeihung. Streckte sie ihren Toches raus.

MODERATORIN: Und Eckstine?

EZRA BLAZER: Eckstine trug immer sogenannte »One-Button-Roll«-Anzüge: Die Aufschläge waren lang und schmal, und sie wurden unterhalb der Hüfte mit einem einzelnen Knopf geschlossen. Die Krawatte band er mit einem breiten Windsor-Knoten, und sein Hemd hatte einen großen, bauchigen Kragen – einen »Billy-Eckstine-Kragen«. Mittwochabends und an den Samstagen arbeitete ich bei Kaufmann's in der Monogramm-Abteilung, und bald hatte ich genügend Geld zusammengespart, um mir mit Angestelltenrabatt einen perlgrauen One-Button-Roll-Anzug zu kaufen. Mein erster Anzug. Und als Billy Eckstine wieder nach Pittsburgh kam und im Crawford Grill auftrat, schlichen mein Freund und ich uns in unseren Anzügen hinein, und hach, ein Segen wars, lebendig zu sein – nur jung zu sein, das war der Himmel selbst!

MODERATORIN: Die zweite Platte?

EZRA BLAZER: »Somehow«.

✶   ✶   ✶   ✶   ✶

✶   ✶   ✶   ✶

✶   ✶   ✶   ✶   ✶

MODERATORIN: Billy Eckstine mit »Somehow«. Nach dem Abschluss am Allegheny College haben ja auch Sie, Ezra Blazer, Ihren Militärdienst angetreten. Wie war das für Sie?

EZRA BLAZER: Ich war zwei Jahre lang bei der Armee. Ich erhielt meine Einberufung im Zuge des Koreakriegs, aber man schickte mich zum Glück nicht nach Korea, sondern nach Deutschland, zusammen mit etwa einer Viertelmillion weiterer Amerikaner, die sich auf den dritten Weltkrieg vorbereiteten. Ich war MP, Militärpolizist. In den Lee Barracks in Mainz. Bevor Alter und Krankheit ihr verheerendes Werk an meiner Physis taten und meine Statur auf das reduzierten, was Sie jetzt vor sich sehen, war ich knapp eins neunzig groß und neunzig Kilo schwer. Ein großer, muskulöser MP mit Pistole und Schlagstock. Und mein Spezialgebiet war das Regeln des Verkehrs. Man muss den Verkehr durch die Hüften fließen lassen, hieß es in der MP-Ausbildung immer, das sei der Schlüssel des Ganzen. Wollen Sie mal sehen?

MODERATORIN: Das klingt ja wie Tanzen.

EZRA BLAZER: Ja, das klingt wie Tanzen! Kennen Sie diesen einen Witz?

MODERATORIN: Ich glaube nicht.

EZRA BLAZER: Ein junger Rabbi in Ausbildung will heiraten, also geht er zu einem weisen alten Rabbi, dem der Bart bis auf den Boden hängt, und sagt:»Rabbi, ich wüsste gern, was erlaubt ist und was nicht. Ich will ja nichts Verbotenes tun. Ist es erlaubt, wenn wir zusammen ins Bett gehen, ich mich auf sie lege und wir so Verkehr haben?«»Kein Problem!«, sagt der alte Rabbi.»Absolut kein Problem.«»Und ist es auch in Ordnung, wenn sie auf dem Bauch liegt? Und ich auf ihr?« »Prima!«, sagt der Rabbi.»Absolut koscher.«»Und wenn wir uns auf die Bettkante setzen, sie oben und mir zugewandt, und es dann so tun?«»In Ordnung! Vollkommen in Ordnung.«»Und einander gegenüber im Stehen?«»Nein!«, brüllt der Rabbi.»Auf keinen Fall! Das ist ja wie *Tanzen*!«

MODERATORIN: Ihre nächste Platte.

EZRA BLAZER: Wenn man als junger Mensch zur Armee geht, kommt es ja oft vor, dass man jemanden kennenlernt, der einem unbekannte Welten eröffnet und eine Art Lehrer wird. Ich war in Deutschland zusammen mit einem jungen Mann stationiert, der in Yale studiert hatte, und abends – er hatte ein Grammophon dabei, in der Kaserne – hörte er immer Dvořák. Dvořák! Ich wusste nicht, wie man ihn ausspricht, geschweige denn, wie man ihn schreibt. Ich war ja völlig unbeleckt, was klassische Musik anging. Unbeleckt und feindselig, wie ein ungezogenes Kind. Aber eines Abends spielte er etwas, das überwältigte mich. Es war natürlich das Cello-Konzert. Ich glaube, von Casals. Später hörte ich es noch von Jacqueline du Pré, wundervoll gespielt natürlich, aber zum ersten Mal hörte ich es von Casals, also nehmen wir das. Ich mochte das Dramatische daran, diese elektrisierende Kraft, die förmlich ins Blut ging ...

*   *   *   *   *

*   *   *   *

*   *   *   *   *

MODERATORIN: Sie hörten Pablo Casals mit Dvořáks Cello-Konzert in b-Moll, zusammen mit dem Tschechischen Philharmonieorchester unter der Leitung von George Szell. Und wie war das damals, Ezra Blazer, als Soldat in Deutschland?

EZRA BLAZER: Na ja, es war nicht die reine Freude. Ich regelte gern den Verkehr. Ich trug gern eine Uniform, war gern ein harter MP. Aber wir schrieben das Jahr 1954. Der Krieg hatte erst neun Jahre zuvor geendet. Und wie umfassend die Nazis die europäischen Juden und ihre Kultur vernichtet hatten, war erst in den Jahren nach dem Krieg in aller Entsetzlichkeit ans Tageslicht gekommen. Ich hatte also wenig übrig für die Deutschen. Ich konnte sie nicht ausstehen, konnte es nicht ertragen, sie reden zu hören. Diese Sprache! Aber dann, tja, dann kam es, wie es kommen musste, und ich lernte ein Mädchen kennen. Ein hübsches, blondes, blauäugiges Mädchen mit kräftigem Kiefer, hundert Prozent arisch. Sie war Studentin, und ich sah sie mit ihren Büchern in der Stadt und fragte sie, was sie lese. Sie war wirklich reizend und konnte ein wenig Englisch – nicht viel, aber ich fand es bestrickend, wie sie sprach. Ich schämte mich bei dem Gedanken, was meine Familie wohl dazu sagen würde, dass ich mich in die Tochter eines Nazis verliebt hatte. Es war also eine sehr belastete Romanze, die ich zum Thema meines ersten Buchs zu machen versuchte. Womit ich natürlich scheiterte. Aber es ist wahr, das Allererste, worüber ich ein Buch schreiben wollte, war diese Liebesaffäre mit einem deutschen Mädchen, als ich Soldat war, nur neun Jahre nach Kriegsende. Ich schaffte es nicht einmal, mir einen Ruck zu geben und sie zu Hause abzuholen, weil ich ihre Familie nicht kennenlernen wollte; das hat sie sehr getroffen. Wir haben uns nie gestritten, aber sie hat geweint. Und ich habe geweint. Wir waren jung, wir waren verliebt und wir haben geweint. Der erste große Schicksalsschlag. Sie hieß Katja. Ich weiß nicht, was aus ihr geworden ist, wo sie jetzt lebt. Ich frage mich, ob sie irgendwo in Deutschland ist und meine Bücher auf Deutsch liest.

MODERATORIN: Und Ihre ersten Schreibversuche an diesem Buch? Wo sind die jetzt? In irgendeiner Schublade?

EZRA BLAZER: Die gibt es nicht mehr. Längst nicht mehr. Fünfzig grauenhafte Seiten voll Wut. Ich war einundzwanzig. Sie neunzehn. Ein reizendes Mädchen. Ende der Geschichte.

MODERATORIN: Platte Nummer vier.

EZRA BLAZER: Nach meinem Dienst wollte ich mehr von Europa sehen, deshalb ließ ich mich verabschieden und blieb dort. Ich hatte einen großen Seesack, den von der Army, meinen Army-Mantel und mein Entlassungsgeld, das waren damals um die dreihundert Dollar, und ich fuhr mit dem Zug nach Paris und zog in ein schäbiges kleines Hotel im 6. Arrondissement. Eins von diesen Hotels, in denen man mitten in der Nacht aufsteht, weil man zur Toilette muss, raus in den Flur geht und das Licht nicht findet, oder in denen das Licht, wenn man den Schalter blind findet, nach sechs Schritten schon wieder ausgeht. Und falls man die Toilette tatsächlich findet, kommt man vom Regen in die Traufe, denn das Toilettenpapier in diesen Nachkriegsjahren – darf ich in einer Familiensendung über Toilettenpapier sprechen?

MODERATORIN: Dürfen Sie.

EZRA BLAZER: Das Toilettenpapier glich dem Belag einer Nagelfeile. Nicht Schmirgelpapier, nein, dem Belag einer Feile.

MODERATORIN: Sie haben also für ein Jahr in Paris –

EZRA BLAZER: Anderthalb Jahre.

MODERATORIN: – gelebt, nachdem Sie Ihren Dienst bei der Army abgeleistet hatten.

EZRA BLAZER: Ja. Ich wohnte damals in der Nähe der Metro Odéon und war bald Stammgast im Café Odéon, und natürlich lernte ich auch dort ein Mädchen kennen. Geneviève. Und Geneviève hatte so ein kleines Mofa – die knatterten damals durch ganz Paris –, und abends fuhr sie hoch nach Odéon, und wir trafen uns, und irgendwie hatte dieses Mädchen, das eigentlich gar nicht ... Also, sie war schon hübsch, auf jeden Fall, aber sie war eine Art Strichmädchen, und trotzdem verstand auch sie etwas von Musik, genau wie mein Freund bei der Armee, und durch sie lernte ich die Kammermusik von Fauré kennen. Und da entdeckte ich auch erst die Schönheit des Cellos, das ich Marina Makovsky in *Der Running Gag* spielen lasse. Monatelang wollte ich kein anderes Instrument hören. Sein Klang faszinierte mich. Es gibt bei Fauré auch wunderbare Klavierpassagen, aber das Eigentliche ist das Cello, dieses herrliche [*brummt wie ein Cello*] – Dieser sonore, erdige Klang, dessen Tiefe nur ein Cello erreicht. Das hat mich gepackt. Und es federt regelrecht, hat so viel Schwung und Frische, einfach wunderbar. Solche Musik hatte ich noch nie zuvor gehört – das war etwas ganz anderes als »Mam'selle«, wissen Sie, auch wenn wir in der dafür richtigen Stadt waren. Es ist schon verrückt, wie alles zu einem findet. Alles ist Zufall. Das Leben ist ein einziger großer Zufall. Ich liebte dieses Mädchen übrigens nicht so, wie ich das deutsche Mädchen geliebt hatte. Vielleicht, weil einfach nicht so viel Sturm und Drang da war.

* * * * *

 * * * *

* * * * *

MODERATORIN: Das war Gabriel Faurés Cello-Sonate Nr. 1 in d-Moll, gespielt von Thomas Igloi mit Clifford Benson am Klavier. Helfen Sie mir auf die Sprünge, Ezra Blazer, wurde nicht auch um diese Zeit *The Paris Review* gegründet?

EZRA BLAZER: Ja, genau. Ich glaube, die meisten dort waren dreiundfünfzig oder vierundfünfzig nach Paris gekommen, also nur ein oder zwei Jahre vorher. Klar, ich kannte sie alle. George, Peter, Tom. Blair. Bill. Doc. Hervorragende Leute, charmant und verwegen, mit einem ernsthaften Interesse an Literatur und Gott sei Dank vollkommen unakademisch. In Paris wehte für Exilamerikaner damals noch der Odem des Abenteuers: Fitzgerald, Hemingway, Malcolm Cowley, *Transition*, Shakespeare & Company, Sylvia Beach, Joyce. Die Leute vom *Paris Review* hatten eine sehr romantische Haltung zu dem, was sie taten. Kennen Sie dieses Gedicht von E. E. Cummings? »*los, gründen wir ein magazin / zum teufel mit literatur ... vulgär drauflos und voller spleen* ...« Sie waren romantisch, aber sie besaßen auch Terrier-Qualitäten, und was sie taten, war vollkommen neu. Auch wenn sie letzten Endes genau wie ich in Paris waren, um sich zu vergnügen. Und Vergnügungen gab es dort reichlich.

MODERATORIN: Haben Sie damals schon geschrieben?

EZRA BLAZER: Ich habe es versucht. Ich schrieb ein paar entzückend poetische Short Storys, sehr gefühlige Short Storys, über ... Ach, ich weiß auch nicht. Weltfrieden. Die rosa Sonne über der Seine. Das war ein Problem: die überbordende Sentimentalität der Jugend. Ein weiteres war, dass ich andauernd versuchte, meine Figuren in das Leben anderer Figuren hineinzudrängen, sie an Straßenecken stellte oder in dasselbe Café setzte, damit sie miteinander *sprechen* konnten. Einander irgendetwas *erklären* konnten, über den großen Graben des Menschseins hinweg. Aber das war alles so gekünstelt. Gekünstelt und regelrecht aufdringlich, denn manchmal muss man seine Figuren einfach machen lassen, sprich sie nebeneinanderher leben lassen. Wenn

sich ihre Wege kreuzen und sie voneinander lernen können, schön.
Wenn nicht, tja, dann ist auch das interessant. Und wenn nicht, muss
man vielleicht noch einmal zurückgehen und von vorn anfangen.
Aber wenigstens ist man der Realität treu geblieben. In meinen Zwan-
zigern habe ich immer dagegen angekämpft, immer versucht, in meiner geschliffenen Prosa irgendwelche bedeutungsvollen Annäherun-
gen übers Knie zu brechen. Dabei kamen dann diese stumpfen Short
Storys heraus, deren einzelne Sätze zwar tadellos waren, aber die keine
Resonanz hatten, nichts Spontanes, keinen Daseinsgrund. Da *passierte*
einfach nichts. Einmal zeigte ich George eine davon, und er schickte
mir einen Brief, der wie folgt begann:»Du bist talentiert, lieber Ez, so
viel steht fest, aber du brauchst ein Thema. Das hier ist so, als hätte
E. M. Forster *Babar, der kleine Elefant* neu geschrieben.«
MODERATORIN: Die nächste Platte.
EZRA BLAZER: In einem der Clubs, die wir regelmäßig besuchten, spielte
einmal Chet Baker, zusammen mit Bobby Jaspar, glaube ich, und Maurice Vander, einem wunderbaren Pianisten, der auch oft da war. Ich
weiß noch, wie ich sie eines Abends »How About You« spielen hörte
und einfach nur überwältigt war davon, wo ich stand und was ich
noch vor mir hatte. Alles! Wenn man jung ist, kann man kaum erwarten, dass es endlich richtig losgeht. Ich konnte damals eigentlich alles
kaum erwarten. Nicht *denken*, nur *losstürmen* – immer nur vorwärts!
Erinnern Sie sich noch an dieses Gefühl?

*   *   *   *   *
*   *   *   *
*   *   *   *   *

MODERATORIN: Das war »How About You?«, gespielt von Chet Baker, Bobby Jaspar, Maurice Vander, Benoit Quersin und Jean-Louis Viale. Verraten Sie uns auch, Ezra Blazer, warum Sie aus Paris weggegangen sind?

EZRA BLAZER: Warum bin ich weggegangen. Ein Teil von mir hat sich das immer gefragt. Ein Teil von mir – der waghalsige – hat zum vernünftigen immer gesagt: Warum bist du nicht einfach geblieben? Sei es nur wegen der Frauen? Denn das erotische Leben in Paris war Welten von dem entfernt, was ich als Junge in Allengheny kennengelernt hatte. Aber nachdem ich das etwa anderthalb Jahre gehabt hatte, musste ich unbedingt zurück zu meinen Wurzeln. Mein Schreiben, wenn man es so nennen kann – also, ich wusste nicht, was ich da tat. Wie gesagt, sentimentaler Schwulst über nichts. Ich ging also zurück nach Hause. Nach Pittsburgh. Dort waren meine Eltern und meine Schwester, inzwischen verheiratet mit zwei Kindern, aber nach Paris war das einfach nicht mehr meine Welt. Pittsburgh war immer meine Herzensstadt, besonders, als es am schlimmsten aussah. Darüber habe ich natürlich geschrieben, Pittsburgh, bevor es auf Hochglanz poliert wurde. Jetzt ist es eine makellose Stadt voller Bankentürme und Technologieunternehmen, aber damals fiel man schon fast tot um, wenn man nur auf der Straße Luft holte. Die Luft war kohlrabenschwarz – »die Hölle mit offenem Deckel«, hieß es damals –, überall qualmten Fabrikschornsteine, die Züge ratterten; insgesamt ein sehr dramatischer Ort, und wenn ich geblieben wäre und Glück gehabt hätte, wäre ich vielleicht der Balzac von Pittsburgh geworden. Aber ich musste weg von meiner Familie. Ich musste nach New York.

MODERATORIN: Wo Sie das Ballett für sich entdeckten.

EZRA BLAZER: Das Ballett und die *Ballerinas*. Es war ja die Glanzzeit von Balanchine. Spektakulär. Ich entdeckte Strawinsky, ich entdeckte Bartók, Schostakowitsch. Das veränderte alles.

MODERATORIN: Ihre erste Frau war Tänzerin.

EZRA BLAZER: Meine ersten *beiden* Frauen waren Tänzerinnen. Die einander nicht mochten, wie Sie sich denken können. Aber das war eine weitere Schule. Ich heiratete Erika –

MODERATORIN: Erika Seidl.

EZRA BLAZER: Ja, Erika Seidl. Sie wurde später berühmt, aber als wir heirateten, war sie noch ein Mädchen im Corps, und ich war hingerissen. Alles war neu. Alles! Es traf mich völlig unvermutet. Und dieses Neue, der Reiz der Entdeckung, all das wurde für mich von dieser jungen Frau in ihrer erlesenen Schönheit verkörpert. Geboren in Wien, Ausbildung an der Ballettakademie der Wiener Staatsoper. Ihre Familie lebte in der Stadt, bis sie vierzehn war, dann ließen sich ihre Eltern scheiden, und ihre Mutter, eine Amerikanerin, nahm sie mit nach New York, und dort gehörte sie bald nur noch Balanchine. Etwa ein Jahr nachdem wir geheiratet hatten, bekam sie ein Solo in *Die sieben Todsünden*, und das war's, danach bekam ich sie nicht mehr zu sehen. Als wäre ich mit einer Boxerin verheiratet. Andauernd war sie beim Training. Wenn ich nach einer Aufführung hinter die Bühne ging, um sie zu besuchen, stank sie auch wie eine Boxerin. Die Mädchen stanken alle; es war wie in Lou Stillmans Boxerschmiede auf der Eighth Avenue. Sie hatte ein Gesicht wie ein Äffchen – nicht auf der Bühne, auf der Bühne war sie ein großer Schädel, riesige Augen und Ohren, aber backstage sah sie aus, als hätte sie fünfzehn Runden mit Muhammad Ali geboxt. Jedenfalls sah ich sie nie. Ich hatte etwas gefunden, was in der damaligen Zeit nur wenige Männer fanden, nämlich eine Frau, die vollkommen in Anspruch genommen wurde von dem, was sie tat, die damit verheiratet war. Also trennten wir uns. Und ich taumelte in die Arme einer anderen Tänzerin. Sehr clever. Dana.

MODERATORIN: Dana Pollock.

EZRA BLAZER: Dana konnte Erika als Tänzerin nicht das Wasser reichen, aber sie hatte durchaus Talent. Ich weiß nicht, warum ich es wieder tat. Es war dasselbe in Grün, mit demselben Ergebnis. Als Nächstes heiratete ich also eine Barkeeperin. Aber auch die war abends nicht zu Hause.

MODERATORIN: Sie hatten nie Kinder?

EZRA BLAZER: Im Nachhinein betrachte ich meine Freundinnen als meine Kinder.

MODERATORIN: Bereuen Sie es, keine Kinder zu haben?

EZRA BLAZER: Nein. Ich liebe die Kinder meiner Freunde. Ich denke an sie, ich rufe sie an und gehe zu ihren Geburtstagspartys, aber ich hatte Wichtigeres zu tun. Und was Monogamie angeht, die ja förderlich ist, um ein guter Vater zu sein ... Also, ich war nie ein übermäßiger Freund von Monogamie. Aber das Ballett und die Ballettmusik, das war meine nächste Schule. Und dann kam alles andere. Mozart, Bach, Beethoven, Schubert, die Schubert-Klavierstücke, die ich so liebe, die Beethoven-Quartette, die großen Bach-Sonaten, die Partiten, die Goldberg-Variationen und Casals, der diese grollenden Cellostücke spielt. Jeder liebt sie; inzwischen sind sie ein wenig wie »Mam'selle.«

MODERATORIN: Dann sprechen wir doch über Ihre sechste Platte.

EZRA BLAZER: Ein Freund schenkte mir vor Kurzem das Tagebuch von Nijinsky, die Erstausgabe, herausgegeben von seiner Witwe Romola, die ja angeblich alles gestrichen hat, was ihr nicht passte. Ich vermute, das hatte mit Djagilew zu tun. Weil sie eifersüchtig auf Djagilew und seine Macht über Nijinsky war und ihn für Nijinskys Krankheit verantwortlich machte. Jedenfalls gibt es jetzt eine Neuausgabe, ohne die Streichungen, aber ich lese die der Witwe, die ist trotzdem fantastisch, egal was da geändert wurde. All das brachte mich zurück zu »Nachmittag eines Fauns«, noch so eine erste Liebe. [*Lacht*] Jetzt höre ich die Rebellion darin – das Widernatürliche, die sklavische Unterwerfung unter die Gewalten in seinem Kopf. Schade, leider haben wir keine Filmaufnahmen von Nijinsky, wie er den Faun tanzt, also müssen wir uns mit dem begnügen, was wir haben, und zwar Debussy

★   ★   ★   ★   ★

    ★   ★   ★   ★

★   ★   ★   ★   ★

MODERATORIN: Das war Debussys »Prélude à l'après-midi d'un faune«, gespielt von Emmanuel Pahud und den Berliner Philharmonikern unter der Leitung von Claudio Abbado. Ezra Blazer, Sie haben einmal geschrieben, eine Depression sei der »unvermeidliche Zusammenbruch von nicht haltbarem Glück«. Wie oft hat das für Sie zugetroffen?

EZRA BLAZER: Es trifft jedes Mal dann zu, wenn eine Depression kommt, bei mir erfreulicherweise bisher nur zwei oder drei Mal. Einmal, als ich von einer Frau verlassen wurde, die ich unheimlich geliebt habe. Nein, zweimal, als ich von einer Frau verlassen wurde, die ich unheimlich geliebt habe. Ein drittes Mal, als mein Bruder starb und ich der einzige verbliebene Blazer war. Aber ganz egal, das trifft auf jede Art der Depression zu – emotional, wirtschaftlich: Sie tritt nur auf, nachdem man zu hoch geflogen ist. Das passiert vor allem, wenn man dem trügerischen Gefühl von Macht, Sicherheit oder Kontrolle auf den Leim geht, und wenn dann der Absturz kommt, ist der Fall umso tiefer. Weil er so unvermittelt kommt, aber auch durch die Demütigung, dass man es nicht früher hat kommen sehen. Wie schon gesagt: Manchmal ist die Depression persönlich, manchmal ist sie wirtschaftlich, und manchmal setzt sogar eine Art politische Depression ein. Eingelullt durch Jahre in relativem Frieden und Wohlstand, gewöhnen wir uns daran, unser eigenes kleines Leben mit allerhand Technik-Schnickschnack, maßgeschneiderten Finanzierungen und elf verschiedenen Milchsorten zu regeln, und das führt zu einer gewissen Innenkehr, einer Verengung der Perspektive und zu der vagen Annahme, dass die echten Grundvoraussetzungen für ein gutes Leben für immer so bleiben, wie sie sind, auch ohne dass wir sie uns erarbeiten und erhalten müssten. Um die Abteilung Freiheitsrechte wird sich schon jemand anders kümmern, sagen wir uns, also brauchen wir es nicht zu tun. Unsere militärische Macht ist unerreicht, und zwischen uns und dem Wahnsinn liegt sowieso mindestens ein Ozean. Und während wir im Internet Küchenrollen bestellen, sehen wir auf einmal hoch und stellen fest, dass wir selbst mittendrin stecken im Wahnsinn. Und wir fragen uns: Wie konnte das passieren? Was habe *ich* eigentlich getan, als das hier im Entstehen war? Ist es jetzt zu spät, darüber nachzudenken? Und überhaupt – was kann es bewirken, wenn ich bewusst und mit Verzug meine innere Welt zu erweitern versuche? Eine junge Freundin von mir hat einen ganz erstaunlichen Roman geschrieben, der auf seine Art genau davon erzählt: Inwieweit sind wir in der Lage, hinter den Spiegel zu treten und uns ein Leben, ja, ein Bewusstsein vorzustellen, das die Zahl der blinden Flecken in unserem eigenen etwas reduziert? Oberflächlich betrachtet hat der Roman wenig mit seiner Autorin zu tun, ist vielmehr eine Art verschleiertes Porträt einer Person, die entschlossen ist, über die Grenzen ihrer Herkunft, ihrer Privilegiertheit und ihrer Naivität hinauszugehen. [*Lacht leise*] Nebenbei bemerkt war diese Freundin eine der – ach, nein. Das sage ich jetzt nicht. Ich werde ihren Namen nicht nennen. Egal. So sieht's aus. Wie war das noch mal? Der Krieg ist Gottes Art, die Amerikaner Geographie zu lehren.

MODERATORIN: Das glauben Sie aber nicht im Ernst.

EZRA BLAZER: Ich glaube, erschreckend viele von uns könnten auf einer Karte nicht auf Anhieb Mossul zeigen. Aber ich glaube auch, dass Gott viel zu sehr damit beschäftigt ist, die Homeruns von David Ortiz zu arrangieren, um groß darüber nachzudenken, wie er unsere Geographiekenntnisse verbessern kann.

MODERATORIN: Zurück zur Musik.

EZRA BLAZER: Wie viele darf ich noch?

MODERATORIN: Zwei.

EZRA BLAZER: Zwei. Und dabei sind wir gerade mal bis zu meinen Dreißigern gekommen. Wir werden noch ewig hier sitzen. Meine nächste Platte gehört zu Strauss' *Vier letzten Liedern*. In Deutschland habe ich sie nicht gehört. Auch Wagner konnte ich mir nicht anhören. Ich bin erst später zur Vernunft gekommen. Ich liebe die *Vier letzten Lieder*, gesungen von Kiri Te Kanawa. Wer nicht?

*   *   *   *   *

*   *   *   *

*   *   *   *   *

MODERATORIN: Das war Dame Kiri Te Kanawa mit »Im Abendrot«, begleitet vom London Symphony Orchestra unter der Leitung von Andrew Davis. Ezra Blazer, Sie sagten vorhin, sie würden es nicht bereuen, keine Kinder zu haben, aber es gab ja Gerüchte, sie hätten doch ein Kind gezeugt, in Europa. Ist da etwas dran?

EZRA BLAZER: Ich habe zwei Kinder gezeugt.

MODERATORIN: Ach wirklich?

EZRA BLAZER: Zwillinge. Da Sie nun schon gefragt haben. Dreisterweise, wie ich sagen muss. Ich habe Ihnen doch von meiner Freundin erzählt, richtig? Die mit dem knatternden Mofa, die mir Fauré gezeigt hat. Na jedenfalls, genau in der Zeit, als ich in Paris meine Zelte abbrach, wurde sie schwanger, aber ich wusste nichts davon und ging zurück nach Amerika. Mir blieb ja keine andere Wahl. Mein Geld war aufgebraucht.

MODERATORIN: Sind Sie denn nicht in Kontakt geblieben?

EZRA BLAZER: Wir haben uns eine Weile geschrieben, dann tauchte sie ab. 1956 war das. 1977 verbrachte ich dann zufällig eine Woche in Paris, auf Lesereise mit einem meiner Bücher, das gerade auf Französisch erschienen war. Ich übernachtete im Montalembert ganz in der Nähe meines Verlags und unterhielt mich in der Hotelbar gerade mit meinem Verleger, als eine junge Frau auf mich zukam, sehr hübsch, und auf Französisch sagte: Verzeihen Sie, Sir, aber ich glaube, Sie sind mein Vater. Na schön, sagte ich mir, spiele ich das Spielchen eben mit. Nehmen Sie Platz, Mademoiselle, habe ich zu ihr gesagt. Dann nannte sie mir ihren Namen, und den Nachnamen kannte ich natürlich. Meine französische Freundin Geneviève war ungefähr so alt gewesen wie dieses Mädchen, als ich sie kennenlernte. Ich fragte also, Sind Sie die Tochter von Geneviève Soundso? Und sie sagte, *Oui. Je suis la fille de Geneviève, et je suis votre fille.* Und ich fragte, Kann das sein? Wie alt sind Sie? Sie verriet es mir. Aber warum sind Sie so sicher, dass ich Ihr Vater bin?, fragte ich, und sie antwortete, Weil meine Mutter es mir gesagt hat. Ich fragte, Haben Sie hier auf mich gewartet? *Oui.* Wussten Sie, dass ich in Paris bin? *Oui.* Dann sagte sie: Mein Bruder ist auch auf dem Weg. Ihr Bruder?, fragte ich. Wie alt ist er? Genauso alt wie ich. Ganz genau, Sie haben eine Tochter *und* einen Sohn. Da stand mein Verleger auf und sagte:»Wir sprechen ein andermal über die Übersetzung.«

MODERATORIN: Sie erzählen diese Geschichte so ruhig, dabei muss das doch ein Schock gewesen sein.

EZRA BLAZER: Ein gewaltiger Schock und gewaltige Freude. Ich musste die beiden ja nicht großziehen. Ich lernte sie als Erwachsene kennen, und am nächsten Tag gingen wir zusammen mit ihrer Mutter in ein Restaurant, das war ein wunderbarer Abend. Und jetzt haben sie Kinder, meine Enkelkinder, und ich bin vernarrt in sie. Ich mag meine Kinder, aber meine kleinen französischen Enkel vergöttere ich.

MODERATORIN: Haben Sie Kontakt zu dieser heimlichen Familie?

EZRA BLAZER: Ich fliege einmal im Jahr nach Paris. Wir treffen uns in Paris, nur selten in Amerika, damit es nicht so viel Gerede gibt. Vielleicht treffe ich sie jetzt auch mal in Amerika. Ich helfe ihnen finanziell aus. Ich liebe sie. Ich wusste gar nicht, dass etwas an die Öffentlichkeit durchgesickert ist. Wo haben Sie das gehört? Woher wussten Sie das?

MODERATORIN: Ein kleines Vögelchen hat es mir erzählt.

EZRA BLAZER: So, so, ein Vögelchen hat es Ihnen erzählt. Wie reizend, zumal mit Ihrem englischen Akzent.

MODERATORIN: Schottischen.

EZRA BLAZER: *Sie* sind Schottin? Alle sind Schotten. Als Nächstes erzählen Sie mir bestimmt, Obama ist Schotte.

MODERATORIN: Wie dem auch sei, Ezra Blazer, ich dachte, Sie freuen sich vielleicht über die Gelegenheit, die Sache richtigzustellen. Und zwar persönlich.

EZRA BLAZER: Es war auf jeden Fall eine bedeutsamere Frage-Antwort-Runde, als ich erwartet hatte. Jetzt ist es raus. Ich bin Vater. Das ist etwas ganz Großartiges, was mir da zugestoßen ist. Etwas Wundersames. Wie ich Ihnen vorhin schon sagte, das Leben besteht nur aus Zufällen. Alles ist Zufall, selbst das, was nicht danach aussieht. Angefangen mit der Empfängnis natürlich. Die gibt den Ton an.

MODERATORIN: Hat dieser besondere Zufall Ihre Arbeit beeinflusst?

EZRA BLAZER: Das hätte er wohl, wenn ich sie hätte großziehen müssen. Aber das musste ich nicht. Und nein, ich habe nie über meine Kinder geschrieben, jedenfalls nicht direkt. Ich staune schon, dass ich jetzt überhaupt über sie spreche. Keine Ahnung, warum ich Sie nicht angelogen habe. Weil Sie mich überrumpelt haben. Und weil Sie selbst so eine entzückende junge Frau sind. Und ich ein hinfälliger Greis. Es ist nicht mehr wichtig, welche biographischen Fakten meinem Leben hinzugefügt oder davon abgezogen werden.

MODERATORIN: Sie sind nicht hinfällig.

EZRA BLAZER: Ich bin der Inbegriff der Hinfälligkeit.

MODERATORIN: Letzte Platte. Was hören wir?

EZRA BLAZER: Etwas aus Albéniz' Klavierzyklus *Iberia*, den er in seinen letzten Lebensjahren schrieb – er starb mit Ende vierzig, ich glaube, an einem Nierenleiden –, und halten Sie sich das während des Hörens einmal vor Augen: dass diese Musik einem Geist entsprungen ist, einem Feingefühl, das kurz darauf erlosch und uns dieses prächtige letzte Auflodern, dieses rauchende Feuerwerk hinterließ ... Hätte ich es zu entscheiden, würden wir hier sitzen bleiben und uns die gesamten anderthalb Stunden anhören, denn die Stücke bauen aufeinander auf, sie sind zwar in sich geschlossen, im Zusammenhang aber doch so viel reicher; ihre steigende Intensität schmerzt geradezu. Ihre Resonanz. Ihre Unschuld. Ihre Konzentration. Ich mag Barenboims Version, teils wegen seiner Verbindung zu Edward Said, der, vor *seinem* Tod natürlich, einen Essay über späten Stil geschrieben hat – über die Vorstellung, dass das Wissen um das nahende Lebensende und ergo das Ende des eigenen künstlerischen Wirkens den Stil eines Künstlers beeinflusst, entweder indem es ihm Entschlossenheit und Klarheit verleiht oder indem es ihn unversöhnlich, schwierig und widerborstig macht. Aber kann man überhaupt von »spätem Stil« sprechen, wenn der Künstler mit nur achtundvierzig Jahren gestorben ist? Und wie konnte er unter den qualvollen Schmerzen von Nierensteinen ein so lebhaftes und triumphales Meisterwerk schreiben? Wie gesagt, am liebsten würde ich mir die ganze Platte mit Ihnen anhören, aber da Sie mir schon Handzeichen geben, zum Ende zu kommen, hören wir doch das zweite Stück, »El Puerto«. Der Fachbegriff lautet offenbar *Zapateado*, vermutlich das mexikanische Wort für Tap Music.

* * * * *

* * * *

* * * * *

MODERATORIN: »El Puerto« aus Issac Albéniz' *Iberia*-Suite; am Klavier hörten Sie Daniel Barenboim. Jetzt verraten Sie mir, Ezra Blazer. Warum *keine* Monogamie?
EZRA BLAZER: Warum keine Monogamie. Das ist gut. Weil Monogamie wider die Natur ist.
MODERATORIN: Romane schreiben aber auch.
EZRA BLAZER: Touché.
MODERATORIN: Aber Sie haben der Monogamie doch sicher auch positive Seiten abgewinnen können.

EZRA BLAZER: Wenn ich monogam gelebt habe, dann schon. Aber jetzt bin ich ehelos, schon seit einigen Jahren. Und zu meinem Erstaunen ist die Ehelosigkeit das Angenehmste überhaupt. War es nicht Sokrates oder irgendeiner seinesgleichen, der einmal gesagt hat, Ehelosigkeit im Alter sei so, als wäre man endlich vom Rücken eines wilden Pferds losgebunden worden?

MODERATORIN: Ehelosigkeit ist aber ziemlich sicher wider die Natur.

EZRA BLAZER: Nicht im Alter. Die Natur liebt Ehelosigkeit im Alter. Außerdem habe ich fürs Überleben der Spezies meine Zwillinge beigetragen. Ich habe meinen Teil geleistet.

MODERATORIN: Unwissentlich.

EZRA BLAZER: Was vielleicht die beste Art und Weise ist. Es hat mir Spaß gemacht, von der Evolution benutzt zu werden. Wenn man jung ist, jung und dabei, einfach loszustürmen, das ist genau der Moment, in dem die Evolution sagt:»Ich will DICH.«

MODERATORIN: Wie Uncle Sam.

EZRA BLAZER: Ja, wie Uncle Sam. Gar nicht übel für eine Schottin. Die Evolution setzt den Zylinder auf, zupft sich am Kinnbart, zeigt auf dich und sagt: I. WANT. YOU. Wenn die Menschen verrückt nach Sex sind, dann weil sie unwissentlich von der Evolution rekrutiert wurden.

MODERATORIN: Dann sind Sie ja vermutlich ein hochdekorierter Soldat.

EZRA BLAZER: Ich habe so einige Schlachten geschlagen. Ich bin Träger des Purple Heart. Lange bevor in den Sechzigern die sexuelle Revolution begann, gehörte ich zu der Generation, die an den Stränden gelandet ist und sich unter feindlichem Beschuss ans Ufer gekämpft hat. Wir haben uns heldenhaft vorangearbeitet, Stück für Stück, und dann sind die Blumenkinder gekommen, über unsere blutüberströmten Leichen getrampelt und hatten dabei multiple Orgasmen. Aber Sie fragten nach Hinfälligkeit. Wie es ist, so alt zu sein. Die kurze Antwort lautet, dass man durchs Leben geht und sich ständig daran erinnert, alles so anzusehen, als wäre es das letzte Mal. Wahrscheinlich ist es das auch.

304

MODERATORIN: Machen Sie sich viele Gedanken über das Ende?

EZRA BLAZER: Ich habe das Ende klar vor Augen. Vielleicht bleiben mir noch drei, fünf oder sieben Jahre, wenn es hoch kommt, neun oder zehn. Danach ist auch hinfällig kein Ausdruck mehr. [*Lacht*] Außer, wenn man Casals ist. Casals, der übrigens auch Klavier spielte, sagte einem Journalisten irgendwann mit über neunzig einmal, er habe in den vergangenen fünfundachtzig Jahren täglich ein und dasselbe Bach-Stück gespielt. Als der Journalist fragte, ob das nicht irgendwann langweilig geworden sei, erwiderte Casals, nein, ganz im Gegenteil, es war jedes Mal eine neue Erfahrung, ein neuer Akt der Entdeckung. Casals wurde also vielleicht nie ein hinfälliger Greis. Vielleicht tat er seinen letzten Atemzug, während er eine Bourrée spielte. Aber ich bin nicht Casals. Ich habe nicht das Hölzchen mit der mediterranen Ernährung gezogen. Inwiefern ich an das Ende denke? Gar nicht. Ich denke an das Ganze, mein ganzes Leben.

MODERATORIN: Sind Sie insgesamt zufrieden mit dem, was Sie im Laufe Ihres Lebens erreicht haben?

EZRA BLAZER: Ja, insofern, als ich es nicht besser hätte machen können. Ich habe mich nie vor meiner Pflicht gedrückt. Ich war fleißig. Ich habe mein Bestes gegeben. Ich habe nie irgendetwas in die Welt hinausgelassen, das ich in meinen Augen nicht so weit getrieben hätte, wie ich konnte. Bereue ich die Veröffentlichung einiger weniger guter Bücher? Eigentlich nicht. Zum dritten Buch gelangt man nur, indem man Buch eins und zwei schreibt. Dass man ein einziges, langes Buch schreibt, wäre eine zu poetische Betrachtungsweise. Aber es ist eine einzige Karriere. Und im Nachhinein betrachtet, war jeder Teil davon wichtig, wichtig für den nächsten Schritt.

MODERATORIN: Arbeiten Sie zurzeit an irgendetwas?

EZRA BLAZER: Ich habe gerade eine umfangreiche Trilogie begonnen. Heute Vormittag habe ich die erste Seite geschrieben.

MODERATORIN: Ach ja?

EZRA BLAZER: Jep. Jeder Band wird genau 352 Seiten umfassen. Die Bedeutung dieser Zahl brauche ich wohl nicht zu erläutern. Und ich schreibe zuerst das Ende, die Reihenfolge ist dann also Ende, Anfang, Mitte. Die ersten beiden Bücher werden Mitte, Anfang und Ende sein. Das letzte besteht dann nur aus Anfängen. Dieser Aufbau wird der Welt dann wohl beweisen, dass ich absolut nicht weiß, was ich tue, und es auch nie wusste.

MODERATORIN: Was glauben Sie, wie lange Sie dafür brauchen werden?

EZRA BLAZER: So ein, zwei Monate vielleicht.

MODERATORIN: Und sagen Sie, Ezra Blazer, angenommen, es würden riesige Wellen an den Strand rollen und all Ihre Platten wegzuspülen drohen, welche eine Platte würden Sie zu retten versuchen?

EZRA BLAZER: Oje. Nur eine? Wo soll diese Insel sein?

MODERATORIN: Sehr weit weg.

EZRA BLAZER: Sehr weit weg. Und außer mir ist dort niemand?

MODERATORIN: Nein.

EZRA BLAZER: Nur ich auf einer einsamen Insel.

MODERATORIN: Ganz genau.

EZRA BLAZER: Was darf ich sonst noch mitnehmen?

MODERATORIN: Die Bibel. Oder die Thora, wenn Ihnen das lieber ist. Oder den Koran.

EZRA BLAZER: Das sind die letzten Bücher, die ich mitnehmen würde. Ich wäre ziemlich froh, wenn ich sie nie mehr sehen müsste.

MODERATORIN: Die Gesamtausgabe von Shakespeares Werken.

EZRA BLAZER: Sehr gut.

MODERATORIN: Und ein weiteres Buch Ihrer Wahl.

EZRA BLAZER: Dazu später. Was noch?

MODERATORIN: Irgendeinen Luxusgegenstand.

EZRA BLAZER: Essen.

MODERATORIN: Für Essen ist gesorgt. Machen Sie sich darum keine Gedanken.

EZRA BLAZER: Dann eine Frau.

MODERATORIN: Tut mir leid, das hätte ich dazusagen sollen. Andere Personen sind nicht erlaubt.

EZRA BLAZER: Nicht einmal Sie?

MODERATORIN: Nein.

EZRA BLAZER: Dann nehme ich eine Puppe mit. Eine Aufblaspuppe. Die ich mir selbst aussuchen darf. Mit Haut- und Haarfarbe meiner Wahl.

MODERATORIN: Die sei Ihnen gegönnt. Und Ihre Platte?

EZRA BLAZER: Tja, ich hatte nur die ausgewählt, die mir wirklich am Herzen liegen, deshalb ist es schwer zu sagen, welche ich immer und immer wieder hören möchte. An manchen Tagen ist man in *Finian's-Rainbow*-Stimmung, an anderen ist einem mehr nach Debussy. Aber ich glaube, es wäre eins der großen klassischen Werke, und dass mir das Erhebende – und Erhabene – von Strauss' *Vier letzten Liedern* immer etwas geben wird. Darf ich sie alle vier mitnehmen?

MODERATORIN: Tut mir leid ...

EZRA BLAZER: Sie sind ja wirklich knallhart.

MODERATORIN: Ich habe die Regeln nicht gemacht.

EZRA BLAZER: Wer dann?

MODERATORIN: Roy Plomley.

EZRA BLAZER: Ein Schotte?

MODERATORIN: Uns bleibt leider nicht mehr viel Zeit.

EZRA BLAZER: Gut. »Im Abendrot«. Damit wäre ich dann sicher in der richtigen Gemütsverfassung, um meine Tage auf der Insel zu meistern. Wir könnten ein schönes Leben zusammen haben, ich und meine Aufblasfrau. Ein sehr ruhiges.

MODERATORIN: Und Ihr Buch?

EZRA BLAZER: Ganz sicher keins meiner eigenen. Ich glaube, ich würde *Ulysses* mitnehmen. Das habe ich zweimal gelesen. Bisher. Es ist unendlich reich und unendlich rätselhaft. Egal, wie oft man es gelesen hat, jedes Mal steht man vor neuen Rätseln. Und auf der Insel hätte ich ja jede Menge Zeit, also ja, Joyce' *Ulysses*, mit Anmerkungen. Und ich sage Ihnen auch, warum man die Anmerkungen braucht. Joyce war so genial, hatte ein so geniales Talent fürs Komische, dass man sich keine Sekunde langweilen wird, und seine Belesenheit ist sehr anregend, aber Dublin, das die Landschaft dieses Buchs bildet, dieses Buch *ist*, das ist einfach nicht meine Stadt. Ich wünschte, ich hätte das Gleiche mit Pittsburgh machen können. Aber das wäre nur um den Preis möglich gewesen, dass ich bei meiner Schwester, meiner Mutter, meinem Vater, meinen Tanten, Onkeln, Neffen und Nichten in Pittsburgh geblieben wäre. Nicht dass Joyce das getan hätte, wohlgemerkt, er ist aus Dublin geflüchtet, sobald er konnte, nach Triest, Zürich und dann schließlich nach Paris. Ich glaube nicht, dass er je nach Dublin zurückgegangen ist, aber er war sein Leben lang besessen von dieser Stadt und ihren Milliarden Details. Besessen davon, sie auf vollkommen neue Weise in Literatur zu verwandeln. Wie belesen das alles ist, wie geistreich und komisch und unendlich reich ... Mein Gott, es ist herrlich! Aber ohne die Anmerkungen würde ich mich nicht zurechtfinden. Die Analogie zu Homer interessiert mich übrigens nicht so sehr. Aber auf einer einsamen Insel würde ich dann wohl doch anfangen, mich dafür zu interessieren. Wofür sonst? Man kann nicht endlose Stunden mit einer Aufblasfrau verbringen, so perfekt sie auch sein mag. Ja, ich verabrede mich also mit Joyce.

MODERATORIN: Vielen Dank, Ezra Blazer, dass wir hören durften, was Ihre –

EZRA BLAZER: Das Beste an einer Aufblasfrau – und das meine ich nicht im körperlichen Sinne, das meine ich im emotionalen Sinne – wäre übrigens, dass es keine Reibung gäbe. So sehr ich meine reizenden Tänzerinnen auch geliebt habe, wir haben uns andauernd gerieben. Weil sie Mr Balanchine gehörten, nicht mir.

MODERATORIN: Sprechen Sie über Liebe eigentlich immer in Begriffen, die ein Besitzverhältnis ausdrücken?

EZRA BLAZER: Wie könnte ich das nicht! Liebe ist flüchtig. Widerspenstig. Sie lässt sich nicht unterdrücken. Wir tun unser Bestes, um sie zu zähmen, ihr Namen zu geben, sie in Pläne zu zwängen und vielleicht sogar in die Zeit zwischen sechs und zwölf oder, falls wir in Paris leben, zwischen fünf und sieben, aber wie so vieles andere Unwiderstehliche und Anbetungswürdige auf dieser Welt reißt sie sich irgendwann von einem los, und es ist wahr, dass man im Zuge dessen manchmal ein paar Schrammen abbekommt. Es liegt in der Natur des Menschen, dass er versucht, selbst die widerspenstigsten, chaotischsten und formlosesten Dinge auf dieser Welt in irgendeine Art von Form und Ordnung zu bringen. Manche von uns tun das, indem sie Gesetze entwerfen, andere, indem sie Linien auf die Straße malen, Flüsse stauen, Isotope isolieren oder den perfekten BH entwerfen. Einige von uns führen Kriege. Andere schreiben Bücher. Die Wahnhaftesten schreiben Bücher. Wir haben kaum eine andere Wahl, als in unseren wachen Stunden zu versuchen, dieses immerwährende Pandämonium zu ordnen und darin irgendeinen Sinn zu erkennen. Uns Muster und Relationen auszudenken, wo es eigentlich keine gibt. Und genau dieser Drang, diese Manie, etwas zu zähmen und sich zu eigen zu machen – diese unvermeidliche Verrücktheit –, entzündet und nährt die Liebe.

MODERATORIN: Aber meinen Sie nicht, dass es wichtig ist, in der Liebe Freiheit zu kultivieren? Freiheit und Vertrauen? Wertschätzung ohne Erwartungen?

EZRA BLAZER: Die nächste Platte.

MODERATORIN: Jetzt, wo wir wissen, dass Sie *doch* Kinder haben, Ezra Blazer ... Bedauern Sie irgendetwas?

EZRA BLAZER: Dass wir beide uns nicht früher kennengelernt haben. Ist das hier Ihr Beruf?

MODERATORIN: Ja.

EZRA BLAZER: Und, macht er Ihnen Spaß?

MODERATORIN: Natürlich.

EZRA BLAZER: Natürlich. Wissen Sie, ich kenne eine Dichterin, sie lebt in Spanien, eine hervorragende spanische Dichterin, die jetzt um die sechzig ist, aber als sie so dreißig war, Ende zwanzig oder Anfang dreißig, da war sie sehr abenteuerlustig und klapperte einmal sämtliche Bars in Madrid ab und versuchte, einen richtig alten Mann zu finden, den sie dann abschleppen wollte. Das war ihre Mission: mit dem ältesten Mann in Madrid schlafen. Haben Sie so etwas in dieser Art schon einmal gemacht?

MODERATORIN: Nein.

EZRA BLAZER: Möchten Sie jetzt damit anfangen?

MODERATORIN: ... Sie meinen, mit Ihnen?

EZRA BLAZER: Ich meine, mit mir. Sind Sie verheiratet?

MODERATORIN: Ja.

EZRA BLAZER: Verheiratet. Gut. Aber das hat Anna Karenina ja auch nicht abgehalten.

MODERATORIN: Nein.

EZRA BLAZER: Und Emma Bovary auch nicht.

MODERATORIN: Nein.

EZRA BLAZER: Sollte es Sie davon abhalten?

MODERATORIN: Mit Anna und Emma hat es kein gutes Ende genommen.

EZRA BLAZER: Kinder?

MODERATORIN: Zwei.

EZRA BLAZER: Zwei Kinder und ein Ehemann.

MODERATORIN: Korrekt.

EZRA BLAZER: Nun gut [lacht], den vergessen wir jetzt mal. Ich finde, Sie sind eine sehr attraktive Frau, und dieses Interview hat mir große Freude bereitet. Ich habe für morgen Abend zwei Konzertkarten. Eigentlich wollte ich einen Freund mitnehmen, aber er geht sicher auch gern ein andermal ins Konzert. Pollini ist in der Stadt, der großartige Maurizio Pollini, und er spielt Beethovens letzte drei Klaviersonaten.

Also, meine letzte Frage an Sie? Bei *Desert Island Discs*? Morgen Abend, Maurizio Pollini in der Royal Festival Hall, ich darf nur eine einzige Frau mitnehmen und wünsche mir, dass Sie diese Frau sind. Also. Was sagen Sie dazu, Miss? Sind Sie dabei?

DANKSAGUNG

Die zwei Textpassagen, die Alice auf Seite 29 f. liest, sind aus *Tom Sawyer & Huckleberry Finn* von Mark Twain, deutsch von Andreas Nohl. Hanser, München 2010.

Der erste Textauszug auf Seite 31 ist aus Jean Genets *Tagebuch des Diebes* (Werke in Einzelbänden, Band 5), deutsch von Gerhard Hock. Merlin Verlag, Gifkendorf 2001.

Der zweite Auszug auf Seite 31 ist aus *Der erste Mensch* von Albert Camus, deutsch von Uli Aumüller. Rowohlt, Reinbek bei Hamburg 2010. Copyright © 1995 Rowohlt Verlag GmbH, Reinbek bei Hamburg.

Der dritte und der vierte Auszug auf Seite 31 f. sind aus Henry Millers *Wendekreis des Krebses*, deutsch von Kurt Wagenseil u. Renate Gerhardt. Rowohlt, Reinbek bei Hamburg 1979. Copyright © 1962 Rowohlt Verlag GmbH, Reinbek bei Hamburg.

Die Passage auf Seite 32 f. ist dem Text einer Aufklärungsschrift nachempfunden, zur freundlichen Verfügung gestellt von den Parkmed Physicians in New York.

Die Stelle, die Ezra auf Seite 49 f. vorliest, ist aus einem Brief von James Joyce an seine Frau Nora vom 8. Dezember 1909, zitiert nach *Selected Letters of James Joyce*, hg. von Richard Ellmann. Faber & Faber, London 1975. Deutsch von Stefanie Jacobs.

Wie Alice schon sagt, stammen die Zeilen, die Ezra auf Seite 52 singt, aus »My Heart Stood Still« und »September Song«. »September Song« ist aus dem Musical *Knickerbocker Holiday*, mit Texten von Maxwell Anderson und Musik von Kurt Weill. © 1938 Kurt Weill Foundation for Music, Inc. and WB Music Corp. Mit freundlicher Genehmigung der Neue Welt Musikverlag GmbH.

Der Text von »My Heart Stood Still« stammt von Lorenz Hart, mit Musik von Richard Rodgers. © 1927 WB Music Corp. Mit freundlicher Genehmigung der Neue Welt Musikverlag GmbH.

Die von Alice unterstrichene Textpassage auf Seite 61 f. stammt ebenfalls aus Albert Camus' *Der erste Mensch*.

Wie Ezra anmerkt, ist die »Kahnführer«-Passage, die er auf Seite 62 f. vorliest, aus *David Copperfield* von Charles Dickens, deutsch von Gustav Meyrink. S. Fischer, Frankfurt a. M. 2008.

Die Zeilen auf Seite 69 sind aus dem Lied »Beyond the Blue Horizon«. Ezra singt die Lou-Christie-Version. »Beyond the Blue Horizon« stammt aus dem Film *Monte Carlo* (Paramount Pictures), Text von Leo Robin, Musik von Richard A. Whiting und W. Franke Harling. Copyright © 1930 Sony/ATV Music Publishing LLC. Copyright renewed. All rights administered by Sony/ATV Music Publishing LLC, 424 Church Street, Suite 1200, Nashville, TN, 37219. International copyright secured. All rights reserved. Reprinted by permission of Hal Leonard LLC.

Die Passage, die Alice auf Seite 72 f. liest, ist ein Auszug aus *Am Ab-*

grund. Eine Gewissensforschung von Gitta Sereny, deutsch von Helmut Röhrling. Piper, München 1995.

Die Textstelle auf Seite 74 ist aus *Eichmann in Jerusalem. Ein Bericht von der Banalität des Bösen* von Hannah Arendt. Piper, München 2013. © 1986 Piper Verlag GmbH, München.

Die Textstelle auf Seite 75 ist ebenfalls aus Gitta Serenys *Am Abgrund. Eine Gewissensforschung.*

Die Passage auf Seite 78 stammt aus Primo Levis *Ist das ein Mensch?*, in: Ders.: *Ist das ein Mensch? – Die Atempause*, deutsch von Heinz Riedt. Hanser, München 2011.

Die Zeilen, die Alice auf Seite 81 singt, sind aus dem »Nonsense Song«, gesungen von Charlie Chaplin in *Modern Times*, mit Musik von Leo Daniderff und Texten von Charlie Chaplin.

Die Passage über Jordy den Schneider auf Seite 89 f. stammt aus einer Ausgabe von *Lickety Split* von 1978. Deutsch von Stefanie Jacobs.

Der Off-Kommentar auf Seite 126 ist aus dem Geschworenendienst-Einführungsfilm *Your Turn* zitiert, geschrieben und produziert von Ted Steeg.

Wie Amar schon sagt, stammen die Zeilen auf Seite 200 aus dem Lied »They All Laughed«, mit geringfügigen Änderungen gesungen von Chet Baker. Text und Musik von Ira Gershwin und George Gershwin. © 1936 Chappell & Co. Inc. Mit freundlicher Genehmigung der Chappell Musikverlag GmbH.

Die *Desert-Island-Discs*-Folge, die auf den Seiten 214 bis 217 zusammengefasst und zitiert wird, ist aus Sue Lawleys Interview mit Joseph Rotblat, ausgestrahlt am 8. November 1998 von der BBC Radio 4.

Bei dem Gedicht, auf das sich Alastair auf Seite 245 bezieht, handelt es sich um ein namenloses Gedicht von Osip Mandelstam, zitiert nach: Ders.: *Gedichte*, deutsch von Paul Celan. S. Fischer, Frankfurt a. M. 1983.

Die Zeilen, die Ezra auf Seite 288 zitiert, stammen aus William Wordsworth' *Gedicht, noch ohne Titel, für S. T. Coleridge*, deutsch von Wolfgang Schlüter. Matthes & Seitz, Berlin 2015.

Wie Ezra sich erinnert, ist das Gedicht, das er auf Seite 293 paraphrasiert, von E. E. Cummings, Nr. 24 in dem Buch *No Thanks*, 1935 im Eigenverlag veröffentlicht. Deutsch von Stefanie Jacobs und Mirko Bonné.

Die englische Originalausgabe erschien 2018
unter dem Titel *Asymmetry* bei Simon & Schuster in New York.

Das Motto von *I: Verrücktheit* stammt aus Martin Gardners Einleitung
zu *Alles über Alice* von Lewis Carroll, übersetzt von Günther Flemming.
Europa-Verlag Hamburg/Wien 2002. Deutsch von Friedhelm Rathjen.
Das Motto von *II: Wahnsinn* stammt aus der Kurzgeschichte »Kattekoppen«
von Will Mackin, in: Ders.: *Bring Out the Dog. Stories,* Random House
New York 2018. Deutsch von Stefanie Jacobs.

Die Übersetzerin dankt Jan Schönherr für seine Beratung
in allen Baseball-Fragen.

1. Auflage 2018

ISBN 978-3-446-26001-6
© 2018 by Lisa Halliday
Alle Rechte der deutschen Ausgabe
© 2018 Carl Hanser Verlag GmbH & Co. KG, München
Umschlag und Foto: Peter-Andreas Hassiepen, München
Satz: Satz für Satz, Wangen im Allgäu
Druck und Bindung: CPI books GmbH, Leck
Printed in Germany